AF547285

GRöLS
Verlage

„Bücher sind wie Fallschirme. Sie nützen uns nichts, wenn wir sie nicht öffnen."

Gröls Verlag

Redaktionelle Hinweise und Impressum

Das vorliegende Werk wurde zugunsten der Authentizität sehr zurückhaltend bearbeitet. So wurden etwa ursprüngliche Rechtschreibfehler *nicht* systematisch behoben, denn kleine Unvollkommenheiten machen das Buch – wie im Übrigen den Menschen – erst authentisch. Mitunter wurden jedoch zum Beispiel Absätze behutsam neu getrennt, um den Lesefluss zu erleichtern.

Um die Texte zu rekonstruieren, werden antiquarische Bücher von Lesegeräten gescannt und dann durch eine Software lesbar gemacht. Der so entstandene Text wird von Menschen gegengelesen und korrigiert – hierbei treten auch Fehler auf. Wenn Sie ebenfalls antiquarische Texte einreichen möchten, finden Sie weitere Informationen auf www.groels.de

Viel Freude bei der Lektüre wünscht Ihnen das Team des Gröls-Verlags.

Adressen

Verleger: Sophia Gröls, Im Borngrund 26, 61440 Oberursel

Externer Dienstleister für Distribution & Herstellung: BoD, In de Tarpen 42, 22848 Norderstedt

Unsere „Edition | Werke der Weltliteratur“ hat den Anspruch, eine der größten und vollständigsten Sammlungen klassischer Literatur in deutscher Sprache zu sein. Nach und nach versammeln wir hier nicht nur die „üblichen Verdächtigen“ von Goethe bis Schiller, sondern auch Kleinode der vergangenen Jahrhunderte, die – zu Unrecht – drohen, in Vergessenheit zu geraten. Wir kultivieren und kuratieren damit einen der wertvollsten Bereiche der abendländischen Kultur. Kleine Auswahl:

Francis Bacon • Neues Organon • **Balzac** • Glanz und Elend der Kurtisanen • **Joachim H. Campe** • Robinson der Jüngere • **Dante Alighieri** • Die Göttliche Komödie • **Daniel Defoe** • Robinson Crusoe • **Charles Dickens** • Oliver Twist • **Denis Diderot** • Jacques der Fatalist • **Fjodor Dostojewski** • Schuld und Sühne • **Arthur Conan Doyle** • Der Hund von Baskerville • **Marie von Ebner-Eschenbach** • Das Gemeindekind • **Elisabeth von Österreich** • Das Poetische Tagebuch • **Friedrich Engels** • Die Lage der arbeitenden Klasse • **Ludwig Feuerbach** • Das Wesen des Christentums • **Johann G. Fichte** • Reden an die deutsche Nation • **Fitzgerald** • Zärtlich ist die Nacht • **Flaubert** • Madame Bovary • **Gorch Fock** • Seefahrt ist not! • **Theodor Fontane** • Effi Briest • **Robert Musil** • Über die Dummheit • **Edgar Wallace** • Der Frosch mit der Maske • **Jakob Wassermann** • Der Fall Maurizius • **Oscar Wilde** • Das Bildnis des Dorian Grey • **Émile Zola** • Germinal • **Stefan Zweig** • Schachnovelle • **Hugo von Hofmannsthal** • Der Tor und der Tod • **Anton Tschechow** • Ein Heiratsantrag • **Arthur Schnitzler** • Reigen • **Friedrich Schiller** • Kabale und Liebe • **Nicolo Machiavelli** • Der Fürst • **Gotthold E. Lessing** • Nathan der Weise • **Augustinus** • Die Bekenntnisse des heiligen Augustinus • **Marcus Aurelius** • Selbstbetrachtungen • **Charles Baudelaire** • Die Blumen des Bösen • **Harriett Stowe** • Onkel Toms Hütte • **Walter Benjamin** • Deutsche Menschen • **Hugo Bettauer** • Die Stadt ohne Juden • **Lewis Caroll** • *und viele mehr….*

Lewis Wallace

Ben Hur

Inhalt

Erstes Kapitel

Dschebel es Subleh heißt ein über fünfzig Meilen langer schmaler Gebirgszug, von dessen rotweißen Klippen man nach Osten auf die arabische Wüste blickt. Ungezählte Wadis, Rinnsale, haben sich in diesen Gebirgszug eingegraben, und zur Regenzeit füllen sie sich mit Wasser, um es dem Jordan oder dem Toten Meer zuzuführen.

Aus einem dieser Wadis, das vom äußersten Ende des Dschebel gegen Osten ausläuft und in das Bett des Jabbokflusses übergeht, kam ein Wanderer hervor, der dem Tafellande der Wüste zustrebte.

Dem Aussehen nach mochte er etwa fünfundfünfzig Jahre alt sein. Sein über die Brust herabwallender schwarzer Bart zeigte Spuren von Grau, sein Antlitz war tiefbraun und zum größten Teil durch ein rotes Tuch verdeckt. Er ritt ein großes, weißes Dromedar, das ein Zelt auf dem Rücken trug. Die Sonne war gerade aufgegangen, als das Tier sich aus dem Wadi herausarbeitete. Weithin erstreckte sich hier die Wüste, von einem Pfade oder Wege konnte hier keine Rede mehr sein. Aber das Kamel schien einer unsichtbaren Führung zu folgen und strebte in langen Schritten dem Osten zu. Genau um Mittag blieb es von selbst stehen und drückte durch einen klagenden Schrei seine Ermüdung aus.

Sein Reiter fuhr auf, als erwache er aus einem tiefen Schlafe. Sorgfältig prüfte er die Gegend nach allen Richtungen, wie um sich zu vergewissern, daß er am rechten Orte angelangt sei. Dann atmete er befriedigt tief auf und nickte, als wollte er sagen: Endlich! Er legte die Hände kreuzweise über die Brust, neigte das Haupt und verrichtete ein stilles Gebet. Nach Erfüllung dieser frommen Pflicht gab er dem Tiere das Zeichen zum Niederknien. Langsam und grunzend folgte es dem Rufe. Der Reiter setzte seinen Fuß auf den schlanken Hals und trat auf den sandigen Boden.

Wie es sich jetzt zeigte, war der Mann von wunderbar ebenmäßigem Körperbau, mehr kräftig als hochgewachsen. Der Schnitt seines fast schwarzen Gesichts, die breite Stirn mit der Adlernase und das herabwallende glänzende Haar verrieten seine ägyptische Abstammung.

Obschon allein in einer von Leoparden und Löwen wie auch halbwilden Menschen besuchten Wüste, trug er doch merkwürdigerweise keine Waffen, nicht einmal den zum Anspornen der Kamele dienenden gekrümmten Stab. Er befand sich also auf friedlichem Wege und war entweder sehr kühn oder stand unter einem außerordentlichen Schutze.

Der lange und ermüdende Ritt hatte seine Glieder steif gemacht, und daher umschritt er wiederholt sein treues Kamel, wobei sein Blick immer wieder den Horizont musterte. Jedesmal glitt dann ein leichter Schatten von Enttäuschung über sein Gesicht, der verriet, daß er Gesellschaft erwartete, vielleicht nach vorangegangener Verabredung. Allein, was konnte das für ein Geschäft sein, das an einem so abgelegenen Orte verhandelt werden mußte?

Er mußte wohl sicher sein, daß die erwartete Gesellschaft kommen würde, denn nachdem er sein Kamel gefüttert hatte, errichtete er mit Stäben aus seinem Gepäck und mitgebrachtem Tuch ein Zelt. Den mitgenommenen Vorräten entnahm er die Bestandteile eines Mahles: Wein in kleinen Lederschläuchen, getrocknetes und geräuchertes Hammelfleisch, syrische Granatäpfel, arabische Datteln, dazu Käse und gesäuertes Brot. Alles dieses stellte er in schöner Ordnung auf den Teppich unter dem Zelte, und legte zum Schlusse drei seidene Tücher als Servietten daneben. Hieraus konnte man auf die Anzahl der Personen schließen, die er als Gäste erwartete.

Alles war nun fertig. Er trat wieder hinaus, und sieh! fern im Osten war ein dunkler Punkt auf der Wüstenfläche zu bemerken. Wie festgewurzelt blieb er stehen; sein Auge erweiterte sich, ein heiliger Schauer durchrieselte seinen Leib.

Der Punkt wurde größer, endlich nahm er bestimmte Formen an. Etwas später erkannte er darin ein großes, weißes Dromedar, das genaue Seitenstück seines eigenen, mit der Reisesänfte eines Inders auf dem Rücken. Der Ägypter kreuzte seine Arme auf der Brust und blickte zum Himmel. „Gott allein ist groß!“ rief er aus, während seine Augen mit Tränen sich füllten und Ehrfurcht seine Seele durchschauerte.

Der Fremde kam näher und näher, endlich machte er Halt. Auch er schien wie aus dem Schlafe erwacht. Er erblickte das kniende Kamel, das Zelt, und an seinem Eingange den Mann in betender Stellung. Er kreuzte ebenfalls die Arme, neigte das Haupt und betete schweigend. Nach einigen Augenblicken stieg er vom Kamele ab und ging dem Ägypter entgegen und dieser ihm. Einen Augenblick sahen beide einander an, dann umarmten sie sich.

„Friede sei mit dir, o Diener des wahren Gottes!“ sagte der Fremde.

„Auch dir, o Bruder im wahren Glauben," entgegnete mit Wärme der Ägypter, „auch dir Friede und Willkomm!"

Der Ankömmling war von schlanker, hagerer Gestalt, die Augen lagen tief in den Höhlen. Haar und Bart waren weiß, die Gesichtsfarbe rötlichbraun. Auch er war unbewaffnet. Seine Kleidung war die eines Inders, um das Haupt gewunden trug er einen Turban mit reichen Falten.

„Gesegnet sind die, die dem Herrn dienen!" sagte nach einer Weile der Ägypter. „Aber warten wir ab, denn sieh, schon kommt dort auch der andere!" Sie blickten gegen Norden, von wo gerade, dem Auge schon deutlich sichtbar, ein drittes Kamel, das ebenfalls von weißer Farbe war, wie ein Schiff herankam. Sie warteten, nebeneinander stehend, bis der Ankömmling nahe und abgestiegen war und ihnen entgegenging.

„Friede sei mit dir!" sagte er, den Inder umarmend.

„Gottes Wille geschehe!" erwiderte dieser.

Der neue Ankömmling war seinen Freunden ganz unähnlich. Er war zarter gebaut und hatte weiße Gesichtsfarbe. Reiches, wogendes Haar von lichter Farbe bildete die Krone seines kleinen, aber schönen Hauptes. Das warmblickende tiefblaue Auge offenbarte ein zartes Gemüt und einen herzlichen, edlen Charakter. Er war unbedeckt und unbewaffnet, und an seiner Kleidung sah man, daß er ein Grieche war.

Nachdem er auch den Ägypter umarmt hatte, sagte dieser: „Der Geist hat mich zuerst hierhergeführt, daraus erkenne ich, daß ich zum Diener meiner Brüder erwählt bin. Das Zelt ist aufgerichtet, das Brot zum Brechen bereit, laßt mich meines Amtes walten!"

Sie bei der Hand nehmend, führte er beide hinein, band ihnen die Sandalen los, wusch ihnen die Füße, goß Wasser über ihre Hände und trocknete sie mit Tüchern ab.

Und als er sich selbst die Hände gewaschen hatte, sprach er: „Laßt uns nun für uns selbst sorgen, Brüder, wie unsere Aufgabe es erheischt, und uns stärken zur Verrichtung dessen, was uns heute noch obliegt. Während wir essen, können wir einander kennen lernen."

Er führte sie zum Mahle und wies ihnen die Plätze so an, daß sie alle sich gegenseitig anblickten. Sie neigten nun gleichzeitig das Haupt, kreuzten die Arme über der Brust und sprachen gemeinsam und laut folgendes einfache

Tischgebet: „O Gott und Vater aller! Was wir hier haben, ist von dir; nimm hin unsern Dank und segne uns, daß wir auch fürderhin stets deinen Willen tun." Beim letzten Worte erhoben sie die Augen und blickten einander verwundert an. Jeder hatte in seiner Sprache gesprochen, die die anderen noch nicht gehört hatten, und doch verstanden sie sich gegenseitig vollkommen. Ehrfurchtsschauer durchbebte ihr Inneres; denn das Wunder ließ sie Gottes Gegenwart fühlen.

Diese Zusammenkunft fand, um nach der damaligen Zeitrechnung zu sprechen, im Jahre 747 nach der Erbauung Roms statt. Es war im Monat Dezember. Der Ritt durch die Wüste hatte in den dreien Eßlust erregt, und bald kam auch durch den Wein ihre Unterhaltung in Fluß.

„Einem Wanderer in fremden Landen ist nichts so angenehm, als seinen Namen von Freundesmund genannt zu hören," sagte der Ägypter. „Viele Tage mag unser Zusammenleben währen, es ist darum Zeit, daß wir einander kennen lernen. Es soll also, wenn es so genehm ist, der zuerst sprechen, welcher zuletzt anlangte."

Und langsam anfänglich, wie zurückhaltend, begann der Grieche. „Fern von hier im Westen ist ein Land, welches nie der Vergessenheit anheimfallen wird, schon darum, weil die Welt demselben zu sehr zu Dank verpflichtet ist, und zwar für Dinge, die der Menschheit die reinsten Freuden gewähren. Ich spreche von Griechenland. Ich bin Kaspar, Sohn des Kleantes von Athen. Das Volk, dem ich angehöre, hat sich ganz der Kunst und Wissenschaft hingegeben, und ich habe von ihm dieselbe Neigung ererbt. Unsere beiden größten Philosophen, Platon und Aristoteles, gaben uns die Lehre von der Unsterblichkeit der Seele und dem einigen Gott. Aber es mußte, dachte ich mir, eine bis jetzt nicht gekannte Beziehung zwischen Gott und der Seele geben, und da mir darüber die Schulen keine Auskunft gaben, verließ ich sie verzagt und ging in die Einsamkeit."

Ein Lächeln der Befriedigung erhellte bei diesen Worten die hageren Züge des Inders. „Im nördlichen Teile meines Vaterlandes," fuhr der Grieche fort, „in Thessalien, ist ein berühmter Berg, Olymp genannt. Die Sage meiner Landsleute nennt ihn die Heimat der Götter; auf ihm soll Zeus, der höchste der Götter, seinen Wohnsitz haben. Dorthin begab ich mich. An einem südöstlichen Ausläufer dieses Berges fand ich eine Höhle, da ließ ich mich nieder und widmete mich ganz der Betrachtung, oder vielmehr ich flehte mit jedem Atemzuge um Offenbarung."

„Und du wurdest erhört!“ rief der Inder lebhaft aus.

„Höret mich, Brüder,“ fuhr der Grieche fort, während er nur mühsam seine Bewegung unterdrücken konnte. „Der Eingang zu meiner Einsiedelei gewährte Ausblick auf einen Meeresarm, den Golf von Thermä. Eines Tages sah ich einen Mann aus einem vorbeisegelnden Schiff über Bord stürzen. Er schwamm der Küste zu. Ich nahm ihn auf und trug Sorge für ihn. Er war ein Jude, wohlbewandert in der Geschichte und in den Gesetzen seines Volkes. Von ihm erfuhr ich, daß der Gott meines Sehnens wirkliches Dasein hat, ja seit Jahrhunderten der Gesetzgeber, Herrscher und König der Israeliten gewesen ist. Er erzählte mir auch, daß dieser Gott von neuem auf die Erde kommen werde, und daß diese zweite Ankunft unmittelbar bevorstehe, ja eben jetzt in Jerusalem erwartet werde.

Als der Jude weitergewandert und ich wieder allein war, suchte ich mich durch abermaliges Gebet würdig zu machen, den verheißenen König mit meinen Augen zu sehen und anzubeten, wenn er kommen werde. Eines Nachts saß ich am Eingang meiner Höhle und dachte über das Geheimnis meines Daseins nach; denn wenn ich dieses kenne, kenne ich auch Gott. Plötzlich begann in der Dunkelheit, die sich über dem Meere lagerte, ein Stern aufzuleuchten. Langsam stieg er empor und kam immer näher, bis er über dem Berge und der Höhle stehen blieb, so daß sein Licht voll auf mich fiel. Ich sank um und schlief ein. Im Traume hörte ich eine Stimme: „O Kaspar, dein Glaube hat gesiegt! Gesegnet bist du! Mit zwei anderen, die von den äußersten Enden der Erde kommen werden, sollst du den sehen, der da kommen soll, und Zeugnis von ihm geben. Wenn der Morgen anbricht, stehe auf und eile ihnen entgegen; vertraue dem Geiste, der dich geleiten wird!“

Und als ich am Morgen erwachte, leuchtete der Geist in mir heller als die Sonne. Ich legte mein Einsiedlergewand ab und kleidete mich wie ehedem. Aus einem Verstecke holte ich den Schatz hervor, den ich von der Stadt mitgebracht hatte. Ein Schiff segelte vorüber. Ich rief es an, ward an Bord genommen und landete in Antiochia. Dort kaufte ich dieses Kamel samt seiner Ausrüstung. Durch blühende Gärten den Ufern des Orontes entlang kam ich nach Emesa, Damaskus, Bostra und Philadelphia, und von dort hierher. Das, Brüder, ist meine Geschichte. Laßt mich nun die eurige hören!“

Der Ägypter und der Inder blickten einander an. Der erstere winkte mit der Hand, der letztere verneigte sich und begann: „Mein Bruder hat wohl gesprochen. Mögen meine Worte ebenso weise sein!“ Er unterbrach sich und überlegte einen Augenblick, dann nahm er wieder das Wort: „Man nennt mich, Brüder, Melchior. Die Sprache, in der ich zu euch rede, ist, wenn auch nicht die älteste der Welt, so doch jene, in der zuerst Schriftstücke abgefaßt wurden: ich meine das indische Sanskrit. Ich bin von Geburt ein Inder. Mein Volk und seine Religion sind alt, aber diese Religion ließ trotz ihrer unzähligen Vorschriften und Gesetze in meinem Geiste eine Leere zurück. Ich suchte in meiner inneren Verlassenheit einen Ort, wo ich allein sein konnte mit meinem Gott. Ich wanderte den Ganges entlang, seiner Quelle zu, und kam hoch in das Himalayagebirge. Dort, fern von der Welt, ließ ich mich nieder, um im Umgange mit Gott in Gebet, Betrachtung, Abtötung und Fasten mich auf den Tod vorzubereiten. Eines Nachts wandelte ich die Ufer des Sees entlang und sprach zur lauschenden Stille: „Wann wird Gott kommen und sein Eigentum fordern? Gibt es denn keine Erlösung?“ Plötzlich begann ein Licht über der Wasserfläche emporzuzittern; bald erhob sich ein Stern, bewegte sich auf mich zu und blieb über mir stehen. Sein Strahlenglanz blendete mich. Während ich am Boden lag, hörte ich eine Stimme, die mit unendlicher Süßigkeit zu mir sprach: „Deine Liebe hat gesiegt. Gesegnet bist du, Indiens Sohn! Die Erlösung ist nahe. Mit zwei anderen, die von fernen Erdteilen kommen werden, sollst du den Erlöser sehen und von ihm Zeugnis geben. Wenn der Morgen kommt, dann mache dich auf und eile ihnen entgegen; vertraue dich dem Geiste an, der dich geleiten soll!“ Von der Zeit an blieb das Licht in meiner Nähe, daraus erkannte ich die unmittelbare Führung des Geistes. Unterwegs fand ich in einem Felsenspalt einen Edelstein von seltenem Wert, den ich verkaufte. Über Lahore, Kabul und Jezd kam ich nach Ispahan. Dort kaufte ich das Kamel und reiste sofort nach Bagdad, ohne erst eine Karawane abzuwarten. Ich wanderte allein meines Weges, ohne Furcht, denn der Geist war mit mir und ist noch mit mir. Welche Ehre erwartet uns, Brüder! Wir sollen den Erlöser sehen, zu ihm sprechen, ihn anbeten!“

Nunmehr begann der Ägypter mit würdevollem Ernst seinen Bericht:

„Eure Worte, Brüder, kamen aus dem Geiste; und der Geist wird mich lehren, sie zu verstehen. Ich bin Balthasar aus Ägypten. Ich wurde zu Alexandrien als Sohn eines Priesters aus fürstlichem Geschlecht geboren und erhielt eine meinem Stande angemessene Erziehung. Aber früh schon ward ich mit einer Lehre, die glaubte, daß wir Menschen immer wieder durch alle Stufen der Geschöpfe wandern müßten, unzufrieden. Ich glaubte, daß die Seele für eine höhere Bestimmung geschaffen sei. Schließlich sah ich ein, daß der Tod nur eine Scheidung zwischen Guten und Bösen bedeute, daß letztere dem Verderben anheimfallen, die ersteren aber zu einem höheren Leben aufsteigen. Ich zog mich von der Welt zurück und widmete mich dem Gebete. Weit in das Innere von Afrika hinein führte mich mein Weg. Eines Abends, als ich in einem Palmenhaine meiner Betrachtung oblag, blendete mich plötzlich ein strahlendes Licht. Ein heller Stern stand über mir, und eine Stimme sprach: „Deine guten Werke haben gesiegt. Gesegnet bist du, Mizraims Sohn! Die Erlösung naht. Mit zwei anderen, die von fernen Landen kommen, sollst du den Heiland sehen und von ihm Zeugnis geben. Am Morgen erhebe dich und eile ihnen entgegen, und wenn ihr alle in die heilige Stadt Jerusalem kommet, fraget das Volk: Wo ist der neugeborene König der Juden? Denn wir haben seinen Stern im Morgenlande gesehen und sind gekommen, ihn anzubeten! Vertraue in allem dem Geiste, der dich geleiten wird." Und das Licht leuchtete auch in meiner Seele und blieb bisher bei mir als Lenker und Führer. Es führte bis Memphis, wo ich Vorbereitungen für die Reise durch die Wüste traf. Ich kaufte mein Kamel und kam in rastloser Eile über Suez und Kufileh und hierauf durch das Land der Moabiter und Ammoniter bis hierher. Gott ist mit uns, Brüder!"

Er hielt inne; wie einer inneren Eingebung folgend, erhoben sich alle und blickten einander an. Unwillkürlich reichten sie sich die Hände.

„Ist das nicht eine wunderbare göttliche Fügung?" rief Balthasar. „Wenn wir den Herrn gefunden haben, werden jene Brüder und mit ihnen alle Völker der Erde ihm huldigen. Und wenn wir voneinander scheiden, wird durch die Welt die Kunde eilen, daß nicht durch das Schwert noch durch menschliche Weisheit der Himmel erobert werden kann, sondern nur durch Glaube, Liebe und gute Werke."

Es folgte tiefes Schweigen. Die Freude, die ihr Herz bewegte, füllte ihre Augen mit Tränen. Dann lösten sich ihre Hände und sie traten zusammen vor das Zelt hinaus. Tiefe Stille herrschte ringsum, kein Lüftchen regte sich. Die Sonne eilte dem Untergange zu. Die Kamele schliefen.

Nach einer Weile brachen die Freunde das Zelt ab, stiegen auf und ritten einer hinter dem andern unter Anführung des Ägypters weiter. Sie nahmen ihre Richtung genau nach Westen. Die kühlende Nacht senkte sich auf die Wüste. Die Kamele trabten munter und so gleichmäßig vorwärts, daß die nachfolgenden immer in die Schatten des ersteren zu treten schienen. Die Reiter schwiegen.

Nach und nach kam der Mond herauf. Wie die drei hohen weißen Gestalten geräuschlos durch das fahle Licht dahinglitten, mochten sie fliehenden Gespenstern ähnlich erscheinen. Plötzlich erstrahlte vor ihnen, scheinbar nicht höher als der Gipfel eines Hügels, ein flammendes Licht. Ihre Herzen pochten schneller, ihre Seele durchrieselte heiliger Schauer, und wie aus einem Munde riefen sie:

„Der Stern! Der Stern! Gott ist mit uns!"

Zweites Kapitel

An der Westseite der Mauer Jerusalems befindet sich das Bethlehem- oder Joppe-Tor. Der Platz vor demselben ist einer der bemerkenswertesten der Stadt. Lange bevor David nach Zion strebte, stand dort eine befestigte Burg, und in den Tagen Salomos herrschte daselbst lebhafter Verkehr. Kaufleute aus Ägypten und reiche Händler aus Tyrus und Sidon boten ihre Waren feil. Nahezu dreitausend Jahre sind seitdem verflossen, und noch immer heftet sich an den Platz eine Art Handelsverkehr.

Es war um die dritte Stunde des Tages. Viele Juden hatten den Markt schon verlassen, doch schien das Gedränge kaum abzunehmen, denn es kamen immer wieder einzelne hinzu.

Unter den Neuangekommenen befand sich eine Gruppe, die aus einem Mann, einem Weib und einem Esel bestand. Der Mann hielt das Tier am Zaume und stützte sich auf einen Stab. Seine Gesichtszüge ließen ihn als fünfzigjährig erscheinen, eine Vermutung, die durch das Grau, womit sein sonst schwarzer Bart untermischt war, bestätigt wurde. Der halb neugierige, halb leere Blick, mit dem er das Treiben um sich betrachtete, bewies, daß er ein Fremder vom Lande war. Der Esel kaute gemächlich an einem Häuflein Gras, woran auf dem Markte kein Mangel war. In seiner schläfrigen Genügsamkeit ließ er sich weder von dem ihn umgebenden Lärm stören, noch schien er sich um die weibliche Gestalt zu kümmern, die auf seinem Rücken in einem gepolsterten Sattel saß. Ein Oberkleid aus dunklem Wollenstoff bedeckte vollständig ihren Körper, während ein weißer Schleier Kopf und Hals verhüllte. Hin und wieder lüftete sie den Schleier, um zu sehen, was um sie vorging, aber nur so wenig, daß ihr Gesicht unsichtbar blieb.

Endlich wurde der Mann angesprochen.

„Bist du nicht Josef aus Nazareth?“

Der Sprecher stand ganz nahe bei ihm.

„So nennt man mich,“ erwiderte Josef und wandte sich um.

„Und du?“ – O, Friede sei mit dir, mein Freund, Rabbi Samuel!“

„Das gleiche wünsche ich dir!“ Der Rabbi hielt inne, blickte auf die Frau und fügte dann hinzu: „Friede sei mit dir und mit deinem Hause und mit all den Deinigen!“

Beim letzten Worte legte er eine Hand auf die Brust und verneigte sich gegen die Frauengestalt. Diese hatte, um ihn zu sehen, den Schleier etwas zurückgezogen, so daß ihr Antlitz sichtbar wurde. Sie schien erst seit kurzem dem Mädchenalter entwachsen zu sein.

Die Männer reichten einander die Hand, dann fragte der Rabbi:

„Ihr habt also einen langen Weg vor euch; doch nicht bis Joppe?“

„Nein, nur bis Bethlehem.“

Der bisher offene und freundliche Blick des Rabbi verfinsterte sich, und aus seiner Kehle kam es wie ein Geknurre herauf.

„Ja, ja, ich verstehe,“ sagte er. „Du bist in Bethlehem geboren und gehst nun mit deiner Tochter dahin, dich der kaiserlichen Verordnung gemäß wegen Besteuerung einschreiben zu lassen. Den Kindern Jakobs ergeht es wie einst den Stämmen in Ägypten; nur haben sie jetzt weder einen Moses noch einen Josua. Wie tief sind doch die Mächtigen gesunken!“

„Sie ist nicht meine Tochter,“ antwortete Josef. „Sie ist das Kind Joachims und Annas aus Bethlehem, von denen du sicher gehört hast, denn sie standen in hohem Ansehen –“

„Ja,“ bemerkte der Rabbi ehrerbietig, „ich weiß von ihnen; sie stammten in gerader Linie von David. Ich kannte sie gut.“

„Nun, sie sind schon tot,“ sprach Josef weiter. „Sie starben in Nazareth. Joachim war nicht reich; doch hinterließ er ein Haus und einen Garten seinen beiden Töchtern Marian und Maria. Diese ist eine von ihnen; um ihr Erbteil sicherzustellen, mußte sie nach Vorschrift des Gesetzes ihren nächsten Verwandten heiraten. Sie ist nun meine Gattin.“

„Und du warst –“

„Ihr Oheim.“

„Ja, ja! Da ihr beide in Bethlehem geboren seid, zwingt dich der Römer, sie dorthin mitzunehmen, damit auch sie aufgeschrieben werde!“ Der Rabbi schlug die Hände zusammen, blickte flammenden Auges gegen den Himmel und rief: „Noch lebt der Gott Israels! Sein ist die Rache!“

Mit diesen Worten wandte er sich ab und entschwand. Auch Josef und seine Gattin brachen bald auf. Sie zogen zum Tor hinaus und wandten sich dann links, um die Straße nach Bethlehem zu nehmen. Auf holperigem Wege an vereinzelten wilden Ölbäumen vorbei kamen sie in das Hinnomtal. Voll zärtlicher Sorge schritt Josef, den Leitriemen in der Hand, an der Seite seiner Gattin.

Die Sonne brannte heiß auf die steinige Fläche der berühmten Örtlichkeit. Maria, die Tochter Joachims, zog daher den Schleier weg und entblößte ihr Haupt. Sie schien nicht älter als fünfzehn Jahre zu sein. Gestalt, Stimme und Haltung deuteten an, daß sie das Mädchenalter noch nicht lange verlassen hatte. Ihr Angesicht war länglichrund, seine Farbe mehr blaß als hell. Die Nase war tadellos, die leicht geöffneten Lippen waren voll und rot und gaben den Mundlinien einen Ausdruck von Zartheit, Wärme und Vertrauen. Die Augen waren blau und groß und von gesenkten Lidern mit langen Wimpern beschattet. Reiches, goldfarbenes Haar in der Tracht der jüdischen Bräute fiel, um ihr Bild vollkommen zu machen, über ihren Rücken lose bis zum Sattelkissen herab, auf welchem sie saß. Ihre ungewöhnliche Schönheit wurde noch erhöht durch einen Hauch von Reinheit, den nur die Seele verleihen kann, und durch einen Zug von Verklärung, wie er jenen eigen ist, die ihren Geist vorzugsweise auf das Überirdische richten. Oft erhob sie, während die Lippen still sich bewegten, die tiefblauen Augen zum fast minder blauen Himmel, oft faltete sie die Hände auf der Brust wie zum Lobe Gottes und zum Gebete. Von Zeit zu Zeit blickte Josef mitten in seiner Erzählung nach ihr, und wenn er ihren verklärten Gesichtsausdruck sah, vergaß er seinen Gegenstand und schritt gesenkten Hauptes und voll Verwunderung den beschwerlichen Weg weiter.

So durchwanderten sie die ausgedehnte Ebene und erreichten endlich die Anhöhe Mar Elias, Von hier erblickten sie durch ein Tal Bethlehem, dessen weiße Mauern einen Hügelkamm krönten und aus dem Braun blätterloser Gärten hervorleuchteten. Hier hielten sie Rast und stiegen dann ins Tal hinab, wo ein großes Gedränge von Menschen und Tieren herrschte. Josef befürchtete, er könne in dem überfüllten Bethlehem kein Obdach mehr finden, und zog eilends weiter, bis er an die vor dem Tore gelegene Herberge kam. Die Herbergen im Orient, die man nach einem persischen Wort Khans nannte, waren meist nur geschlossene Umzäunungen, manchmal ohne Haus und Dach. Bei ihrer Anlage wurde nur Rücksicht auf die Wasserverhältnisse, auf sichere und schattige Lage genommen. Es gab darin keinen Wirt und keinen Koch, nur einen Türhüter, der den Neuankommenden mitteilte, ob noch Platz vorhanden war. Eine Vergütung brauchte man nicht zu bezahlen, mußte aber auch selbst für Beköstigung sorgen.

Josef war zwar aus Bethlehem gebürtig, hatte aber infolge seiner langen Abwesenheit dort kaum noch einen Bekannten, dessen Gastfreundschaft er in Anspruch nehmen konnte, besonders da es bei der Langsamkeit der römischen Behörden Monate dauern konnte, bis die ausgeschriebene Zählung beendet war. Darum war er auf die Herberge angewiesen und sehr besorgt, bei dem Andrang keinen Einlaß mehr zu finden. Und wirklich fand er beim Nähertreten, daß die Herberge überfüllt war.

Der Türhüter saß auf einem großen Zedernblock vor dem Tore. Hinter ihm lehnte ein Spieß an der Mauer, ein Hund saß an seiner Seite.

„Ich bin aus Bethlehem," sagte Josef, nachdem er ihn begrüßt hatte. „Ist kein Platz für –"

„Es ist kein Platz mehr übrig."

„Du dürftest von mir gehört haben. Ich bin Josef von Nazareth. Ich stamme aus dem Geschlechte Davids."

Auf diese Bemerkung hatte Josef seine Hoffnung gebaut. Ein Nachkomme Davids zu sein, galt als die höchste Ehre, und auch jetzt blieb die Berufung auf seine Abstammung nicht ohne Wirkung. Der Torhüter glitt vom Zedernblocke herab, berührte mit der Hand seinen Bart und sagte ehrfurchtsvoll:

„Rabbi, ich kann dir nicht sagen, wann dieses Tor sich zuerst einem Wanderer zum Willkomm öffnete; es sind gewiß mehr als tausend Jahre, und in dieser ganzen Zeit ist kein Beispiel bekannt, daß ein rechtschaffener Mann abgewiesen worden wäre, außer es war für Unterkunft kein Raum mehr. Wurde es so dem Fremden gegenüber gehalten, so muß der Wächter, der einem Nachkommen Davids den Eintritt verweigert, einen triftigen Grund haben. Darum begrüße ich dich abermals, und wenn du mit mir gehen willst, werde ich dir zeigen, daß nirgends im Hause ein Platz frei ist. Darf ich fragen, wann du angekommen bist?"

„Eben jetzt."

„Unter den vielen hier warten die meisten schon länger. Sie alle sind wie du infolge des kaiserlichen Befehls gekommen. Dann lagert hier noch eine Karawane aus Damaskus mit Kamelen und Gütern."

Josef blickte zu Boden. Dann sagte er mit Wärme:

„Ich frage nichts nach mir, aber ich habe mein Weib bei mir und die Nacht ist kalt, kälter hier oben als in Nazareth. Sie kann nicht unter freiem Himmel bleiben. Ist vielleicht in der Stadt noch Raum?"

„Diese Leute" – der Hüter zeigte mit der Hand auf die Menge vor dem Tore – „haben sämtlich die Stadt durchsucht und, wie sie melden, alle Plätze schon besetzt gefunden."

Wieder betrachtete Josef den Boden, während er halb zu sich selber sprach: „Sie ist so jung! Wenn ich ihr draußen auf dem Hügel ein Lager bereite, wird der Frost ihr Tod sein."

Dann wandte er sich wieder zum Wächter:

„Vielleicht kennst du ihre Eltern, Joachim und Anna, die aus Bethlehem gebürtig und gleich mir aus dem Hause Davids waren."

„Ja, ich kannte sie, sie waren gute Leute. Damals war ich noch ganz jung."

Diesmal sah der Türhüter gedankenvoll zu Boden. Plötzlich hob er sein Haupt.

„Wenn ich dir auch keinen Platz im Hause anweisen kann, so will ich dich doch nicht abweisen," sagte er. „Rabbi, was ich kann, will ich für dich tun. Ihr sollt nicht im Freien auf dem Hügel bleiben! Aber beeile dich, denn die Dunkelheit bricht herein."

Josef beeilte sich, seine Gattin und den Esel herbeizuführen. Maria hatte den Schleier zurückgezogen.

„Blaue Augen und goldiges Haar," murmelte der Wächter, als er sie erblickte. „So sah der junge König aus, als er vor Saul trat, ihn durch seinen Gesang zu erheitern."

Er nahm den Leitriemen aus Josefs Hand und sagte zu Maria:

„Friede sei mit dir, Tochter Davids!“ und zu Josef: „Rabbi, folge mir!“

Er führte sie durch den Hof der Herberge, dann auf einem schmalen Pfade zum grauen Kalksteinfelsen, der im Westen den Khan überragte.

„Wir gehn zur Höhle,“ bemerkte Josef kurz.

Der Führer wartete, bis Maria an seine Seite gekommen war. „Die Höhle, zu der wir nun gehn,“ sagte er zu ihr, „mußte auch deinem Ahn David eine Zufluchtsstätte bieten. Von dem Felde zu unseren Füßen und vom Brunnen unten im Tale pflegte er seine Herden hierher in Sicherheit zu bringen; auch als er schon König war, kam er nicht selten zu dem alten Hause hier zurück und brachte auch eine, große Menge Tiere mit. Die Krippen sind noch so erhalten, wie sie zu seiner Zeit waren. Besser ein Bett auf dem Boden, wo er geschlafen hat, als eines im Hofraume oder draußen am Saume der Straße.“

Eine niedrige, schmale Hütte war vor den Eingang der Höhle gebaut. An der Vorderseite befand sich eine Tür, die sich um gewaltige Angeln drehte. Der Führer öffnete sie und rief:

„Tretet ein!“

Sie traten in den Raum und blickten sich um. Durch die geöffnete Tür strömte das Licht auf einen unebenen Boden und ließ in der Mitte des Raumes Haufen von Getreide und Heu, irdene Gefäße und andere Hausgeräte wahrnehmen. Längs der Seitenwände standen aus Stein gemauerte Krippen, die auch für Schafe niedrig genug waren. Stallungen oder gesonderte Abteilungen waren nicht zu sehen.

„Diese Vorräte“, sagte der Führer, „sind für Wanderer wie ihr. Nehmt davon, was ihr benötigt.“ Dann wandte er sich zu Maria: „Kannst du hier ruhen?“

„Diese Stätte ist heilig,“ antwortete sie. “So will ich euch verlassen. Friede sei mit euch!“

Als er sich entfernt hatte, machten sie sich eilig daran, die Höhle wohnlich herzurichten.

Zu einer bestimmten Stunde am Abend hörte der Lärm in der Herberge auf. Gleichzeitig erhob sich jeder Israelit, blickte mit feierlich ernstem Gesichte gegen Jerusalem, kreuzte die Hände über der Brust und betete, denn es war die heilige neunte Stunde, zu welcher im Tempel auf dem Berge Moriah in Gottes geheimnisvoller Nähe das Opfer dargebracht wurde. Als das Gebet zu Ende war, begann das Gewoge aufs neue, jeder beeilte sich, ein Nachtmahl zu bereiten oder seine Lagerstätte herzurichten. Etwas später wurden die Lichter ausgelöscht; alles schwieg und sank in Schlaf.

Ungefähr um Mitternacht rief jemand auf dem Dache: „Was ist das für ein Licht am Himmel? Wachet auf, Brüder, wachet auf und schauet!“

Schlaftrunken richteten sich die Leute auf und blickten um sich, Staunen erfaßte alle, als sie zu vollem Bewußtsein gekommen waren. Ein Lichtstrahl, der in unermeßlicher Ferne über den nächsten Sternen seinen Anfang nahm, fiel schräg zur Erde, an seinem Beginne ein verschwindend kleiner Punkt, erweiterte er sich allmählich, so daß er auf der Erde sich auf Meilen zu erstrecken schien. Der Khan war so vom Licht beschienen. daß auf dem Dache jeder des andern Gesicht und das Staunen, das sich auf demselben malte, deutlich sehen konnte.

Minutenlang blieb der Strahl unverändert am Himmel. Das Staunen der Leute verwandelte sich in Scheu und Furcht: die Zaghaften zitterten, die Kühnsten sprachen nur im Flüsterton.

„Habt ihr je Ähnliches gesehen?“ fragte einer.

„Es scheint gerade über dem Berge dort zu sein. Ich kann nicht sagen, was es ist: ich habe auch nie etwas Ähnliches gesehen,“ lautete die Antwort.

„Ich weiß, was es ist,“ rief einer. „Die Hirten haben einen Löwen gesehen und Feuer gemacht, um ihn von den Herden fernzuhalten.“

Die Umstehenden atmeten erleichtert auf und sagten:

„Ja, so ist es! Wir sahen die Herden heute drüben im Tale weiden.“

Die Beruhigung dauerte aber nicht lange. Einer der Umstehenden rief:

„Nein, nein! Wenn man alles Holz in allen Tälern Judas auf einem Haufen zusammentrüge und in Brand steckte, könnte die Flamme kein so starkes und helles Licht geben.“

Tiefes Schweigen folgte dieser Bemerkung auf dem Dache, das nur einmal unterbrochen wurde, solange die Erscheinung dauerte.

„Brüder!“ rief ein Jude von ehrwürdigem Aussehen, „was wir hier schauen, ist die Himmelsleiter, die unser Vater Jakob im Traume gesehen. Gepriesen sei der Herr, der Gott unserer Väter!“

Drittes Kapitel

Ungefähr zwei Meilen südöstlich von Bethlehem liegt eine Ebene, die durch einen Gebirgszug von der Stadt geschieden ist. Gegen die Nordwinde wohl geschützt, war das Tal dicht mit Maulbeerbäumen, Zwergeichen und Fichten bewachsen, während die angrenzenden Schluchten mit Oliven- und Maulbeergebüsch bestanden waren. Alles das war um diese Jahreszeit von unschätzbarem Werte für die Schafe, Ziegen und Rinder, aus denen die wandernden Herden zusammengesetzt waren.

Am äußersten Ende des Tales befand sich unter einer schroffen Felswand eine geräumige, Jahrhunderte alte Schafhürde. Hirten, die am Tage vorher auf diese Ebene hinaufgezogen waren, um neue Weideplätze zu suchen, hatten bei Sonnenuntergang ihre Herden hineingetrieben, weil sie dort vor wilden Tieren in Sicherheit waren. Am Eingange zündeten sie ein Feuer an und nahmen ein einfaches Mahl, dann setzten sie sich zur Ruhe und Unterhaltung nieder, während einer Wache halten mußte. Nach einer Weile legten sie sich zum Schlafe nieder, und nur der Wächter schritt draußen auf und ab.

Die Nacht war, wie die meisten Winternächte in dem hügeligen Lande, hell und frisch; zahllose Sterne funkelten am Himmel. Kein Lüftchen regte sich. Nie schien die Luft so rein, und die Stille der Nacht war mehr als Schweigen; es war eine heilige Stille, ein Wink, daß der Himmel sich niederneigte, um der lauschenden Erde etwas Freudiges zuzuflüstern.

Langsam verstrich die Zeit. Endlich war es Mitternacht, und der Wächter wollte schon seine Ablösung wecken, um sich selbst zur Ruhe zu legen, als er plötzlich überrascht stehen blieb. Ein heller Lichtstrahl umgab ihn wie sanftes Mondlicht. Atemlos wartete er. Aber das Licht wurde immer heller, bis es die ganze Umgebung blendend erleuchtete. Von Schrecken erfaßt, rief er:

„Wacht auf, wacht auf!“

Die Hunde sprangen auf und liefen heulend davon. Die Herden rückten erschrocken eng zusammen. Die Männer standen auf und griffen zu den Waffen.

„Was ist's?“ riefen sie wie aus einem Munde.

„Seht!“ rief der Wächter, „der Himmel steht in Flammen!“

Der Glanz des Lichtes blendete sie so, daß sie ihre Augen verdeckten. Von Furcht und Schrecken erfaßt, warfen sie sich halb ohnmächtig mit dem

Angesichte zur Erde nieder, wie um zu sterben. Eine Stimme aber sprach zu ihnen:

„Fürchtet euch nicht!"

Sie horchten auf.

„Fürchtet euch nicht! denn siehe, ich verkünde euch eine große Freude, die allem Volke zuteil werden soll!"

Die Stimme klang so sanft und weich, daß sie keines Menschen Stimme sein konnte, und zugleich so hell, daß sie ihr ganzes Wesen durchdrang und sie mit Zuversicht erfüllte. Sie erhoben sich auf die Knie, und wie sie voll Ehrfurcht aufblickten, sahen sie in der Mitte des Lichtscheines die Erscheinung eines Mannes in glänzend weißem Gewande. Über seinen Schultern leuchteten die Spitzen zusammengefalteter Flügel hervor, über dem Haupte strahlte ein Stern in ruhigem Glanze wie der Abendstern. Und die Hirten erkannten, daß ein Engel Gottes zu ihnen herabgestiegen war.

Der Engel aber fuhr fort:

„Denn heute ist euch in der Stadt Davids der Heiland geboren worden, welcher ist Christus, der Herr!"

Abermals schwieg er, während seine Worte sich tief in ihre Herzen senkten.

„Und dies soll euch zum Zeichen sein," sagte der Himmelsbote weiter: „Ihr werdet ein Kind finden, in Windeln eingewickelt und in einer Krippe liegend."

Der Engel sprach nicht mehr; seine frohe Botschaft war verkündet; dennoch blieb er eine Zeitlang.

Plötzlich begann das Licht, dessen Mittelpunkt er zu sein schien, sich rosig zu färben und zu zittern; in hoher Ferne erschienen glänzende Flügel, und eine Menge strahlender Gestalten und viele Stimmen erschallten und sangen zu gleicher Zeit:

„Ehre sei Gott in der Höhe und Friede den Menschen auf Erden, die eines guten Willens sind!"

Als die Hirten wieder zu sich gekommen waren, blickten sie einander wie traumverloren an, bis einer von ihnen sagte:

„Es war Gabriel, der Bote des Herrn an die Menschen."

Keiner antwortete.

„Christus der Herr ist geboren; sagte er nicht so?“

Nun erlangte ein anderer die Sprache wieder und antwortete:

„Ja, das sagte er.“

„Und sagte er nicht auch: in der Stadt Davids? Das ist ja unser Bethlehem dort! Und wir würden ihn als Kind finden, in Windeln eingewickelt?“ “Und in einer Krippe liegend.“

Der, welcher zuerst gesprochen hatte, starrte nachdenklich ins Feuer; wie wenn er zu einem plötzlichen Entschlusse gekommen wäre, sagte er endlich:

„Es gibt nur einen Ort in Bethlehem, wo Krippen sind; nur einen, und zwar in der Höhle dort bei der alten Herberge. Brüder, laßt uns hingehen und sehen, was sich zugetragen hat. Die Priester und Schriftgelehrten erwarten schon lange den Messias. Jetzt ist er geboren, und der Herr hat uns ein Zeichen gegeben, an dem wir ihn erkennen können. Laßt uns hingehn und ihn anbeten.“

„Aber die Herden!“

„Der Herr wird sie in seine Obhut nehmen. Beeilen wir uns!“

Sie standen alle auf und verließen die Hürde. Sie gingen um den Berg herum und sodann durch die Stadt der Herberge zu. Am Tor angelangt, wurden sie vom Wächter angehalten.

„Was wünschet ihr?“ fragte er.

„Wir haben heute nacht wunderbare Dinge gesehen und gehört,“ antworteten sie.

„Nun, auch wir haben etwas Merkwürdiges gesehen, gehört aber nichts. Was habt ihr gehört?“

„Gehn wir zuerst zur Höhle in der Einfriedigung, um Gewißheit zu erlangen. Der Messias ist geboren!“

„Der Messias! Woher wißt ihr das?“

„Er wurde heute nacht geboren und liegt nun in einer Krippe; so wurde uns verkündet. Es gibt in Bethlehem nur einen Ort mit Krippen.“

„Die Höhle?“

„Ja! Komm mit!“

Sie durchschritten den Hof, ohne beachtet zu werden, obgleich dort noch einige wach waren und über das wunderbare Licht sprachen.

Die Tür der Höhle war offen, eine Laterne brannte im Innern. Sie traten ohne weiteres ein. "Friede sei mit dir!" grüßte der Torwächter Josef. „Es sind Leute hier, die ein Kind suchen, das diese Nacht geboren worden sei. Sie wollen es daran erkennen, daß es in Windeln eingewickelt ist und in einer Krippe liegt."

Josef war gerührt; er wandte sich um und sprach: „Das Kind ist hier."

Sie wurden zu einer der Krippen geführt, dort lag das Kind. Das Licht wurde herbeigebracht, sodann betrachteten die Hirten in stummer Andacht das Kind.

„Es ist der Messias!" sagte endlich einer von ihnen.

„Der Messias!" wiederholten alle und fielen anbetend auf die Knie.

Die schlichten Männer küßten den Saum des Kleides der Mutter und entfernten sich dann mit freudestrahlendem Gesicht. In der Herberge weckten sie die Leute und erzählten ihnen, was sie gesehen und gehört hatten. Auf dem ganzen Wege durch die Stadt und bis zur Hürde zurück sangen sie das Loblied der Engel: „Ehre sei Gott in der Höhe und Friede den Menschen auf Erden, die eines guten Willens sind!"

Die Erzählung der Hirten verbreitete sich rasch und wurde durch das Licht, das weit und breit gesehen wurde, bestätigt. An den folgenden Tagen wurde die Höhle von einer Menge Neugieriger besucht, von denen manche glaubten, aber mehr noch lachten und spotteten.

Viertes Kapitel

Am elften Tage nach der Geburt des Kindes, um die Mitte des Nachmittags, näherten sich die drei Weisen von Sichem her der Stadt Jerusalem. Als sie den Bach Kidron überschritten hatten, wurde die Straße belebter. Alle, denen sie begegneten, blieben stehn und blickten ihnen neugierig nach. Obgleich große Verkehrsstraßen durch Jerusalem führten und viele Fremden hier waren, erregten die drei Weisen doch die Aufmerksamkeit aller durch die Größe und Schönheit ihrer weißen Kamele und durch die Pracht ihrer Ausstattung. Vor einer Menschengruppe, die an der Straße gegenüber den Königsgräbern saß, hielten die vornehmen Fremden.

„Gute Leute," sagte Balthasar und beugte sich dabei von seinem Sitz herab, „liegt nicht Jerusalem in der Nähe?"

„Ja," antwortete eine Frau, „wenn die Bäume dort auf dem Hügel etwas niedriger wären, könntet ihr die Türme auf dem Marktplatze sehen."

Balthasar warf dem Griechen und dem Inder einen Blick zu und fragte dann:

„Wo ist der neugeborene König der Juden?"

Die Gefragten blickten einander verständnislos an, ohne zu antworten.

„Habt ihr nicht von ihm gehört?"

„Nein."

„Nun, so erzählt allen, daß wir seinen Stern im Morgenlande gesehen haben und gekommen sind, ihn anzubeten."

Die Freunde ritten nun wieder weiter.

Die gleiche Frage richteten sie auch an andere, aber mit demselben Erfolge. Eine Schar Menschen, die auf dem Wege zur Jeremiasgrotte war, geriet über die Frage und die Erscheinung der Männer in solches Staunen, daß sie umkehrte und ihnen in die Stadt folgte.

Sie waren von dem Gedanken an ihre Sendung so sehr erfüllt, daß sie keinen Sinn hatten für den herrlichen Anblick, der sich ihnen jetzt bot. Sie ritten durch das Damaskustor, an dem ein römischer Soldat Wache hielt.

„Friede sei mit dir!" grüßte der Ägypter mit klarer Stimme.

Die Wache gab keine Antwort.

„Wir kommen aus weiter Ferne, um den neugebornen König der Juden zu suchen. Kannst du uns sagen, wo wir ihn finden?"

Der Soldat hob das Visier seines Helmes und rief mit lauter Stimme. Rechts vom Eingange erschien ein Offizier. "Was wollt Ihr?" fragte er Balthasar in der Sprache des Landes.

Und Balthasar antwortete in derselben Sprache:

„Wo ist der neugeborene König der Juden?"

„Herodes?" fragte erstaunt der Offizier.

„Herodes hat sein Königtum vom Kaiser. Nein, nicht Herodes."

„Einen andern König der Juden gibt es nicht!“

„Aber wir haben seinen Stern gesehen und sind gekommen, ihn anzubeten.“

Der Römer war erstaunt.

„Geht weiter!“ sagte er endlich. „Geht weiter! Ich bin kein Jude. Fragt die Gesetzeslehrer im Tempel, oder Annas, den Priester, oder noch besser Herodes selbst. Wenn es außer ihm noch einen andern König der Juden gibt, wird er ihn zu finden wissen.“ Er machte nun den Fremden die Bahn frei und diese zogen durch das Tor.

Bei Beginn der engen Straße hielt Balthasar sein Tier an und sagte zu seinen Freunden:

„Der Zweck unseres Hierseins ist nun genügend bekannt. Bis Mitternacht wird die ganze Stadt von uns und unserer Sendung gehört haben. Suchen wir nun die Herberge auf.“

An jenem Abend waren mehrere Frauen auf der oberen Stufe der Treppe, die zum Teiche Siloah hinabführt, mit Waschen beschäftigt. Eine jede kniete vor einer breiten, irdenen Schüssel. Ein Mädchen, das am unteren Ende der Treppe stand, versorgte sie mit Wasser und sang, während es den Krug füllte. Während sie fleißig die Hände regten, die Wäsche in den Schüsseln rieben und wandten, traten zwei andere Frauen, jede mit einem leeren Kruge auf der Schulter, zu ihnen.

„Friede sei mit euch!“ grüßte die eine von ihnen.

Die anderen hielten in ihrer Arbeit inne, richteten sich auf, trockneten ihre Hände und erwiderten den Gruß.

„Wißt ihr, was Neues geschehen ist?“ “Was soll denn geschehen sein?“

„Ihr habt also nichts gehört?“

„Nein!“

„Man sagt, der Messias sei geboren,“ brach die Neuigkeitskrämerin mit ihrer Erzählung los.

Lebhafte Neugierde spiegelte sich in den Gesichtern der Frauen. Schnell wurden die Krüge niedergestellt und in ebensoviele Sitze verwandelt.

„Der Messias!“ riefen alle.

„So erzählt man."

„Wer?"

„Alle; es ist das allgemeine Gespräch."

„Glaubt es denn auch jemand?"

„Heute nachmittag kamen drei Männer über den Bach Kidron auf dem Wege von Sichem her," erwiderte die Erzählerin mit umständlicher Genauigkeit, um jedem Zweifel zu begegnen.

„Jeder ritt ein glänzend weißes Kamel von solcher Größe, wie man sie bisher in Jerusalem nicht gesehen hat."

Die Zuhörerinnen sperrten Mund und Augen auf.

„Es waren sicherlich vornehme und reiche Männer," fuhr sie fort; „denn sie saßen unter einem seidenen Gezelte. Die Schnallen ihrer Sättel waren von Gold, desgleichen die Borten ihrer Zäume, die Schellen waren aus Silber und gaben liebliche Musik. Niemand kannte sie; sie sahen aus, wie wenn sie von den Grenzen der Erde gekommen wären. Nur einer führte das Wort, und an alle, denen sie begegneten, selbst an die Frauen und Kinder, richtete er die Frage: Wo ist der neugeborne König der Juden? – Niemand gab ihnen Antwort, niemand begriff, was sie meinten; und so zogen sie weiter mit der Erklärung: Wir haben seinen Stern im Morgenlande gesehen und sind gekommen, ihn anzubeten. Sie legten diese Frage auch dem Römer am Tore vor, und dieser, ebenso unwissend wie das einfache Volk am Wege, sandte sie zu Herodes."

„Wo sind sie jetzt?" "In der Herberge. Hunderte sind hingegangen, sie zu sehen, Hunderte gehn noch immer hin."

„Wen meinen sie mit dem König der Juden?"

„Den Messias, der soeben geboren sei."

Eine von den Frauen lachte und ging wieder an die Arbeit, indem sie sprach:

„Nun, wenn ich ihn sehe, will ich glauben."

Eine andere folgte ihrem Beispiel:

„Und ich, – nur wenn ich ihn die Toten auferwecken sehe, will ich glauben."

Eine dritte sagte ruhig:

„Er ist vor langer Zeit verheißen worden. Mir soll es genug sein, wenn ich ihn nur einen einzigen Aussätzigen heilen sehe."

So saßen sie und plauderten, bis die Nacht einbrach und mit ihrer Kühle sie zwang, nach Hause zu gehen.

Fünftes Kapitel

Am selben Abend, ungefähr zu Beginn der ersten Nachtwache, fand im Palast auf dem Berge Zion eine Versammlung von ungefähr fünfzig Männern statt, die immer nur auf Befehl des Herodes abgehalten wurde, und zwar nur dann, wenn er über die eine oder andere schwierige Frage aus dem jüdischen Rechte oder der jüdischen Geschichte Auskunft begehrte. Es war eine Zusammenkunft der Gesetzeslehrer, der Hohenpriester und der durch Gelehrsamkeit ausgezeichneten Männer, der Führer der öffentlichen Meinung und der verschiedenen religiösen Anschauungen. Darunter befanden sich die Häupter der Sadduzäer, Pharisäer und Essäer.

Das Gemach, in dem die Sitzung stattfand, lag in einem der inneren Hofräume des Palastes und war sehr geräumig. Der Fußboden war mit Marmorplatten ausgelegt, die fensterlosen Wände schmückten Freskogemälde in safrangelben Feldern. In der Mitte des Saales befand sich ein mit hellgelben Kissen bedeckter Diwan in Hufeisenform mit der Öffnung dem Eingange zu, an der Krümmung des Diwans stand ein großer dreifüßiger Sessel, der seltsam mit Gold und Silber ausgelegt war. Über ihm hing von der Decke ein Kronleuchter mit sieben Armen herab, deren jeder eine brennende Lampe hielt.

Die Männer saßen nach Art der Morgenländer auf dem Diwan, ihre Kleidung hatte gleichen Schnitt, aber verschiedene Farben. Sie standen größtenteils in vorgerücktem Alter, lange Bärte umwallten ihre Gesichter. Die langen, gekrümmten Nasen und die großen, schwarzen Augen, die von dichten Brauen überschattet waren, verliehen ihnen ein eigenartiges Aussehen; ihr Benehmen war ernst, würdevoll, sozusagen patriarchalisch.

Am obersten Ende saß der Vorsitzende, eine ungewöhnliche, seltsame Erscheinung. Sein von Natur großer und starker Körper war schon gebeugt und wie zu einem Skelett zusammengeschrumpft; ein weißes Kleid hing in losen Falten von den Schultern herab. Die Hände, die von seidenen, rot und weiß gestreiften Ärmeln halb verdeckt waren, hielt er gefaltet auf dem Knie. Sein Haupt war kahl und nur von wenigen silberweißen Haaren umsäumt; den unteren Teil des Gesichtes bedeckte ein lang herabwallender Bart, der ihm ein ehrwürdiges Aussehen gab. Das war Hillel, der Babylonier. In einem Alter von hundertundsechs Jahren war er noch Vorsitzender des Hohen Rates.

Auf dem Tische vor ihm lag ausgebreitet eine Pergamentrolle, die mit hebräischen Schriftzeichen beschrieben war, hinter ihm stand in abwartender Haltung ein reichgekleideter Knabe. Diesen rief er vor.

„Geh und melde dem König, daß wir bereit sind, ihm Antwort zu geben."

Der Knabe eilte hinweg.

Nach einer Weile traten zwei Soldaten ein und stellten sich rechts und links von der Tür auf. Ihnen folgte langsam eine auffallende Persönlichkeit, ein Greis in einem Purpurgewande, das mit Scharlach verbrämt war. Eine Binde aus fein getriebenem Golde, die schmiegsam war wie Leder, umgürtete den Leib, seine Schuhe funkelten von Edelsteinen, ein schmaler Kronreif aus Filigran schimmerte an seinem Haupte, das in einen auf die Schulter herabfallenden Tarbusch aus feinstem roten Samt gehüllt war. Anstatt eines Siegels hing ein Dolch an seinem Gürtel. Er hinkte im Gehen und stützte sich auf einen Stab. Ohne aufzublicken, trat er bis zum Diwan vor. Als ob er eben erst die Versammelten bemerkt hätte, richtete er sich nun auf und blickte stolz um sich, so finster, argwöhnisch, drohend war der Blick, den er auf die Anwesenden warf, daß man hätte meinen können, er suche einen Feind.

Es war Herodes der Große. Gebrochen am Leibe durch Krankheiten, belastet mit schweren Verbrechen, ausgestattet mit herrlichen Geistesgaben –ein würdiger Genosse der Cäsaren –, behauptete er noch jetzt in seinem siebenundsechzigsten Jahre seinen Thron mit wachsamer Eifersucht, despotischer Macht und unerbittlicher Grausamkeit.

Eine allgemeine Bewegung ging durch die Versammelten; die älteren beugten sich zum Gruße vor. Andere, die Hofgunst mehr zu schätzen wußten, erhoben sich von ihren Sitzen, beugten das Knie und legten die Hände an den Bart oder auf die Brust. Nachdem Herodes Umschau gehalten hatte, schritt er bis zum Dreifuß gegenüber dem ehrwürdigen Hillel, der seinem kalten Blicke mit einer Verneigung des Hauptes und einer leichten Erhebung der Hände begegnete.

„Die Antwort!“ sagte der König in gebieterischer Kürze, zu Hillel gewandt, und stützte sich dann mit beiden Händen auf den Stab. – „Die Antwort!“

Die Augen des ehrwürdigen Greises leuchteten in mildem Lichte. Er erhob sein Haupt, blickte dem König voll ins Gesicht und antwortete unter gespannter Aufmerksamkeit der Anwesenden: “Der Friede des Gottes Abrahams, Isaaks und Jakobs sei mit dir, o König!“ Seine Worte klangen feierlich wie ein Gebet; dann fuhr er in gewöhnlichem Tone fort: „Du hast von uns zu wissen verlangt, wo der Messias geboren werden, sollte.“

Der König nickte, während sein finsterer Blick fest auf Hillel gerichtet war.

„Nun denn, o König! In meinem Namen und im Namen meiner Brüder hier, die mit mir gleicher Meinung sind, sage ich dir: zu Bethlehem in Judäa.“

Hillel blickte aus die Pergamentrolle, die auf dem Dreifuße lag, zeigte mit zitterndem Finger auf eine Stelle hin und las: „Und du, Bethlehem im Lande Judäa, bist keineswegs die geringste unter den Fürstenstädten Judas; denn aus dir wird hervorgehn der Fürst, der mein Volk Israel regieren soll.“

Herodes war betroffen, nachdenklich ruhte sein Blick auf dem Pergament. Die Anwesenden wagten kaum zu atmen; sie schwiegen wie Herodes. Endlich wandte er sich um und verließ den Saal.

„Brüder,“ sagte Hillel, „wir sind entlassen.“

Die Versammelten erhoben sich und gingen gruppenweise fort.

„Simeon!“ sprach Hillel wieder.

Ein Mann im Alter von etwa fünfzig Jahren, aber in voller körperlicher Frische, antwortete auf den Ruf und trat zu Hillel.

„Nimm das heilige Pergament, mein Sohn, und rolle es mit gebührender Sorgfalt zusammen!“

Der Befehl wurde vollzogen.

„Nun reiche mir deinen Arm und führe mich zur Sänfte!“

So verließen der berühmte Lehrer und sein Sohn Simeon, welcher der Erbe seiner Weisheit, Gelehrsamkeit und seines Amtes sein sollte, den Sitzungssaal des Hohen Rates.

Am selben Abend, aber noch etwas später, legten sich die drei Weisen in einer Kammer der Herberge zur Ruhe nieder. Die Steine, welche ihnen als Kopfkissen dienten, gaben ihnen eine so hohe Lage, daß sie durch den offenen Eingang das Firmament erblicken konnten; und wie sie die blinkenden Sterne betrachteten, dachten sie daran, wann ihnen die nächste Offenbarung werden würde. Während sie mit diesen Gedanken beschäftigt dalagen, schritt ein Mann durch den Eingang. „Wachet auf!“ rief er ihnen zu. „Ich bringe euch eine Botschaft, die kein Zögern duldet.“

„Von wem?“ fragte der Ägypter.

„Vom König Herodes!“

„Bist du nicht der Wächter der Herberge?“ fragte Balthasar.

„Ja, das bin ich.“

„Was wünscht der König von uns?“

„Sein Bote wartet draußen; er wird es euch sagen.“

„Saget ihm, er möge warten, wir werden sogleich kommen.“

Sie standen auf, legten die Sandalen an, warfen die Mäntel um und traten hinaus:

„Ich grüße euch und wünsche euch Frieden!“ sagte der Bote. „Mein Gebieter, der König, hat mich gesandt, euch einzuladen, in den Palast zu kommen, wo er allein mit euch sprechen will.“

„Des Königs Wille ist unser Wille,“ sprach Balthasar zum Boten; „wir werden dir folgen.“

Er trat dann zu dem Wächter der Herberge heran und sagte ihm leise: „Bereite, während wir fort sind, alles zu unserer Abreise vor, vielleicht ist es nötig, daß wir sofort aufbrechen.“

Die Straßen der heiligen Stadt waren damals ebenso eng wie heute; stumm folgten die drei Männer ihrem Führer, der sie endlich zu einem Tore führte. In dem Scheine zweier Kohlenfeuer, die vor dem Tore brannten, konnten sie die Umrisse eines Gebäudes sowie einige Wachtposten sehen, die regungslos auf ihre Waffen gestützt lehnten. Ohne angehalten zu werden, schritten sie durch das Tor. Und dann wurden sie durch ein ganzes Labyrinth von oft unbeleuchteten Gängen und Hallen, Hofräumen und Gemächern sowie über mehrere Treppen bis zu einem Turm von beträchtlicher Höhe geführt. Plötzlich blieb der Führer stehen, zeigte auf eine offene Tür und sprach zu ihnen: „Tretet ein! Hier ist der König."

Der drückende Duft des Sandelholzes erfüllte das Gemach, in welches sie jetzt traten; die ganze Einrichtung zeugte von üppiger Prachtliebe. Ein schwerer Teppich war in der Mitte ausgebreitet und auf ihm stand ein Thron. Die Besucher hatten kaum Zeit, einen flüchtigen Blick auf den Raum und seine Einrichtung zu werfen, ihre ganze Aufmerksamkeit wurde von Herodes in Anspruch genommen, der in derselben Kleidung, die er in der Sitzung des Hohen Rates getragen hatte, auf dem Throne saß, um die Fremden zu empfangen.

Sie traten unaufgefordert bis zum Rande des Teppichs vor und verbeugten sich dann bis zum Boden. Der König klingelte. Ein Diener kam herein und stellte drei Stühle vor dem Throne auf.

„Setzet euch!" sagte huldvoll der Herrscher.

Als sie ihre Plätze eingenommen hatten, fuhr er fort: „Vom Nordtore her wurde mir heute nachmittag die Ankunft dreier Fremdlinge berichtet, die seltsam beritten und ausgerüstet waren und aussahen, als seien sie aus fernen Ländern gekommen. Seid ihr diese Männer?"

Auf einen Wink des Griechen und des Inders nahm der Ägypter das Wort und antwortete unter einer tiefen Verneigung:

„Wären wir andere als wir sind, so hätte uns der mächtige Herodes nicht hergerufen."

„Wer seid ihr? Woher kommt ihr?" fragte Herodes weiter. Sie erstatteten ihm nun, einer nach dem andern, Bericht, indem sie einfach Ort und Land ihrer Geburt sowie den Weg, auf dem sie nach Jerusalem gekommen waren, angaben. Etwas enttäuscht, forschte sie Herodes genauer aus.

„Wie lautete die Frage, die ihr beim Tore an den wachehabenden Offizier stelltet?"

„Wir fragten ihn: Wo ist der neugeborne König der Juden?" "Ich begreife nun, warum das ganze Volk so in Bewegung kam. Ihr reget mich nicht minder auf. Gibt es denn noch einen andern König der Juden?"

Furchtlos antwortete der Ägypter:

„Ja, er wurde soeben geboren."

Ein Zug des Schmerzes flog über das finstere Antlitz des Herrschers, wie wenn eine schreckliche Erinnerung seinen Geist folterte. „Nicht mir!“ rief er aus, „nicht mir wurde er geboren!“ Als er die Fassung wiedererlangt hatte, fragte er ruhig: „Wo ist der neugeborene König?“

„Das ist es eben, o König, wonach wir fragen!“

„Ihr setzt mich in Erstaunen! Ihr legt mir ein Rätsel vor, das schwieriger ist als jenes salomonische. Saget mir alles, was ihr über den Neugebornen wißt, und ich will euch helfen, ihn zu suchen. Und wenn wir ihn gefunden haben, will ich tun, was ihr nur wünschet. Ich will ihn nach Jerusalem bringen und ihn zum König erziehen, ich will meinen Einfluß beim Kaiser verwenden, um ihm hohe Stellungen und Ehren zu verschaffen. Eifersucht soll es nicht unter uns geben, das schwöre ich. Doch sagt mir zuerst, wie konntet ihr, die ihr doch durch Meere und Wüsten so weit voneinander getrennt waret, gleichzeitig von ihm hören?“

„Ich will es dir in Wahrheit sagen, o König!“

„Sprich!“ gebot Herodes.

Balthasar richtete sich auf und sprach feierlich: „Es gibt einen allmächtigen Gott.“

Herodes erschrak sichtlich.

„Dieser befahl uns, hierher zu kommen und versprach uns, daß wir den Erlöser der Welt finden würden, daß wir ihn sehen

und anbeten und von seiner Ankunft Zeugnis geben sollten. Als Zeichen vom Himmel war einem jeden von uns beschieden, einen Stern zu schauen. Sein Geist war mit uns. O König, sein Geist ist jetzt mit uns!“ Die drei Männer waren aufs tiefste bewegt; der Grieche vermochte mit Mühe einen Ausruf zurückzuhalten. Herodes' Blicke schossen von einem zum andern, er war noch unbefriedigter und noch mehr von Argwohn erfüllt als vorher.

„Ihr treibt mit mir Spott,“ sagte er. „Und wenn nicht, so erzählt mir mehr. Was soll auf die Ankunft des neuen Königs folgen?“

„Die Erlösung der Menschen.“

„Wovon?“

„Von ihrer Sündhaftigkeit.“

„Wodurch?“

„Durch die Kraft Gottes; durch Glaube, Liebe und gute Werke."

„Dann –" Herodes hielt inne, sein Blick ließ in keiner Weise die Gefühle erkennen, die seine Brust bewegten, als er fortfuhr: „Dann seid ihr die Verkündiger des Messias. Ist das alles?" Balthasar verbeugte sich tief: „Wir sind deine Diener, o König!"

Der König klingelte und der Diener erschien. „Bringe die Geschenke!" sagte der Herrscher.

Der Diener ging hinaus. In kurzer Zeit kehrte er zurück, kniete vor den Gästen nieder und reichte jedem einen Mantel in scharlachroter und blauer Farbe und einen golddurchwirkten Gürtel. Sie nahmen die Ehrengeschenke mit orientalisch unterwürfigen Dankesbezeugungen an.

„Noch ein Wort!" sagte Herodes, als die Förmlichkeiten beendet waren. „Ihr habt zum Offizier beim Tore und soeben zu mir von einem Stern gesprochen, den ihr im Morgenlande gesehen habt."

„Ja," sagte Balthasar, „es war sein Stern, der Stern des Neugeborenen."

„Um welche Zeit erschien er?"

„Als uns befohlen wurde, hierher zu kommen."

Herodes erhob sich, ein Zeichen, daß die Audienz zu Ende war. Er stieg vom Throne herunter, ging ihnen entgegen und sagte huldvollst: .

„Wenn ihr, erlauchte Männer, in der Tat die Verkündiger des neugeborenen Messias seid, wie ich nicht zweifle, so wisset, daß ich heute abend die weisesten der jüdischen Lehrer befragt habe, und sie sagen einstimmig, er solle zu Bethlehem in Judäa geboren werden. Ich sage euch also, geht dorthin; geht hin und forschet genau nach dem Kinde. Und wenn ihr es gefunden habt, so zeiget es mir an, damit auch ich komme, es anzubeten. Nichts soll euch auf dem Wege hinderlich sein. Friede sei mit euch!"

Und sich in seinen Mantel hüllend, verließ er das Gemach. Alsbald kam der Führer, geleitete sie hinab zur Straße und von da zur Herberge. Beim Tore angelangt, rief der Grieche bewegt:

„Laßt uns nach Bethlehem gehn, Brüder, wie der König uns geraten hat!"

„Ja," rief der Inder, „der Geist drängt mich."

„Es sei!" sprach Balthasar mit gleicher Wärme. „Die Kamele stehn bereit."

Sie beschenkten den Torwächter, schwangen sich in die Sättel, ließen sich den Weg nach dem Joppe-Tore zeigen und ritten fort. Als sie auf die Ebene von Rephaim gelangten, erschien am Himmel ein Licht, zuerst unbestimmt und matt. Ihre Herzen pochten schneller. Das Licht nahm rasch an Stärke zu, und schließlich sahen sie wieder den Stern. Er stand ganz niedrig am Himmel und ging langsam vor ihnen her. Sie falteten die Hände und stießen im Übermaß der Freude einen Schrei aus.

„Gott ist mit uns! Gott ist mit uns!" jubelten sie und folgten dem Stern, bis er über einem abgelegenen Stalle in der Nähe von Bethlehem stille stand.

Eben begann die dritte Nachtwache. Im Osten dämmerte bereits über den Bergen der Morgen, aber so schwach, daß es im Tale noch Nacht war. Der Wächter auf dem Dache der Herberge lauschte, von Kälte durchschauert, sehnsüchtig den ersten vernehmbaren Lauten, womit das erwachende Leben den anbrechenden Tag begrüßt, als ein Licht den Berg heraufschimmerte und dem Hause sich näherte. Er hielt es erst für eine Fackel in der Hand eines nächtlichen Wanderers, dann meinte er, ein Meteor zu sehen. Der Glanz des Lichtes nahm aber immer zu, bis er sah, daß es ein Stern war. Aufs höchste erschreckt, schrie er auf und weckte dadurch alle Leute, die im Khan schliefen, sie eilten auf das Dach.

Die Erscheinung kam immer näher. Die Felsen, die Bäume und die Straße waren hell erleuchtet, und das Licht wurde so blendend, daß man die Augen hinwegwenden mußte. Einige unter den Zuschauern fielen auf die Knie nieder, verhüllten ihr Angesicht und beteten. Wer nach dem Stern zu schauen wagte, sah ihn gerade über dem Hause vor der Höhle, wo das Kind geboren wurde, stillstehn.

Als das Licht am stärksten strahlte, langten die Weisen bei der Herberge an. Vor dem Tore stiegen sie von den Kamelen und begehrten laut Einlaß. Erst nach einiger Zeit hatte der Wächter sich so weit von seinem Schrecken erholt, daß er ihrem Rufe Folge leisten konnte, er stieg hinab, schob den Riegel zurück und öffnete ihnen. Die Kamele erschienen in dem wunderbaren Lichte wie geisterhaft; das Fremdländische an den drei Besuchern, ihr ungestümer Eifer und ihre Begeisterung, die sich auf ihren Gesichtern wie an ihrem ganzen Wesen zeigten, mußten die Furcht und die Phantasie des Wächters noch mehr erregen. Er taumelte zurück und konnte eine Zeitlang die an ihn gestellten Fragen nicht beantworten.

„Ist dies nicht Bethlehem in Judäa?“

Es traten auch andere hinzu und ihre Gegenwart gab ihm wieder Mut.

„Nein, dies ist nur die Herberge; die Stadt liegt weiter drüben.“ “Befindet sich hier nicht ein neugebornes Kind?“

Die Nebenstehenden blickten einander verwundert an, einige aber antworteten: „Ja, ja!“

„Führt uns zu ihm!“ rief Balthasar, „denn wir haben seinen Stern gesehen, den nämlichen, den ihr dort über dem Hause seht, und sind gekommen, ihn anzubeten.“

Die Leute auf dem Dache stiegen herab und folgten den Fremden, als sie jetzt über den Hof und in die Einfriedung hinausgeführt wurden. Als die Fremden sich dem Hause näherten, erhob sich der Stern, als sie an der Tür waren, schwebte er erblassend hoch über ihnen, und als sie eintraten, entschwand er vollends dem Gesichtskreis. Alle Zuschauer begriffen, daß zwischen dem Sterne und den Fremden ein innerer Zusammenhang waltete, der sich auch auf die Bewohner der Höhle erstreckte. Als die Tür geöffnet ward, drängten sie sich hinein.

Der Raum, den sie betraten, war so weit von einer Laterne erleuchtet, daß es den Fremden möglich war, die Mutter und das Kind, das wach in ihren Armen lag, zu sehen.

„Ist das dein Kind?“ fragte Balthasar Maria.

Und sie, die alles, was irgendwie das Kind betraf, in ihrem Herzen bewahrte und erwog, hielt es gegen das Licht und sprach: „Dies ist mein Sohn!“

Und sie fielen nieder und beteten ihn an.

Wie sie sahen, glich das Kind anderen Kindern, sein Haupt schmückte weder ein Glorienschein noch eine irdische Krone. Seine Lippen öffneten sich nicht zur Rede, wenn es auch ihre Freudenrufe, ihre Lobpreisungen und Gebete hörte, es gab doch kein Zeichen davon, sondern blickte nach Kindesart länger nach dem Lichte als nach ihnen.

Nach einiger Zeit erhoben sie sich und gingen zu den Kamelen. Dann kamen sie wieder mit Geschenken, Gold, Weihrauch und Myrrhen, und legten sie unter ehrfurchtsvollen Reden und Gebeten dem Kinde zu Füßen. Dies war also der

Erlöser, den zu suchen sie aus weiter Ferne gekommen waren! Und sie beteten ihn an ohne irgendwelchen Zweifel im Herzen.

Ihr Glaube gründete sich auf die Zeichen, die ihnen derjenige gesandt hatte, den auch wir als unsern Vater erkennen. Seine Verheißungen genügten ihnen so vollständig, daß sie nicht nach feinen Mitteln und Wegen fragten. Wenige waren es, welche die Zeichen gesehen und die Verheißungen gehört hatten: die Mutter und Josef, die Hirten und die drei Weisen, und sie alle glaubten in gleicher Weise.

Sechstes Kapitel

Wir übergehen nun die folgenden einundzwanzig Jahre und versetzen uns in den Beginn der Verwaltung des Valerius Gratus, des vierten kaiserlichen Statthalters oder Landpflegers von Judäa. Während dieser Zeit hatten in dem Lande große Veränderungen stattgefunden. Herodes der Große war innerhalb eines Jahres nach der Geburt des Kindes gestorben, und zwar in einer so elenden Weise, daß die christliche Welt nicht ganz mit Unrecht behauptet, er sei vom göttlichen Zorne getroffen worden. Wie alle Herrscher, die nur auf Verstärkung ihrer Macht bedacht sind, träumte er davon, Krone und Reich zu vererben, eine Dynastie zu gründen. In dieser Absicht verfügte er testamentarisch, daß sein Land unter seine drei Söhne Antipas, Philipp und Archelaus geteilt werden, der Königstitel aber auf letzteren übergehen sollte.

Der Kaiser Augustus bestätigte auch dieses Testament, doch sollte der Königstitel dem Archelaus so lange vorenthalten bleiben, bis er Beweise seiner Befähigung und loyalen Gesinnung erbracht haben würde. Dafür aber wurde er zum Ethnarchen ernannt. Als solcher führte er neun Jahre hindurch die Regierung, wurde aber dann wegen schlechter Verwaltung und Unfähigkeit abgesetzt und in Gallien in die Verbannung geschickt.

Judäa wurde nun eine römische Provinz und zur Präfektur Syrien geschlagen. Auch war nicht länger Jerusalem der Sitz der Regierung, sondern Cäsarea. Alles dies kränkte das Selbstgefühl der Juden sehr, und sie hatten nur den einen Trost, daß der Hohepriester im herodianischen Palast wohnte und dort wenigstens den Schein einer Herrschergewalt ausübte. Aber die Entscheidung über Leben und Tod war dem Landpfleger vorbehalten. Die gerichtlichen Verhandlungen wurden im Namen Roms und nach römischen Gesetzen geführt. Zudem war im königlichen Palast auch die kaiserliche Steuerbehörde mit ihrem Heer von Beamten, Unterbeamten, Schreibern, Einnehmern, Denunzianten und Spähern untergebracht. Und doch fanden die Juden in ihren Träumen von Freiheit und Selbständigkeit eine gewisse Genugtuung in dem Umstände, daß der oberste Beamte im Palast ein Jude war. Seine bloße tägliche Gegenwart daselbst erinnerte sie an die Verheißungen der Propheten, an den Bund Jehovahs mit seinem Volke und an die Zeiten, da er durch die Söhne Aarons die zwölf Stämme regierte. Es galt ihnen als sicheres Zeichen, daß Jehovah sie nicht verlassen habe.

Auf diese Weise nährten sie ihre Hoffnung und warteten in Geduld, bis der Löwe aus dem Stamme Juda kommen und Israel regieren werde.

Mehr als achtzig Jahre lang war Judäa eine römische Provinz gewesen, und die Römer waren zur Überzeugung gelangt, daß dieses Volk leicht zu regieren sei, wenn man nur seine Religion achte. Dementsprechend hatten sich die Vorgänger des Gratus jeder Einmengung in die religiösen Gebräuche ihrer Untertanen gewissenhaft enthalten. Dieser aber schlug einen andern Weg ein, und seine erste Regierungshandlung war die Absetzung des Hohenpriesters Annas, an dessen Stelle er den Ismael, den Sohn des Fabus, fetzte. Um diese Zeit gab es in Judäa eine Partei der Vornehmen und eine Volkspartei, die eine Zeitlang gemeinsam gegen Archelaus gekämpft hatten, dann sich aber immer mehr gegeneinander wandten. Die Vornehmen haßten den Hohenpriester Joazar, die Volkspartei hing ihm mit Eifer an. Als der von Herodes zum Thronfolger bestimmte Archelaus unterlag, teilte Joazar seinen Fall, an seine Stelle wurde von den Vornehmen Annas, der Sohn Seths, zum Hohenpriester erwählt. Dadurch wurde der Gegensatz zwischen beiden Parteien zu erbitterter Feindschaft verschärft. Die Vornehmen waren zwar nach Archelaus' Fall in der Minderheit, aber sie wußten sich doch fünfzehn Jahre, nämlich bis zur Ankunft des Valerius Gratus, sowohl im Tempel als auch im Palaste zu behaupten. Annas, der Liebling seiner Partei, hatte seine Macht getreulich im Interesse seines kaiserlichen Schutzherrn verwendet. Eine römische Garnison hielt die Burg Antonia besetzt, römische Wachen standen vor dem Tore des Palastes, römische Steuern, die mit unnachsichtlicher Härte eingetrieben wurden, lasteten gleich schwer auf Stadt und Land. Täglich, stündlich und in tausenderlei Weise wurde das Volk gedrückt und gequält und an den Unterschied zwischen Freiheit und Knechtschaft erinnert; dennoch wußte Annas es in äußerlicher Ruhe zu erhalten. Als aber Ismael sein Amt antrat, begann das Feuer der Unzufriedenheit immer stärker aufzulodern, und der Prokurator Gratus sah sich gezwungen, die Burg Antonia mit einer ganzen Kohorte Legionssoldaten zu belegen.

So lagen die Dinge in Jerusalem, als an einem heißen Julitag um die Mittagszeit sich zwei Jünglinge im Garten eines Palastes auf dem Berge Sion befanden. Der Garten war rings von Gebäuden umgeben, an deren Seiten sich Galerien und Altane hinzogen. Grasflächen, Gesträuche und Bäume boten dem Auge einen entzückenden Anblick. Ein Springbrunnen in der Mitte ergoß sein kühles Wasser in ein Marmorbecken. Die beiden Jünglinge, die ein Alter von ungefähr neunzehn und siebzehn Jahren haben mochten, waren beide wohlgestaltet und konnten auf den ersten Blick für Brüder gehalten werden. Beide hatten schwarzes Haar und schwarze Augen, die Gesichtsfarbe war tiefbraun. Der ältere hatte die Kopfbedeckung abgelegt. Eine lose Tunika, die bis zu den Knien reichte, kennzeichnete ihn als Römer. Und wenn er im Gespräche von Zeit zu Zeit stolz auf seinen Gefährten herabblickte und ihn wie einen Untergeordneten anredete, so konnte man das einigermaßen entschuldigen, denn er stammte aus einer vornehmen Familie, die selbst in Rom im höchsten Ansehen stand – ein Umstand, der zu jener Zeit jede Anmaßung als verzeihlich erscheinen ließ.

In den großen Kriegen der ersten Kaiserzeit hatte sich die Familie Messala stets ausgezeichnet, der Kaiser Augustus verdankte ihnen viel und überhäufte sie mit Ehren. Unter anderm sandte er, als Judäa eine römische Provinz geworden war, den jungen Messala, den vorhin beschriebenen Jüngling, nach Jerusalem und übertrug ihm die Eintreibung und Verwaltung der in dieser Provinz erhobenen Steuern. Als oberster Steuerbeamter wohnte er neben dem Hohenpriester im königlichen Palaste.

Der Gefährte des Messala war schmächtiger von Gestalt, seine Kleider waren aus feinem weißen Linnen, seine Gesichtszüge kennzeichneten ihn als Juden. Die Stirn des Römers war hoch und schmal, seine Adlernase scharf, seine Lippen dünn und gerade, seine Augen kalt und unter dichten Brauen verborgen. Der jüdische Jüngling hatte eine niedrige, breite Stirn, eine lange Nase mit weiten Flügeln, eine kurze Oberlippe, die leicht die untere beschattete und wie mit einem Bogen die beiden Grübchen an den Mundwinkeln überspannte.

„Sagtest du nicht soeben, der neue Landpfleger werde morgen kommen?“

Diese Frage wurde von dem jüngeren der beiden Freunde gestellt, und zwar in griechischer Sprache, die in den gebildeten Kreisen Judäas allgemeine Umgangssprache geworden war.

„Ja, morgen," antwortete Messala.

„Wer hat es dir gesagt?"

„Ismael, der neue Palastverwalter – ihr nennt ihn Hohenpriester – hat es gestern abend meinem Vater mitgeteilt. Auch habe ich heute morgen mit einem Hauptmann von der Burg gesprochen, und dieser erzählte mir, es würden bereits Vorbereitungen zu seinem Empfange getroffen, Helme und Schilde geputzt, die Adler und Kugeln vergoldet und Räumlichkeiten, die lange unbenutzt waren, gereinigt und gelüftet, als sollte die Besatzung um eine neue Abteilung verstärkt werden. Wahrscheinlich handelt es sich nur um die Leibwache des großen Mannes."

Die Wangen des jüdischen Jünglings färbten sich röter und stumm, wie geistesabwesend, blickte er in die Tiefe des Teiches. Der spöttisch überlegene Ton in den Worten des Römers hatte sein Nationalgefühl gekränkt.

„Vor fünf Jahren nahmen wir in diesem Garten voneinander Abschied, als ich nach Rom ging," sagte Messala, das Gespräch ablenkend. „Du hast dich inzwischen prächtig entwickelt, Judah!"

„Ja, es sind fünf Jahre," antwortete der Jüngere. „Ich erinnere mich jenes Abschiedes recht gut. Du gingst nach Rom, ich sah dich abreisen und weinte, denn ich liebte dich. Die Jahre sind dahin. Hochgebildet und weltgewandt kehrst du zurück – ich scherze nicht. Und doch wünschte ich, du wärest derselbe Messala, der damals von mir geschieden ist."

Der Nasenflügel des Spötters zuckte, und noch gedehnter kam es von seinen Lippen: „Warum so ernst? Und was meinst du mit deinem Ausspruch, ich sei nicht mehr derselbe Messala wie vorher?"

Der Jüngling errötete von neuem, doch antwortete er fest:

„Du hast, wie ich sehe, die Gelegenheiten, die sich dir boten, wohl benützt, du hast dir von deinen Lehrern manche Kenntnisse und ein vornehmes Betragen angeeignet. Du sprichst mit der Gewandtheit eines Meisters in der Redekunst, aber deine Rede birgt einen Stachel. Mein Messala hatte dieses Gift nicht, als er von mir schied; nicht um die Welt hätte er die Gefühle eines Freundes verletzt!"

Der Römer lächelte, als ob man ihm eine Schmeichelei gesagt hätte, und stolz warf er den Kopf zurück.

„O feierlicher Judah, wir sind nicht in Dodona oder Delphi. Laß deine Orakelsprüche und rede deutlich! Womit habe ich dich verletzt?“

Dieser atmete tief auf und antwortete, während er an der Schnur seines Kleides zupfte:

„In diesen fünf Jahren habe auch ich etwas gelernt. Hillel mag sich ja mit deinem Logiker nicht messen können und Simeon und Schammai erreichen jedenfalls deinen Lehrer am Forum nicht. Ihr Unterricht aber führt nicht auf verbotene Pfade, wer zu ihren Füßen sitzt, steht auf, bereichert mit der Kenntnis Gottes, des Gesetzes und Israels. Die Frucht dieser Kenntnis ist Liebe und Ehrfurcht gegen alles, was mit diesen im Zusammenhang steht. Der Besuch der hohen Schule und der Unterricht, den ich dort genoß, lehrte mich, daß Judäa heute nicht ist, was es ehedem war. Ich kenne den Abstand zwischen einem unabhängigen Königreich und einer armseligen Provinz, wie Judäa sie ist. Ich wäre niederträchtiger und verächtlicher als ein Samariter, wenn ich diese Erniedrigung meines Vaterlandes nicht fühlte. Ismael ist nicht rechtmäßiger Hoherpriester und kann es nicht sein, solange der edle Annas lebt. Doch ist er ein Levite, einer jener Gottgeweihten, die durch Jahrtausende treu dem Herrn, dem Gott unseres Glaubens und unserer Anbetung, gedient haben.“

Messala unterbrach ihn mit einem höhnischen Lachen: „O! ich verstehe dich jetzt! Ismael, sagst du, ist ein Eindringling. Was für merkwürdige Menschen ihr Juden doch seid. Was für merkwürdige Menschen ihr Juden doch seid. Alle Menschen und Dinge ändern sich, nur ihr bleibt immer dieselben. Alles dreht sich für euch um den kleinen Kreis eures Glaubens, außerhalb dessen ihr für gar nichts, weder für Kunst, noch für Wissenschaft Interesse habt. Das ist euer Leben mit seinen Schranken! Wer kann es mir verargen, wenn ich über euch lache? Was ist euer Gott, der sich mit der Anbetung eines solchen Volkes begnügt, gegen unfern römischen Jupiter, der uns seine Adler leiht, damit wir dis ganze Welt mit unsern Waffen erobern? Hillel, Simeon, Echammai, Abtalion – was sind diese gegen unsere Meister, die lehren, daß alles wissenswert ist, was im Bereiche des menschlichen Wissens liegt?“

Der Jude erhob sich, Zornesröte stieg ihm ins Gesicht. „Nein, nein; bleib sitzen, Judah, bleib sitzen!“ rief Messala und begleitete sein Wort mit entsprechender Handbewegung.

„Du spottest meiner.“

„Höre mich ein wenig weiter!“ sprach der Römer. „Ich danke dir, daß du hierher gekommen bist, um mich nach meiner Rückkehr zu begrüßen und die Freundschaft unserer Kindheit zu erneuern. Nun, inzwischen haben mir meine Lehrer gezeigt, daß heute Mars die Welt regiert, und daß Ruhm das einzige ist, was eines Römers würdig. Ich werde Soldat; und du, mein Judah? Ich bedaure dich; was kannst du werden? Von der Schule in die Synagoge, dann in den Tempel; und dann – welch hohe Auszeichnung! – ein Sitz im Hohen Rate. Ein Leben ohne Aussichten; mögen die Götter dir gnädig sein! Aber ich–“

Judah blickte auf, gerade im rechten Augenblicke, um den Ausdruck des Stolzes zu gewahren, den Messalas Gesichtszüge angenommen hatten, da er fortfuhr:

„Aber ich – noch ist nicht die ganze Welt erobert! Das Meer birgt Inseln, die noch niemand entdeckt hat. Im Norden wohnen Völker, die noch keinen Römer gesehen haben. Der Ruhm, den Zug Alexanders nach dem fernen Osten vollendet zu haben, ist bisher noch nicht errungen! Sieh, die ganze Welt steht einem Römer offen!“

Nach einer kleinen Pause verfiel er wieder in seinen gewohnten schleppenden Ton:

„Ein Feldzug nach Afrika oder gegen die Skythen; dann eine Legion! Hiermit beenden die meisten ihre Laufbahn; nicht so ich! Ich, ich lasse die Legion für eine Präfektur. Denke dir, was für ein Leben in Rom mit Geld – Geld, Wein, Weiber, Spiele – Sänger an der Tafel, Intrigen am Hofe, Würfelspiele das ganze Jahr! Ein solches Leben mit seinem Kreislauf kann eine fette Präfektur bieten, – und die muß ich haben. O mein Judah, hier ist Syrien; Judäa ist reich; Antiochien eine Hauptstadt für die Götter. Ich will der Nachfolger des Cyrenius werden und du sollst mein Glück mit mir teilen!“ Bei den Sophisten und Rhetorikern Roms, die den Unterricht und die Erziehung der vornehmen Jugend fast ausschließlich in ihren Händen hatte, hätte Messala mit seinen Ausführungen jedenfalls Beifall gefunden, denn sie entsprachen ganz dem damaligen Zeitgeiste. Dem jüdischen Jüngling aber waren sie etwas Neues, da sie von dem feierlichen Gesprächston, an den er gewöhnt war, zu weit abstanden. Mit wechselnden Gefühlen, die immer mehr zu Zorn und herbem Schmerz anwuchsen, hörte er die spöttischen, hochfahrenden Worte feines Freundes an. Doch zwang er sich zu einem Lächeln, als er entgegnete:

„Es gibt, wie ich gehört habe, Leute, die es zustande bringen, in betreff ihrer Zukunft zu scherzen. Ich gehöre jedenfalls nicht dazu."

Der Römer betrachtete ihn aufmerksam, dann erwiderte er: „Warum sollte man die Wahrheit nicht ebensogut in einen Scherz wie in einen Vergleich kleiden können? Eines Tages ging die große Fulvia mit anderen fischen, sie allein fing mehr Fische als die ganze übrige Gesellschaft. Man sagte, deshalb, weil ihr Angelhaken vergoldet war." "Du hast also nicht bloß im Scherz geredet?"

„Ich sehe, mein Judah, ich habe dir noch nicht genug geboten," antwortete der Römer lebhaft, während seine Augen blitzten. „Wenn ich einmal Präfekt bin und Judäa habe, um mich zu bereichern, dann – will ich dich zum Hohenpriester machen."

Zornentflammt wandte sich der Jude zum Gehn.

„Bleib doch," sagte Messala.

Der andere blieb unentschlossen stehn.

„Bei den Göttern, Judah, wie heiß die Sonne scheint!" rief der Patrizier, da er die Erregung seines Freundes bemerkte. „Suchen wir den Schatten auf."

Judah antwortete kühl: „Es ist besser, wir scheiden. Ich wünschte, ich wäre nicht gekommen. Ich suchte einen Freund und finde einen –"

„Römer," ergänzte Messala schnell.

Die Hände des Juden ballten sich, doch beherrschte er sich wieder und ging dann ruhig fort. Auch Messala erhob sich, nahm den Mantel von der Ruhebank auf, warf ihn um und folgte dem Gefährten. Als er ihn eingeholt hatte, legte er ihm die Hand auf die Schulter und schritt an seiner Seite dahin.

„In dieser Weise – meine Hand auf deiner Schulter – pflegten wir miteinander zu gehn, als wir Kinder waren. Gehn wir auch jetzt so bis zum Tore."

Messala bemühte sich augenscheinlich, ernst und freundlich zu sein, obschon es ihm nicht gelang, den satirischen Ausdruck aus seinem Gesichte zu verbannen. Judah gestattete diese vertrauliche Annäherung.

„Du bist ein Knabe, ich bin ein Mann; als solcher will ich reden."

Die Selbstgefälligkeit des Römers war ergötzlich.

„Judah, warum wurdest du so zornig, als ich davon sprach, einmal der Nachfolger des Cyrenius werden zu wollen? Du dachtest vielleicht, ich wolle mich durch Plünderung eures Judäa bereichern. Gesetzt den Fall, irgendein Römer wird es eines Tages doch tun. Warum nicht ich?“

Judah hemmte seine Schritte.

„Es haben schon vor den Römern Fremde über Judäa geherrscht,“ sagte er mit erhobener Hand. „Wo sind sie jetzt, Messala? Judäa hat sie alle überlebt. Was einmal war, wird wieder sein.“

Messala nahm wieder seinen schleppenden Ton an:

„Nur nicht zu hitzig, mein Judah! Wie hätte mein Lehrer mir gezürnt, wenn ich in seiner Gegenwart diese Leidenschaftlichkeit entwickelt hätte! Ich hatte noch anderes mit dir zu besprechen vor, aber ich wage es jetzt nicht.“

Als sie einige Schritte gegangen waren, nahm der Römer wieder das Wort:

„Ich meine, du bist jetzt stark genug, mich anzuhören, zumal das, was ich dir mitzuteilen habe, dich selbst betrifft. Ich wollte dir nützlich sein, mein schöner Judah, ich wollte dir von Herzen gerne dienen. Ich liebe dich mit jener Liebe, deren ich überhaupt fähig bin. Ich sagte dir vorhin, daß ich Soldat zu werden gedenke. Warum nicht auch du? Warum nicht aus dem engen Kreise heraustreten, in den ihr durch Gesetz und Herkommen gebannt seid?“

Judah antwortete nicht.

„Wer sind die Weisen unserer Tage?“ fragte Messala weiter. „Nicht jene, die ihr Leben lang sich über Totes und Vergangenes herumzanken: über einen Baal, Jupiter und Jehovah, über philosophische Systeme und Religionen. Nenne mir einen großen Namen, Judah. Es ist mir einerlei, wo du ihn suchst, sei es in Rom oder in Ägypten, im Osten oder hier in Jerusalem – Pluto soll mich holen, wenn er nicht einem Manne gehört, der sich seinen Ruhm aus dem Materiale schuf, das die Gegenwart ihm lieferte; der nichts heilig hielt, was nicht seinen Zwecken diente, und nichts verachtete, was ihnen förderlich war! War's nicht so bei Herodes? oder den Makkabäern? oder bei Cäsar? Folge ihrem Beispiel! Beginne gleich jetzt! Sieh, Rom reicht dir ebenso bereitwillig die Hand zur Hilfe wie dem Idumäer Antipater.“

Judah zitterte vor Erregung. Da sie schon dem Gartentore nahe waren, beschleunigte er seine Schritte, um dem Römer zu entrinnen.

„O Rom! Rom!“ murmelte er.

„Sei weise," drängte Messala weiter in ihn. „Laß die Torheiten eines Moses und die jüdischen Überlieferungen: betrachte die Verhältnisse, wie sie einmal sind. Blick' den Parzen beherzt ins Gesicht und sie werden dir sagen, daß Rom die Welt ist, und daß Judäa nur ist, was Rom will."

Sie standen jetzt vor dem Tore. Judah blieb stehen, zog die Hand Messalas sanft von seiner Schulter und blickte ihn mit Tränen in den Augen an.

„Ich verstehe dich; du bist ein Römer. Du kannst mich nicht verstehn – ich bin ein Israelit. Du hast mir heute bittere Qual bereitet und mich überzeugt, daß wir nie mehr die Freunde sein können, die wir waren – nie mehr. Hier scheiden wir. Der Friede des Gottes meiner Väter sei mit dir!"

Messala streckte ihm die Hand entgegen, der Jude aber entfernte sich, unbekümmert um ihn, durch das Tor. Der Römer blickte ihm eine Weile schweigend nach; dann schritt auch er durch das Tor und sprach kopfschüttelnd zu sich selber:

„So sei es denn! Mars regiert die Welt!"

Siebentes Kapitel

Von jenem Tore der heiligen Stadt, welches jetzt den Namen des heiligen Stephan trägt, zog sich eine Straße längs der nördlichen Seite der Burg Antonia nach Westen hin, folgte dann eine Strecke dem Tyropöischen Tale nach Süden, wendete sich dann wieder westwärts bis über das sogenannte „Richtertor" hinaus, wo sie endgültig eine südliche Richtung annahm. Der mit der heiligen Örtlichkeit vertraute Reisende oder gelehrte Forscher wird in der beschriebenen Straße sogleich einen Teil jenes Leidensweges erkennen, der für den Christen reicher an heiligen, freilich traurigen Erinnerungen ist als irgendeine andere Straße der Welt.

An einer Biegung dieser Straße stand ein zwei Stockwerke hohes Haus, das aus unbehauenen Steinen erbaut war und fast wie eine kleine Festung aussah. An der Westseite befanden sich vier, an der Nordseite nur zwei Fenster; sie waren in der Höhe des zweiten Stockwerkes und in der Weise angebracht, daß sie gegen die Straße etwas vorragten. Im unteren Stockwerke waren die Tore die einzigen äußerlich sichtbaren Maueröffnungen.

Kurze Zeit, nachdem der junge Jude beim Palaste auf dem Marktplatze von dem Römer geschieden war, erschien er vor dem Westtore dieses Hauses und klopfte. Die kleine Tür, die in einem der Torflügel hing, wurde aufgemacht. Er trat hastig ein, ohne auf die tiefe Verneigung des Pförtners zu achten.

Der Gang, in den er jetzt trat, war einem engen Tunnel mit verzierten Wänden und durchlöcherter Decke nicht unähnlich. Zu beiden Seiten desselben zogen sich Steinbänke hin, die vom Alter geschwärzt und durch langen Gebrauch geglättet waren. Zwölf bis fünfzehn Schritte brachten ihn in einen Hofraum, der sich in Gestalt eines Rechteckes von Norden gegen Süden erstreckte und mit Ausnahme der Ostseite rings von zweistöckigen Gebäuden umgeben war. Die Diener, die hier ab und zu gingen, der Lärm der Mühlsteine, die Wäschestücke, die an straffgespannten Leinen flatterten, die Hühner und Tauben, die sich lustig im Hofe tummelten, die Ziegen, Kühe, Esel und Pferde, die sich von Zeit zu Zeit in den Ställen vernehmen ließen, sowie ein großer Wassertrog, der allem Anscheine nach zu gemeinsamem Gebrauche bestimmt war, wiesen darauf hin, daß hier der Wirtschaftshof des Eigentümers war. Im Osten befand sich eine Mauer mit einem Tore, das durch einen gleichfalls engen Gang in einen andern Hof führte.

Dieser war geräumig und ganz mit Gesträuchen und Schlinggewächsen bepflanzt. Ein Springbrunnen nahe einer Halle an der Nordseite verbreitete frische Kühle. Auf rebenumrankten Säulen erhoben sich luftige Steinlauben, die von rot- und weißgestreiften Vorhängen beschattet waren. Auf der Südseite führte eine Treppe zu den Terrassen des oberen Stockwerkes hinauf, über welche große Zelttücher zum Schutze gegen die Sonnenstrahlen gespannt waren. Eine zweite Treppe führte von hier zum flachen Dache empor, das rings von einem steinernen Gesims und einer aus hellroten, sechseckigen Backsteinen hergestellten Brustwehr umgeben war.

In diesen Hof trat nun der Jüngling. Ein Pfad, der sich rechts durch das teilweise blühende Gesträuch wand, führte ihn zur Treppe. Er stieg die Stufen hinauf und kam zur Terrasse – einem breiten Gang, der mit weißen und braunen, schon sehr abgenützten Fliesen belegt war. Durch eine Tür an der Nordseite trat er in ein Gemach, das sich in Dunkelheit hüllte, als der Vorhang hinter ihm gefallen war. Trotzdem ging er sicheren Schrittes auf einen Diwan zu und warf sich auf ihn nieder. Die Stirn mit den Händen verbergend, lag er eine Zeitlang regungslos da.

Als die Nacht vollends hereingebrochen war, erschien eine Frau in der Tür und rief ihn mit Namen. Er antwortete und sie trat ein.

„Das Abendessen ist vorüber und es ist Nacht. Ist mein Sohn nicht hungrig?“ fragte sie.

„Nein!“ antwortete er.

„Bist du krank?“

„Ich bin schläfrig.“

„Deine Mutter hat nach dir gefragt.“

„Wo ist sie?“

„Im Sommerhäuschen auf dem Dache.“ Er richtete sich auf.

„Gut. Bring mir etwas zu essen.“

„Was wünschest du?“

„Was du willst, Amrah. Ich bin nicht krank und doch fehlt mir etwas. Bring mir etwas, das gleichzeitig als Nahrung und Arznei dient.“

Amrahs Fragen und der ruhige, teilnahmsvolle, besorgte Ton, in welchem sie dieselben stellte, zeugten von einem herzlichen Verhältnis zwischen beiden. Sie legte ihre Hand auf seine Stirn und ging dann wie befriedigt hinaus, indem sie bemerkte: „Ich will sehen.“

Nach einer Weile kam sie zurück und brachte auf einer hölzernen Platte eine Schüssel voll Milch, dünne Schnitten weißen Brotes, einen zarten Brei aus zerstoßenem Weizen, einen gebratenen Vogel nebst Honig und Salz sowie einen silbernen Becher mit Wein. Eine bronzene Handlampe, die sie mitgebracht hatte, erhellte das Zimmer. Sie schob nun einen Stuhl vor den Diwan, stellte die Platte darauf und kniete daneben nieder, um Judah zu bedienen. Sie mochte etwa fünfzig Jahre zählen, hatte dunkle Hautfarbe und schwarze Augen, aus denen in diesem Augenblicke eine fast mütterliche Zärtlichkeit blickte. Sie war eine Sklavin von ägyptischer Abstammung, der auch nicht das heilige fünfzigste Jahr die Freiheit hätte bringen können. Aber sie würde dieselbe gar nicht angenommen haben, denn der Jüngling, den sie eben bediente, war ihr lieb wie das eigene Leben. Sie hatte ihn von Kindheit an genährt und gepflegt und konnte ihren Dienst gleichsam nicht entbehren. Für sie konnte er nie zum Manne werden.

Judah verzehrte schweigend das ihm vorgesetzte Essen. Dann, als Amrah die Platte fortgetragen hatte, ging auch er hinaus und begab sich aufs Dach.

Im Orient dient das Dach sehr verschiedenartigen Zwecken. Während des Tages treibt die Hitze jeden in das Dunkel der inneren Gemächer. Aber am Abend, wenn kühlende Lüfte durch das Land streichen und der Himmel von glänzenden Sternen erhellt ist, dann versammelt man sich aus dem Dach, das zugleich Spielplatz, Schlafgemach und Stelldichein für die Familie ist. Daher pflegt es auch bequem, manchmal sogar mit reichem Luxus ausgestattet zu sein.

Der Jüngling schritt langsam einem Turme zu, der sich an der nordwestlichen Ecke des Palastes erhob. Durch einen halb aufgezogenen Vorhang trat er in das Innere. Es lag in völliger Finsternis, doch befanden sich an allen vier Seiten bogenförmige Öffnungen, durch welche die Sterne sichtbar waren. An einer der Öffnungen ruhte in halb liegender Stellung auf einem Diwan eine Frauengestalt, die nur das wallende weiße Gewand bemerkbar machte. Als sie seine Schritte hörte, ließ sie den Fächer in ihrer Hand sinken und rief:

„Judah, mein Sohn."

„Ich bin es, Mutter," antwortete er und eilte auf sie zu. Er kniete neben ihr nieder, und sie schlang ihre Arme um ihn, küßte ihn und zog ihn an ihre Brust. Dann lehnte sie sich wieder bequem in den Diwan zurück, während der Sohn sich neben sie setzte und den Kopf in ihren Schoß legte.

„Amrah erzählte mir, daß dir etwas begegnet sei," sprach sie, ihm die Wangen streichelnd. „Als mein Judah noch ein Kind war, schwieg ich, wenn Kleinigkeiten ihn in Aufregung brachten. Jetzt aber ist er ein Mann; er darf nicht vergessen," – ihre Stimme klang ungemein weich – „daß er eines Tages mein Held sein soll."

Sie redete in der Sprache, die im Land fast unbekannt geworden war und nur mehr von wenigen, ebenso alten als reichen Familien in ihrer Reinheit gepflegt wurde, um den Unterschied zwischen Juden und Heiden desto schärfer hervortreten zu lassen, in der Sprache, in welcher Rebekka und Rahel zu Benjamin redeten.

Diese Worte schienen ihn aufs neue nachdenklich zu machen. Nach einer Weile indes ergriff er die Hand, mit welcher sie ihm Kühlung zugefächelt hatte, und sprach:

„Heute, meine Mutter, wurden meine Gedanken auf Dinge gelenkt, an die ich bisher nicht gedacht habe. Sag' mir vor allem, was ich werden soll."

„Habe ich es dir nicht gesagt? Mein Held sollst du werden.“ Er konnte ihr Gesicht nicht sehen; doch wußte er, daß sie scherze. Er wurde ernster.

„Du bist so gut, so lieb, Mutter! Niemand wird mich jemals so lieben wie du.“

Er bedeckte ihre Hand mit Küssen und fuhr dann fort:

„Ich glaube zu wissen, warum diese Frage dir unangenehm ist. Bisher hat mein Leben dir gehört. Aber es ist des Herrn Wille, daß ich mich eines Tages auf eigene Füße stelle, es wird ein Tag der Trennung, ein Tag des Schmerzes für dich sein. Ja, ich will dein Held werden, aber du mußt mir den Weg weisen. Du kennst das Gesetz, jeder Sohn Israels muß einen Lebensberuf haben. Ich bin nicht ausgenommen. Darum frage ich jetzt: soll ich die Herden hüten? oder das Feld bebauen? oder die Säge führen? oder ein Schriftgelehrter oder Gesetzeskundiger werden? Was soll ich beginnen? Liebe, gute Mutter, hilf mir zu einer Antwort!“

„Gamaliel hielt heute einen Vortrag,“ sagte sie nachdenklich.

„Ich hörte ihn nicht.“

„Dann warst du wohl bei Simeon, der, wie man sagt, die hohen Geistesgaben seiner Familie geerbt hat.“

„Nein, auch ihn sah ich nicht. Ich war auf dem Marktplatze, nicht im Tempel. Ich habe den jungen Messala besucht.“

Eine gewisse Veränderung im Klang seiner Stimme erregte die Aufmerksamkeit der Mutter. Eine dunkle Ahnung ließ ihr Herz schneller schlagen; der Fächer ruhte wieder.

„Messala!“ rief sie aus. „Was konnte er denn sagen, das dich so beunruhigt?“

„Er hat sich sehr verändert.“ “Du willst sagen, er ist als Römer zurückgekehrt.“

„Ja.“

„Römer!“ fuhr sie, halb mit sich selbst sprechend, fort. „Der ganzen Welt bedeutet das Wort soviel als Herrscher. Wie lange war er fort?“

„Fünf Jahre.“

Sie hob ihren Kopf und blickte nachdenklich in die Nacht hinaus. Der Jüngling brach zuerst das Schweigen.

„Was Messala sagte, war an sich schon kränkend genug; die Art und Weise aber, wie er manches vorbrachte, war geradezu unerträglich.“

„Ja, fast alle Römer sind unerträglich stolz!“ sagte die Mutter.

„Nun, Messala hat stets ein gut Teil von dieser unangenehmen Eigenschaft besessen. Als er noch ein Kind war, hörte ich ihn Fremde verspotten, die zu ehren selbst ein Herodes nicht unter seiner Würde hielt; Judäa aber hat er bisher stets verschont. Heute zum ersten Male hat er im Gespräch mit mir unsere Gebräuche und unseren Gottesglauben angegriffen. Ich habe, wie es dein Wunsch war, mit ihm endgültig gebrochen. Und nun, teure Mutter, möchte ich Gewißheit haben, ob die Römer wirklich Grund haben, uns zu verachten. Worin stehe ich Messala nach? Gehören wir einem minderwertigen Volke an? Warum sollte ich mich, sei es selbst in Gegenwart des Kaisers, als Sklaven fühlen? Weshalb sollte ich nicht, wenn ich mich fähig fühle und dafür entscheide, die Ehren der Welt auf allen Gebieten erstreben dürfen? Warum darf ich nicht zum Schwerte greifen und Kriegsruhm suchen? Warum als Dichter nicht alles besingen, was meine Brust bewegt? Ich kann Handwerker, Hirt, Kaufmann werden – weshalb nicht Künstler wie die Griechen? Sag' mir, Mutter – hierin besteht mein ganzer Kummer – warum darf ein Sohn Israels nicht alles tun, was ein Römer tut?“

Die Mutter hatte mit reger Aufmerksamkeit den Worten Judahs zugehört. Ihre Hand legte sich sanft auf seine Stirn und die Finger strichen liebkosend über sein Haar, während ihre Augen die fernen Sterne suchten. Ihr Nationalstolz war nicht minder entwickelt als der des Sohnes, er war kein bloßes Echo desselben, sondern entsprang ihrer innersten Natur. Sie wollte ihm antworten; aber um alles in der Welt nicht hätte sie ihm eine unbefriedigende Antwort geben mögen: eine Anerkennung der Überlegenheit des Römers mußte Judah entmutigen und seine Tatkraft für immer lähmen. Sie fürchtete, dieser Aufgabe nicht gewachsen zu sein.

„Die Beantwortung der Fragen, die du mir vorlegst, ist für ein Weib zu schwierig. Laß mir bis morgen Zeit zur Überlegung; ich will den weisen Simeon bitten –“

„Sende mich nicht zu dem Lehrer,“ sagte Judah rasch. „Ich bedarf mehr als eine bloße Belehrung. Diese könnte er mir besser geben als die Mutter. Du aber kannst mir etwas verschaffen, was er nicht kann, nämlich den Entschluß, der die Seele eines Mannes ist.“

Sie warf einen Blick zum Himmel und suchte die ganze Bedeutung seiner Fragen zu erfassen.

„Fasse Mut, mein Sohn! Es ist wahr, Messala ist von edler Abkunft. Schon in den Tagen des republikanischen Rom haben sich Glieder seiner Familie teils als Krieger, teils als Zivilbeamte ausgezeichnet. Doch wenn heute dein Freund seiner Ahnen sich rühmte, durch Aufzählung der deinigen könntest du ihn beschämen. Wenn er, um dir seine Überlegenheit zu beweisen, auf das hohe Alter hinwiese, bis in welches sich sein Geschlecht zurückverfolgen läßt, auf ruhmvolle Taten, Rang und Reichtum, so könntest du ohne Furcht in jeder Hinsicht den Vergleich mit ihm aufnehmen."

Sie hielt inne; nach einigem Nachsinnen sprach sie weiter: „Es gilt heute als fester Grundsatz, daß der Adel der Geschlechter und Familien vorzugsweise durch hohes Alter bestimmt wird. Ein Römer steht aber hierin stets einem Sohne Israels nach. Er könnte höchstens bis zur Gründung Roms zurückgehn. Wie steht es aber in dieser Beziehung mit uns? Sind wir besser daran?"

Wäre es im Gemache nicht so dunkel gewesen, so hätte Judah den Ausdruck des Stolzes bemerken müssen, der sich bei diesen Worten über ihr Gesicht verbreitete. Ihre Stimme zitterte, zarte Erinnerungen tauchten in ihrem Geiste auf.

„Dein Vater, mein Judah, ist zu seinen Vätern versammelt. Doch erinnere ich mich, als sei es heute abend gewesen, des Tages, da er und ich mit einer Anzahl von Freunden in festlicher Stimmung zum Tempel hinaufzogen, um dich dem Herrn darzustellen. Wir opferten die Tauben, ich nannte dem Priester deinen Namen, und in meiner Gegenwart schrieb er in das Register: „Judah, Sohn des Ithamar, aus dem Hause Hur." Dieser Name wurde sodann in das allgemeine Familienbuch des Volkes Israel eingetragen. Ich weiß nicht, wann man anfing, den Namen jedes Israeliten in dieser Weise aufzuschreiben. Doch ist dieser Gebrauch gewiß älter als der Auszug aus Ägypten. Ich habe Hillel sagen hören, Abraham selbst habe das erste Geschlechtsregister angelegt und es mit seinem und seiner Söhne Namen eröffnet, dazu sei er bestimmt worden durch die Verheißungen des Herrn, welche ihn und seine Nachkommen von allen Völkern schieden und zu Stammvätern des edelsten Geschlechtes, des wahrhaft auserwählten Volkes machten. Unser Volk hat öfters in manchen Punkten das Gesetz Gottes mißachtet, aber in diesem Punkte nie. Nur einmal werden die Register unterbrochen, und zwar am Ausgange des zweiten Zeitraumes. Als aber das Volk aus der langen Verbannung zurückgekehrt war, hielt es Zerobabel für seine erste Pflicht gegen Gott, die Bücher wieder herzustellen. So sind wir imstande, die jüdischen Geschlechter in ununterbrochener Reihe durch volle zwei Jahrtausende zu verfolgen. Und darum, wenn hohes Alter der Prüfstein des Adels ist, dann sind die Söhne Israels, welche dort auf den Höhen Rephaims ihre Herden weiden, edler geboren als die Edelsten der Marcier."

„Und ich, Mutter, wer bin ich nach diesen Büchern?"

„Was ich bisher sagte, mein Sohn, bezog sich schon auf deine Frage. Ich will dir genauer antworten. Wenn wir unsere Geschlechtsbücher zurückverfolgen bis zur Gefangenschaft, weiter zum Bau des ersten Tempels und endlich bis zum Auszug aus Ägypten, so erlangen wir unumstößliche Gewißheit, daß du in gerader Linie von Hur, dem Gefährten Josuas, abstammst. Willst du noch weiter gehn? Dann nimm die Thora und schlage das Buch Numeri auf, so wirst du dort unter den zweiundsiebzig Geschlechtern nach Adam den ursprünglichen Stammvater deines Hauses finden."

Stille herrschte eine Zeitlang in dem Zimmer auf dem Dache. „Ich danke dir, Mutter," sagte Judah dann, ihre beiden Hände ergreifend; „ich danke dir von ganzem Herzen. Ich hatte recht, daß ich den würdigen Lehrer nicht hierher bemühte. Er hätte mir nicht besser und befriedigender Auskunft geben können. Aber begründet denn hohes Alter für sich allein schon den Adel einer Familie?"

„Ah, du vergissest, mein Sohn; unsere Ansprüche gründen sich nicht auf das Alter allein; die Auserwählung durch den Herrn ist unser vorzüglichster Ruhm."

„Du sprichst vom ganzen Volke, Mutter, und ich rede von der Familie, unserer Familie. Haben sich Glieder derselben seit der Zeit unseres Vaters Abraham irgendwie ausgezeichnet? Welche Taten haben sie vollbracht? Wie sich vor ihren Mitmenschen hervorgetan?"

Die Mutter zögerte. Sie fühlte, daß die Unterredung mit Messala wohl mehr in ihrem Sohn aufgewühlt habe, als sie gedacht hatte.

„Ich ahne, mein Judah," sagte sie, ihm die Wange streichelnd, „ich ahne, daß ich mehr gegen einen wirklichen als gegen einen eingebildeten Feind zu kämpfen habe. Ist Messala dieser Feind, so laß mich nicht im Finstern mit ihm kämpfen. Erzähle mir alles, was er gesagt hat."

Der Jüngling erzählte jetzt seiner Mutter die ganze Unterredung mit Messala und verweilte mit besonderem Nachdruck bei den verächtlichen Äußerungen, die dieser über die Juden, ihre Gebräuche und ihren engbegrenzten Lebenskreis getan hatte.

Ohne ihn zu unterbrechen, hörte ihm die Mutter zu, denn nun erkannte sie klar den Stand der Dinge. Die Liebe zu einem Spielgenossen der Kindheit hatte Judah zum Palaste auf dem Marktplatze geführt. Er hoffte, ihn so wiederzufinden, wie er ihn vor Jahren verlassen hatte; er traf aber einen Mann, der, statt unter fröhlichem Lachen der Spiele der Vergangenheit zu gedenken, nur von der Zukunft sprach und von künftigen Ehren, von Macht und Reichtum träumte. Sich selbst unbewußt, war Judah mit verletztem Stolze und von einem leicht erklärlichen Ehrgeiz erfüllt heimgekehrt. Sie aber, die wachsame Mutter, sah es, und da sie nicht wußte, wohin ihn dieser Drang führen könne, erwachte in ihr die Jüdin. Wie, wenn diese Gedanken ihn dem Glauben der Väter entfremdeten? In ihren Augen wäre dies schrecklicher als alles andere, was sonst daraus folgen konnte. Sie wußte nur ein Mittel, diese Gefahr abzuwenden, und sie wendete es an mit der ganzen Kraft ihres Geistes, die noch ihre zärtliche Liebe erhöhte. Daher nahmen ihre Worte den Ausdruck männlicher Entschiedenheit und öfters dichterischen Schwung an, als sie sprach:

„Es hat nie ein Volk gegeben, das nicht davon überzeugt war, jedem andern zumindest ebenbürtig zu sein, nie eine bedeutende Nation, die sich nicht für die größte hielt. Wenn der Römer mit Verachtung auf Israel herabsieht, so wiederholt er nur die Torheit der Ägypter, Assyrer und Makedonier, und da die Verachtung sich gegen Gott kehrt, werden auch die Folgen bei den Römern ähnliche sein."

In noch entschiedenerem Tone fuhr sie fort: "Es gibt kein Gesetz, das einem Volke einen Vorrang vor anderen zugesteht. Hat ein Volk sich zur Macht erhoben und seine Aufgabe vollbracht, so geht es zu Grunde, um einem andern Platz zu machen, das seine Macht erbt und neue Namen auf die alten Denkmäler schreibt. Das ist die Weltgeschichte. Ich will nicht behaupten, daß es im Fortschritt der Nationen keinen Unterschied gibt, kein Volk gleicht vollkommen dem andern. Das größte Volk ist aber jenes, das Gott am nächsten steht. Dein Freund – oder dein ehemaliger Freund – hat, wenn ich dich recht verstehe, behauptet, wir hätten keine Dichter, Künstler und Krieger, damit wollte er, glaube ich, sagen, wir hätten überhaupt keine großen Männer. Fehlt es uns nun wirklich an großen Männern? Ein großer Mann, mein Kind, ist derjenige, dessen Leben den Beweis liefert, daß er von Gott, wenn nicht ausdrücklich berufen, so doch in seinem Wirken geleitet wurde. Ein Perser ward das Werkzeug Gottes zur Bestrafung unserer Väter, da sie von ihm abfielen, er führte sie in die Gefangenschaft. Ein anderer Perser wurde auserwählt, ihre Kinder in das heilige

Land zurückzuführen. Größer als beide indes war Alexander, durch den der Herr die Verwüstung Judäas und die Zerstörung des Tempels rächte. Der besondere Vorzug dieser Männer bestand darin, daß sie von Gott zur Vollstreckung seines Willens ausersehen wurden; daß sie Heiden waren, kann ihren Ruhm nicht schmälern.

Allgemein herrscht die Ansicht, daß der Krieg die edelste Beschäftigung des Mannes sei, daß der höchste Ruhm nur auf dem Schlachtfelde errungen werden könne. Wenn auch die Welt diese Ansicht angenommen hat, laß dich durch sie nicht täuschen. Der Mensch muß etwas Höheres über sich anerkennen und verehren; das ist ein Gesetz, das so lange gelten wird, als es Dinge gibt, die seinem Verstande unfaßbar sind. Das Gebet des Barbaren ist ein Aufschrei der Furcht vor einer überlegenen Kraft, der einzigen göttlichen Eigenschaft, die er klar erkennt. Wir aber waren die ersten, die über diesen rohen, barbarischen Glauben hinausgingen. An die Stelle der rohen Kraft setzten unsere Väter Gott, der Erguß der Furcht wich in unserem Kult dem Hosiannagesang und den Psalmen. Die Herrschaft der Römer ist weiter nichts als ein Rückfall in die alte Barbarei. Die Römer setzen den Krieg über alles, und nirgends außer im Kriegswesen hat Rom Selbständiges geschaffen. Seine Spiele und Schaustellungen sind griechische Einrichtungen, denen nur die Grausamkeit der Römer einen blutigen Charakter gegeben hat. Roms Religion – wenn man von einer solchen überhaupt sprechen kann – setzt sich aus Gebräuchen und Lehren aller anderen Nationen zusammen. Seine höchst verehrten Götter – Mars und selbst Jupiter nicht ausgenommen – entstammen dem griechischen Olymp. Der Römer ist gegen die Vorzüge anderer Völker blind, seine Selbstsucht verhüllt sein Auge wie mit einem dichten Schleier, der ebenso undurchdringlich ist wie sein Brustpanzer. O die ruchlosen Räuber! Unter ihrem Tritte erdröhnt die Erde wie eine mit Dreschflegeln bearbeitete Tenne. Unter anderen Völkern – ach, daß ich es dir sagen muß, mein Sohn! – sind auch wir gefallen. Sie haben unsere höchsten, unsere heiligsten Stellen besetzt, und niemand kann sagen, wie das alles noch enden wird. Allein soviel ist gewiß: mögen sie Judäa zermalmen, wie man Mandeln zerstampft, und sein Öl und Mark, Jerusalem, verzehren, der Ruhm der Männer Israels wird in unerreichbarer Höhe am Himmel leuchten, denn ihre Geschichte ist Gottes Geschichte. Durch ihre Hände schrieb er, durch ihren Mund redete er und er war mit ihnen in allem Guten, auch dem geringsten, das sie jemals taten. Ist es möglich, mein Sohn, daß jene, mit denen Jehova in solcher Weise verkehrte, nichts von ihm lernten, daß in ihrem Leben und

Wirken die gewöhnlichen menschlichen Eigenschaften nicht von der Göttlichkeit durchdrungen und beeinflußt wurden, daß ihr Geist nicht – selbst nach Jahrhunderten noch – ein schwaches Abbild des göttlichen bewahrte?“ Eine Zeitlang war das Rauschen des Fächers allein vernehmbar in der Stille, die nach diesen Worten eintrat.

„Beschränkt man“, sprach sie weiter, „die Kunst auf Bildhauerei und Malerei, dann ist es allerdings wahr, daß Israel keine Künstler hat. Aber man darf nicht vergessen, daß die Kunstfertigkeit unserer Hände unterbunden wurde durch das Verbot: „Du sollst dir kein Bildnis machen noch irgendein Gleichnis von dem, was im Himmel oben oder auf der Erde unten oder was unter der Erde im Wasser ist!“ ein Verbot, das die Sopherim über seinen Zweck und seine Geltung hinaus ausgedehnt haben. Noch darf man vergessen, daß lange, bevor Dädalus in Attika erschien, zwei Israeliten, Beseleel und Soliab, die Werkmeister der ersten Stiftshütte, die Cherubim zu beiden Seiten des Gnadenthrones über der Bundeslade gebildet hatten. Sie waren aus getriebenem Gold, nicht gemeißelt; es waren nicht rein menschliche, sondern himmlische Gestalten. Wer wagt es zu behaupten, daß sie nicht schön waren oder daß sie nicht die ersten Statuen waren?“

„O, ich begreife jetzt,“ fiel Judah lebhaft ein, „warum die Griechen uns übertroffen haben. Und die Bundeslade – Fluch über die Babylonier, welche sie zerstörten!“

„Nein, Judah, sei doch gläubig! Nicht zerstört wurde sie, sondern allzu sicher in irgendeiner Bergeshöhle versteckt, daß sie verloren ging. Eines Tages wird sie, wie Hillel und Schammai versichern, nach dem Willen des Herrn wiedergefunden und ans Tageslicht gebracht werden, dann wird Israel wieder vor ihr tanzen und singen wie in der alten Zeit. Und jene, welche dann das Antlitz der Cherubim schauen werden, werden die Hand jedes Israeliten küssen wollen aus Ehrfurcht vor dem Genie seines Volkes, das durch Jahrtausende untätig schlummerte.“

Die Mutter war ganz in leidenschaftlichen Eifer geraten. Nun machte sie eine Pause, um sich zu sammeln und ihre Gedanken zu ordnen. “Du bist so gut, Mutter,“ sprach Judah im Tone der Dankbarkeit. „Ich werde niemals ermüden, es zu sagen. Schammai und Hillel hätten nicht besser reden können. Ich bin jetzt wieder ein wahrer Sohn Israels.“

„Schmeichler!“ entgegnete sie. „Du weißt freilich nicht, daß ich bloß wiederholte, was ich von Hillel hörte, als er eines Tages in meiner Gegenwart mit einem römischen Sophisten stritt.“

„Nun, die Herzlichkeit der Sprache ist doch dein Eigentum.“ Sie wurde sofort wieder ernst.

„Wo bin ich stehn geblieben? Ja, ich beanspruchte für unsere Vorfahren die ersten Statuen. Die Fertigkeit des Bildschnitzers ist aber nicht die einzige Kunst, gleichwie die Kunst selbst nicht die einzige Größe ist. Ich denke mir immer die großen Männer aller Jahrhunderte als einen langen Heereszug, der nach den verschiedenen Nationen in Gruppen abgeteilt ist: hier Inder, dort Ägypter, dort Assyrer; unter Trompetengeschmetter und mit fliegenden Fahnen ziehen sie einher, während all die zahllosen Geschlechter vom Anbeginn an als ehrfurchtsvolle Zuschauer zu ihrer Rechten und Linken stehn. Und fortwährend ergießt sich über die ganze Reihe von einem bis zum andern Ende, von der grauen Vorzeit bis in die ferne Zukunft, ein Licht, das den Streitenden den Weg weist, ohne daß sie es kennen – das Licht der Offenbarung! Und wer ist sein Träger? Unser Volk, Judah! Wie schwillt einem jedem Israeliten die Brust bei diesem Gedanken! An diesem Lichte erkennen wir sie. Dreimal selig ihr, unsere Väter, ihr Diener Gottes und Hüter des Bundes! Dort ist auch dein Platz, Judah, und wäre auch jeder Römer ein Cäsar, du sollst ihn nicht verlieren!“

Judah war tief bewegt. „Ich bitte dich, Mutter, fahre fort!“ rief er aus. „Deine Worte sind für mich wie Siegesgesang. Ich warte auf Miriam und die Frauen, die ihr singend und tanzend folgten.“ Die gehobene Stimmung Judahs geschickt benützend, fuhr die Mutter fort: „Nun gut, mein Sohn! Kannst du den Siegesgesang der Prophetin hören, dann kannst du auch weiter meinem Gedankengange folgen. Stelle dich im Geiste mit mir an den Wegrand, während die Auserwählten Israels an der Spitze des Zuges an uns vorüberschreiten. Sieh, sie kommen! Zuerst die Patriarchen, dann die Väter der Stämme. Es dünkt mir, ich höre die Glöckchen ihrer Kamele und das Blöken ihrer Herden. Wer ist der, der dort allein und abgesondert zwischen den Gruppen geht? Es ist ein Greis, doch ungetrübt ist sein Auge und ungebrochen seine Kraft. Er sah den Herrn von Angesicht zu Angesicht. Er war Krieger, Dichter, Redner, Gesetzgeber und Prophet. Wie die Morgensonne durch ihr strahlendes Licht alle übrigen Gestirne verdunkelt, so überragt er an Ruhm alle übrigen, selbst den ersten und edelsten der Cäsaren. Auf ihn folgen die Richter. Danach kommen die Könige: der Sohn Jesses, ein Held im Kriege und ein Sänger unsterblicher Gesänge; und sein Sohn, der reichste und weiseste aller Könige, der die Wüste bewohnbar machte und, während er auf ihren öden Flächen Städte baute, doch auch Jerusalems nicht vergaß, das der Herr zu seinem Sitz auf Erden auserwählt hatte. Neige dein Haupt tiefer, mein Sohn! Die jetzt kommen, sind die ersten in ihrer Art und die letzten. Ihr Angesicht ist nach oben gewandt, als ob sie eine Stimme vom Himmel hörten und lauschten. Ihr Leben war voll des Kummers. Ihr Gewand riecht nach Grab und Verwesung. Horch! Hörst du nicht die Stimme einer Frau unter ihnen: „Singet dem Herrn, denn er hat glorreich triumphiert!" Neige dich vor ihnen in den Staub! Sie waren Gottes Herolde, seine Diener, die in den Himmel blickten und die ganze Zukunft schauten. Und was sie sahen, schrieben sie nieder und hinterließen ihre Schriften der Nachwelt, auf daß spätere Zeiten deren Wahrheit bewiesen. Sieh hier den Thespiter und seinen Diener Elisäus! Sieh dort die drei Jünglinge, die dem Bilde des Babyloniers die Verehrung versagten, und unter ihnen den, der am Gelage die Sternkundigen beschämte. Und dort, mein Sohn, sieh dort den Sohn des Amos, aus dessen Mund die Welt die herrlichen Weissagungen über den kommenden Messias vernahm!"

Die Mutter machte eine Pause, als sei sie in tiefe Gedanken versunken.

„Ich habe dir, Judah," fuhr sie endlich fort, „so gut ich es vermochte, unsere großen Männer, die Patriarchen, Gesetzgeber, Krieger, Sänger und Propheten vor Augen geführt. Vergleiche sie mit den besten Männern Roms und frage dich, ob du dich unseres Volkes zu schämen brauchst. Darum, was deine Zukunft betrifft," – sie sprach die letzten Worte langsam und mit zitternder Stimme – „was deine Zukunft betrifft, mein Sohn, so diene dem Herrn, dem Gotte Israels, nicht Rom. Für ein Kind Israels gibt es keinen Ruhm außer im Dienste des Herrn; darin aber findet es hohen Ruhm."

„Ich darf also nicht Soldat werden?" fragte Judah.

„Warum nicht? Nannte nicht Moses Gott einen Herrn der Heerscharen?"

Es herrschte wieder tiefe Stille im Zimmer auf dem Dache. Endlich sprach die Mutter: „Du hast meine Erlaubnis, nur diene dem Herrn und nicht dem Cäsar!"

Judah ging auf diese Bedingung ein und sank allmählich in Schlummer. Die Mutter erhob sich, schob ihm das Kissen unter den Kopf, breitete eine Decke über ihn aus, küßte ihn zärtlich und ging hinweg.

Achtes Kapitel

Als Judah die Augen öffnete, stand die Sonne bereits hoch über den Bergen. Die Tauben flogen scharenweise hin und her und erfüllten die Luft mit dem schimmernden Glanze ihres weißen Gefieders. Gegen Südosten ragte der Tempel auf, dessen vergoldete Zinnen sich reizend vom tiefen Blau des Himmels abhoben. Doch das waren ihm bekannte Dinge, und nur flüchtig streifte sie sein Blick. Neben ihm saß auf dem Diwan ein kaum fünfzehnjähriges Mädchen, das mit leiser Stimme sang und dazu auf einer Harfe spielte, die auf seinen Knien lag.

Als sie bemerkte, daß er erwacht sei, schwieg sie und legte das Instrument beiseite; sie ließ die Hände in den Schoß fallen und blickte ihn erwartungsvoll an.

Die beiden Geschwister stammten aus einem Geschlecht, das unter der Regierung des Herodes zu großem Reichtum gelangt war. Der Vater Judahs war bei aller Anhänglichkeit an sein Volk und dessen religiöse Gebräuche auch dem Könige aufrichtig ergeben gewesen und hatte sich in der Heimat wie im Auslande als dessen treuer Diener erwiesen. Zu wiederholten Malen mit wichtigen Botschaften nach Rom gesandt, hatte er durch sein Auftreten die Aufmerksamkeit des Kaisers Augustus erregt und dessen rückhaltlose Freundschaft gewonnen. Daher fanden sich in seinem Hause manche jener Geschenke, wie Fürsten sie zu spenden pflegen, um der eigenen Eitelkeit zu schmeicheln, als Purpurtogen, elfenbeinerne Sessel, goldene Trinkschalen und ähnliche Gegenstände, die hauptsächlich dadurch hohen Wert erhielten, daß sie von kaiserlicher Hand stammten. Ein solcher Mann mußte reich sein; allein sein Reichtum gründete sich nicht einzig auf die Gunst und Freigebigkeit von Fürsten. Viele der Hirten, die auf den Ebenen und Hügeln bis zum fernen Libanon hin die Herden hüteten, nannten ihn ihren Herrn. In den Seestädten wie im Binnenlande gründete er Handelshäuser. Seine Schiffe brachten ihm Silber aus den Bergwerken Spaniens, den reichsten, die man damals kannte, während seine Karawanen zweimal im Jahre reichbeladen mit Seidenstoffen und Gewürzen aus dem fernen Osten heimkehrten.

Dieser Mann nun ging in der Blüte seiner Jahre, etwa zehn Jahre vor dieser zweiten Periode unserer Erzählung, durch einen Schiffbruch zugrunde, betrauert von ganz Judäa. Er hinterließ neben seiner Gattin zwei Kinder, seinen Sohn Judah und seine Tochter Tirzah.

Wer die beiden Geschwister betrachtete, dem konnte ihre Ähnlichkeit nicht entgehen. Sie hatte dieselben regelmäßigen Züge und zeigte denselben jüdischen Typus wie er. Nur lag auf ihrem Gesichte noch der Reiz kindlicher Unschuld. Die zurückgezogene Häuslichkeit, in der sie lebte, sowie das innige Band, das beide umschlang, erlaubten es ihr, in einem sehr ungezwungenen Morgenkleide zu erscheinen. Ein auf der rechten Schulter befestigter Überwurf, der lose über Brust und Rücken herabfiel und unter dem linken Arme sich schloß, verhüllte ihren Oberkörper nur zum Teile und ließ die Arme ganz sichtbar. Ein Gürtel hielt das Gewand, das kaum bis zu den Knien reichte, um die Lenden fest. Ihr Kopfschmuck war sehr einfach und dabei gefällig; er bestand in einem purpurfarbenen seidenen Häubchen und einem gestreiften, reichgestickten Tuche von demselben Stoffe, welches darüber in dünnen Falten um den Kopf gewunden war, so daß dessen Umrisse deutlich hervortraten. In den Ohren und an den Fingern trug sie goldene Ringe, an den Armen und Knöcheln ebensolche Spangen. Das Haar fiel ihr in zwei langen Flechten über den Rücken. Auf jeder Wange hing gerade vor dem Ohr eine gekräuselte Locke. Man konnte ihr Anmut, Zierlichkeit und Schönheit keineswegs abstreiten.

„Sehr schön, meine Tirzah, sehr schön!“ rief Judah wie begeistert.

„Das Lied?“ fragte sie.

„Ja, und die Sängerin auch. Es hat griechische Anklänge. Woher hast du es?“

„Erinnerst du dich des Griechen, der vorigen Monat im Theater sang? Es heißt, er sei früher am Hofe des Herodes gewesen und habe wiederholt vor ihm und dessen Schwester Salome gesungen. Er trat gerade nach einem Ringkampfe auf, während das Haus noch vom Lärme widerhallte; allein beim ersten Tone, den er sang, wurde es so stille, daß ich jedes Wort vernehmen konnte. Von ihm habe ich das Lied.“

„Er sang doch in griechischer Sprache!“

„Und ich in hebräischer.“

„Ja; ich bin deshalb auch stolz auf meine kleine Schwester.“

In diesem Augenblick trat Amrah herein und brachte eine Platte mit Waschschüssel, Wasser und Handtüchern. Da Judah kein Pharisäer war, nahm die Waschung keine Zeit in Anspruch. Die Dienerin entfernte sich jetzt, während Tirzah sich daran machte, das Haar des Bruders zu ordnen. War ihr eine Locke zur Zufriedenheit geraten, dann nahm sie den kleinen Metallspiegel, den sie nach Art der jüdischen Frauen im Gürtel trug, und reichte ihn dem Bruder, damit er mit eigenen Augen ihre Kunstfertigkeit sehe. Unterdessen setzten sie ihr Gespräch fort.

„Was sagst du dazu, Tirzah? Ich gehe fort."

Erschreckt ließ sie die Hände sinken.

„Fort! Wann? Wohin? Warum?"

Er lachte.

„Drei Fragen in einem Atem! Wie neugierig du doch bist!"

Im nächsten Augenblick war er wieder ernst. „Du weißt, daß das Gesetz es mir zur Pflicht macht, einen Beruf zu ergreifen. Unser guter Vater gab mir das beste Beispiel. Selbst du würdest mich verachten, wenn ich die Früchte seines Fleißes und Wissens im Müßiggang verzehren würde. Ich gehe nach Rom."

„O, ich gehe mit!"

„Du mußt bei der Mutter bleiben. Wenn wir beide sie verlassen, wird sie sterben."

Trauer malte sich auf ihrem Gesichte.

„Ach ja! Aber mußt du denn fort? Hier in Jerusalem kannst du alles lernen, was ein Kaufmann zu wissen nötig hat, wenn es das ist, woran du denkst."

„Daran denke ich nicht. Das Gesetz gebietet nicht, daß der Sohn den Beruf des Vaters wähle." "Was willst du denn sonst werden?"

„Soldat!" antwortete er mit einem gewissen Stolze.

Tränen traten ihr in die Augen. „Du wirst getötet werden."

„Wenn es Gottes Wille ist, so sei es denn! Aber, Tirzah, nicht alle Soldaten werden getötet."

Sie schlang ihre Arme um seinen Nacken, als ob sie ihn zurückhalten wollte.

„Wir sind so glücklich! Bleib zu Hause, Bruder!"

„Das Vaterhaus kann für uns nicht immer das sein, was es bisher war. Auch du wirst in nicht ferner Zeit fortgehn."

„Niemals!"

Er lächelte über diese Entschlossenheit.

„Bald wird ein Fürst Judahs oder eines andern Stammes kommen, um meine Tirzah werben und sie mit sich nehmen, damit sie einem andern Hause als Stern leuchte. Was wird dann aus mir werden?“

Ein Schluchzen war ihre Antwort.

„Soldatsein ist ein Beruf,“ fuhr Judah mit noch mehr Ernst fort. „Um ihn vollständig zu erlernen, muß man in die Schule gehn. Es gibt aber keine bessere Kriegsschule als ein römisches Lager.“

„Du wirst doch nicht für Rom kämpfen?“ fragte sie mit angehaltenem Atem.

„Auch du, selbst du hassest Rom! Die ganze Welt haßt es. Hierin, Tirzah, suche den Grund der Antwort, die ich dir gebe. Ja, ich will für Rom kämpfen, wenn ich dadurch lerne, einst gegen Rom zu kämpfen.“

„Wann willst du abreisen?“

In diesem Augenblick wurden Amrahs Schritte gehört.

„Still!“ sagte er. „Laß sie nicht wissen, woran ich denke.“

Die treue Dienerin kam mit dem Frühstück und setzte die Platte, auf welcher sie es trug, auf einen Stuhl vor beide hin. Dann blieb sie mit weißen Tüchern auf dem Arme stehen, um die Geschwister zu bedienen. Sie tauchten eben die Finger in ein Gefäß mit Wasser und spülten sie ab, als ein Lärm auf der Straße ihre Aufmerksamkeit erregte. Sie horchten und unterschieden kriegerische Musik, welche von der nördlichen Straße her klang.

„Soldaten aus dem Prätorium! Ich muß sie sehen!“ rief Judah, vom Diwan aufspringend, und eilte hinaus.

Im nächsten Augenblick lehnte er sich über die aus Ziegeln gemauerte Brustwehr am nordöstlichen Winkel des Daches. Er war so in den Anblick, der sich ihm darbot, versunken, daß er nicht merkte, wie Tirzah an seine Seite trat und die eine Hand aus seine Schulter legte.

Da das Dach alle umliegenden Gebäude überragte, konnten sie von ihrem Platze aus ostwärts bis zum gewaltigen Turm der Burg Antonia, wo die Garnison lag und der Prokurator sein militärisches Hauptquartier hatte, alles überblicken. Die nicht zehn Fuß breite Straße war an vielen Stellen mit Brücken überspannt, die teils offen, teils verdeckt waren; diese begannen sich jetzt ebenso wie die benachbarten Dächer mit Männern, Weibern und Kindern zu füllen, welche von der Musik angelockt wurden. Das Wort Musik ist freilich hier nicht ganz das richtige, denn was man hörte, war vielmehr ein Trompetengeschmetter, begleitet von den schrillen, dem römischen Soldaten aber so trauten Tönen hölzerner Blasinstrumente.

Nach einer Weile wurde der Aufzug auch den beiden Geschwistern auf dem Dache sichtbar. Zuerst kam ein Vortrab Leichtbewaffneter, es waren zumeist Schleuderer und Bogenschützen, die in weiten Abständen marschierten; dann eine Abteilung Schwerbewaffneter zu Fuß mit großen Schilden und jenen langen Speeren, wie man sie schon bei den Zweikämpfen vor Ilion gebraucht haben mochte; darauf folgten die Musiker. Dann kam ein alleinreitender Offizier, dem eine berittene Leibwache folgte, dann wieder eine fast endlos lange Abteilung schwerbewaffneter Fußsoldaten, welche, eng gedrängt marschierend, die Straße von Mauer zu Mauer ausfüllte. Die sehnigen Gliedmaßen der Männer, die taktmäßige Bewegung ihrer Schilde von rechts nach links, der feste, selbstbewußte, rhythmische Schritt, die ernste Haltung der Masse, die einer riesigen Maschine glich, alles dieses machte auf Judah einen überwältigenden Eindruck. Was seine Aufmerksamkeit vor allem fesselte, war der Adler der Legion, der auf einer hohen Stange getragen wurde. Er wußte, daß man ihn mit göttlichen Ehren empfangen hatte, als er aus seinem Standorte im Turm geholt wurde.

Auch der in der Mitte der Kolonne allein reitende Offizier erregte sein besonderes Interesse. Er war in voller Rüstung; nur sein Haupt war unbedeckt. An seiner Seite hing ein kurzes Schwert, in der Hand hielt er den Kommandostab, der wie eine Rolle weißen Papieres aussah. Sein Pferd trug statt des Sattels eine, purpurne Decke.

Als der Mann noch in weiter Ferne war, konnte Judah schon bemerken, daß sein Erscheinen die Zuschauer in zornige Erregung versetzte. Diese lehnten sich weit über die Brustwehren der Dächer oder traten kühn vor die Haustore und ballten die Fäuste gegen ihn. Sie folgten ihm unter lautem Geschrei oder spuckten auf ihn hinab, während er unter den Brücken hindurchritt. Die Weiber warfen ihm gar ihre Sandalen nach, manchmal mit solchem Geschick, daß sie ihn trafen. Je näher er kam, desto deutlicher konnte man das Geschrei vernehmen: „Räuber! Tyrann! Römischer Hund! Nieder mit Ismael! Gebt uns unsern Annas zurück!"

Endlich war er so nahe, daß Judah seine Gesichtszüge unterscheiden konnte. Dabei bemerkte er, daß der Mann die von den Soldaten so stolz zur Schau getragene Gleichgültigkeit nicht teilte. Sein Gesicht war finster und drohend und die Blicke, die er von Zeit zu Zeit nach seinen Verfolgern schleuderte, waren wild und feindselig, so daß die Furchtsamen davor zurückschreckten.

Judah hatte von der Sitte gehört, daß Oberbefehlshaber nach dem Beispiele des ersten Cäsar zum Zeichen ihres Ranges in der Öffentlichkeit nur einen Lorbeerkranz zu tragen pflegten. Hieran erkannte er, daß der Offizier niemand anderer war als Valerius Gratus, der neue Prokurator von Judäa. Im Grunde hatte Judah Mitleid mit dem Römer, der in so unverdienter Weise unter dem Sturme der Volkswut zu leiden hatte. Als daher dieser die Ecke des Hauses erreichte, beugte sich der Jüngling noch weiter über die Brustwehr vor, um ihn besser sehen zu können, und dabei stützte er sich mit der Hand auf einen vorstehenden Ziegel. Dieser hatte im Laufe der Zeit einen Sprung bekommen, der bisher nicht beachtet worden war, und der Druck war stark genug, das äußere Stück des Ziegels loszulösen, es kam ins Rollen.

Ein jäher Schreck durchzuckte den Jüngling. Er streckte die Hand aus, um das fallende Stück zu erhaschen. Die Bewegung, die er hierbei machte, konnte den Anschein erwecken, als ob er etwas von sich schleuderte. Judah stieß vor Schreck einen lauten Schrei aus, so daß die Soldaten und ebenso der Prokurator hinaufblickten. In diesem Augenblick traf den Römer das Ziegelstück auf den Kopf und er fiel wie tot vom Pferde.

Die Kohorte machte Halt. Die Wachen sprangen von ihren Pferden und beeilten sich, ihren Befehlshaber mit ihren Schilden zu decken. Die Menge, die Zeuge des Vorfalles war, zweifelte nicht daran, daß der Wurf absichtlich geschehen sei, und jubelte dem Jüngling zu, der sich noch immer über die Brustwehr gebeugt hielt. Der Anblick des Unheils, das durch ihn entstanden war, und die Erwägung der Folgen, die ihm nur zu deutlich vor die Augen traten, hatten ihn wie betäubt. Ein böser Geist fuhr mit Blitzesschnelle längs dem Zuge von Dach zu Dach und erfaßte die Volksmenge in gleicher Weise. Die Leute legten Hand an die Brustwehren, lockerten die Ziegel und den sonngebrannten Lehm, woraus die Hausgiebel zum größten Teile gebaut waren, und begannen in blinder Wut Stücke davon nach den Legionären unter sich zu schleudern. Es entspann sich nun ein hitziger Kampf. Die Disziplin der Soldaten behielt, wie es vorauszusehen war, die Oberhand. Mit schreckensbleichem Antlitz hatte sich inzwischen Judah von der Brustwehr zurückgelehnt.

„O Tirzah, Tirzah, ich habe den römischen Landpfleger getötet!“ rief er aus. „Der Ziegel traf ihn, es war ein Zufall!“

„Was werden sie uns tun?“ fragte sie.

Er blickte nach dem immer noch zunehmenden Tumult auf den Dächern und in der Straße und gedachte der drohenden Miene des Gratus. War er nicht tot, wo würde seine Rache innehalten? Und war er tot, zu welchen Wutausbrüchen würden die Ausschreitungen des Volkes die Legionssoldaten aufreizen? Um einer Antwort auszuweichen, beugte er sich abermals über die Brustwehr und sah gerade, wie die Leibwache dem Römer wieder auf das Pferd half.

„Er lebt, Tirzah, er lebt! – Gepriesen sei der Gott unserer Väter!“

Mit diesem Ausrufe trat er von der Brustwehr zurück und antwortete nun mit mehr Ruhe auf ihre Frage:

„Sei unbesorgt, Tirzah! Ich werde ihnen erklären, wie es kam, und sie werden sich an unsern Vater und seine Verdienste erinnern und uns nichts tun.“

Er führte sie in das Turmzimmer.

Da erbebte das Dach unter ihren Füßen und man vernahm ein Krachen wie von stürzenden Balken und gleich darauf Schreckensrufe, die dem Anschein nach vom Hof heraufkamen. Er blieb stehn und horchte, die Rufe wiederholten sich. Die Soldaten hatten das nördliche Tor eingeschlagen und waren nun im Besitze des Hauses. Judah erkannte zu seinem Schrecken, daß man es auf ihn abgesehen habe. Für eine Flucht war es zu spät. Plötzlich hörte er die angsterfüllte Stimme seiner Mutter und lief eilends hinab.

Die Terrasse oder Galerie am Fuße der Treppe war voll von Soldaten. Andere rannten mit gezückten Schwertern die Zimmer aus und ein. In einer Ecke kauerte dicht zusammengedrängt eine Gruppe von Frauen, die um Schonung baten. An einer andern Stelle rang eine Frau mit einem der Soldaten und suchte sich von ihm loszureißen, so daß dieser seine ganze Kraft anwenden mußte, um sie festzuhalten. Ihr Kleid war zerrissen; das Haar hing ihr in langen Strähnen über das Gesicht; ihre Rufe übertönten jeden andern Lärm, so daß sie deutlich vernehmbar bis zum Dache hinausdrängen. Die Angst beflügelte Judahs Schritte; mit einem Satze war er bei ihr.

„Mutter, Mutter!“ rief er aus. Sie streckte die Hand nach ihm, aber eben als er sie fassen wollte, wurde er ergriffen und zurückgerissen. Dann hörte er, wie jemand rief: „Der ist es!“ Judah schaute um sich und erblickte Messala.

„Was, dieser ist der Meuchler?“ fragte ein stattlicher Legionär in prächtigem Waffenschmucke. „Er ist ja noch ein Knabe!“

Die Liebe zu den Seinigen ließ Judah den Streit vergessen, den er mit dem Jugendfreunde gehabt hatte.

„Hilf ihnen, Messala! Gedenke unserer Knabenzeit und hilf ihnen! Ich – Judah – bitte dich!“

Messala tat, als hörte er ihn nicht. „Ich kann hier nicht weiter von Nutzen sein,“ sagte er, zum Offizier gewendet. „Auf der Straße unten gibt es bessere Beschäftigung. Nieder mit Eros, hoch Mars!“

Mit diesen Worten entfernte er sich. Judah verstand ihn, und in der Bitterkeit seiner Seele flehte er zum Himmel: „In der Stunde deiner Rache, o Herr, sei mein die Hand, die ihn treffen soll!“

Mit Mühe konnte er sich einen Weg zum Offizier bahnen. „Herr,“ rief er, „jene Frau ist meine Mutter. Verschone sie, verschone meine Schwester dort! Gott ist gerecht, er wird Barmherzigkeit für Barmherzigkeit erweisen.“

Der Mann schien bewegt. „In den Turm mit den Frauen,“ rief er; „aber tut ihnen kein Leid! Ihr seid mir für sie verantwortlich.“ Dann wandte er sich zu denen, welche Judah festhielten, und sprach: „Holet Stricke und bindet ihm die Hände, dann führt ihn auf die Straße hinab. Seiner Strafe soll er nicht entgehn.“ Die Mutter wurde hinweggetragen. Die kleine Tirzah war ganz betäubt vor Furcht und ging in ihrem Hauskleide ohne Widerstreben mit den Soldaten, welche sie fortführten. Judah warf einen letzten Blick auf beide und barg dann das Gesicht in seine Hände, als ob er sich ihre Züge unvertilgbar einprägen wolle. Vielleicht vergoß er auch Tränen, doch niemand sah sie. Die Ereignisse dieses Tages hatten in Judah eine plötzliche Umwandlung bewirkt, er war aus einem Jüngling ein Mann geworden. Mit entschlossenem Gesicht bot er seine Arme den Fesseln dar.

Ein Trompetensignal erscholl im Hofe, die Soldaten sammelten sich. Als Judah hinabstieg, standen sie bereits in Marschordnung. Seine Mutter und Schwester sowie das gesamte Gesinde wurden durch das nördliche Eingangstor geführt, dessen Trümmer den Weg versperrten. Herzzerbrechend war das Weinen der Dienstpersonen, deren manche im Hause geboren waren.

Als endlich auch die Pferde und der gesamte Viehstand des Hauses fortgetrieben wurden, begann Judah den ganzen Umfang der Rache des

Prokurators zu erfassen. Das Gebäude und alles, was dazu gehörte, war ihr verfallen. Sollte es in Judäa noch andere geben, die so verwegen waren, auf die Ermordung eines römischen Statthalters zu sinnen, so sollte ihnen die Geschichte vom Schicksal der fürstlichen Familie Hur zur Warnung dienen.

Der Offizier wartete draußen, indes eine Abteilung Soldaten das Tor einstweilen verrammelte. Auf der Straße hatte der Kampf beinahe aufgehört, die Legionäre standen größtenteils ruhig in Reih und Glied, sie hatten nichts von ihrem Glanze und ihrer Stärke eingebüßt.

Seiner eigenen Lage vergessend, war Judah nur um die Gefangenen besorgt, unter denen er vergebens nach seiner Mutter und Schwester spähte. Da erhob sich plötzlich ein Weib von der Erde, wo sie sich niedergekauert hatte, und rannte zurück nach dem Tore. Vor Judah sank sie nieder und umfaßte seine Knie, ihr Gesicht war vom staubbedeckten schwarzen Haar, das wirr vom Kopfe herabfiel, fast ganz verhüllt.

„O Amrah, gute Amrah," sprach er, „helfe dir Gott. Sorge für Tirzah und meine Mutter! Sie werden zurückkehren und –"

Ein Soldat zog sie weg. Sie sprang behende auf und eilte durch das Tor und den Gang in den leeren Hofraum.

„Laßt sie nur!" rief der Offizier. „Wir werden Siegel an das Haus legen und es verriegeln; dann muß sie verhungern."

Die Soldaten nahmen ihre Arbeit wieder auf; als sie damit fertig waren, begaben sie sich nach der Westseite und verriegelten auch den dortigen Eingang. Der Palast der Familie Hur stand nun öde und leer.

Die Kohorte marschierte nach der Burg zurück. Der Prokurator verweilte hier längere Zeit, um sich von seiner Verletzung zu erholen und über die Gefangenen Verfügungen zu treffen.

Am folgenden Tage kam eine Abteilung Soldaten zum verödeten Palast. Die Ecken der Torflügel wurden mit Wachs versiegelt und an die Mauern ein Plakat geheftet, auf welchem in lateinischer Sprache die Worte standen: „Dies ist Eigentum des Kaisers."

Die selbstbewußten Römer waren überzeugt, daß diese einfache Ankündigung ihrem Zwecke entsprechen würde.

Wiederum einen Tag später zog ein Trupp von zehn Berittenen unter Anführung eines Hauptmannes von Jerusalem nordwärts gegen Nazareth und näherte sich dem Orte um die Mittagszeit. Nazareth war damals ein unbedeutendes Dorf mit wenigen Häusern, die an einem Hügelabhang zerstreut standen, die einzige Straße war kaum mehr als ein von den Herden ausgetretener Pfad. Das Tal am Fuße des Hügels und die ganze Umgebung waren mit Obst- und Gemüsegärten, Weinbergen und Weideplätzen bedeckt. Vereinzelte Palmen- und Olivenhaine gaben der Landschaft ihr orientalisches Gepräge.

Als der Reitertrupp sich dem Dorfe näherte, erscholl ein Trompetenstoß, der wie ein Zauber auf die Einwohner wirkte. Sie stürmten in Gruppen aus den Häusern heraus, da jeder den Grund des ungewöhnlichen Besuches zuerst erfahren wollte.

Es war ein Gefangener unter der Obhut der Reiter, der bald die Neugierde der Dorfbewohner erregte. Er ging zu Fuß, mit bloßem Kopf, zerrissenen Kleidern und auf den Rücken gebundenen Händen. An seinen Handgelenken war ein Riemen befestigt, der um den Hals eines Pferdes geschlungen war. Der Reiterzug wirbelte derart Staub auf, daß der Gefangene fast beständig in eine gelbliche Wolke gehüllt war. Völlig kraftlos und wund an den Füßen, taumelte er mehr als er ging. Die Dorfbewohner aber konnten erkennen, daß er sehr jung war.

Am Brunnen angelangt, machte der Zug Halt. Der Hauptmann stieg vom Pferde und die meisten der Reiter folgten seinem Beispiele. Der Gefangene sank wie betäubt in den Staub der Straße. Er bat um keine Labung, augenscheinlich hatte seine Erschöpfung den höchsten Grad erreicht.

Gern hätten die Dorfbewohner, da sie näher gekommen waren und sein jugendliches Alter erkannten, ihm geholfen, allein sie wagten es nicht. Während sie so neugierig und ratlos umherstanden und die Wasserkrüge unter den Soldaten von Mund zu Mund gingen, kam ein Mann die Straße von Sapphoris herab. Eine Frau rief, sobald sie ihn bemerkt hatte: „Seht, da kommt der Zimmermann! Jetzt werden wir wohl etwas erfahren."

Der Mann, von dem sie sprach, hatte ein sehr ehrwürdiges Aussehen. Dünne weiße Locken quollen unter dem Rande seines Turbans hervor, während ein reicher Bart, der womöglich noch weißer war, auf die Vorderseite seines groben grauen Gewandes herabwallte. Beim Brunnen angelangt, blieb er stehn und trat dann zum Hauptmann.

„Der Friede des Herrn sei mit dir!" sprach er mit unvermindertem Ernst.

„Und derjenige der Götter mit dir!“ entgegnete der Hauptmann.

„Euer Gefangener ist noch jung!“

„An Jahren, ja.“

„Darf ich fragen, was er verbrochen hat?“

„Er ist ein Meuchelmörder!“

Erstaunt wiederholten sich die Leute das Wort. Rabbi Josef aber fuhr fort zu fragen: „Ist er ein Sohn Israels?“

„Er ist ein Jude,“ antwortete der Römer trocken.

Das bereits im Schwinden begriffene Mitleid der Umstehenden wurde neuerdings rege.

„Ich weiß nichts von euren Stämmen,“ sprach der Römer weiter. „Ich kann euch aber von seiner Familie erzählen. Ihr habt vielleicht schon von einem Fürsten Jerusalems namens Hur gehört. Ben Hur nannte man ihn. Er lebte in den Tagen des Herodes.“

„Ich kannte ihn,“ sagte Josef.

„Nun, dieser ist sein Sohn!“

Von allen Seiten hörte man bei dieser Nachricht Ausrufe des Staunens und des Mitleides, doch der Hauptmann beeilte sich, dieselben zu unterdrücken.

„Vorgestern hätte er beinahe in den Straßen Jerusalems den edlen Gratus ermordet, indem er ihm vom Dache eines Palastes – jedenfalls seines Vaters – einen Ziegel auf den Kopf warf.“

Eine Zeitlang herrschte Schweigen, währenddessen die Nazarener den Jüngling wie ein wildes Tier anstaunten.

„Hat er ihn getötet?“ fragte der Rabbi.

„Nein!“ “Er ist verurteilt?“

„Ja, zu den Galeeren auf Lebenszeit.“

„Der Herr steh' ihm bei!“ sagte Josef bewegt.

Ein Jüngling, welcher mit Josef gekommen, aber bisher unbemerkt hinter ihm stehn geblieben war, legte nun das Beil, das er trug, neben sich auf die Erde, ging zum großen Stein neben dem Brunnen und ergriff einen der dort stehenden

Krüge mit Wasser. Diese Handlung ging so ruhig vor sich, daß der Jüngling bereits über den Gefangenen gebeugt stand und ihm zu trinken gab, ehe seine Wächter es hindern konnten, wenn dieses überhaupt in ihrer Absicht lag.

Die sanft auf seine Schulter gelegte Hand weckte den unglücklichen Judah aus seinem dumpfen Brüten, und aufblickend sah er in ein Antlitz, das er niemals mehr vergaß: in das Antlitz eines Jünglings von ungefähr seinem eigenen Alter, das von goldig-braunen Locken überschattet war, in ein Antlitz voll Sanftmut und Milde, dessen tiefblaue Augen ihn so voll Liebe und heiligem Ernst anblickten, daß ihr Blick unwiderstehlich war. Alle bitteren Gefühle der Rachsucht schwanden in der Brust des Juden, und sein Herz, das durch Tage und Nächte des Leidens wie verhärtet war, schmolz unter dem warmen Blicke des Fremden und ward weich und sanft wie das eines Kindes.

Er setzte seine Lippen an den ihm dargebotenen Krug und trank lang und in vollen Zügen. Kein Wort wurde zwischen beiden gewechselt.

Als Judah getrunken hatte, legte sich die Hand, die bisher auf seiner Schulter gelegen war, auf sein Haupt und ruhte wie segenspendend einen Augenblick auf den staubbedeckten Locken. Dann brachte der fremde Jüngling den Krug wieder zum Brunnen zurück, stellte ihn auf den Stein daneben, nahm wieder das Beil und ging zu Rabbi Josef zurück, indes aller Augen, jene des Hauptmannes sowohl als der Dorfbewohner, auf ihn gerichtet waren. Damit endigte die Szene am Brunnen. Nachdem die Männer getrunken und auch die Pferde getränkt hatten, wurde der Marsch wieder aufgenommen. Im Verhalten des Hauptmannes trat eine Änderung ein, er selbst hob den Gefangenen aus dem Staube empor und setzte ihn hinter einen der Soldaten auf das Pferd.

Die Bewohner Nazareths gingen nach Hause, mit ihnen auch Josef und sein jugendlicher Gehilfe.

Hier begegneten sich zum ersten Male Judah und der Sohn Marias.

Neuntes Kapitel

Einige Meilen von Neapel liegt die Stadt Misenum mit dem gleichnamigen Vorgebirge, von dem aus man einen wundervollen Ausblick auf den Golf von Neapel hatte. Im Meer ankerte eine große römische Flotte, und die Segel blitzten in dem hellen Licht der Sonne.

Auf einem Wege, der von einem Tor der Stadtmauer nach einem breiten, sich mehrere Stadien weit in das Meer erstreckenden Damm führte, erschien an einem kühlen Septembermorgen eine Gesellschaft von zwanzig bis dreißig Personen. Die meisten waren Sklaven, während ihre Herren vorausgingen. Einer von ihnen, ein Mann von etwa fünfzig Jahren, der etwas kahlköpfig war, trug in seinem spärlichen Haar einen Lorbeerkranz. Er schien, da man ihm besondere Aufmerksamkeit erwies, der Mittelpunkt der Gesellschaft und der Gegenstand irgendeiner Feier zu sein. Alle waren mit weiten Togen aus weißem Wollenstoff bekleidet, die mit breitem Purpursaume besetzt waren.

„Nein, Quintus," sagte einer zu dem Manne mit dem Kranze, „es ist nicht recht, daß Fortuna dich so schnell von uns hinwegnimmt. Erst gestern bist du vom Meere jenseits der Säulen des Herkules zurückgekehrt. Du hast dir ja nicht einmal den Landschritt wieder angewöhnt." "Lästere Fortuna nicht," meinte ein anderer, „sie ist weder blind noch launisch. Zu Antium, wo unser Arrius die Glücksgöttin befragt, antwortet sie ihm mit einem Nicken des Kopfes, und zur See weilt sie an seiner Seite und führt ihm das Ruder. Sie nimmt ihn aus unserer Mitte, aber bringt sie ihn nicht jedesmal mit neuen Siegen zurück?"

Mit solcher Unterhaltung trat die Gesellschaft auf den Damm hinaus und blickte über die Bucht, die im Lichte der Morgensonne herrlich vor ihnen lag. Dem alten Arrius klang das Plätschern der Wellen wie ein Willkommgruß. In tiefen Zügen holte er Atem, als ob der Duft des Wassers ihn lieblicher dünke als der Geruch der Narden, und hielt die Hand in die Luft.

„Seht, der Wind weht aus dem Westen," rief er aus. „Und dort kommt meine Galeere. Welche Anmut! Welche Freiheit! ein Vogel kann nicht weniger sorglos sein gegen die schäumenden Wogen. Ja, meine Freunde, ich fahre jetzt nach dem Ägäischen Meere, und da meine Abreise so nahe bevorsteht, so will ich euch die Veranlassung nennen, nur behaltet alles für euch. Ich möchte nicht, daß ihr dem Duumvir Vorwürfe macht, wenn ihr in kurzem mit ihm zusammentrefft. Er ist mein Freund. Wie ihr wißt, ist der Handel zwischen Griechenland und Alexandrien kaum weniger bedeutend als der zwischen Alexandrien und Rom. Ihr habt vielleicht auch von den chersonesischen Seeräubern gehört, die am Euxinus sich festgesetzt haben, es gibt, beim Bacchus, keine verwegeneren Piraten. Gestern kam die Nachricht nach Rom, daß sie mit einer Flotte den Bosporus herabruderten, die Galeeren vor Byzanz und Chalcedon in den Grund bohrten, die Propontis durchstreiften und, noch immer beutegierig, in das Ägäische Meer einbrachen. Die Kornhändler, welche im östlichen Mittelmeere

Schiffe unter Segel haben, sind voll Furcht und Sorge. Sie wandten sich an den Kaiser selbst, und von Ravenna segeln heute hundert Galeeren ab und von Misenum“

79 – er hielt inne, wie um die Neugierde seiner Freunde noch mehr zu erregen, und endigte den Satz, indem er mit besonderem Nachdrucke hinzufügte – „auch eine.“

„Glücklicher Quintus! Wir gratulieren dir!“

„Dieser Auszeichnung folgt die Beförderung. Wir begrüßen dich als Duumvir; nichts Geringeres wartet deiner.“

„Quintus Arrius, Duumvir, klingt besser als Quintus Arrius, Tribun.“

In solcher Weise überhäuften sie ihn mit Glückwünschen.

„Dank, vielen Dank!“ antwortete Arrius, sich an alle wendend. Dann zog er aus den Falten seiner Toga eine Pergamentrolle hervor und reichte sie ihnen mit den Worten: „Dies erhielt ich gestern abend bei Tische von – Sejanus.“

„Sejanus!“ riefen alle einstimmig und drängten sich hinzu, um zu lesen, was der allmächtige Minister geschrieben hatte. Das Schriftstück lautete:

„Sejanus an C. Cäcilius Rufus.

Der Kaiser erhielt guten Bericht über den Tribun Quintus Arrius. Im besonderen hörte er von der Tapferkeit, die derselbe in den westlichen Gewässern bewiesen hatte. Daher ist es sein Wille, daß der besagte Quintus sofort nach dem Osten versetzt werde. Ferner ist es des Kaisers Wille, daß Du unverzüglich hundert Dreiruderer erster Klasse mit vollständiger Ausrüstung gegen die Seeräuber sendest, die im Ägäischen Meere aufgetaucht sind, und daß Quintus den Befehl über diese Flotte übernehme. Einzelheiten bleiben Dir, Cäcilius, überlassen. Der Fall ist dringend, wie Du aus den Berichten ersehen wirst, die zu Deiner und des Quintus Unterweisung beigeschlossen sind. Sejanus.“

Arrius schenkte dem Vorlesen des Schriftstückes wenig Aufmerksamkeit. Er sah nur das Schiff, und Begeisterung leuchtete aus seinen Augen. Endlich schwang er einen Zipfel seiner Toga in der Luft, und als Antwort wurde auf dem Schiffe eine purpurne Fahne entfaltet. Das Fahrzeug schoß nun mit voller Geschwindigkeit in der Richtung des Arrius und seiner Freunde dem Ufer zu. Dieser beobachtete den ganzen Vorgang mit sichtlichem Wohlgefallen. In der Schnelligkeit, womit das Schiff dem Ruder gehorchte, und in der Festigkeit, mit der es seinen Kurs einhielt, besaß es zwei besonders wertvolle Eigenschaften, auf die man sich in einem Gefechte verlassen konnte.

„Meine Freunde," sagte Arrius nach einer Weile, „der Duumvir ist verschwiegen. Was ich tun soll und wo ich meine Flotte finden werde, das werde ich erst auf dem Schiffe erfahren, wo ein versiegeltes Paket meiner wartet. Wenn ihr indes heute auf irgendeinem Altare Gaben darbringen wollt, so bittet die Götter für einen Freund, der irgendwo in der Richtung nach Sizilien rudert und segelt. Aber da ist das Schiff! Es wird gleich anlegen," sagte er, sich umwendend. „Seine Führer interessieren mich, denn mit ihnen muß ich segeln und an ihrer Seite kämpfen. Es ist keine leichte Aufgabe, an einem Ufer von der Beschaffenheit dieses zu landen. So wollen wir denn ihre Gewandtheit und Fertigkeit kennen lernen."

Das Schiff gehörte zur Klasse der naves Liburnicae, es war lang und schmal, hatte einen bedeutenden Tiefgang und war daher für schnelle Fahrten und plötzliche Bewegungen berechnet. Der Bug war schön und kunstvoll gebaut. Ein Wasserstrahl schoß während der Fahrt an ihm zur Höhe und fiel als sanfter Sprühregen auf das anmutig gebogene Vorderteil nieder, das sich zu doppelter Manneshöhe über das Verdeck erhob, unterhalb das Buges ragte das rostrum oder der Schiffsschnabel im Wasser vor, so nannte man eine am Kiel befestigte Vorrichtung aus starkem, eisenbeschlagenem Holze, die, mit eisernen Spitzen versehen, im Gefechte als Ramme diente. Ein starkes Gesims zog sich vom Bug an den Seiten des Schiffes entlang und begrenzte die zinnengeschmückte Brustwehr. Unter dem Gesims befanden sich drei Reihen Öffnungen, in denen sich die Ruder, sechzig auf jeder Seite, bewegten; jede Öffnung war mit einem Schutzleder aus Ochsenhaut bedeckt. In der Mitte des Schiffes, doch mehr gegen das Vorderteil, stand ein Mast, der durch Vor- und Bakstage und Wanttaue gehalten wurde, die letzteren waren durch Ringe an der inneren Bordwand befestigt. Das übrige Tauwerk diente der Leitung und Befestigung des großen viereckigen Segels und der Raa, an welcher dasselbe hing.

Außer den Matrosen, welche das Segel gerefft hatten und sich noch auf der Raa befanden, konnte man vom Damme aus nur einen Mann sehen, dieser stand am Bug und trug Helm und Schild. Die hundertzwanzig eichenen Ruder, welche durch öfteres Reiben mit Bimsstein und durch die beständige Bewegung im Wasser glänzend weiß waren, hoben und senkten sich, als würden sie von einer einzigen Hand geführt. Daher schoß die Galeere mit einer Schnelligkeit vorwärts, die von unseren modernen Dampfern nicht viel übertroffen wird.

Aber auf einen Wink des Mannes, der am Bug stand, erhoben sich plötzlich die Ruder, schwebten einen Augenblick in der Luft und fielen dann senkrecht nieder. Die Galeere erzitterte in allen Fugen und stand wie erschreckt stille. Wieder eine Handbewegung, und jetzt begann sich unter einer neuen Bewegung der Ruder das Schiff zu drehen, bis es sich langsam mit der Breitseite an den Damm anlegte. Als die Ruder den Damm streiften, wurde vom Steuermannsdeck aus eine Brücke an das Ufer gelegt. Dann wandte sich der Tribun mit einem Ernst, den er bisher noch nicht gezeigt hatte, an seine Gesellschaft und sprach:

„Nun ruft die Pflicht, meine Freunde!"

Er nahm den Kranz von seinem Haupte und dann umarmte er der Reihe nach seine Freunde zum Abschiede.

„Die Götter mögen dich geleiten, Quintus!" sagten diese.

„Lebt wohl!" entgegnete er.

Den Sklaven, die ihre Fackeln schwangen, winkte er mit der Hand. Dann wandte er sich dem harrenden Schiffe zu, auf dem jetzt die Reihen der Soldaten mit den blitzenden Helmen, Schilden und Spießen einen herrlichen Anblick boten. Als er die Brücke betrat, schmetterten die Trompeten, und es entfaltete sich die purpurne Fahne, der Wimpel des Flottenkommandanten.

Zehntes Kapitel

Der Tribun stand auf dem Steuermannsdeck. Er hielt das geöffnete Schreiben des Duumvirs, welches für ihn die nötigen Weisungen enthielt, in seiner Hand und sprach mit dem ersten Steuermann.

„Wie lange dienst du?"

„Zweiunddreißig Jahre."

„Auf welchen Meeren warst du hauptsächlich?"

„Zwischen Rom und dem Osten."

„Du bist der Mann, den ich brauche."

Der Tribun warf wieder einen Blick auf die Weisungen des Duumvirs.

„Haben wir das Cap von Camponella hinter uns, so nehmen wir den Kurs auf Messina, von da folge der Krümmung der kalabrischen Küste, bis Melito zu deiner Linken auftaucht, dann – kennst du die Sterne, welche das Ionische Meer regieren?"

„Ich kenne sie genau."

„Dann steure von Melito ostwärts gegen Kythera. So die Götter wollen, werden wir erst in der Bucht von Antemona vor Anker gehn. Die Pflicht drängt. Ich verlasse mich auf dich."

Arrius war ein kluger Mann und echter Seemann, der nicht eher ruhte, bis er sein Schiff genau kannte. Nachdem er mit den einzelnen Befehlshabern gesprochen hatte, machte er einen Rundgang durch die Quartiere. Nichts entging seinem Scharfblicke. Als er mit dieser Besichtigung zu Ende war, blieb ihm nur noch übrig, auch das ihm unterstellte Personal genauer kennen zu lernen. Dieser Aufgabe, welche die schwierigste war und viel Zeit wie Klugheit erforderte, unterzog er sich auf seine eigene Weise.

Es war um die Mittagszeit des ersten Tages. Arrius lehnte gemächlich in dem großen Armsessel des überdachten Mittelraumes des Schiffes, von wo er die gesamte Mannschaft genau überblicken konnte. Am längsten haftete sein Auge an den Ruderern, von denen an jeder Seite des Schiffes sechzig Mann in drei Reihen saßen, die in genauem Gleichtakt ihre Arbeit verrichteten. Und ihre Arbeit war eine sehr schwere. Stumm nahmen sie Tag für Tag ihre Plätze ein, während des Ruderns konnten sie einander nicht ins Gesicht sehen. Nur zur Stillung des Hungers und zum Schlafen waren ihnen kurze Ruhepausen zugestanden. Sie lachten nie, noch hörte man je einen singen. Was nützt dem Menschen die Zunge, wenn sie nur in Seufzern und Stöhnen seine Gedanken äußern darf, da sie zum Schweigen verurteilt ist? Das Leben dieser Unglücklichen glich einem unterirdischen Strome, der langsam und mühevoll seinem Ausgange zufließt, wo immer derselbe sich finden mag.

Die Arbeit des Ruderns war zu einfach, um ihren Geist dauernd zu beschäftigen, mochte derselbe auch noch so stumpf und unentwickelt sein. Das Ruder vorwärts stoßen, ziehen, es schweben und sinken lassen, bildete die ganze Arbeit, sie wurde um so vollkommener vollbracht, je mehr automatisch die Bewegung ausgeführt wurde. So sanken die Unglücklichen infolge ihrer langen Knechtschaft fast zum Tiere herab, schließlich verfielen sie in jenen Zustand halber Bewußtlosigkeit, in welchem das Elend zur Gewohnheit und das Herz gänzlich gefühl- und empfindungslos wird.

Die Galeere war sozusagen das Grab der Sklaven, die zum Ruderdienste bestimmt wurden, es war daher nicht nötig, daß sie ihren Namen weiterführten. Man bezeichnete sie der Einfachheit halber gewöhnlich mit den Nummern, welche an den ihnen zugewiesenen Sitzen angebracht waren. Als der Tribun seine Augen von Bank zu Bank auf jeder Schiffsseite schweifen ließ, blieb sein scharfer Blick endlich auf Nummer 60 ruhen. Vom Gitterwerk fiel so viel Licht auf den Ruderer, der seinen Sitz inne hatte, daß der Tribun ihn deutlich sehen und beobachten konnte. Er stand aufrecht und, wie alle seine Genossen, bis auf ein Lendentuch unbekleidet. Er war sehr jung, nicht über zwanzig Jahre alt und, was Arrius in Erstaunen versetzte, von einem wundervollen Muskelreichtum. Mit großer Leichtigkeit und dabei mit einer gewissen Anmut bewegte er das Ruder. Sehr bald ertappte Arrius sich bei dem Wunsche, dem Manne voll ins Gesicht sehen zu können. Der Kopf war schön geformt und saß auf einem unten breiten, aber außerordentlich schmiegsamen und anmutigen Nacken. Das Gesicht zeigte im Profil orientalische Züge und jene Zartheit im Ausdruck, die immer als ein Zeichen edlen Blutes und hohen Geistes galt. Diese Beobachtungen erhöhten das Interesse des Tribuns. In diesem Augenblick wandte sich der Ruderer um und blickte nach dem Tribun, dieser konnte so sein ganzes Gesicht sehen.

„Ein Jude!“ rief er aus, „und fast noch ein Knabe!“

Unter dem fest auf ihn gehefteten Blicke wurden die großen Augen des Sklaven noch größer, das Blut stieg ihm bis zu den Schläfen hinauf, und er zögerte einen Augenblick mit dem Ruder. Da fiel der Hammer des Aussetzers dröhnend auf den Resonanztisch. Der Ruderer zuckte wie betroffen, wandte den Blick von seinem Beobachter und ließ das Ruder halb plattliegend sinken. Als er dann wieder nach dem Tribun blickte, war er noch mehr erstaunt, denn dieser erwiderte seinen Blick mit einem freundlichen Lächeln.

Indessen bog die Galeere in die Meerenge von Messina ein, fuhr an der Stadt dieses Namens vorbei und nahm dann, die Rauchwolken des Ätna hinter sich lassend, den Kurs nach Osten. So oft Arrius auf die Plattform in der Kajüte zurückkehrte, suchten seine Blicke den Ruderer, und er sagte immer wieder zu sich selbst: „Der Mann hat Geist. Ein Jude ist kein Barbar. Ich will mehr über ihn wissen.“ Am vierten Tage nach der Abfahrt segelte die „Asträa“ – so hieß die

Galeere – durch das Ionische Meer. Der Himmel war klar und der Wind so günstig, als ob alle Götter die Fahrt fördern wollten.

Da Arrius es für möglich hielt, die Flotte zu erreichen, bevor sie in die Ostbucht der Insel Cythera – den Ort, wo er sie erwarten sollte – einlief, brachte er die meiste Zeit in ungeduldiger Erwartung auf dem Verdeck zu. Er schenkte allem, was sein Schiff betraf, die vollste Aufmerksamkeit und war im allgemeinen recht unzufrieden. Schaukelte er auf seinem Sessel in der Kajüte, so kehrten seine Gedanken immer wieder zum Ruderer auf Nummer 60 zurück.

„Kennst du den Mann, der sich eben von jener Bank erhoben hat?" fragte er endlich den Aufseher.

Es fand gerade eine Ablösung statt.

„Nummer 60?"

„Ja."

Der Aufseher musterte den vorübergehenden Ruderer.

„Wie du weißt," erwiderte er, „befand sich das Schiff vor einem Monat noch beim Baumeister, und die Mannschaft ist mir ebenso neu wie das Schiff."

„Er ist ein Jude," bemerkte Arrius nachdenklich.

„Der edle Arrius hat ein scharfes Auge."

„Er ist sehr jung," fuhr Arrius fort.

„Aber unser bester Ruderer," sagte der andere. „Ich sah das Ruder unter dem Druck seines Armes sich krümmen, daß es beinahe zerbrach."

„Was für eine Gemütsart hat er?"

„Er ist gehorsam, weiter weiß ich nichts. Einmal richtete er eine Bitte an mich."

„Was für eine?"

„Er wünschte, daß ich ihn abwechselnd auf der rechten und linken Seite rudern lasse."

„Gab er einen Grund hierfür an?" "Er habe die Bemerkung gemacht, daß die Männer, die stets auf derselben Seite arbeiteten, mißgestaltet würden. Er sagte auch, es könne eines Tages bei einem Sturme oder einer Schlacht plötzlich die Notwendigkeit zu wechseln eintreten, und dann wäre er dienstunfähig."

„Wahrhaftig, die Idee ist neu. Was hast du sonst an ihm bemerkt?"

„Er ist reinlicher als seine Gefährten."

„Darin ist er ein Römer," sagte Arrius beifällig. „Weißt du nichts von seiner Geschichte?"

„Nicht ein einziges Wort."

Der Tribun überlegte einen Augenblick und kehrte zu seinem Sitze zurück.

„Sollte ich zur Zeit seiner Ablösung auf Deck sein," sagte er nach einer Weile, „so sende ihn zu mir. Er soll allein kommen."

Ungefähr zwei Stunden später sah Arrius den Ruderer herankommen. Der Tribun betrachtete die schlanke, sehnige Gestalt, die im Lichte der Sonne glänzte und durch den Blutreichtum rötlich gefärbt war, betrachtete sie bewundernd und dachte an die Arena. Auch die Art seines Auftretens machte auf ihn Eindruck. Seine Augen blickten ihn voll und offen, mehr neugierig als trotzend an. Unter dem scharfen, forschenden und gebieterischen Blicke, dem er ausgesetzt war, verlor sein Gesicht nichts von seiner jugendlichen Anmut. Seine Züge hatten nichts Klagendes, Trotziges oder Drohendes an sich, nur ein tiefer, anhaltender Schmerz hatte seine Spuren in denselben ausgeprägt. In stummer Anerkennung dieses günstigen Eindrucks sprach der Römer mit ihm mehr wie ein älterer Mann zu einem jüngern Gleichgestellten, als wie ein Gebieter zu seinem Sklaven.

„Der Aufseher sagt mir, du seiest sein bester Ruderer."

„Der Aufseher ist sehr gütig," erwiderte der Ruderer.

„Dienest du schon lange."

„Etwa drei Jahre." "Am Ruder?"

„Ich erinnere mich nicht, daß ich es auch nur einen Tag verlassen hätte."

„Es ist schwere Arbeit. Wenig Männer ertragen sie ein Jahr lang, ohne zusammenzubrechen, und du – du bist ja noch ein Knabe."

„Der edle Arrius vergißt, daß der Geist die Ausdauer erhöht. Mit seiner Hilfe gelingt manches den Schwachen, was die Starken überwältigt."

„Deiner Sprache nach bist du ein Jude."

„Meine Vorfahren, die lang vor dem ersten Römer lebten, waren Hebräer."

„Der eigensinnige Stolz deiner Nation hat sich in dir nicht verloren," sagte Arrius, da er die Nöte auf dem Antlitz des Ruderers bemerkte.

„Der Stolz offenbart sich nie so sehr, als wenn er in Ketten liegt."

Arrius lächelte.

„Ich war nie in Jerusalem," sagte er; „aber ich habe von feinen Fürsten gehört. Ich kannte einen von ihnen. Er war ein Kaufmann und durchsegelte die Meere. Er hätte ein König sein können! Welchem Range gehörst du an?"

„Ich muß dir von der Ruderbank aus antworten. Ich bin ein Sklave. Mein Vater aber war ein Fürst von Jerusalem und durchsegelte als Kauffahrer die Meere. Er war im Empfangssaal des großen Augustus bekannt und geehrt."

„Sein Name?"

„Ithamar, aus dem Hause Hur."

erstaunt hob der Tribun die Hand.

„Du – ein Sohn Hurs?" Er schwieg. Nach einer Weile fragte er weiter: „Was hat dich hierhergebracht?"

Judah senkte das Haupt; seine Brust arbeitete schwer. Als er seine Gefühle hinlänglich überwältigt hatte, blickte er dem Tribun offen ins Auge und antwortete:

„Man beschuldigte mich des Mordversuches an dem Prokurator Valerius Gratus."

„Du!" rief Arrius, noch mehr erstaunt, und trat einen Schritt rückwärts. „Du bist jener Meuchler! Ganz Rom kam über die Geschichte in Aufregung. Ich erfuhr sie auf meinem Schiffe bei Lodium."

Schweigend blickten beide einander an. Arrius nahm zuerst wieder das Wort und sprach: „Ich glaubte die Familie Hur von der Erde vertilgt."

Eine Flut zarter Erinnerungen spülte gleichsam den Stolz des jungen Mannes fort; Tränen glänzten auf seinen Wangen. „Mutter, Mutter! Und meine kleine Tirzah! Wo sind sie? O Tribun, edler Tribun, wenn du etwas von ihnen weißt," – er rang flehend die Hände – „so sag mir alles, was du weißt. Sag' mir, ob sie noch leben, und wenn sie noch leben, wo sie sind und in welcher Lage! O, ich bitte dich, sag' es mir!"

„Gestehst du deine Schuld ein?“ fragte Arrius streng. Diese Frage bewirkte eine plötzliche, vollständige Veränderung in Ben Hur, die fast wunderbar schien. Seine Stimme wurde scharf, seine Hände ballten sich, jede Fiber an ihm erbebte, seine Augen flammten.

„Du hast vom Gott meiner Väter, dem unendlichen Jehova, gehört,“ sagte er. „Bei seiner Wahrhaftigkeit und Allmacht und bei der Liebe, die er von Anbeginn gegen Israel gezeigt hat, schwöre ich: Ich bin unschuldig!“

Der Tribun war tief bewegt. Er wandte sich um und schritt auf dem Verdeck auf und nieder.

„Wurdest du nicht verhört?“ fragte er, plötzlich stehenbleibend. „Nein!“

Der Römer hob verwundert das Haupt. „Kein Verhör! Keine Zeugen! Wer sprach dein Urteil?“ „Sie banden mich mit Stricken und schleppten mich in ein Verlies des Turmes. Ich sah niemand. Niemand sprach mit mir. Am folgenden Tage brachten mich Soldaten an die Küste. Seitdem bin ich immer Galeerensklave.“

„Was hättest du zum Beweise deiner Unschuld vorbringen können?“

„Ich war noch ein Knabe, zu jung, um ein Verschwörer zu sein. Gratus war mir ein Fremder. Wäre es meine Absicht gewesen, ihn zu töten, so war dort weder der geeignete Ort noch die rechte Zeit. Er ritt inmitten einer Legion und es war heller Tag. Ich hätte unmöglich entfliehen können. Ich gehörte einer Klasse an, die den Römern wohlgesinnt war. Mein Vater war wegen der Dienste, die er dem Kaiser geleistet hatte, ausgezeichnet worden. Wir hatten ein großes Vermögen zu verlieren. Mir wie meiner Mutter und Schwester stand der sichere Untergang bevor. Ich hatte keinen Grund zu einer feindseligen Gesinnung, während anderseits manche Rücksichten – Eigentum, Familie, Leben, Gewissen, das Gesetz, der Lebensatem jedes wahren Israeliten – meine Hand zurückgehalten hätten, so mächtig auch der böse Drang in mir gewesen wäre.“

„Wer war bei dir, als der Wurf geschah?“

„Ich war auf dem Dache meines Vaterhauses. Tirzah, die Seele der Güte, stand bei mir, an meiner Seite. Wir beugten uns zusammen über die Brustwehr, um die Legion vorbeimarschieren zu sehen. Unter meiner Hand gab ein Ziegel nach und fiel auf Gratus. Ich glaubte, ihn getötet zu haben. Ach, wie groß war mein Entsetzen!“

Arrius hörte aufmerksam zu. Er nahm alle seine Erfahrungen, die er mit Sklaven gemacht hatte, zu Hilfe. War das in diesem Falle gezeigte Gefühl ein erheucheltes, dann war die Verstellung eine vollkommene; war es hingegen wahr und echt, dann konnte man an der Unschuld des Juden nicht mehr zweifeln. War er aber unschuldig, mit welch blinder Wut war dann die Macht ausgeübt worden! Eine ganze Familie vernichtet, um einen Zufall zu rächen! Der Gedanke erschütterte ihn. Trotzdem konnte der Tribun zu keinem Schlusse kommen. Sein Glaube war gewonnen. Aber, sagte er sich, es hat keine Eile oder vielmehr, er hatte Eile, nach Cythera zu kommen, den besten Ruderer konnte er daher nicht entbehren. Er wollte warten, er konnte noch mehr erfahren, er wollte wenigstens Gewißheit haben, daß dieser Jüngling wirklich der Fürst Ben Hur, und daß er offen und aufrichtig sei. Gewöhnlich waren Sklaven Lügner.

„Es ist gut!“ sagte er laut. „Geh an deinen Platz zurück!“ Ben Hur verneigte sich, noch einmal blickte er in das Gesicht seines Gebieters, sah aber dort nichts, was ihm Hoffnung machen konnte. Er wandte sich langsam zum Gehen, als ihn der Tribun noch einmal anredete.

„Was würdest du tun, wenn du frei wärst?“

„Der edle Arrius spottet meiner!“ sagte Judah mit bebenden Lippen.

„Bei den Göttern, nein!“

„Dann will ich gern antworten. Meine erste Sorge wäre die Erfüllung der Pflicht. Ich würde nichts anderes kennen. Ich könnte nicht ruhen, bis meine Mutter und Tirzah, meine Schwester, der Heimat wiedergegeben wären. Jeden Tag und jede Stunde würde ich ihrem Glücke weihen.“

Diese Antwort kam dem Römer unerwartet und brachte ihn für einen Augenblick aus seinem Gedankengange.

„Ich wandte mich an deinen Ehrgeiz,“ fuhr er dann fort. „Wenn deine Mutter und deine Schwester tot oder nicht aufzufinden wären, was würdest du dann tun?“

Eine tiefe Blässe bedeckte Ben Hurs Gesicht. Er blickte hinaus in das Meer. Offenbar hat er mit einem mächtigen Gefühle zu kämpfen; als er seiner Herr geworden war, wandte er sich an den Tribun:

„Ich will dir aufrichtig antworten, Tribun. Eben in der Nacht vor jenem schrecklichen Tage, von dem ich sprach, erhielt ich die Erlaubnis, Soldat werden zu dürfen. Ich hege noch dieselbe Absicht, und da es in der ganzen Welt nur eine Schule des Krieges gibt, würde ich sie durchmachen."

Arrius hielt es jetzt für angebracht, das Gespräch zu beendigen. „Geh," sagte er, „und baue nicht zu sehr auf das, was zwischen uns gesprochen ist."

Bald darauf saß Ben Hur wieder auf seiner Ruderbank. Die Handhabung des Ruders schien Judah nicht mehr so mühevoll. Die Hoffnung umschwebte ihn wie ein singendes Vögelein. Daß der mächtige Mann ihn zu sich gerufen und um seine Lebensgeschichte gefragt hatte, war nun die Nahrung, woran sein hungriger Geist sich sättigte. Gewiß entsprang daraus für ihn etwas Gutes. Die Hoffnung mit ihren Verheißungen strahlte helles Licht auf seine Ruderbank herab und er betete: „O Gott, ich bin ein wahrer Sohn Israels, das du so sehr geliebt hast. Ich bitte dich, hilf mir!"

Elftes Kapitel

In der Bucht von Antemona, östlich von der Insel Kythera, sammelten sich die hundert Galeeren. Hier widmete der Tribun einen Tag der Besichtigung der Schiffe. Dann segelte er nach Naxos, der größten der Zykladeninseln, welche auf halbem Wege zwischen Griechenland und Asien aus dem Meere ragt wie ein Felsblock, der mitten auf der Straße liegt. Von hier konnte er alles beherrschen, was vorüberkam, gleichzeitig war er auch in der Lage, den Seeräubern augenblicklich nachzusetzen, mochten sie im Ägäischen oder weiter unten im Mittelländischen Meere auftauchen.

Als die Flotte in schönster Ordnung nach dem gebirgigen Ufer der Insel ruderte, sah man eine Galeere von Norden her kommen. Arrius fuhr ihr entgegen. Es war ein Transportschiff, das direkt von Byzanz kam. Von ihrem Befehlshaber erfuhr er die Einzelheiten, die er notwendig wissen mußte.

Die Seeräuber hatten ein Geschwader von sechzig wohlbemannten und gut ausgerüsteten Galeeren. Einige derselben waren Zweiruderer, die übrigen schwere Dreiruderer. Ein Grieche führte den Oberbefehl, und die Lotsen, die im Rufe standen, alle Meere des Ostens genau zu kennen, waren ebenfalls Griechen. Sie hatten unermeßliche Beute gemacht, waren dann gegen die thessalische Inselgruppe gesteuert und nach den neuesten Nachrichten schließlich in den Buchten zwischen Euböa und Hellas verschwunden.

So lautete der Bericht.

Arrius waren diese Nachrichten sehr willkommen. Er hielt es nach reiflicher Überlegung für ziemlich sicher, daß die Seeräuber sich irgendwo unterhalb der Thermopylen aufhalten müßten, und beschloß sofort, sie von Norden und Süden einzuschließen. Er segelte daher ohne Unterbrechung oder Änderung der Richtung, bis kurz vor Einbruch der Nacht die Umrisse des Berges Ocha am Horizont auftauchten und der Lotse die euböische Küste in Sicht erklärte.

Auf ein gegebenes Zeichen stand die Flotte still. Als die Fahrt wieder aufgenommen wurde, ruderte eine Abteilung von fünfzig Galeeren unter Anführung des Arrius den Kanal hinauf, während eine andre, gleich starke Abteilung Befehl erhielt, sich nach der äußeren oder Seeseite der Insel zu wenden, um in möglichst beschleunigter Fahrt den oberen Eingang zu erreichen und dann den Kanal herab zu segeln.

Ben Hur saß unterdessen auf seiner Ruderbank und wurde alle sechs Stunden abgelöst. Die Ruhe in der Bucht von Antemona hatte ihn gekräftigt, so daß ihm das Rudern nicht schwer fiel und der Aufseher auf der Plattform keinen Anlaß zum Tadel fand. Während seiner langen Dienstbarkeit hatte der Jüngling gelernt, aus der Beobachtung der spärlichen Sonnenstrahlen, die während der Fahrt in wechselnder Richtung auf den Boden der Kajüte fielen, im allgemeinen die Richtung zu bestimmen, in welcher das Schiff segelte. So wußte er, daß das Schiff eine nördliche Richtung eingeschlagen hatte, ahnte aber sonst nichts von dem Ziel der Fahrt, noch davon, daß ein ganzes Geschwader folgte.

Als die letzten Strahlen der untergehenden Sonne aus der Kajüte entschwanden, segelte die Galeere noch immer nordwärts. Die Nacht brach herein, aber Ben Hur konnte keine Änderung bemerken. Jetzt drang der Duft von brennendem Weihrauch durch die Luken vom Verdeck herab.

Der Tribun ist am Altar, dachte er. – Gehn wir vielleicht einer Schlacht entgegen?

Er hatte manche Schlacht mitgemacht, ohne je eine gesehen zu haben. Von seinem Sitz aus hatte er den Kampf über und um sich toben hören, bis der mannigfaltige Schlachtenlärm seinem Ohre bekannt war wie einem Sänger die Melodie eines Liedes.

Eine Schlacht hatte übrigens für ihn und seine Rudergefährten ein höheres Interesse als für die Matrosen und Schiffssoldaten, zwar nicht wegen der zu bestehenden Gefahr, sondern weil eine Niederlage den sie überlebenden Sklaven eine Änderung ihrer Lage, vielleicht gar die Freiheit, zum mindesten aber einen Wechsel der Gebieter bringen konnte. Dieser allein mochte schon eine Besserung ihres Loses bedeuten. Zur bestimmten Zeit wurden die Laternen angezündet und neben den Treppen aufgehängt. Der Tribun kam vom Deck herab. Auf seinen Befehl zogen die Schiffssoldaten ihre Rüstungen an. Auf einen weiteren Befehl von ihm wurden die Maschinen untersucht und Speere, Wurfspieße und Pfeile in großen Bündeln herbeigebracht und auf den Boden gelegt. Daneben stellte man Krüge mit leicht entzündbarem Öl und Körbe voll Baumwollballen, die lose, nach Art eines Kerzendochtes, gedreht waren.

An jedem Sitze der Ruderbänke war als Zubehör eine Kette mit schweren Fußfesseln angebracht. Diese begann nun der Aufseher, von Nummer zu Nummer schreitend, den Ruderern anzulegen. Es blieb denselben keine andre Wahl als zu gehorchen, und im Falle eines Unglücks keine Möglichkeit, sich zu retten.

Ben Hur blickte mit einem Gefühl tiefer Schmach der ihm bevorstehenden Fesselung entgegen. Der Aufseher nahte. Jetzt war er bei Nummer 1. Das Klirren der eisernen Ketten klang schauerlich. Endlich Nummer 60! Mit der Ruhe der Verzweiflung hielt Ben Hur das Ruder in der Schwebe und streckte seinen Fuß den Fesseln entgegen. Da regte sich der Tribun, richtete sich auf und winkte dem Aufseher.

Eine heftige Bewegung erfaßte den Israeliten. Der große Mann wandte seine Blicke vom Aufseher zu ihm, und als er das Ruder senkte, erschien ihm die ganze Schiffsseite, auf der er sich befand, wie glühend. Er hörte nichts, was gesprochen wurde, es war ihm genug, daß die Kette an seinem Sitze unbenützt von der Krampe hing und daß der Aufseher sich wieder an seinen Platz begab, um auf dem Resonanztisch den Takt zu schlagen. Die Schläge des Hammers hatten ihm nie so lieblich geklungen. Er stemmte seine Brust gegen das bleibeschwerte Ende des Ruders und schob es mit all seiner Kraft vorwärts, bis es sich zu biegen begann, als wollte es brechen.

Der Aufseher trat zum Tribun und zeigte lächelnd auf Nummer 60.

„Welche Kraft!“ sagte er.

„Und welch ein Geist!“ erwiderte der Tribun. „Bei den Göttern, er ist besser ohne die Eisen! Lege sie ihm nie mehr an!“

Stunde um Stunde segelte das Schiff, nur von den Rudern bewegt; denn der Wind war so ruhig, daß er kaum die Wasserfläche kräuselte. Die nichtbeschäftigten Leute schliefen, Arrius auf seinem Lager, die Soldaten auf dem Boden.

Auf dem Meere lag eben das der Dämmerung vorhergehende tiefere Dunkel und auf der „Asträa“ war alles in Ordnung. Da kam ein Mann vom Deck herab, schritt eilig der Plattform zu, auf welcher der Tribun schlief, und weckte diesen. Arrius erhob sich, setzte den Helm auf, nahm Schwert und Schild und trat zum Befehlshaber der Soldaten.

„Die Seeräuber sind in nächster Nähe. Auf! Macht euch bereit!“ sagte er und begab sich ruhig und selbstbewußt zur Truppe.

Alle erwachten, das ganze Schiff wurde lebendig. Die Offiziere begaben sich auf ihre Posten. Die Soldaten griffen zu den Waffen und wurden auf das Verdeck geführt, sie glichen in jeder Hinsicht Legionssoldaten. Und nun herrschte wieder Ruhe auf der Galeere, eine Ruhe voll des unbestimmten Schreckens und der bangen Erwartung, alles war kampfbereit. Auf ein vom Verdeck aus gegebenes Zeichen, welches dem Aufseher durch einen Unteroffizier übermittelt wurde, der an der Treppe postiert war, hielten auf einmal alle Ruderer inne.

Was hatte das zu bedeuten?

Von den hundertundzwanzig an die Bänke geketteten Ruderern war nicht einer, der nicht diese Frage an sich gestellt hätte. Für sie gab es nichts, was ihnen ein Ansporn sein konnte. Vaterlandsliebe, Ehrgeiz, Pflichtgefühl flößten ihnen keine Begeisterung ein. Sie fühlten nur den Schauder, der jene überkommt, die hilflos und blindlings in eine Gefahr gestürzt werden.

Ein zweiter Befehl kam vom Verdeck herab. Die Ruder senkten sich und die Galeere setzte sich kaum bemerkbar in Bewegung. Kein Laut war weder von außen noch im Innern vernehmbar, und doch bereitete sich ein jeder in der Kajüte fast unwillkürlich auf einen Stoß vor. Das Schiff selbst schien dieses Gefühl zu teilen, hielt langsam den Atem an und duckte sich wie ein Tiger, der sich zum Sprung anschickt.

Endlich erscholl auf dem Verdeck ein lautes, helles, langgezogenes Trompetensignal. Der Aufseher schlug auf den Resonanztisch, bis er widerhallte. Die Ruderer streckten den Oberkörper in seiner ganzen Länge nach vorn, senkten die Ruder tiefer als sonst und zogen sie plötzlich mit allem Kraftaufwand gleichzeitig zurück. Die Galeere krachte in allen Fugen und schoß wie im Sprunge vorwärts. Dann folgte ein wuchtiger Schlag, daß einige Ruderer zu Boden stürzten. Vom Verdeck erscholl ein Triumphgeschrei – das Schiff der Römer hatte gesiegt! Wer aber waren die, welche das Meer verschlungen hatte? Welche Sprache redeten sie? Welchem Lande gehörten sie an?

Keine Pause, kein Aufenthalt! Vorwärts raste die „Asträa". Einige Männer eilten die Treppe herab, tauchten die Baumwollballen in die Ölbehälter und warfen sie den Gefährten zu, die am oberen Ende der Treppe standen. Das Feuer sollte die Schrecken des Kampfes erhöhen.

Jetzt legte die Galeere sich so tief auf die Seite, daß die obersten Ruderer nur mit Mühe ihre Plätze behaupteten. Wieder erscholl das Triumphgeschrei der Römer und der Verzweiflungsruf der Gegner. Ein feindliches Schiff war von dem Enterhaken des großen Krahnes am Vorderteil gefaßt und in die Luft gehoben, dann fallen gelassen und versenkt worden.

Rechts und links nahm das Geschrei zu; vorwärts und rückwärts schwoll der Lärm zu einem unbeschreiblichen Tumulte an. Von Zeit zu Zeit ertönte ein Krach, dem plötzliche Schreckensrufe folgten. Wieder war das eine oder andere Schiff in den Grund gebohrt und seine Mannschaft im Meeresstrudel begraben worden.

Bisweilen drangen auch Rauchwolken, vermengt mit Dampf und dem Geruche brennenden Menschenfleisches, in die Kajüte und verwandelten das trübe Dämmerlicht in gelbliche Dunkelheit. Dann rang Ben Hur nach Atem und sagte sich, daß sie durch den Qualm eines brennenden Schiffes fuhren, das samt seinen angeketteten Ruderern ein Opfer der Flammen wurde. Die „Asträa" war die ganze Zeit in steter Bewegung. Plötzlich hielt sie inne. Die Ruder wurden den Händen der Mannschaft entrissen und nach vorn geschleudert, diese selbst stürzte von den Bänken. Auf Deck hörte man ein wildes Gepolter und an den Seiten ein Krachen von aneinander stoßenden Schiffen. Manche aus der Mannschaft sanken schreckerfüllt zu Boden oder suchten mit ängstlichen Blicken ein sicheres Versteck. Plötzlich begriff Judah, daß die Feinde auf die „Asträa" gedrungen waren. Schrecken befiel den jungen Israeliten. Arrius war in Gefahr, kämpfte vielleicht schon jetzt um sein eigenes Leben! Wenn er getötet würde! Der Gott Abrahams verhüte es! Die so spät erst erwachten Hoffnungen und Träume – sollten sie bloß Hoffnungen und Träume sein? Mutter und Schwester, Vaterhaus, Heimat, das Heilige Land – sollte er sie schließlich doch nicht wiedersehen? Über ihm tobte der Lärm fort, er blickte um sich. In der Kajüte war alles in Verwirrung – die Ruderer an den Bänken waren wie gelähmt, die übrige Mannschaft rannte blind hierher und dahin.

Noch einmal blickte Ben Hur um sich. Auf dem Dache der Kajüte wütete noch immer der Kampf. Noch immer stießen feindliche Schiffe knirschend und polternd an die Wände der „Asträa". Auf den Ruderbänken zerrten die Sklaven an den Ketten und heulten, da sie das Vergebliche ihrer Bemühungen erkannten, wie Wahnsinnige. Die wachhabenden Soldaten waren auf Deck geeilt, die Disziplin lag danieder, der Schrecken herrschte. Ben Hur sprang hinaus, nicht um zu fliehen, sondern um den Tribun aufzusuchen. Nur eine kurze Strecke trennte ihn von der Treppe der Achterluke. Mit einem Sprunge war er dort und schon stand er auf halber Höhe derselben– hoch genug, um einen flüchtigen Blick auf den feuergeröteten Himmel, die die „Asträa" bedrängenden feindlichen Schiffe, die einherschwimmenden Trümmer, den auf dem Hinterdeck wütenden Kampf, die vielen Angreifer und wenigen Verteidiger werfen zu können – da verlor er auf einmal den Halt unter den Füßen und stürzte rückwärts auf den Boden. Dieser schien sich zu heben und zu krümmen, als wollte er in Stücke brechen. Einen Augenblick später war das ganze Hinterteil des Rumpfes auseinandergeborsten, und zischend und schäumend schoß das Wasser herein, als hätte es längst auf diesen Augenblick gewartet. Um Ben Hur wurde alles Finsternis und strudelndes Wasser.

Nach einer Weile gelang es ihm, halb besinnungslos sich an ein Brett zu klammern. Er kam an die Oberfläche und schöpfte tief Atem. Dann kletterte er höher auf das Brett, das er umfaßt hielt, und blickte sich um.

Über dem Meere lag der Rauch wie ein halbdurchsichtiger Nebel, durch den da und dort ein blutrotes Licht schimmerte. Ben Hur erkannte bald, daß er von brennenden Schiffen herrühre. Die Schlacht dauerte fort, aber er wußte nicht, wer Sieger war. Von Zeit zu Zeit kamen innerhalb seines Gesichtskreises Schiffe vorbei, die wie Schatten die Flammen verdunkelten. Von weiter Ferne vernahm er das Krachen aneinanderprallender Schiffe. Plötzlich blitzte es goldig in seiner Nähe auf, ein Helm tauchte auf und ein Kopf, und dann sah er zwei Arme, die wild im Wasser herumzuschlagen begannen. Jetzt wandte sich der Kopf nach rückwärts und ließ das Gesicht sehen. Da stieß Ben Hur einen Schrei der Freude aus, und als der Kopf wieder zu sinken begann, faßte er den Ertrinkenden an der Kette, die den Helm unter dem Kinn festhielt, und zog ihn gegen das Brett hin. Es war Arrius, der Tribun.

Eine Zeitlang schäumte und strudelte das Wasser um Ben Hur mit solcher Heftigkeit, daß er seine ganze Kraft aufbieten mußte, um sich auf dem Brette und den Kopf des Römers über Wasser zu halten. Endlich schob er ihm das Brett unter den Leib, so daß er darauf lag, und richtete nur seine ganze Sorge darauf, ihn dort festzuhalten. Langsam dämmerte der Morgen. Halb von Hoffnung, halb von Furcht erfüllt, erwartete er den kommenden Tag. Was mochte er bringen? Den Sieg der Römer oder der Seeräuber? Im letzteren Falle war sein Schützling verloren.

Endlich wurde es Tag; kein Lufthauch regte sich. Zur Linken erblickte er Land, aber in solcher Ferne, daß er unmöglich den Versuch wagen konnte, es zu erreichen. Hier und da schwammen Schiffbrüchige gleich ihm. An manchen Stellen war das Wasser von verkohlten und öfters noch qualmenden Trümmern geschwärzt. So verging eine Stunde. Seine Besorgnis nahm zu. Wenn nicht bald Hilfe kam, mußte Arrius sterben. Manchmal schien er tot, so regungslos lag er da. Er nahm ihm den Helm ab und dann mit vieler Mühe den Brustharnisch. Das Herz schlug unregelmäßig. Er schöpfte hieraus neue Hoffnung und hielt aus. Er konnte nichts anderes tun, als warten und, nach der Weise seines Volkes, beten.

Nur ganz allmählich gewann Arrius sein Bewußtsein und dann auch die Sprache zurück. Er ließ sich von Ben Hur das Vorgefallene erzählen.

„Unsere Rettung“, sagte der Tribun schließlich, „hängt, wie ich sehe, vom Ausgange des Kampfes ab. Ich sehe auch, was du für mich getan hast. Um offen zu sprechen, du hast mir das Leben gerettet, und zwar mit Gefahr deines eigenen. Ich erkenne es uneingeschränkt an; dafür hast du, was auch kommen mag, meinen Dank. Mehr noch, wenn das Glück mir hold ist und wir heil dieser Gefahr entrinnen, will ich dir in einer Weise vergelten, wie es einem Römer geziemt, der die Macht und Gelegenheit hat, seine Dankbarkeit zu bezeigen. Indes muß ich dir ein Versprechen abfordern, nämlich, daß du mir in einem gewissen Falle die größte Wohltat, die ein Mann dem andern erweisen kann, tun wirst – und dieses Versprechen gib mir jetzt.“

„Wenn es nicht etwas Unerlaubtes ist, will ich es tun,“ erwiderte Ben Hur.

„Bei deinem Gotte also oder in der Form, die deinen Glaubensgenossen am heiligsten ist, gelobe mir zu tun, was ich dir jetzt sagen werde, und in jener Weise, wie ich es verlangen werde. Ich warte, gib mir das Versprechen!“

„Edler Arrius, dein ernstes Drängen läßt mich eine Sache von schwerwiegender Bedeutung erwarten. Sag' mir zuerst, was du verlangst!" "Willst du mir dann das Versprechen geben?"

„Das hieße sich im voraus verpfänden und – gepriesen sei der Gott meiner Väter! Dort kommt ein Schiff!"

„Aus welcher Richtung?" „Von Norden."

„Kannst du an äußeren Abzeichen seine Nationalität erkennen?"

„Nein. Mein Dienst war bisher auf der Ruderbank."

„Hat es eine Flagge?"

„Ich sehe keine."

Arrius schwieg eine Weile, wie in tiefes Nachdenken versunken. Dann sprach er: „Ich bin zu alt, um eine Schmach zu überleben. Laß die Leute in Rom erzählen, daß Quintus Arrius, wie es einem römischen Tribun geziemt, mit seinem Schiffe inmitten der Feinde unterging. Das ist's, was du sollst: Ist die Galeere eine feindliche, so stoße mich vom Brett und laß mich ertrinken. Hörst du? Schwöre, daß du es tun willst!"

„Ich werde nicht schwören," sagte Ben Hur entschieden, „noch will ich die Tat vollbringen. Das Gesetz, das für mich strenge bindend ist, Tribun, würde mich für dein Leben verantwortlich machen, und das Gewissen verpflichtet mich, lieber mit dir zu sterben, als dein Mörder zu werden. Mein Entschluß steht ebenso fest wie der deine; und wolltest du mir ganz Rom mit seinen Reichtümern anbieten und stände es in deiner Macht, das Angebot zu verwirklichen, ich würde dich nicht töten. Dein Cato und Brutus waren Kinder im Vergleiche zu jenem Hebräer, dessen Gesetz ein Jude beobachten muß."

„Aber wenn ich dich bitte. Hast du –"

„Ein Befehl von dir würde für mich schwerer wiegen, und doch würde ich nicht gehorchen. Ich habe mein letztes Wort gesprochen." Beide schwiegen und warteten.

Ben Hur blickte oft nach dem nahenden Schiffe. Arrius lag, die Augen geschlossen, gleichgültig da. "Bist du sicher, daß es ein feindliches Schiff ist?" fragte Ben Hur.

„Ich glaube," war die Antwort.

„Gibt es kein Zeichen, woran man erkennen kann, ob es ein römisches Schiff ist?“

„Ist es ein römisches, so trägt es einen Helm auf der Mastspitze.“

„Dann fasse Mut, ich sehe den Helm.“

Arrius war noch nicht überzeugt. Ben Hur folgte aufmerksam allen Bewegungen des fremden Schiffes.

„Es fährt weiter,“ sagte er. „Uns zur Rechten liegt dort eine Galeere, die verlassen zu sein scheint. Dieser steuert es zu. Jetzt legt es seitwärts an. Jetzt sendet es Männer an Bord.“

Da schlug Arrius die Augen auf und legte seine gleichmütige Ruhe ab.

„Danke deinem Gott,“ sagte er zu Ben Hur, nachdem er einen Blick auf die Galeere geworfen hatte, „danke deinem Gott, wie ich meinen vielen Göttern danke. Ein Seeräuber würde jenes Schiff versenken, nicht retten. An seiner Handlungsweise und am Helm auf dem Mastbaume erkenne ich den Römer. Der Sieg ist mein. Das Glück ist mir nicht untreu geworden. Wir sind gerettet. Winke mit der Hand! Rufe sie! Laß sie kommen! Ich werde Duumvir und du! Ich kannte deinen Vater und liebte ihn. Er war in der Tat ein Fürst. Er überzeugte mich, daß ein Jude kein Barbar ist. Ich will dich mit mir nehmen, dich als meinen Sohn erklären lassen. Sage Dank deinem Gotte und rufe die Seeleute. Schnell! Die Verfolgung muß fortgesetzt werden. Nicht ein Räuber darf entkommen. Eile!“

Judah richtete sich auf dem Brette auf, winkte mit der Hand und rief aus Leibeskräften. Endlich vermochte er die Aufmerksamkeit der Bootsleute auf sich zu lenken. Sie nahten schnell und nahmen sie auf. Arrius wurde auf der Galeere mit allen Ehrenbezeugungen empfangen, die einem vom Glücke so begünstigten Helden gebührten. Auf Deck warf er sich auf ein Ruhebett und ließ sich den Schluß des Kampfes in seinen Einzelheiten erzählen. Als die noch lebenden Schiffbrüchigen alle gerettet und die Beute in Sicherheit gebracht war, entfaltete er seine Kommandantenflagge aufs neue und eilte gegen Norden, um sich seiner Flotte anzuschließen und den Sieg zu vervollständigen. Zur rechten Zeit trafen die fünfzig Schiffe, die den Kanal herabkamen, auf die flüchtenden Seeräuber und rieben sie vollends auf, kein einziger entkam. Zwanzig erbeutete Galeeren der Feinde erhöhten den Ruhm des Tribuns.

Bei der Rückkehr von seiner Fahrt wurde ihm auf dem Damm von Misenum ein herzlicher Empfang zuteil. Der ihn begleitende Jüngling erregte sehr bald die

Aufmerksamkeit seiner Freunde. Auf ihre Fragen, wer er sei, erzählte ihnen der Tribun mit Worten warmer Anerkennung die Geschichte seiner Rettung und stellte ihnen den Fremden vor, vermied es aber sorgfältig, dessen frühere Lebensschicksale zu erwähnen. Am Schlusse seiner Erzählung rief er Ben Hur an seine Seite und sagte, seine Hand zärtlich auf dessen Schulter legend:

„Liebe Freunde! Dieser ist mein Sohn und Erbe, der, wie er einst mein Vermögen besitzen soll – wenn es der Wille der Götter ist, daß ich solches hinterlasse –, so auch meinen Namen führen wird. Ich bitte euch, seid seine Freunde, wie ihr die meinen seid."

Sobald es die Umstände erlaubten, wurde die Adoption nach der Form des Gesetzes vollzogen. So hielt der wackere Römer das Versprechen, das er Ben Hur gegeben, und verschaffte diesem die Möglichkeit, auch zum kaiserlichen Hofe Zutritt zu erhalten. Einen Monat nach des Arrius Rückkehr wurde im Theater des Scaurus eine glänzende Siegesfeier gehalten. Die eine Seite des Gebäudes war ganz mit Kriegstrophäen bedeckt, unter denen die zwanzig Schiffsschnäbel der erbeuteten Galeeren am meisten Aufmerksamkeit und Bewunderung erregten. Über denselben war, lesbar für die achtzigtausend Zuschauer, die die Sitze des Theaters füllten, die Inschrift angebracht: „Den Seeräubern im Golf von Epirus entrissen durch Quintus Arrius, Duumvir."

Zwölftes Kapitel

Es war im Juli des Jahres 23 christlicher Zeitrechnung. Die Stadt Antiochia war damals die Königin des Orients und nach Rom vielleicht die mächtigste und volkreichste Stadt der Welt, und auch in der Verschwendung und Sittenverderbnis wetteiferte sie mit ihrer größeren Schwester an der Tiber.

Ein Transportschiff fuhr aus den blauen Gewässern des Meeres in die Mündung des Orontes ein. Es war Vormittag. Die Hitze war groß; dennoch befanden sich alle, die von diesem Vorrechte Gebrauch machen konnten, auf Deck, unter anderen auch Ben Hur. Die letzten fünf Jahre hatten den jungen Israeliten zum Manne herangereift. Wenn auch das weiße Linnengewand, das er trug, die Umrisse seiner Gestalt einigermaßen verhüllte, so hatte seine Erscheinung doch etwas ungewöhnlich Anziehendes.

Die Galeere hatte unterwegs an einem der Häfen von Cyprus angelegt und einen Juden von ehrwürdigem Aussehen aufgenommen. Dieser war ruhig, zurückhaltend und gegen alle väterlich wohlwollend. Ben Hur richtete einige Fragen an ihn, die Antworten gewannen sein Vertrauen und führten schließlich zu einem längeren Gespräche.

Während die Galeere in die Landungsbucht des Orontes einlief, traf sie auf zwei andere Schiffe, die schon auf hoher See in Sicht gekommen waren und jetzt ebenfalls in die Flußmündung segelten. Diese zogen nur kleine Flaggen von hellgelber Farbe auf. Über die Bedeutung dieser Signale wurden verschiedene Vermutungen ausgesprochen. Endlich wandte sich ein Mitreisender an den ehrwürdigen Hebräer und bat ihn um Auskunft hierüber.

„Ja, ich kenne die Bedeutung der Flaggen," erwiderte er; „sie bezeichnen nicht die Nationalität, sie sind nur ein Kennzeichen des Eigentümers."

„Kennst du ihn?"

„Er wohnt in Antiochien. Sein unermeßlicher Reichtum hat die allgemeine Aufmerksamkeit auf ihn gelenkt, und was über ihn gesprochen wird, ist nicht immer liebevoll. In Jerusalem lebte vor Jahren ein Fürst aus uralter Familie, namens Hur." Judah zwang sich zu äußerer Ruhe, sein Herz aber schlug schneller.

„Der Fürst war ein Kaufmann mit ausgesprochenem Geschäftstalente. Er setzte verschiedene Unternehmungen ins Werk, die zum Teil nach dem fernen Osten, zum Teil nach dem Westen reichten. In großen Städten gründete er Zweiggeschäfte. Jenes in Antiochien stand unter der Leitung eines Mannes namens Simonides, der trotz seines griechischen Namens ein Israelit war, einige behaupten, er sei früher Leibeigener der Familie gewesen. Der Fürst kam auf dem Meere um. Seine Geschäfte wurden indes weitergeführt und standen nach wie vor in Blüte. Nach einiger Zeit suchte das Unglück die Familie heim. Der einzige Sohn des Fürsten suchte, kaum erwachsen, den Prokurator Gratus in einer Straße Jerusalems zu töten. Der Versuch mißlang um ein Haar. Seitdem hat man von ihm nichts mehr gehört. Der Zorn des Römers traf das ganze Haus, nicht ein Träger des Namens Hur blieb am Leben. Das Vermögen wurde eingezogen, nichts, was als Eigentum der Familie ermittelt werden konnte, entging diesem Schicksal. Der Prokurator heilte seine Wunde mit einer goldenen Salbe." Die Zuhörer lachten.

„Du willst sagen, er behielt das Vermögen für sich," sagte einer von ihnen.

„So heißt es," entgegnete der Jude; „ich erzähle nur nach dem Hörensagen. Dieser Simonides also, welcher der Geschäftsleiter des Fürsten hier in Antiochien war, begann bald darauf auf eigene Rechnung Handel zu treiben und wurde in unglaublich kurzer Zeit der erste Handelsmann der Stadt. Nach dem Beispiele seines Herrn sandte er seine Karawanen nach Indien, und auf dem Meere hat er gegenwärtig so viel Schiffe, daß sie eine königliche Flotte bilden könnten. Man sagt, nichts mißlinge ihm. Seine Kamele gehen nur an Altersschwäche zu Grunde, seine Schiffe versinken nie. Und würfe er einen Holzsplitter in den Fluß, so käme er ihm als Gold zurück."

„Wie lange betreibt er so sein Geschäft?"

„Keine zehn Jahre."

„Er muß einen guten Fang gehabt haben."

„Ja! Es heißt, der Prokurator habe von des Fürsten Vermögen nur das eingezogen, was zur Hand war, die Pferde, das Kleinvieh, die Häuser, Ländereien, Schiffe und sonstige Güter. Das Geld konnte nicht gefunden werden, obschon ungeheure Summen vorhanden gewesen sein mußten. Was damit geschah, ist bis jetzt ein ungelöstes Rätsel."

„Mir nicht," bemerkte einer der Zuschauer mit eigentümlichem Lächeln.

„Ich verstehe dich," entgegnete der Jude. „Andere hatten denselben Gedanken; daß der alte Simonides damit sein Geschäft begründete, ist allgemeine Meinung. Der Prokurator ist oder war wenigstens derselben Ansicht, denn zweimal in fünf Jahren ließ er den Kaufmann vor Gericht schleppen und der Folter unterwerfen."

Judah preßte das Tau, welches er hielt, mit aller Kraft.

„Man sagt," fuhr der Erzähler fort, „daß kein Knochen im Leibe des Mannes ganz blieb. Als ich ihn das letztemal sah, saß er, ein formloser Krüppel, in einem Armsessel, von Kissen gestützt."

„So hat man den Armen gefoltert!" riefen mehrere Zuhörer gleichzeitig aus. "Krankheit hätte ihn nicht so entstellen können. Doch hatte die Folter keinen Erfolg. Was er besaß, gehörte ihm von Gesetzes wegen und er machte davon gesetzlichen Gebrauch – das war alles, was sie von ihm herauspressen konnten. Jetzt indes ist er vor Verfolgung sicher. Er hat einen von Tiberius selbst unterschriebenen Erlaubnisschein zum Betrieb des Handels." Hier endete die Erzählung.

Judah begab sich in die Steuermannskajüte. Er war ganz in Gedanken vertieft und achtete kaum auf die Ufer mit ihren herrlichen Obst- und Weingärten, die sich vom Meere bis zur Stadt hinzogen. Nur einmal erwachte er auf kurze Zeit aus seinen Träumereien und blickte auf, als nämlich jemand auf den Hain der Daphne zeigte, der von einer Krümmung des Flusses aus sichtbar wurde.

„Der Hain der Daphne“, sagte der Jude erklärend zu einem Fremden, „ist etwas, was sich nicht beschreiben läßt. Er wurde von Apollo begonnen und auch vollendet. Er zieht ihn dem Olymp vor. Die Leute gehen hin, um ihn nur mit einem Blick zu sehen, und können nicht mehr fortkommen. Sie haben ein Sprichwort, das alles sagt: Besser ein Wurm sein und sich von den Maulbeeren Daphnes nähren, als eines Königs Gast.“

„Du rätst mir also, ferne zu bleiben?“

„O nein! Du wirst hingehen. Jedermann geht hin, zynische Philosophen, kaum erwachsene Jünglinge, Frauen und Priester – alle gehn hin. Die Verehrer des Gottes und seiner penäischen Jungfrau haben den Ort gebaut; in seinen Hallen und Pfaden und tausend Ruheplätzen werdet ihr Sitten und Gewohnheiten und Annehmlichkeiten finden wie sonst nirgends. Doch seht dort die Stadtmauer, das Meisterwerk des Xeräus, des Fürsten aller Baumeister!“

Aller Augen folgten seinem Finger.

„Dieser Teil wurde auf Befehl des ersten Seleukiden gebaut. Die dreihundert Jahre, seit denen die Mauer steht, haben sie zu einem Teil des Felsens gemacht, worauf sie ruht.“ Als die Matrosen jetzt das Segel einzuziehen begannen und das Schiff sich langsam nach der Werft unter der Mauer wandte, suchte Ben Hur den vornehmen Juden auf.

„Erlaube, daß ich dich noch einen Augenblick belästige. Deine Erzählung von dem Kaufmanne hat in mir die Neugierde erregt, ihn kennen zu lernen. Du nanntest ihn Simonides?“

„Ja. Er ist ein Jude mit einem griechischen Namen.“

„Wo kann ich ihn finden?“

Der Angeredete erhob sein Haupt und dachte einen Augenblick nach.

„Man sollte meinen,“ sagte er dann, „der reichste Kaufmann in Antiochien müsse ein seiner Wohlhabenheit entsprechendes Haus bewohnen. Doch wenn du ihn bei Tage treffen willst, so folge dem Flusse bis zu jener Brücke, unter derselben befindet sich eine Wohnung in einem Gebäude, das wie ein Strebepfeiler an der Mauer aussieht."

„Ich danke dir."

„Der Friede unserer Väter sei mit dir!"

„Und mit dir."

Hiermit trennten sie sich.

Mit dem Gepäck Ben Hurs beladen, nahmen zwei Gepäckträger auf der Werft seine Weisungen entgegen. Er hatte erst beabsichtigt, seiner militärischen Würde entsprechend in der Zitadelle Wohnung zu nehmen. Aber die Geschichte des Simonides verfolgte ihn, und er änderte plötzlich seinen Entschluß, um sich in eine Herberge führen zu lassen.

In kurzer Zeit war er in eine öffentliche Herberge gebracht, die, einfach aber geräumig gebaut, einen Steinwurf weit von der Brücke lag, unter welcher Simonides wohnte. Während der Nacht ruhte er auf dem Dach der Herberge. In seinem Innern beschäftigte ihn der Gedanke: Nun werde ich endlich von der Heimat hören – von der Mutter, von der lieben kleinen Tirzah. Wenn sie noch am Leben sind, werde ich sie finden. Am folgenden Tage machte sich Ben Hur in aller Frühe auf, um nach dem Hause des Simonides zu gehen. Er hoffte hier sicherlich etwas von den Seinen zu erfahren, wenn dieser Mann wirklich ein Diener seines Vaters gewesen war. Aber würde er ihn als den Sohn seines frühern Herrn anerkennen? Das hieße seinen Reichtum und seine Handelsherrschaft aufgeben, die sich auf dem Fluß wie auf der Werft so königlich vor den Blicken Ben Hurs entfaltet hatte. Und was für den Kaufmann noch schwerer wog, es hieße seine Arbeit inmitten eines staunenswerten Erfolges abbrechen und sich freiwillig von neuem in Dienstbarkeit begeben. Der bloße Gedanke an ein solches Verlangen schien eine ungeheuerliche Kühnheit. Der diplomatischen Umschweife entkleidet, bedeutete es soviel als: Du bist mein Sklave; gib mir alles, was du hast, und – dich selbst. Dennoch schöpfte Ben Hur für die Zusammenkunft Mut aus dem Vertrauen auf sein Recht und aus der Fülle der Hoffnung, die sein Herz belebte. Er trat beherzt in das Haus. Das Innere stellte ein geräumiges Warenlager dar, wo, wohlgeordnet und sorgfältig eingeteilt, Güter aller Art aufgehäuft und verwahrt waren. Während er langsam zwischen den aufgestapelten Waren hindurchschritt, schien es ihm unglaublich, daß der Mann, dessen Genie sich hier so glänzend erprobte, ein Leibeigener seines Vaters gewesen sein sollte. Endlich trat ein Mann auf ihn zu und redete ihn an.

„Was wünschest du?“

„Ich wollte den Handelsmann Simonides sprechen.“

„Bitte, mir zu folgen.“

Durch zahllose enge Pfade zwischen den Warenballen schreitend, gelangten sie endlich zu einer Treppenflucht. Nachdem sie dieselbe erstiegen hatten, fand sich Ben Hur auf dem Dache des Warenlagers und sah vor sich einen Bau, der am passendsten als ein über dem andern erbautes kleineres Haus beschrieben wird, das, vom Landungsplatz aus unsichtbar, sich westlich von der Brücke unter dem freien Himmel erhob. Das von einer niedrigen Mauer umsäumte Dach glich einer Terrasse, die zu seinem Erstaunen mit den lieblichsten Blumen geschmückt war. Den süßen Duft einatmend, folgte Ben Hur dem Führer.

Am Ende eines dunkeln Ganges im Innern blieben sie vor einem halb aufgezogenen Vorhang stehen. Der Führer rief hinein: „Ein Fremder, welcher den Herrn zu sprechen wünscht!“ Eine helle Stimme antwortete: „Laß ihn in Gottes Namen eintreten!“

Das Gemach, in das der Besucher geführt wurde, war das Geschäftszimmer des Kaufmanns, die in Fächer eingeteilten Wände enthielten zahlreiche Folianten. Im übrigen zeugte die Einrichtung von Geschmack und Wohlstand. Der Fußboden war mit so dicken Wollteppichen von grauer Farbe belegt, daß der Fuß des Eintretenden geräuschlos darin bis zur Hälfte versank.

In der Mitte des Zimmers befanden sich zwei Personen: in einem weiten, hochlehnigen, mit weichen Kissen belegten Armstuhl ruhte ein Mann, zu seiner Linken stand, auf die Rücklehne gestützt, ein Mädchen, das bereits zur Jungfrau herangereift war. Beim Anblick der beiden fühlte Ben Hur, wie das Blut ihm die Stirn rötete. Er verbeugte sich, sowohl um Fassung zu gewinnen, als aus Achtung, und bemerkte so nicht die Erhebung der Hände als das Zittern und Zusammenzucken, womit der Sitzende ihn empfing.

„Wenn du der Handelsherr Simonides und ein Jude bist“ – Ben Hur hielt einen Augenblick inne –, „dann sei der Friede des Gottes unseres Vaters Abraham mit dir und – den Deinigen!“

„Ich bin Simonides, von dem du sprichst, und ein Jude,“ antwortete der Mann mit merkwürdig klarer Stimme. „Ich bin Simonides, und ein Jude. Und ich erwidere den Gruß mit der Bitte, mir zu sagen, wer mich besucht.“

Ben Hur betrachtete indes den Mann. Wo seine Figur eine gesunde Fülle hätte zeigen sollen, war nur eine formlose Masse, in die Tiefen der Kissen begraben und mit einer gesteppten Seidendecke von dunkler Farbe bedeckt. Diese Masse krönte ein königlich edel geformter Kopf – der Kopf eines Staatsmannes und Eroberers – unten breit und mit hochgewölbter Stirn, oben bedeckt mit dünnen, schneeweißen Haaren. Ihm streckte Ben Hur seine offenen Hände, die innere Fläche nach oben, entgegen, als wolle er ihm den Frieden bieten, den er doch zu holen gekommen war.

„Ich bin Judah, der Sohn Ithamars, des letzten Hauptes der Familie Hur, und ein Fürst von Jerusalem."

Des Kaufherrn rechte Hand, schmal, dünn, durch Leiden bis zur Entstellung abgemagert, lag auf der Decke. Sie schloß sich krampfhaft; im übrigen konnte man nicht das geringste Zeichen irgendeines Gefühles an ihm bemerken, nichts, was auf Überraschung oder Neugierde schließen ließ. Ruhig antwortete er: „Die Fürsten Jerusalems aus edlem Geblüt sind stets willkommen in meinem Hause! Esther, bring dem jungen Manne einen Sessel!"

Das Mädchen brachte einen und stellte ihn vor Ben Hur. Dabei begegneten sich ihre Augen.

„Der Friede des Herrn sei mit dir!" sprach sie sittsam. „Setze dich und ruhe!"

Ben Hur setzte sich nicht, sondern sagte höflich: „Ich bitte den guten Herrn Simonides, mich nicht für einen Eindringling zu halten. Als ich gestern den Fluß herausfuhr, hörte ich, er habe meinen Vater gekannt."

„Ich kannte den Fürsten Hur. Wir waren Geschäftsgenossen in mehreren Unternehmungen. Doch, ich bitte, setze dich! Und Esther, bring Wein für den jungen Mann! Nehemias spricht von einem Sohne Hurs, der einst über halb Jerusalem herrschte, eine alte Familie, wahrlich, sehr alt! Es ist kaum denkbar, daß ihr direkter Nachkomme einen Becher Wein von den echten Trauben Soreks, gereift auf der Südseite der Hügel Hebrons, verschmähen wird."

Esther hatte bereits aus einem Kruge, der auf einem Tische in der Nähe des Armstuhles stand, in einen silbernen Becher geschenkt und reichte denselben jetzt dem Jünglinge mit gesenktem Blicke. Dieser berührte leicht ihre Hand, um sie sanft zurückzuschieben. Wieder begegneten sich ihre Augen. Er bemerkte, daß sie klein von Gestalt war und ihm kaum bis an die Schultern reichte, aber sie war anmutig und hatte ein schönes, reizendes Gesicht mit schwarzen, unaussprechlich sanften Augen. „Simonides," sprach dann der Jüngling fest, „bei seinem Tode hatte mein Vater einen vertrauten Diener deines Namens; man sagte mir, du seiest derselbe."

Eine jähe Bewegung durchzuckte die verrenkten Glieder unter der Decke. Die magere Hand ballte sich. Dann sagte er in ruhigem Tone:

„Ich bin im Verkehre mit den Menschen alt geworden, alt vor meiner Zeit. Wenn jener, der dir erzählte, wovon du eben sprachst, ein Freund von mir war, der meine Geschichte kennt, so wird er dich überzeugt haben, daß ich nicht anders als mißtrauisch gegen die Mitmenschen sein könne. Der Gott Israels stehe dem bei, der am Ende seines Lebens sich zu diesem Geständnis gezwungen sieht. Es gibt nur wenige, die ich liebe, aber es gibt doch welche. Zu diesen gehört eine Seele, die" – er führte die Hand des Mädchens zärtlich an die Lippen – „eine Seele, die bis zu dieser Stunde selbstlos mir gehörte und mir ein so süßer Trost war, daß ich sterben müßte, wenn sie jetzt mir entrissen würde."

Esther senkte den Kopf, bis ihre Wange die seinige berührte. „Meine andere Liebe ist nur noch eine Erinnerung, ich kann von ihr bloß sagen, daß sie wie ein Segen des Herrn eine ganze Familie umfaßt, wenn ich nur" – seine Stimme sank und zitterte – „wenn ich nur wüßte, wo sie sind."

Ben Kurs Gesicht rötete sich vor Erregung. Einen Schritt vortretend, rief er ungestüm: „Meine Mutter, meine Schwester! Sie sind's von denen du redest!"

Esther blickte auf, als ob diese Worte an sie gerichtet wären. Simonides gewann wieder seine Ruhe und sagte kalt: „Höre mich zu Ende! Weil ich bin, der ich bin, und um der Liebe willen, von der ich gesprochen habe, bring zuerst, wie es recht und billig ist, Beweise für deine Abkunft. Dann erst werde ich auf deine Frage über mein Verhältnis zum Fürsten Hur Antwort geben. Hast du schriftliche Beweise? Oder hast du Zeugen in Person?"

Ben Hur antwortete nicht. Ein solches Verlangen hatte er nicht vorausgesehen. Jetzt, da dasselbe an ihn gestellt wurde, kam ihm wie nie zuvor die erschreckende Einsicht, daß die drei auf der Galeere zugebrachten Jahre alle Beweise seiner Persönlichkeit vernichtet hatten. Er hatte wohl Bekannte, aber was wußten sie über ihn? Wäre Quintus Arrius zugegen gewesen, was hätte er anders über ihn aussagen können, als wie er ihn gefunden habe und daß er glaube, er sei der Sohn Hurs, wie er behaupte? Judah hatte seine Verlassenheit schon früher gefühlt; bis tief in sein Innerstes empfand er sie jetzt.

„Simonides," sagte er endlich, „ich kann nur meine Geschichte erzählen. Ich werde es aber nur tun, wenn du bis dahin dein Urteil zurückhältst und mich wohlwollend anhören willst."

„Sprich," sagte Simonides, „sprich und ich werde um so lieber hören, da ich nicht geleugnet habe, daß du derjenige bist, für den du dich ausgibst."

Ben Hur nahm nun das Wort und erzählte seine Lebensgeschichte, zwar kurz, aber mit jener Wärme, welche die Quelle aller Beredsamkeit ist. Er schilderte zunächst seine Schicksale bis zu dem Augenblick, da er mit Arrius in Misenum landete, und fuhr dann fort:

„Mein Wohltäter genoß die Liebe und das Vertrauen des Kaisers, der ihn mit Ehren und Auszeichnungen überhäufte. Der edle Mann nahm mich in gesetzlicher Form an Sohnes Statt an, und ich war nach Kräften bestrebt, mich ihm erkenntlich zu zeigen. Kein Sohn ehrte seinen Vater mehr, als ich ihn. Er wollte mich zum Gelehrten ausbilden lassen, er hätte mir die berühmtesten Lehrer der Kunst, der Philosophie, der Rhetorik verschafft. Ich lehnte sein dringendes Anerbieten ab, denn ich war ein Jude und konnte den Herrn, unsern Gott, den Ruhm der Propheten und die heilige Stadt, von David und Salomo auf den Hügeln gebaut, nicht vergessen. Du fragst mich, warum ich überhaupt die Wohltaten des Römers annahm? Ich liebte ihn, sodann hoffte ich mit seiner Hilfe den nötigen Einfluß und die Mittel zu erlangen, um das Geheimnis zu entsiegeln, das über dem Schicksal meiner Mutter und Schwester liegt. Von einem dritten Beweggrund will ich nur erwähnen, daß er mich bestimmte, mich den Waffen zu widmen und alles zu lernen, was zur gründlichen Kenntnis der Kriegskunst für unerläßlich gilt. In beharrlicher Verfolgung meines geheimen Zieles verließ ich Rom und kam nach Antiochien, um den Konsul Maxentius auf dem Feldzuge gegen die Parther, den er soeben vorbereitet, zu begleiten. In der Handhabung aller Waffen ein Meister geworden, will ich mir jetzt jene höheren Kenntnisse erwerben, die zur Führung von Mannschaften auf dem Schlachtfelde befähigen. Der Konsul hat mich in seine nächste Umgebung aufgenommen. Gestern hörte ich zufällig auf dem Schiff deinen Namen und deine Geschichte. Und so bin ich zu dir gekommen."

Der Kaufmann schwieg; seine Züge blieben kalt und unbeweglich wie Marmor.

„O guter Simonides," sagte Ben Hur in schmerzerfülltem Tone, „ich sehe, du bist nicht überzeugt, du mißtraust mir noch. Und da ich keine Beweise habe, daß ich der Sohn meines Vaters bin, will ich mich entfernen, um dich nicht weiter zu belästigen. Nur sei versichert, daß ich weder deine Rückkehr in die Dienstbarkeit, noch Rechenschaft von deinem Vermögen suchte. In jedem Falle hätte ich gesagt, was ich jetzt sage: Alles, was die Früchte deines Geistes und deiner Arbeit sind, ist dein; besitze es in Frieden. Ich bedarf dessen nicht im geringsten. Ehe der edle Arrius, mein zweiter Vater, jene Fahrt unternahm, die seine letzte sein sollte, setzte er mich zum Erben seines Vermögens ein, ich wurde fürstlich reich. Der Hauptanlaß meines Kommens war nur die eine Frage: Was weißt du von meiner Mutter und von Tirzah, meiner Schwester?"

Tränen rannen über Esthers Wangen herab; der Kaufmann aber blieb hart; mit fester Stimme sprach er:

„Wie gesagt, ich kannte den Fürsten Hur. Ich erinnere mich, vom Unglück gehört zu haben, welches seine Familie traf. Derjenige, der die Witwe meines Freundes in solches Elend stürzte, ist derselbe, der, von gleichem Geiste getrieben, seither auch mich verfolgte. Ich gehe noch weiter und sage dir, daß ich die eifrigsten Nachforschungen über die Familie angestellt habe, allein ich habe dir über sie nichts zu berichten."

Ben Hur seufzte tief auf.

„Dann – dann ist wieder eine Hoffnung zunichte," rief er, mit seinen Gefühlen kämpfend. „Ich bin an Enttäuschungen gewöhnt. Ich bitte dich, meine Zudringlichkeit zu verzeihen, und wenn ich dich belästigt habe, vergib es mir um meines Kummers willen. Mein Leben kann fürder nur noch einen Zweck haben – die Rache. Lebet wohl!"

Beim Türvorhang angekommen, wandte er sich nochmals um und sagte einfach: „Ich danke euch beiden!"

„Der Friede begleite dich!" erwiderte der Kaufmann.

Kaum hatte Ben Hur das Zimmer verlassen, da veränderte sich der Gesichtsausdruck des Simonides. Er gab mit einer auf dem Tisch stehenden Glocke ein Zeichen, worauf ein Mann, sich tief verneigend, eintrat.

„Hierher, Malluch, näher zum Stuhle!" gebot der Herr. „Ich habe einen Auftrag, der erfüllt werden muß, und sollte die Sonne aus ihrer Bahn gehn. Höre! Soeben geht ein junger Mann nach den Warenräumen hinab, er ist schlank gewachsen, hat ein angenehmes Äußeres und die Kleidung der Israeliten. Folge ihm so treu wie sein Schatten, und jede Nacht sende mir Bericht, wo er sich aufhält, was er tut und in welcher Gesellschaft er sich befindet. Kannst du, ohne entdeckt zu werden, seine Gespräche belauschen, so berichte sie mir Wort für Wort, wie überhaupt alles, was du über seine Person, seine Gewohnheiten, seine Absichten und seinen Lebenslauf in Erfahrung bringst. Verstehst du? Geh schnell!"

Der Mann grüßte wie zuvor und ging.

Darauf rieb sich Simonides lachend die mageren Hände.

„Was für ein Tag ist heute, Tochter?" fragte er in seiner fröhlichen Stimmung. „Was für einen Tag haben wir? Ich will ihn mir als einen Tag des Glückes merken. Sieh lachend nach, Esther, und lachend sag' es mir!"

Seine Fröhlichkeit erschien ihr unnatürlich, und sie sah ihn fragend an.

„Esther, mein gutes Kind," sagte Simonides zärtlich, „um dir zu schildern, warum ich heute glücklich bin, muß ich dir meine Geschichte erzählen. Ich verbarg sie dir bisher, weil du ja noch ein halbes Kind warst. Ich wurde im Tale Hinnon auf der Südseite des Berges Sion in einer Gruft geboren. Meine Eltern waren jüdische Leibeigene und pflegten die Feigen- und Olivenbäume und die zahlreichen Weinstöcke in den königlichen Gärten beim Teiche Siloa. Als Knabe half ich ihnen. Sie gehörten jener Klasse an, die an immerwährende Dienstbarkeit gebunden ist. Sie verkauften mich an den Fürsten Hur, der damals nach dem Könige Herodes der reichste Mann Jerusalems war. Dieser sandte mich in sein Warenhaus nach Alexandrien in Ägypten, wo ich großjährig wurde. Ich diente ihm sechs Jahre; im siebenten wurde ich nach dem Gesetze Mosis frei."

Esther klatschte leicht in die Hände.

„Du bist also nicht seines Vaters Leibeigener!"

„Höre nur weiter, Tochter! Als meine Dienstzeit abgelaufen war, kam ich nach Jerusalem hinauf, um das Osterfest zu feiern. Mein bisheriger Gebieter gewährte mir gastliche Aufnahme. Ich liebte ihn bereits und bat ihn, mich in seinem Dienste zu belassen. Er willigte ein und ich diente ihm weitere sieben Jahre, aber als gedungener Sohn Israels. In seinem Namen leitete ich den Handelsverkehr zu Wasser und auf dem Lande; ich führte Karawanen bis nach Susa und Persepolis im Osten und in die noch ferneren Seidenländer. Es waren gefahrvolle Reisen, meine Tochter, aber der Herr segnete alles, was ich unternahm. Eines Tages war ich Gast des Fürsten in seinem Hause in Jerusalem. Eine Dienerin trat ein und reichte auf einer Platte einige Schnitten Brotes. Sie kam zuerst zu mir. Damals sah ich deine Mutter zum ersten Male und liebte sie, und diese Liebe nahm ich als Geheimnis meines Herzens mit mir. Nach einer Weile kam die Zeit, da ich den Fürsten besuchte, um sie zum Weibe zu begehren. Er teilte mir mit, daß sie eine Leibeigene auf Lebenszeit sei, erklärte sich aber bereit, um mir zu willfahren, sie freizulassen, wenn sie es wünsche. Sie erwiderte meine Liebe, fühlte sich aber in ihrer Stellung glücklich und nahm die angebotene Freiheit nicht an. Ich bat und flehte und kam in langen Zwischenräumen immer wieder. Ihre Antwort lautete stets, sie wolle mein Weib werden, wenn ich ihr Genosse in der Dienstbarkeit würde. Unser Vater Jakob diente zweimal sieben Jahre um seine Rahel. Konnte ich nicht ein Gleiches für die meinige tun? Deine Mutter aber wollte, daß ich gleich ihr lebenslänglich dienen sollte. Ich ging fort, kehrte aber wieder zurück. Sieh her, Esther!"

Er zeigte auf sein linkes Ohrläppchen.

„Siehst du die Narbe der Pfrieme?"

„Ich sehe sie," antwortete sie; „o, nun erkenne ich, wie sehr du meine Mutter liebtest!"

„Sie nicht lieben, Esther! Sie war mir mehr als die Sulamitin dem königlichen Sänger, sie war mir wie eine Quelle im Garten, wie ein Brunnen lebendigen Wassers, wie die Ströme des Libanon! Mein Herr brachte mich auf meine Bitte zu den Richtern, führte mich dann an die Tür seines Hauses, stach die Pfrieme durch mein Ohr in den Türpfosten, und ich war sein Leibeigener auf Lebenszeit. So gewann ich meine Rahel. War jemals eine Liebe der meinigen gleich?"

Esther beugte sich zu ihm herab und küßte ihn. Schweigend gedachten sie der Toten.

„Mein Gebieter ertrank im Meere," fuhr der Kaufmann fort. „Das war der erste Schmerz, der über mich kam. Trauer herrschte in seinem Hause und in dem meinigen hier in Antiochien, wo ich schon damals wohnte. Nun, Esther, merk' auf! Als der gute Fürst verunglückte, war ich bereits erster Verwalter seines Vermögens, alles, was er besaß, stand unter meiner Leitung und Obsorge. Urteile danach, wie sehr er mich liebte und mir vertraute! Ich eilte nach Jerusalem, um der Witwe Rechenschaft abzulegen. Sie beließ mich in meiner Stellung. Ich wandte nun noch größeren Fleiß auf. Das Geschäft blühte und wuchs von Jahr zu Jahr. Zehn Jahre vergingen, dann kam das Unglück, von dem, wie du hörtest, der junge Mann erzählte – der Zufall, wie er ihn nannte, der den Prokurator Gratus traf. Der Römer behauptete, es sei ein Versuch gewesen, ihn meuchlings zu ermorden. Unter diesem Vorwand zog er mit Roms Erlaubnis das ganze unermeßliche Vermögen der Witwe und der Kinder für sich ein. Hier blieb er jedoch nicht stehn. Um jeder Umstoßung des Urteils vorzubeugen, beseitigte er alle Beteiligten. Von jenem schrecklichen Tage an ist die Familie Hur verschollen. Der Sohn, den ich als Kind sah, wurde zu den Galeeren verurteilt. Die Witwe und die Tochter schmachten wohl in einem der vielen Kerker Judäas, die, einmal hinter den Unglücklichen geschlossen, wie Gräber versiegelt sind."

In Esthers Augen glänzten Tränen.

„Du hast ein gutes Herz, Esther, wie deine Mutter. Doch höre weiter! Ich ging nach Jerusalem hinauf, um meiner Wohltäterin zur Seite zu stehen. Am Stadttor wurde ich ergriffen und in ein tiefes Verlies der Burg Antonia gebracht, weshalb, wußte ich nicht, bis Gratus selbst kam und von mir die dem Hause Hur gehörigen Gelder verlangte. Er wußte, daß sie nach jüdischem Geschäftsgebrauche auf meine Anweisung hin auf allen Handelsplätzen der Welt ausgefolgt wurden. Er befahl mir, ein diesbezügliches Schriftstück zu unterzeichnen. Ich weigerte mich. Er hatte bereits die Häuser, Ländereien, Waren, Schiffe und das ganze bewegliche Eigentum derer, denen ich diente, an sich gerissen, ihr Geld hatte er noch nicht. Ich sah, daß ich ihr zerstörtes Glück wieder aufbauen könne, wenn der Herr mir gnädig war. Ich widersetzte mich dem Verlangen des Tyrannen. Er ließ mich foltern, mein Wille blieb fest, er setzte mich wieder in Freiheit, ohne etwas erreicht zu haben. Ich kam nach Hause und begann von neuem unter dem Namen Simonides von Antiochien, anstatt unter dem des Fürsten Hur von Jerusalem. Du weißt, Esther, wie das Glück mir günstig war und die Millionen des Fürsten in meinen Händen sich wunderbar vermehrten. Du weißt auch, wie ich drei Jahre später auf der Reise nach Cäsarea abermals von Gratus gefangen und zum zweiten Male auf die Folter gespannt wurde, damit ich bekenne, daß meine Güter und die Gelder seinem Konfiskationsbefehle unterworfen seien. Er erreichte seinen Zweck ebensowenig wie das erstemal. Gebrochenen Körpers kam ich nach Hause und fand meine Rahel aus Furcht und Angst um mich gestorben. Der Herr, unser Gott, lenkte – und ich lebte. Vom Kaiser selbst erkaufte ich mir die Freiheit von Verfolgung und die Erlaubnis, in der ganzen Welt Handel treiben zu dürfen. Heute ist das, was meinen Händen zur Verwaltung anvertraut wurde, zu Talenten herangewachsen, die einen Kaiser bereichern könnten." Stolz hob er das Haupt.

„Vater," antwortete sie mit leiser Stimme, „hat nicht der rechtmäßige Eigentümer sich eben jetzt gemeldet?"

Noch immer war sein Blick auf sie gerichtet, aber er beantwortete ihre Frage nicht. “Höre nun,“ sagte er mit lauter Stimme, „höre, weshalb ich heute so heiter bin. Als der junge Mann vor mich hintrat, glaubte ich seinen Vater in der Anmut und Kraft seiner Jugend zu sehen. Ich konnte mich kaum enthalten, aufzujubeln. Ich sehnte mich, ihn bei der Hand zu nehmen und ihm die Schätze zu zeigen, die ich erworben, und ihm zu sagen: Sieh, alles das ist dein! Ich bin dein Diener, bereit, jetzt abberufen zu werden! Aber in diesem Augenblick stürmten drei Gedanken auf mich ein und hielten mich zurück. Ich will Gewißheit haben, daß er der Sohn meines Herrn ist – das war der erste Gedanke. Ist er der Sohn meines Herrn, so will ich seine Art und Gesinnung näher kennen lernen. Bedenke, Esther, was ich und andere Israeliten durch Römerhand erlitten haben. Sage mir, meine Tochter, soll es keine Sühne geben für alles das, was unser Volk erlitten hat? Lautet nicht das Gesetz: Aug' um Auge, Hand um Hand, Fuß um Fuß? O, in all diesen Jahren habe ich von Rache geträumt, um sie gebetet, für sie vorgesorgt. Ich schöpfte Geduld aus dem Anwachsen meines Vermögens, da ich dachte und hoffte, dasselbe werde mir, so wahr der Herr lebt, das Mittel sein, die Übeltäter zu bestrafen. Und da der junge Mann von seiner Ausbildung im Waffenhandwerk sprach und ihren Zweck mir nicht nennen wollte, wußte ich, während er noch redete, daß er Rache heiße. Und das, Esther, war der dritte Gedanke, der mich ruhig und hart bleiben ließ, während er für sich sprach, und mich freudig stimmte, als er gegangen war.“

Esther liebkoste die welken Hände des Vaters und sagte, als ob sie gleich ihm im Geiste die kommenden Ereignisse voraussähe: „Er ist fort. Wird er wiederkommen?“

„Ja; Malluch, der treue Diener, folgt ihm und wird ihn zurückbringen, sobald ich bereit bin.“

Dreizehntes Kapitel

Mit einem Gefühl tiefer Enttäuschung hatte Ben Hur das Haus des Simonides verlassen. Es war, als sei ihm jetzt die letzte Hoffnung entschwunden, je wieder etwas von den Seinigen zu erfahren. Von dem Türhüter der Herberge ließ er sich den Weg nach dem Hain Daphnes zeigen und wanderte langsam durch die volksbelebten, Straßen dorthin.

Aber er hatte keine Augen, für die Schönheit dieses Ortes und keinen Sinn für den geheimnisvollen Kult, der dort betrieben wurde. Gleichgültig ging er an den Altären, den Tempeln und der Grotte vorüber und betrat schließlich einen Zypressenhain, dessen säulengleiche Stämme hoch und schlank nebeneinanderstanden.

„Wohin führt der Weg, der vor uns liegt?“ fragte er einen alten Mann, der in seiner Nähe stand.

„Nach der Rennbahn,“ sagte dieser in hebräischer Sprache.

„Bist du ein Jude?“ fragte Ben Hur erstaunt.

„Ich wurde innerhalb eines Steinwurfs Weite vom Marktplatze in Jerusalem geboren,“ antwortete der Mann mit verbindlichem Lächeln.

„Guter Freund,“ sagte Ben Hur aufrichtig, „ich gestehe meine Unwissenheit in betreff des Haines, ich wäre daher dankbar, wenn du mein Führer sein wolltest.“

„Das wird mir eine Freude sein. Horch, ich höre das Rollen der Wagen. Sie fahren nach der Bahn.“

Ben Hur horchte einen Augenblick, dann legte er, um die Vorstellung zu beenden, seine Hand auf den Arm des Mannes und sprach:

„Ich bin der Sohn des Duumvirs Arrius, und du?“

„Ich bin Malluch, ein Kaufmann aus Antiochien.“

„Nun, guter Malluch, der Trompetenstoß, das Knirschen der Räder und die Aussicht auf Zerstreuung haben meine Sinne angeregt. Ich besitze einige Fertigkeit in dergleichen Übungen. In den Kampfschulen Roms bin ich nicht unbekannt. Laßt uns zur Bahn!“

Malluch zögerte noch, um schnell zu sagen: „Der Duumvir war ein Römer und seinen Sohn sehe ich im Gewande eines Juden.“

„Der edle Arrius war mein Adoptivvater,“ antwortete Ben Hur.

„Ah, ich verstehe; entschuldige die Bemerkung.“

Den Saum des Waldes überschreitend, kamen sie an ein Feld, auf welchem eine Rennbahn angelegt war; sie glich an Gestalt und Umfang vollständig den römischen Stadien. Die eigentliche Bahn bestand aus feiner, festgewalzter Erde und war mit Wasser besprengt; sie wurde zu beiden Seiten durch Seile, die man lose über pfahlartig aufgestellte Wurfspieße gespannt hatte, abgeschlossen. Zur

Bequemlichkeit der Zuschauer und solcher, die mehr als ein gewöhnliches Interesse an den Kampfspielen nahmen, waren verschiedene, mit starken Zelttüchern überdachte Räumlichkeiten mit aufsteigenden Sitzreihen angebracht. In einem dieser Räume fanden die beiden Neuangekommenen Platz. Ben Hur zählte die Wagen, als sie vorüberkamen, es waren im ganzen neun.

„Ich wünsche den Männern Glück," sagte er wohlwollend.

„Ich dachte, hier im Osten würden sie sich mit zwei Pferden begnügen, aber sie haben Ehrgeiz und spielen mit dem königlichen Viergespann. Wir wollen sehen, was sie leisten."

Acht der Viergespanne zogen vorüber, einige im Schritt, andere im Trab, alle vorzüglich gelenkt. Darauf kam das neunte im Galopp. Ben Hur konnte einen Ausruf des Erstaunens nicht unterdrücken.

„Ich war in den Marställen des Kaisers, Malluch, aber bei unserm Vater Abraham gesegneten Andenkens, solche Pferde habe ich noch nie gesehen!"

Das letzte Viergespann sauste eben vorüber. Auf einmal geriet es in Verwirrung. Im Zuschauerraum stieß jemand einen lauten Schrei aus. Ben Hur wandte sich um und erblickte an einem der oberen Sitzplätze einen Greis mit langem weißen Barte, der, halb aufgerichtet, mit geballten Fäusten und wild funkelnden Augen zitternd dastand. Einige der ihm zunächst sitzenden Zuschauer begannen zu lachen.

„Sie sollten wenigstens vor seinem Barte Ehrfurcht haben. Wer ist er?" fragte Ben Hur.

„Ein mächtiger Mann aus der Wüste, irgendwo hinter Moab her, und Besitzer ganzer Herden von Kamelen; seine Pferde, sagt man, stammen von den Rennern des ersten der Pharaonen ab. Scheik Ilderim ist sein Name und Titel," lautete Malluchs Antwort.

Inzwischen bemühte sich der Lenker, sein Gespann zu beruhigen, aber vergebens. Jeder erfolglose Versuch regte den Scheik um so mehr auf.

„Verfluchter Römer!" schrie der Scheik und ballte seine Faust gegen den Lenker. „Hat er nicht geschworen, daß er sie zu lenken verstehe, geschworen, bei der ganzen Brut seiner lateinischen Götzen? – Nein, laßt mich, zurück, sag' ich! Schnell wie der Adler im Fluge und lenksam wie ein Lamm sollten sie dahinrennen, schwor er. Verflucht sei er –" Der Schluß des Satzes ging unter einem furchtbaren Zähneknirschen verloren. „O Tor, Tor, der ich war, einem Römer zu vertrauen!“

Ben Hur glaubte die Gefühle des Scheiks zu verstehen und achtete sie. Die Ursache seiner Erregung war nicht so sehr der verletzte Stolz des Eigentümers, nicht bloße Besorgnis wegen des Ungewissen Ausganges des Rennens, nach seiner Überzeugung entsprach es ganz der Denkart und den Anschauungen des Patriarchen vom Wert der Dinge, solche Tiere mit einer Zärtlichkeit zu lieben, die an Leidenschaft grenzte.

Noch ehe der Patriarch mit seinen Ausrufen zu Ende war, hatte ein Dutzend Hände nach den Zügeln der Pferde gegriffen und diese zur Ruhe gebracht. Um diese Zeit erschien noch ein Wagen auf der Rennbahn. Unähnlich den anderen, waren Lenker, Wagen und Pferde ganz so ausgeputzt, wie sie am Tage des Rennens selbst im Zirkus erscheinen sollten.

Die bisherigen Wettkämpfer waren mit Stillschweigen empfangen worden; der letzte Ankömmling war glücklicher. Während er sich dem Standplätze näherte, von dem aus Ben Hur die Szene beobachtete, wurde sein Ankommen durch laute Rufe, durch Händeklatschen und Beifallsgeschrei angekündigt, so daß die allgemeine Aufmerksamkeit ausschließlich auf ihn gelenkt wurde. Seine Jochpferde waren, wie man bemerken konnte, schwarz, die Strangpferde rein weiß. Alle Pferde waren, den strengen Regeln des römischen Geschmackes entsprechend, verstümmelt, das heißt, ihre Schweife waren gestutzt. Um die Barbarei voll zu machen, waren auch die Mähnen kurz geschnitten und durch grellrote und gelbe Bänder zu Büscheln gebunden.

Das Erscheinen des glänzenden Wagens mit den prächtigen Pferden veranlaßte Ben Hur, mit erhöhtem Interesse nach dem Lenker zu schauen. Wer war er?

Als Ben Hur sich diese Frage zuerst vorlegte, konnte er das Gesicht des Mannes wie überhaupt seine volle Gestalt nicht sehen; doch sein ganzes Gebaren und die Art des Auftretens schien ihm bekannt und erinnerte ihn lebhaft an längstvergangene Zeiten.

Er kam näher. Die Pferde gingen im Trabe. Die Beifallsrufe und der Glanz des Aufzuges ließen in ihm einen Günstling der Regierung oder einen berühmten Fürsten vermuten.

Ben Hur drängte sich nach unten bis nahe an die Brustwehre vor der untersten Sitzreihe des Zuschauerraumes. Sein Gesicht war ernst, sein ganzes Wesen verriet lebhafte Erregung. Jetzt wurde die ganze Gestalt des Lenkers für ihn sichtbar. Dieser stand aufrecht im Wagen und hatte die Leitseile mehrmals um den Leib geschlungen – eine schöne Gestalt, nur leicht mit einer blaßroten Tunika bekleidet. In der Rechten hatte er eine Peitsche, in der Linken, die er erhoben und etwas ausgestreckt hielt, die vier Leitseile. Mit der Ruhe einer Bildsäule nahm er das Beifallsjauchzen und Händeklatschen entgegen. Ben Hur stand wie angewurzelt. Seine Ahnung hatte ihn recht geführt, sein Gedächtnis sich treu erwiesen: der Lenker war Messala!

An der Auswahl der Pferde, der Pracht des Wagens, der Haltung und dem Auftreten, vor allem aber an den kalten, scharfen Adlerzügen mit jenem Ausdruck des Stolzen und Herrischen, der sich bei seinen Landsleuten infolge der langjährigen Weltherrschaft gebildet hatte, erkannte Ben Hur, daß Messala noch derselbe war, ebenso hochmütig, kühn und selbstbewußt wie jemals, daß sein Ehrgeiz, seine Menschenverachtung und spöttische Sorglosigkeit sich nicht geändert hatten.

Während Ben Hur die Stufen des Zuschauerraumes hinabstieg, erhob sich unten auf der letzten Stufe ein Araber und rief: „Hört, ihr Männer des Ostens und Westens! Der edle Scheik Ilderim sendet euch seinen Gruß. Mit vier Pferden, Abkömmlingen von Salomons des Weisen Lieblingspferden, kam er hierher, um mit ihnen gegen die besten Renner aufzutreten. Er bedarf vor allem eines geschickten Lenkers. Wer immer dieselben zu seiner Zufriedenheit lenken wird, diesen verspricht er auf immer reich zu machen. Verkündet dieses sein Anerbieten hier, dort, in der Stadt und auf der Rennbahn, wo immer sich tapfere Männer zu versammeln pflegen! So spricht mein Herr, Scheik Ilderim der Edle."

Die Ankündigung verursachte unter den Anwesenden eine lebhafte Bewegung. Als Ben Hur sie hörte, blieb er stehen und blickte unschlüssig bald auf den Herold, bald auf den Scheik. Malluch glaubte, er sei im Begriffe, das Anerbieten anzunehmen, und fühlte sich erleichtert, als jener sich plötzlich an ihn mit der Frage wandte: „Wohin jetzt, guter Malluch?"

Der würdige Mann antwortete lächelnd:

„Willst du dem Beispiel andrer folgen, die den Hain zum ersten Male besuchen, dann mußt du dir zunächst deine Zukunft verkünden lassen."

„Meine Zukunft, sagst du? Die Sache hat zwar etwas Heidnisches an sich, aber gehen wir immerhin zuerst zur Göttin."

„Nein, Sohn des Arrius, diese Apollodiener haben eine bessere Methode als die bekannte. An Stelle eines Gespräches mit einer Pythia oder Sibylle verkaufen sie dir ein gewöhnliches, frisch vom Stengel gerissenes Papyrusblatt. Dieses mußt du in das Wasser einer gewissen Quelle tauchen, dann wird es dir einen Vers zeigen, in dem du deine Zukunft lesen kannst."

„Wie heißt diese Quelle?" fragte Ben Hur.

„Kastalia."

„O, sie ist in der ganzen Welt bekannt! Gehen wir hin!" Auf dem Wege dahin beobachtete Malluch seinen Gefährten und bemerkte, daß für den Augenblick wenigstens die gute Laune von ihm gewichen war. In Wirklichkeit war es das Wiedersehen Messalas, was ihn so nachdenklich stimmte. Es schien ihm kaum eine Stunde her, seit gewalttätige Hände ihn von der Seite seiner Mutter gerissen, kaum eine Stunde, seit die Römer Siegel an das Haus seines Vaters gelegt hatten. Er ging nochmals im Geiste durch, wie er während seines hoffnungslos elenden Lebens auf der Galeere – wenn es überhaupt Leben genannt werden konnte – neben seiner Arbeit wenig anderes zu tun hatte, als von Rache zu träumen, und Messala war der Mittelpunkt all dieser Träume. Immer wieder kam er zu demselben Schluß: Am Tage, da ich ihm begegne, hilf du mir, gütiger Gott meines Volkes, zu einer besonderen, angemessenen Rache!

Nach einer Weile bogen die beiden in eine belebte Eichenallee ein. Gruppen von Menschen gingen und kamen, hier Fußgänger und Reiter, dort Frauen, von Sklaven in Sänften getragen; dann und wann rollte ein Wagen donnernd vorbei. Am Ende der Allee führte eine Straße in sanfter Senkung in eine kleine Ebene hinab, die rechts von einer steilen Felswand aus grauem Gestein abgeschlossen wurde, während sich links das frische Grün einer Wiese ausbreitete. Bald konnten sie auch die berühmte Quelle Kastalia sehen.

Sich durch die dort versammelte Gruppe drängend, erblickte Ben Hur einen Wasserstrahl, der sich aus einem Felsen in ein Becken aus schwarzem Marmor ergoß, wo er nach vielem Zischen und Schäumen wie durch ein Abzugsrohr verschwand. Neben dem Becken saß in einer in die Felswand gehauenen Nische ein alter Priester mit langem Bart, faltigem Gesicht und einer Kapuze, das vollkommene Gesicht eines Einsiedlers. Aus dem Betragen der Anwesenden konnte man schwer ersehen, was größere Anziehungskraft ausübte, die immer sprudelnde Quelle, oder der Priester, der immer hier saß. Er hörte, sah, wurde gesehen, aber er sprach nie. Dann und wann hielt ihm ein Besucher die Hand mit einem Geldstück hin. Mit einem listigen Augenblinzeln nahm er das Geld und gab dafür ein Papyrusblatt.

Der Empfänger beeilte sich, den Papyrus in das Becken zu tauchen. Hielt er dann das triefende Blatt in das Sonnenlicht, so fand er darauf zum Lohne einen Spruch in Versen; nur selten litt der Ruhm der Quelle durch Armut und Wertlosigkeit der Poesie. Noch ehe Ben Hur das Orakel befragen konnte, sah er andere Besucher über die Wiese kommen und sich der Quelle nähern. Ihr Erscheinen erregte die Neugierde aller Anwesenden und Ben Hurs nicht minder.

Er sah zuerst ein großes weißes Kamel, das von einem Führer zu Pferde geleitet wurde. Auf dem Rücken des Tieres befand sich ein Zelt von ungewöhnlicher Größe, mit Karmin und Gold verziert. Dem Kamele folgten noch zwei Reiter mit langen Speeren in den Händen.

„Welch wunderschönes Kamel!" rief einer aus der Gruppe. „Ein Fürst aus fernen Landen!" vermutete ein anderer.

Indessen waren die Fremden herangekommen. Unter dem prächtigen Zelt saßen ein Mann und eine Frau, Der Mann, dessen eingefallener Kopf mit einem Turban geschmückt war, war offenbar sehr alt, die Frau aber war jung und von großer Schönheit. Ihre Kleidung zeigte eine auserlesene Kostbarkeit. Von ihrem hohen Sitz herab blickte sie unbefangen auf die sie anstaunende Menge.

Nach einer Weile wandte sich die schöne Dame an den Führer, einen Äthiopier von mächtiger Gestalt, beinahe bis an den Gürtel unbekleidet, und sprach einige Worte zu ihm. Dieser führte das Kamel näher an die Quelle heran und ließ es niederknien. Dann reichte sie ihm einen Becher, welchen er im Becken füllte. In diesem Augenblicke wurde das Schweigen, das ihre Schönheit den Anwesenden aufgelegt hatte, durch das Geräusch von Rädern und das Getrampel schnell hineilender Pferde unterbrochen. Mit lautem Geschrei eilten die Umstehenden nach allen Richtungen auseinander.

„Der Römer will uns überfahren, gib acht!" rief Malluch Ben Hur zu, mit einem schnellen Sprunge zur Seite weichend. Dieser sah nach der Richtung, aus welcher der Lärm kam, und erblickte Messala, der mit seinem Viergespanne gerade auf die Menge zujagte. Diesmal sah er ihn in der Nähe und deutlich. Durch das Auseinanderstieben der Menge blieb das Kamel ohne Deckung. Es mochte sonst wohl beweglicher sein als andre Tiere seiner Art. Aber jetzt waren ihm die Hufe der Pferde schon ganz nahe und es lag noch ruhig auf den Knien, sorglos wiederkäuend, mit jenem Sicherheitsgefühl, das ihm vielleicht durch langjährige Verzärtelung anerzogen war. Der Äthiopier rang erschreckt die Hände. Der Greis im Sattelzelte machte eine Bewegung, um abzuspringen; aber er war durch das hohe Alter gefesselt und konnte, selbst angesichts der Gefahr, die würdevolle Haltung, die ihm zur Gewohnheit geworden schien, nicht vergessen. Für die weibliche Gestalt war es zu spät, sich zu retten. Ben Hur stand ihnen zunächst und rief Messala zu:

„Halt! Schau, wohin du fährst! Zurück, zurück!“ Der Patrizier lachte seelenvergnügt. Ben Hur, welcher sah, daß es nur eine Möglichkeit der Rettung gab, sprang entschlossen vor das Gespann und fiel dem linken Jochpferde und seinem Stangenpferde in den Zaum. „Hund von einem Römer! Gilt dir ein Menschenleben so wenig?“ rief er und hielt mit dem Aufgebot seiner ganzen Kraft die Pferde auf. Diese bäumten sich und rissen auch die anderen mit. Dadurch kam der Wagen in Gefahr, umzustürzen. Messala konnte sich nur mit Mühe halten, während sein treuer Myrtilus wie ein Klotz rückwärts zur Erde fiel. Die Umstehenden brachen, als sie dies sahen und die Gefahr vorüber war, in ein lautes Hohngelächter aus.

Jetzt zeigte sich das beispiellose Selbstbewußtsein des Römers. Er löste die Leitseile von seinem Leibe und warf sie zur Seite; dann stieg er ab, ging um das Kamel herum, sah Ben Hur an und sprach, teilweise zum Greise, teilweise zur Dame: „Verzeihet, ich bitte euch beide! Ich bin Messala und, bei der alten Mutter Erde schwöre ich es, ich sah euch nicht, noch das Kamel. Was die guten Leute hier betrifft, so vertraute ich vielleicht zu sehr meiner Geschicklichkeit. Ich wollte über sie lachen: Das Lachen ist jetzt auf ihrer Seite. Wohl bekomm' es ihnen!“

Der gutmütige, gleichgültige Blick und die Gebärden, womit er diese Worte begleitete, paßten vortrefflich zu ihrem Inhalt. In der Erwartung, er werde noch mehr zu sagen haben, wurden die Anwesenden nach und nach still.

„Du stehst dem guten Manne hier nahe? Seine Verzeihung werde ich, wenn sie mir jetzt nicht gewährt wird, später mit um so größerem Eifer zu erlangen suchen. – Du bist wohl seine Tochter?“

Sie antwortete ihm nicht.

„Bei Pallas, du bist schön! Sei auf der Hut, daß Apollo dich nicht irrtümlich für seine verlorene Geliebte hält! Welches Land wohl sich einer solchen Tochter rühmen darf? Wende dich nicht ab, sondern höre mich an! Die Sonne Indiens leuchtet aus deinen Augen; in deine Mundwinkel hat Ägypten seine Liebeszeichen eingegraben. Beim Apollo! Wende dich nicht zu jenem Sklaven, schöne Gebieterin, bevor du dich mir gnädig gezeigt hast. Sag' mir wenigstens, daß du mir verziehen hast."

Jetzt unterbrach sie ihn.

„Möchtest du nicht herkommen?" fragte sie lächelnd Ben Hur, indem sie anmutig den Kopf gegen ihn verneigte. „Ich bitte dich, nimm diesen Becher und fülle ihn," setzte sie hinzu, „mein Vater ist durstig."

„Ich bin dein ergebenster Diener!"

Mit diesen Worten wandte sich Ben Hur um, ihre Bitte zu erfüllen, und stand Aug' in Auge Messala gegenüber. Ihre Blicke trafen sich, jene des Juden waren herausfordernd trotzig, die des Römers strahlten vor heiterer Laune.

„O Fremde, du bist ebenso grausam als schön!" sagte Messala, ihr mit der Hand winkend. „„Wenn Apollo dich nicht holt, sollst du mich wiedersehen. Da ich dein Vaterland nicht kenne, kann ich keinen Gott nennen, dem ich dich empfehlen soll. So will ich dich, bei allen Göttern, mir selbst empfehlen!"

Da der Myrtilus inzwischen die Pferde wieder beruhigt und in Ordnung gebracht hatte, kehrte Messala zu seinem Wagen zurück. Die Dame blickte ihm nach, und was immer sonst noch in ihren Blicken lag, Mißfallen sprach nicht aus ihnen. Ben Hur reichte ihr jetzt das Wasser, ihr Vater trank. Dann führte sie den Becher an ihre Lippen und gab ihn, sich niederbeugend, mit einer überaus anmutigen Gebärde Ben Hur.

„Behalte ihn, wir bitten dich darum! Er ist voll Segenswünschen für dich."

Auf einen Zuruf erhob sich das Kamel und wollte eben weiterschreiten, als der Greis ausrief: „Komm hierher!"

Ben Hur nahte sich ihm ehrfurchtsvoll.

„Du hast uns Fremden heute einen großen Dienst erwiesen. Es ist nur *ein* Gott, in seinem heiligen Namen danke ich dir. Ich bin Balthasar aus Ägypten. Im großen Palmenhain jenseits des Dorfes Daphne, im Schatten der Palmen, wohnt Scheik Ilderim der Edle in seinen Zelten, und wir sind seine Gäste. Suche uns dort auf und du wirst mit dem herzlichen Willkommgruß dankbarer Menschen aufgenommen werden."

Voll Verwunderung über des Greises klare Stimme und ehrfurchtgebietendes Wesen blieb Ben Hur zurück. Wie er den beiden nachblickte, traf sein Auge Messala; dieser ging, wie er gekommen war, fröhlich, sorglos, spöttisch lächelnd.

Vierzehntes Kapitel

Malluch hatte sich im Augenblick der Gefahr in Sicherheit gebracht und aus einiger Entfernung den Mut und die Geschicklichkeit Ben Hurs bewundert. Jetzt näherte sich ihm dieser und legte ihm den Arm auf die Schulter.

„Guter Malluch," sagte er, „du bist ein Jude, ich glaube, daß ich dir vertrauen kann. Jener Mann dort im Wagen ist schuld, daß meine Mutter und meine Schwester in irgendeinem unterirdischen Keller verschmachten und daß ich selbst als Galeerensklave fortgeschleppt wurde. Ich könnte ihn töten, aber er besitzt vielleicht das Geheimnis, wo meine Mutter und Schwester verborgen sind. Immerhin will ich versuchen, ihn jetzt schon zu bestrafen."

Malluch, der bisher nur im Auftrage des Simonides diesem Fremdling gefolgt war, begann jetzt eine persönliche Teilnahme für ihn zu empfinden.

„Wann finden die Wettrennen statt?" fragte plötzlich Ben Hur.

„In sechs Tagen von heute!"

„Die Zeit ist kurz Malluch, aber sie reicht hin." Die letzten Worte wurden in entschiedenem Tone gesprochen. „Bei den Propheten unseres alten Israel! Ich will wiederum zu den Zügeln greifen. Doch halt! Es handelt sich noch um eins: Ist es sicher, daß Messala als Bewerber auftreten wird?" Malluch begriff nun den Plan und die günstige Gelegenheit, die er bot, den Römer zu demütigen. Er wäre kein wahrer Nachkomme Jakobs gewesen, hätte er nicht bei seiner aufrichtigen Teilnahme für Ben Hur sofort auch die Aussichten des Gelingens in Rechnung gezogen. Seine Stimme zitterte merklich, als er sprach:

„Besitzest du die nötige Übung?"

„Fürchte nichts, mein Freund! Im Zirkus Maximus haben die Sieger in den letzten drei Jahren ihre Kränze nach meinem Belieben erhalten."

Malluch nickte lächelnd: „Messala wird sicher fahren, sein Name steht auf allen Ankündigungen."

„Dann habe ich nur noch eine Bitte," sagte Ben Hur. „Zeige mir den Weg zu den Zelten des Scheichs."

Malluch überlegte einen Augenblick.

„Am besten gehen wir geradewegs in das Dorf, das glücklicherweise in nächster Nähe liegt; können wir dort zwei schnelle Kamele mieten, so werden wir in einer Stunde auf dem Wege sein."

„Tun wir es also!"

Das Dorf war eine Gruppe von Palästen inmitten schöner Gärten, da und dort von Khans fürstlicher Art unterbrochen. Sie konnten zum Glücke Dromedare beschaffen, und nun ging es auf ihnen dem Palmenhaine zu. Als sie das Dorf hinter sich hatten, kamen sie in eine wellenförmige, wohlbebaute Landschaft; es war in der Tat der Garten Antiochiens; kein Fuß Bodens blieb unbenutzt. Die steilen Abhänge der Hügel waren terrassenförmig abgestuft, selbst die Hecken boten einen freundlicheren Anblick durch die Weinreben, die sich an ihnen emporrankten.

Der Weg ging nun den Fluß entlang, der von Schiffen belebt war, bis sie an einen klaren See gelangten. Malluch wandte sich hier zur Linken und rief plötzlich aus: „Sieh, sieh! Der Palmenhain!" Dem erstaunten Blick von Ben Hur bot sich jetzt ein wundervoller Anblick. Zahllose Dattelpalmen erhoben sich wie Märchengebilde über einem üppigen Grasboden und ihr gefiedertes Laubwerk stand dunkel vor dem blaßblauen Himmel. Man kann einen vollkommenen Palmbaum nicht betrachten, ohne daß er wie mit geheimer Kraft seine Gegenwart fühlen läßt und den Beschauer zum Dichter macht. Hierin liegt die Erklärung für die Ehren, die demselben schon in ältester Zeit erwiesen wurden. Von ähnlichen Gefühlen beherrscht, sagte Ben Hur:

„Als ich heute, guter Malluch, auf der Rennbahn den Scheik Ilderim zum ersten Male sah, schien er mir durchaus kein außergewöhnlicher Mann zu sein. Die Rabbiner Jerusalems würden, fürchte ich, auf ihn als einen Sohn des gehaßten Edom mit Verachtung blicken. Wie kam er in den Besitz des Haines? Und wie vermochte er ihn gegen die Habgier römischer Statthalter zu behaupten?"

„Wenn der Adel eines Geschlechtes durch das Alter bedingt ist, dann, Sohn des Arrius, ist Ilderim ein Mann von hohem Adel. Alle seine Vorfahren waren Scheiks. Einer von ihnen rettete einst einen König, den eine Schar bewaffneter

Feinde verfolgte. Er stellte ihm, wie erzählt wird, tausend Reiter zur Verfügung, die die Pfade und Verstecke der Wildnis kannten, wie eben Hirten die kahlen Anhöhen kennen, die sie mit ihren Herden bewohnen. Diese führten ihn von Ort zu Ort, bis sich eine günstige Gelegenheit bot, die Feinde zu überfallen; sie erschlugen dieselben und setzten den König wieder auf seinen Thron. Und der König, sagt man, vergalt den ihm erwiesenen Dienst, brachte den Sohn der Wüste hierher und lud ihn ein, hier sein Zelt aufzuschlagen und mit seiner Familie und seinen Herden sich niederzulassen. Der See und die Bäume und alles Land vom Flusse bis zu den nächsten Bergen seien sein und seiner Kinder Eigentum für immer. Und sie wurden in ihrem Besitze niemals gestört. Die nachfolgenden Herrscher hielten es für klug, mit dem Stamme gute Beziehungen zu Pflegen, und selbst die Römer legen Wert darauf, mit ihm in guten Beziehungen zu bleiben."

„Aber ich hörte doch," sagte Ben Hur, „wie der Scheik sich selbst verwünschte, daß er einem Römer getraut habe. Er wird also kaum ihr Freund sein."

„Dein Urteil ist zutreffend," entgegnete Malluch lächelnd. „Ilderim ist kein Freund Roms, er hat eine Beschwerde. Vor drei Jahren erschienen die Parther auf der Straße von Bozra nach Damaskus und überfielen eine Karawane, welche unter anderm die in einem angrenzenden Bezirke eingehobenen Steuern mit sich führte. Sie machten jeden nieder, der in ihre Hände fiel, doch hätten dies die Beamten in Rom nachgesehen, wenn nur der kaiserliche Schatz geschont und abgeliefert worden wäre. Die Pächter der Steuern, die für den Verlust verantwortlich waren, führten Klage beim Kaiser. Der Kaiser hielt Herodes zur Zahlung an, dieser wiederum beschlagnahmte einen Teil von Ilderims Eigentum, den er der verräterischen Vernachlässigung seiner Pflicht beschuldigte. Der Scheik appellierte an den Kaiser und dieser gab ihm eine Antwort, wie sie etwa von der wachenden Sphinx erwartet werden konnte. Seit dieser Zeit nährt der Greis bitteren Groll in seinem Herzen. Aber sieh, des Scheiks Gastfreundschaft beginnt zeitig! Die Kinder reden dich an."

Die Dromedare hielten und Ben Hur blickte auf einige kleine Mädchen in der Tracht des syrischen Landvolkes herab, die ihm ihre mit Datteln gefüllten Körbchen entgegenhielten. Die Frucht war frisch gepflückt und konnte nicht zurückgewiesen werden. Die Freunde dankten den Kindern und ließen die Tiere weiterschreiten, ohne sie indes zur Eile anzutreiben.

„Du mußt wissen," fuhr Malluch fort, dann und wann sich unterbrechend, um eine Dattel zu essen, „daß der Handelsherr Simonides mir sein Vertrauen schenkt und mich bisweilen sogar zu Rate zieht; und da ich ihn zu Hause bediene, wurde ich mit vielen seiner Freunde bekannt, die, meine Stellung im Hause kennend, in meiner Gegenwart offen mit ihm sprechen. Auf diese Weise wurde ich mit Scheik Ilderim einigermaßen befreundet. Vor einigen Wochen besuchte nun der greise Araber den Simonides und erzählte ihm eine Geschichte, die auch ich anhören durfte. Sie lautete kurzgefaßt folgendermaßen: Vor ziemlich vielen Jahren erschienen drei Männer vor Ilderims Zelte draußen in der Wüste. Sie waren Fremde, ein Indier, ein Grieche und ein Ägypter, und auf Kamelen gekommen, den größten, die ich je gesehen habe. Am nächsten Morgen erzählte der Ägypter, wer sie seien und woher sie gekommen waren. Ein jeder von ihnen hatte einen Stern gesehen und eine Stimme aus dem Sterne hatte ihnen aufgetragen, nach Jerusalem zu gehn und zu fragen: „Wo ist der neugeborene König der Juden?" Sie gehorchten. Von Jerusalem hatte sie der Stern nach Bethlehem geführt, wo sie in einer Höhle ein neugeborenes Kind fanden, vor dem sie anbetend in die Knie sanken. Nachdem sie es angebetet, ihre kostbaren Geschenke dargebracht und so für seine Würde Zeugnis abgelegt hatten, bestiegen sie wieder ihre Kamele und flohen ohne Unterbrechung zum Scheik, da Herodes sie sicherlich getötet hätte, wenn es ihm gelang, sie in seine Gewalt zu bringen. Seiner Gewohnheit treu, nahm sie der Scheik gastlich auf und hielt sie ein Jahr lang verborgen. Dann reisten sie, ihm wertvolle Geschenke zurücklassend, wieder ab und jeder ging einen andern Weg."

„Das ist in der Tat eine höchst wunderbare Geschichte", rief Ben Hur nach dieser Erzählung aus. „Weiß Ilderim über die drei Männer weiter nichts? Was wurde aus ihnen?"

„Ja, das eben war die Ursache seines Besuches bei Simonides an dem Tage, von dem ich soeben sprach. Erst am Abend vor jenem Tage erschien der Ägypter wieder bei ihm."

„Wo?"

„Hier, am Eingange des Zeltes, zu dem wir gerade kommen. Und er ritt dasselbe große weiße Kamel und gab ihm denselben Namen an, Balthasar, der Ägypter."

„Es ist ein Wunder des Herrn!" sagte Ben Hur tief bewegt.

„Das war ja der Name, den uns heute an der Quelle der fremde Greis angab."

Bei dieser Erinnerung wurde auch Malluch erregt.

„Es ist wahr," sagte er; „und das Kamel war dasselbe – und du hast dem Manne das Leben gerettet!"

„Und die Jungfrau", sagte Ben Hur gleichsam zu sich selbst, „war seine Tochter."

In diesem Augenblick wurde ein Geräusch vernehmbar, und bald konnten sie das Rollen von Rädern und den Hufschlag von Pferden unterscheiden. Einen Augenblick später erschien der Scheik Ilderim selbst zu Pferde, gefolgt von seinen Dienern und vier weinroten Araberpferden, die den Wagen zogen. Der Scheit hielt den vom langen weißen Barte umwallten Kopf tief auf die Brust gesenkt. Unsere Freunde waren ihm vorangekommen, bei ihrem Anblick erhob er den Kopf und sprach in freundlichem Tone:

„Der Friede sei mit euch! – Ah, mein Freund Malluch! Willkommen! Und sage nicht, daß du gehst, sondern erst kommst, und daß du mir Nachricht bringst vom guten Simonides – möge der Gott seiner Väter ihn noch viele Jahre am Leben erhalten! Nehmet die Zügel und folget mir beide! Ich habe Brot und Milch oder, wenn ihr dieses vorzieht, Reisbranntwein und zartes Fleisch von jungen Antilopen. Kommt!"

Sie folgten ihm zum Zelte. Als sie eingetreten waren, nahm Malluch den Scheik beiseite und redete leise mit ihm. Dann trat er zu Ben Hur und entschuldigte sich.

„Ich habe mit dem Scheik", sagte er, „in deiner Angelegenheit gesprochen. Er wird dir morgen seine Pferde zur Verfügung stellen, daß du dich mit ihnen versuchen kannst. Er ist dein Freund. Nachdem ich für dich alles getan habe, was in meinen Kräften steht, mußt du das übrige tun und mir nun gestatten, nach Antiochien zurückzukehren. Ich habe dort jemandem versprochen, ihn heute abend zu treffen. Morgen komme ich wieder und werde dann, wenn inzwischen alles gut abläuft, an deiner Seite bleiben, bis die Rennen vorüber sind."

Nachdem sie sich unter Segenswünschen verabschiedet hatten, trat Malluch den Rückweg an.

Fünfzehntes Kapitel

Die Festung auf dem Berge Sulpius lag im Mondschein da. Die meisten Einwohner Antiochiens weilten auf ihren Hausdächern und erfrischten sich im Nachtwind. Auch Simonides saß in seinem von ihm unzertrennlichen Lehnstuhle und blickte von der Terrasse über den Fluß und seine Schiffe hin, die, dort vor Anker liegend, sich schaukelten. Vor ihm stand Esther mit einer Platte, auf der sich sein einfaches Abendessen befand: einige Weizenkuchen, die leicht wie Waffeln waren, etwas Honig und eine Schale Milch, in die er von Zeit zu Zeit einen Kuchen tunkte, nachdem er ihn mit Honig bestrichen hatte.

„Malluch verspätet sich heute," sagte er und verriet dadurch, wo seine Gedanken weilten.

„Glaubst du, daß er noch kommen wird?" fragte Esther.

„Wenn er sich nicht auf das Meer oder in die Wüste begeben hat, wird er kommen."

„Auch ich wünsche, daß er komme," sagte sie leise.

„Warum wünschest du das?" fragte er in demselben Tone.

„Weil ..." Sie zögerte. Dann begann sie wieder: „Weil der junge Mann –" Sie beendigte den Satz nicht.

„Unser Herr ist – ist das das Wort?"

„Ja!"

„Und du meinst noch immer, ich solle ihn nicht fortgehn lassen, ohne ihm zu sagen, er möge kommen, wenn es ihm gefalle, und uns und alles, was wir haben, nehmen – alles, Esther: die Waren, das Geld, die Schiffe, die Diener und den unbegrenzten Kredit, den der prächtigste der Engel des Menschen, der Erfolg, für mich wie einen Mantel aus Gold und feinstem Silber gewebt hat."

Er zog sie an sich und küßte sie.

„Sprich nicht so," bat sie, während seine Hände sich von ihrem Nacken lösten. „Denken wir besser von ihm; er weiß, was Sorge ist, und wird uns freilassen."

„Du hast ein feines Gefühl, Esther, und ich richte mich nach demselben in zweifelhaften Fällen, wie du weißt, wenn es gilt, ein richtiges Urteil über den Charakter eines Menschen zu bilden, der vor dir steht, wie jener heute morgen. Aber, aber" – seine Stimme hob sich und klang hart – „diese Glieder, die meinen

Körper nicht mehr tragen, dieser zur Unförmlichkeit gezerrte und zerschlagene Leib ist nicht alles, was ich ihm bringe. O nein, nein! Ich bringe ihm eine Seele, die über Folter und römische Bosheit, die noch schlimmer ist als jede Folter, gesiegt hat, ich bringe ihm einen Geist, der Augen hat, Gold auf eine weitere Entfernung zu sehen, als einst Salomos Schiffe segelten, und der die Macht hat, es herzuschaffen. Denn wisse, mein Kind, ich besitze die Fähigkeit, die Menschen meinen Zwecken dienstbar zu machen und zur treuen Förderung derselben zu zwingen. Dadurch vervielfältige ich mich selbst für meine Unternehmungen in die Hunderte und Tausende. So durchfahren die Kapitäne meiner Schiffe die Meere und bringen mir ehrlichen Gewinn. So folgt Malluch dem Jüngling, unserm Herrn, und wird" – in diesem Augenblicke hörte man auf der Terrasse Fußtritte – „ha, Esther, habe ich es nicht gesagt? Er ist hier – und wir werden Nachrichten erhalten. Um deinetwillen, süßes Kind, meine eben aufgeblühte Lilie, bitte ich Gott den Herrn, der die irrenden Schafe Israels nicht vergessen hat, daß sie gut und tröstlich seien."

Malluch trat zu dem Lehnstuhle.

„Friede sei mit dir, guter Herr," sagte er mit einer tiefen Verbeugung, „und mit dir, Esther, du edelste aller Töchter!" Er stand ehrerbietig vor ihnen. Haltung und Ansprache ließen sein Verhältnis zu ihnen schwer bestimmen, die eine war die eines Dieners, die andre offenbarte den Vertrauten und Freund. Anderseits ging Simonides nach Erwiderung des Grußes sofort auf die Sache über, wie er es in geschäftlichen Angelegenheiten zu tun pflegte.

„Was weißt du von dem jungen Manne, Malluch?"

Ruhig und mit einfachen Worten erzählte Malluch die Ereignisse des Tages, ohne unterbrochen zu werden; sein Zuhörer im Lehnstuhle bewegte während der Erzählung keine Hand. Hätten nicht seine weitgeöffneten, glänzenden Augen und ein gelegentliches tiefes Atemholen eines andern belehrt, so hätte man ihn für eine Bildsäule halten mögen.

„Dank, Dank, Malluch," sprach er zum Schlusse der Erzählung in herzlichem Tone. „Du hast gut gehandelt; niemand hätte es besser machen können. Nun, was sagst du über die Nationalität des jungen Mannes?"

„Er ist ein Israelite, guter Herr, und zwar aus dem Stamme Juda."

„Bist du dessen sicher?"

„Ganz sicher!"

„Er scheint dir nur wenig aus seinem Leben erzählt zu haben?“

„Er hat irgendwo gelernt, vorsichtig zu sein. Ich möchte ihn mißtrauisch nennen. Alle meine Versuche, sein Vertrauen zu gewinnen, blieben eitel, bis wir von der Quelle Kastalia aufbrachen, um nach dem Dorfe Daphne zu gehn.“

„Konntest du aus dem, was er sprach und tat, in irgendeiner Weise den Grundgedanken seines Handelns entdecken? Du weißt, man kann diesen im Umgang mit den Menschen nicht selten wie durch einen engen Spalt durchschimmern sehen.“

„Darüber kann ich dir, guter Simonides, eine bestimmte Antwort geben. Seine Hauptsorge ist, seine Mutter und Schwester zu finden. Zudem trägt er einen tiefen Groll gegen Rom im Herzen, und da Messala, von dem ich dir erzählte, an dem ihm zugefügten Unrecht in irgendeiner Weise beteiligt ist, so ist sein erstes großes Ziel, diesen zu demütigen. Das Zusammentreffen an der Quelle bot ihm dazu eine günstige Gelegenheit, er ließ sie jedoch vorübergehn, weil sie ihm nicht öffentlich genug war.“

„Gut; aber, Malluch, sein Rachegedanke – wie weit geht er? Beschränkt er sich auf die wenigen, die ihm das Unrecht zugefügt haben, oder dehnt er ihn auf die Gesamtheit aus? Du weißt, Malluch, der Rachegedanke, der bloß im Gefühl seine Wurzeln hat, gleicht nur einem flüchtigen Traume, den das Tageslicht verscheucht, während die Rache, zur Leidenschaft geworden, eine Krankheit des Herzens ist, die nach oben steigt, zum Gehirn, und sich an beiden zugleich nährt.“

Hier verriet Simonides zum ersten Male, daß er auch Gefühle habe; er sprach rasch, mit geballten Händen und mit dem Eifer eines Mannes, der die Krankheit, die er beschreibt, zugleich veranschaulicht.

„Mein guter Gebieter,“ erwiderte Malluch, „einer der Gründe, die mich in dem jungen Manne einen Juden erkennen lassen, ist eben die Stärke seines Hasses. Es war mir klar, daß er sich Selbstbeherrschung auferlegte, wie es natürlich ist, da er so lange in der Umgebung mißtrauischer Römer lebte; dennoch sah ich seinen Haß auflodern: einmal, da er sich über Ilderims Gesinnung gegen Rom erkundigte, und abermals, als ich ihm die Geschichte des Scheiks und jene des Weisen erzählte und von der Frage sprach: „Wo ist der neugeborene König der Juden?“„

Simonides blickte eine Weile auf die Schiffe, die sich mit ihren Schatten langsam auf dem Flusse schaukelten. Als er wieder aufsah, brach er die Unterredung ab. „Gut, Malluch!" sagte er. „Nimm einen Imbiß und mache dich bereit, nach dem Palmenhain zurückzukehren. Du mußt dem jungen Manne in seinem Unternehmen beistehn. Morgen früh melde dich noch bei mir, ich will dir ein Schreiben an Ilderim mitgeben." Dann fügte er halblaut, wie mit sich selbst sprechend, hinzu: „Ich könnte selbst den Zirkus besuchen."

Als sich Malluch entfernt hatte, nahm Simonides einen kräftigen Schluck Milch und schien erfrischt und zufriedenen Gemütes. „Komm hierher!" sagte er in innigem Tone zu Esther. „Ich bin alt, teures Kind, und muß bald von der Erde scheiden. Aber jetzt, in dieser elften Stunde, da meine Hoffnung zu ersterben begann, sendet er mir einen verheißungsvollen Lichtstrahl, und ich bin wieder aufgerichtet. Ich sehe meinen Weg zu einem großen Teile in einem Umstande, der an sich selbst so groß ist, daß er wie eine Wiedergeburt der ganzen Welt erscheint. Und ich sehe den Grund, warum mir dieser Reichtum zuteil wurde, und den Zweck, für den er bestimmt ist. Wahrlich, mein Kind, das Leben gewinnt aufs neue Wert für mich."

Esther schmiegte sich enger an ihn, wie um seine abschweifenden Gedanken auf die Gegenwart zu lenken.

„Der König ist geboren", fuhr er unbeirrt fort, „und muß nahe in der Mitte des gewöhnlichen Lebens stehen. Balthasar sagt, er sei ein Kind auf dem Mutterschoß gewesen, als er ihn sah, ihm Geschenke brachte und ihn anbetete. Und Ilderim hält dafür, es seien im vergangenen Dezember siebenundzwanzig Jahre gewesen, daß Balthasar und seine Gefährten zu seinem Zelte kamen, um vor Herodes Schutz zu suchen. Daher kann das Erscheinen des Königs nicht mehr lange auf sich warten lassen. Heute nacht, morgen kann er kommen. Heilige Väter Israels, welch eine Glückseligkeit liegt in diesem Gedanken! In meinen Gedanken, die sich nur um trockene Zahlen und Geschäfte drehen sollten, klingt es wirr von tönenden Zymbeln, rauschenden Harfen und jubelnden Stimmen einer einen neuerrichteten Thron umdrängenden Menge. Ich will meinen Gedanken nicht länger freien Lauf lassen, doch, teures Kind, wenn der König kommt, wird er Geld und Männer benötigen. Denn da er als Kind von einer menschlichen Mutter geboren wurde, wird er auch als Mensch erscheinen und menschlicher Mittel bedürfen wie du und ich. Das Geld muß ihm jemand beschaffen und verwahren, die Männer bedürfen eines Führers. Siehst du da nicht einen breiten Weg für uns beide, den Jüngling, unsern

Gebieter, und mich, den wir zu gehn haben? Er führt uns beide zu Ruhm und Rache, und – und –" er merkte das Selbstsüchtige des Planes, der ihr keinen Anteil und keine freudigen Aussichten gewährte, und hielt betroffen inne, dann fügte er, sie küssend, hinzu: „und das Kind deiner Mutter zum Glück."

Sie schwieg noch immer. Da erinnerte er sich der Verschiedenheit der menschlichen Naturen und des Gesetzes, demzufolge nicht alle Menschen an denselben Dingen Freude und vor demselben Gegenstande Furcht empfinden. Er erinnerte sich, daß seine Tochter nur Mädchen war.

„Woran denkst du, Esther?" fragte er in seiner gewöhnlichen freundlichen Weise. „Haben deine Gedanken die Form eines Wunsches, so sprich ihn aus, meine Kleine, solange mir noch die Macht bleibt, ihn zu erfüllen."

Sie antwortete mit fast kindlicher Unbefangenheit: „Sende nach ihm, Vater! Sende noch heute nach ihm und laß ihn nicht in den Zirkus!"

„Ah!" rief er gedehnt, und plötzlich überkam ihn ein Gefühl wie von Eifersucht. Ob sie etwa den jungen Herrn liebte? Nein, es konnte nicht sein, sie war zu jung! Allein der Gedanke kam wieder und ließ sich nicht mehr abwehren. Sie war sechzehn Jahre alt, und mit tiefem Schmerz dachte er jetzt an die Möglichkeit, daß sie diesem jungen Herrn ihre Gefühle weihen könnte, deren Wahrheit, Tiefe und Zärtlichkeit er, der Vater, so wohl kannte, da sie bisher ihm allein ungeteilt zugewendet wurden. Er zwang sich indes zur Selbstbeherrschung und fragte ruhig:

„Ihn nicht in den Zirkus lassen? Warum, mein Kind?"

„Der Zirkus ist kein Ort für einen Sohn Israels, Vater!"

„Rabbinerlehre, Esther, Rabbinerlehre! Ist das alles?" Der Ton der Frage war forschend und ging ihr ins Herz, das laut zu hämmern begann – so laut, daß sie nicht antworten konnte. Eine ihr ganz neue, sonderbar beseligende Verwirrung kam über sie.

„Der junge Mann soll das Vermögen erhalten," sagte, noch zärtlicher im Tone, ihr Vater, ihre Hand ergreifend; „die Schiffe und das Geld, alles soll er erhalten, Esther, alles. Trotzdem fühlte ich mich nicht arm, denn du bliebest mir und deine Liebe, die der Liebe meiner verstorbenen Rahel so ähnlich ist. Sag' mir, soll er auch diese erhalten?"

Sie beugte sich über ihn und lehnte ihre Wange an sein Haupt. „Sprich, Esther! Ich werde stark sein, wenn ich die Wahrheit weiß. In der Erkenntnis liegt Kraft!"

Sie richtete sich auf und sprach im Tone innerster Wahrheit: „Tröste dich, Vater, ich werde dich nie verlassen; mag er auch meine Liebe erhalten, ich werde stets, wie bisher, deine Dienerin bleiben."

Sie beugte sich herab und küßte ihn.

„Und ferner," fuhr sie fort, „sein Äußeres ist einnehmend, und der Klang seiner Stimme zog mich zu ihm hin. Ich schaudere bei dem Gedanken, daß er in Gefahr ist. Ja, Vater, es würde mir mehr als Freude bereiten, ihn wiederzusehen. Indes kann eine unerwiderte Liebe niemals vollkommene Liebe sein, ich will also eine Zeitlang zuwarten, dessen eingedenk, daß ich deine und meiner Mutter Tochter bin."

„Ein wahrer Himmelssegen bist du, Esther, ein Segen, der mich reich macht, sollte ich auch alles andere verlieren! Und bei Gottes heiligem Namen und beim ewigen Leben schwöre ich es, es soll dir nie ein Leid widerfahren!"

Auf seinen Befehl kam etwas später der Diener und rollte den Stuhl in das Zimmer zurück. Dort saß er noch einige Zeit und gedachte des kommenden Königs, während Esther, die sich bald zurückgezogen hatte, bereits den Schlaf der Unschuld schlief.

Sechzehntes Kapitel

Der Palast jenseits des Flusses und dem Hause des Simonides beinahe gegenüber soll durch den berühmten Epiphanes vollendet worden sein. Er war mit allem ausgestattet, was man in einer solchen Wohnung nur suchen kann, mochte auch der Geschmack seines Erbauers mehr dem Großartigen als dem zuneigen, was man heutzutage den klassischen Stil nennt, mit andern Worten, der persischen Baukunst vor der griechischen den Vorzug geben.

In einem mit überreicher Pracht ausgestatteten Gemach dieses weitläufigen Gebäudes war eine Gesellschaft von etwa hundert Personen versammelt, die teils an den Tischen standen oder saßen, teils auch durch den Raum umherwandelten. Es waren junge Römer, die, mit der heimischen Tunika bekleidet, sich hier unterhielten.

Ein lautes, unaufhörliches Stimmengesumme erfüllte den Saal, bisweilen von einem lärmenden Lachen, bisweilen von einem Ausbruch des Zornes oder Jubels unterbrochen. Doch alles übertönte ein scharfes, anhaltendes Geklapper, denn die Anwesenden vergnügten sich, einzeln oder in Gruppen, am damaligen Lieblingsspiel, dem Brett- und Würfelspiel.

Während sie so spielten, betrat eine andere Gesellschaft das Gemach und begab sich, zuerst unbeachtet, an den mittleren Tisch. Man merkte es ihnen an, daß sie von einem soeben beendeten Gelage kamen. Einige aus ihnen konnten sich nur mit Mühe auf den Füßen halten. Um die Stirn des Anführers wand sich ein Kranz, der ihn als den Vorsitzenden des Festes erkennen ließ, wenn er nicht selbst der Festgeber war. Der Wein hatte auf ihn nur die Wirkung gehabt, daß er die Schönheit seiner den römischen Typus tragenden männlich-kraftvollen Person noch erhöhte. Er trug den Kopf stolz erhoben, das Blut hatte seine Lippen und Wangen lebhaft gerötet, und seine Augen strahlten. Nur die Art und Weise, wie er, in eine fleckenlos weiße faltige Toga gehüllt, einherschritt, war zu aufdringlich selbstbewußt und hochfahrend, als daß man ihn hätte nüchtern nennen können. Auf dem Wege zum Tische machte er mit wenig Umständen und ohne Entschuldigung für sich und seine Begleiter Platz. Als er endlich stehn blieb und seine Blicke über den Tisch und die Spieler schweifen ließ, wandten sich alle ihm zu und begrüßten ihn mit lauten Zurufen.

„Messala, Messala!“ erscholl es ringsum.

Die weiter entfernt waren und den Ruf hörten, nahmen ihn auf, wo sie sich befanden. Sofort lösten sich die Gruppen auf, die Spiele wurden unterbrochen und alles drängte sich nach der Mitte des Saales.

Messala nahm diese Ehrenbezeigungen gleichmütig wie etwas Selbstverständliches hin und ließ alsbald den Grund seiner Beliebtheit erkennen.

„Auf dein Wohl, mein Freund Drufus,“ rief er dem Spieler zu seiner Rechten zu; „auf dein Wohl – laß mich auf einen Augenblick dein Täfelchen sehen!“

Er nahm die Wachstafeln, überblickte die darauf verzeichneten Einsätze und warf jene auf den Tisch.

„Denare, nichts als Denare, die Münze der Kärrner und Schlächter!“ sprach er mit verächtlichem Lachen. „Bei der trunkenen Semele, wohin soll Rom kommen, wenn ein Cäsar nächtelang dasitzt und aus Fortunas Gunst wartet, ob sie ihm einen bettelhaften Denar zuwirft!“

Der Sprößling aus dem Geschlechte der Drusier errötete bis an die Schläfen, aber die Umstehenden drängten sich enger um den Tisch und übertönten seine Antwort mit dem Rufe:

„Messala! Messala!“

„Männer vom Tiber,“ fuhr Messala fort, indem er einem der Umstehenden den Würfelbecher aus der Hand nahm, – „wer ist der von den Göttern am meisten Begünstigte? Der Römer! Wer ist es, der den Völkern Gesetze gibt? Der Römer! Wer ist nach dem Rechte des Schwertes der Beherrscher der Welt?“

Die Gesellschaft war der Begeisterung leicht zugänglich, der angedeutete Gedanke ihr von Jugend auf vertraut, und so riefen sie alle, ihm die Antwort aus dem Munde nehmend:

„Der Römer, der Römer!“

„Dennoch – dennoch“ – er hielt inne, um seine Zuhörer gespannt zu machen – „dennoch gibt es einen Besseren als den besten Mann Roms!“

Er schüttelte stolz sein Patrizierhaupt und schwieg, als wollte er sie mit seinem höhnischen Lachen reizen.

„Hört ihr?“ fragte er. „Es gibt einen Besseren als den besten Mann Roms!“

„Nenne ihn, nenne ihn!“ drangen sie in ihn.

„Ich werde es,“ sagte er nach eingetretener Stille. „Es ist derjenige, welcher zur Vollkommenheit Roms die Vollkommenheit des Ostens hinzufügt, derjenige, welcher neben dem welterobernden Schwerte, das der Westen hat, auch die Kunst kennt, die Herrschaft zu genießen. Und diese lehrt der Osten.“

„Beim Apollo! Sein Bester ist also doch ein Römer!“ rief einer der Umstehenden. Es folgte lautes Lachen und anhaltendes Händeklatschen, ein Beweis, daß Messala Beifall fand.

„Im Osten“, fuhr er fort, „haben wir keine Götter, nur Wein, Weiber und Glück, und das beste von allem ist das Glück. Daher ist unser Wahlspruch: Wer wagt, was ich wage? – ein Wahlspruch, passend für den Senat, passend für das Schlachtfeld, am passendsten aber für den, der das Beste sucht und dem Schlimmsten dabei Trotz bietet.“

Seine Stimme sank in einen leichten, vertraulichen Ton, ohne indes von ihrem Eindruck etwas zu verlieren.

„In der großen Kiste oben in der Zitadelle habe ich fünf Talente in gangbarer Münze, hier sind die Quittungen dafür.“

Er zog eine Papierrolle aus seiner Tunika, warf sie auf den Tisch und fuhr unter lautloser Stille fort, während aller Augen auf ihn gerichtet waren und jedes Ohr lauschte: "Die Summe hier ist das Maß dessen, was ich wage. Wer aus euch wagt ebensoviel? Ihr schweigt. Ist die Summe zu groß? Ich will ein Talent streichen. Wie, ihr schweigt noch immer? Nun denn, so würfelt mir einmal um diese drei Talente – nur drei! Um zwei, um eins – wenigstens eins – eins zur Ehre des Flusses, an dem ihr geboren seid – Rom im Osten gegen Rom im Westen! – Der barbarische Orontes gegen den heiligen Tiber!"

Er schüttelte den Würfelbecher über dem Kopfe und wartete. „Der Orontes gegen den Tiber!" wiederholte er mit steigendem Nachdruck und in spöttelndem Tone.

Niemand rührte sich; da warf er den Becher auf den Tisch und nahm lachend die Quittungen wieder zu sich.

„Hahaha! Beim olympischen Jupiter! Jetzt weiß ich es, ihr müßt erst euer Glück machen oder verbessern; darum seid ihr nach Antiochien gekommen. He, Cäcilius! Geh in das Gemach, aus dem wir kamen, und sage den Dienern, daß sie Weinkrüge, Becher und Trinkschalen bringen. Haben unsere glücksuchenden Landsleute hier auch keine Beutel, so will ich, beim syrischen Bacchus, doch sehen, ob sie mit Mägen nicht besser gesegnet sind! Beeile dich!"

Dann wandte er sich zu Drusus und sagte unter lautem Lachen, daß man es im ganzen Saale hören konnte:

„Haha, mein Freund! Sei nicht ungehalten, daß ich den Cäsar in dir bis zu den Denaren erniedrigte. Wie du siehst, brauchte ich nur den Namen, um diese netten, kaum flügge gewordenen Jünglinge unseres alten Rom auf die Probe zu stellen. Komm, mein Drusus, komm!" Er nahm den Becher wieder zur Hand und schüttelte lustig die Würfel. „Hier, versuchen wir unser Glück, um welche Summe du willst!"

Seine Stimme klang offen, herzlich und gewinnend. Drusus war im Augenblick besänftigt.

„Bei den Nymphen, ja!" sprach er lachend. „Ich will mit dir würfeln, Messala, aber – um einen Denar." Messala wollte zu würfeln beginnen, doch Drusus unterbrach ihn mit einer Frage: „Hast du je einen gewissen Quintus Arrius gesehen?"

„Den Duumvir?"

„Nein, seinen Sohn!“

„Ich wußte nicht, daß er einen Sohn hatte.“

„Nun, es hat nichts zu bedeuten,“ setzte Drusus gleichgültig hinzu; „nur sah Pollux seinem Bruder Kastor nicht ähnlicher als Arrius dir, Messala, ähnlich sieht.“

Diese Bemerkung wirkte wie ein Signal: zwanzig Stimmen nahmen sie auf.

„Wirklich, wirklich!“ riefen sie. „Seine Augen – sein Gesicht!“

„Wie!“ entgegnete ein anderer unwillig. „Messala ist ein Römer, Arrius ein Jude.“

„Nun, mag er Jude oder Römer sein,“ fuhr Drusus fort. „Dieser Arrius ist schön, tapfer und klug. Der Kaiser bot ihm Huld und Gunst an, er aber schlug sie aus. In den Kampfschulen war ihm niemand ebenbürtig, er spielte mit den blauäugigen Riesen vom Rhein und den ungehörnten Stieren aus Sarmatien, als ob sie Weidenbüschel seien. Der Duumvir hinterließ ihm unermeßlichen Reichtum. Er liebt leidenschaftlich die Waffen und denkt an nichts anderes als an Krieg. Maxentius zog ihn in seine Umgebung, und er hätte sich mit uns einschiffen sollen, allein in Ravenna verloren wir seine Spur. Gleichwohl kam er wohlbehalten hier an. Wir hörten heute morgen von ihm. Aber bei Apollo, statt zum Palast zu kommen oder in die Zitadelle zu gehn, gab er sein Gepäck in der Herberge ab und ist wieder verschwunden.“

Beim Beginn der Erzählung hörte Messala mit vornehmer Gleichgültigkeit zu, in ihrem weiteren Verlaufe wurde er aufmerksamer. Am Schlusse erhob er seine Hand vom Würfelbecher und rief:

„He, Cajus, hörst du?“ Ein Jüngling an seiner Seite, sein Myrtilus, antwortete, über diese Aufmerksamkeit erfreut: „Täte ich es nicht, so wäre ich dein Freund nicht, Messala.“

„Erinnerst du dich des Mannes, dem du heute deinen Sturz zu verdanken hattest?“

„Bei den Locken des Bacchus! Habe ich nicht eine gequetschte Schulter, mein Gedächtnis zu unterstützen?“ Er zog bei diesen Worten die Schultern in die Höhe, daß die Ohren darin verschwanden.

„Nun, so danke den Schicksalsgöttinnen – ich habe deinen Feind gefunden. Höre!“

Jetzt wandte sich Messala an Drusus.

„Erzähle uns mehr von ihm – von ihm, der Jude und Römer zugleich ist – bei Phöbus, eine Zusammenstellung, die selbst einen Centauren lieblich erscheinen läßt! Was für Kleidung trägt er mit Vorliebe, Drusus?“

„Die der Juden.“

„Hörst du, Cajus?“ sagte Messala. „Der Mensch ist jung – eins; er hat das Gesicht eines Römers – zwei; er trägt die Kleidung eines Juden – drei; in den Kampfschulen findet er Ruhm und Glück, wirft ein Pferd nieder oder stürzt einen Wagen um, je nachdem es notwendig ist – vier. Nun, Drusus, du sprachst, glaube ich, von Geheimnissen in Verbindung mit dem Erscheinen dieses Sohnes des Arrius. Erzähle mir davon!“

„Es ist weiter nichts, Messala,“ erwiderte Drusus; „nur eine Kindergeschichte. Als Arrius, der Vater, zur Verfolgung der Piraten absegelte, hatte er weder Weib noch Kind. Er kehrte mit einem Jüngling – von dem eben die Rede ist – heim und adoptierte ihn am folgenden Tage.“

„Adoptierte ihn?“ wiederholte Messala. „Bei den Göttern, Drusus, du machst mich neugierig! Wo hat der Duumvir den Jüngling gefunden und wer war er?“

„Wer kann deine Frage beantworten, Messala, außer dem jungen Arrius selbst? In der Schlacht verlor der Duumvir – damals noch Tribun – seine Galeere. Ein zurückkehrendes Schiff fand ihn und noch einen, die einzigen, die von der Schiffsmannschaft gerettet wurden, auf demselben Brett im Wasser treibend. Sie sagen, der Gefährte des Duumvirs auf dem Brett sei ein Galeerensklave gewesen.“

Messala, der bisher an den Tisch gelehnt gestanden war, richtete sich auf.

„Ein Galeerensklave!“ – Es kostete ihm sichtlich Überwindung, das erniedrigende Wort auszusprechen, und wohl zum ersten Male in seinem Leben blickte er verlegen um sich. In diesem Augenblick erschienen Sklaven, in einer Reihe hintereinander gehend, im Saale und brachten große Krüge mit Wein, andere Körbe mit Früchten und Konfekt, wieder andere Becher und Flaschen, größtenteils aus Silber. Der Anblick brachte neues Leben in die Gesellschaft. Messala sprang alsbald auf einen Stuhl.

„Männer vom Tiber,“ rief er mit klarer Stimme, „laßt uns dieses Warten auf unsern Feldherrn in ein Bacchusfest verwandeln. Wen wählet ihr zum Vorsitzenden?“

Drusus erhob sich.

„Wer anders als der Festgeber soll den Vorsitz führen?“ sagte er. „Antwortet, Römer!“

Sie antworteten mit lautem Beifallsgeschrei.

Messala nahm den Kranz von seinem Kopfe herab und reichte ihn Drusus, der auf den Tisch stieg und ihn feierlich im Angesichte aller auf Messalas Kopf zurücksetzte, ihn so zum Vorsitzer des Gelages krönend.

„Es kamen mit mir“, sprach dieser, „einige Freunde hierher, die eben von einem Mahle aufgestanden waren. Damit unser Fest einen ehrwürdigen Brauch wahre, bringt denjenigen derselben hierher, der am meisten vom Wein überwältigt ist.“

Als Antwort hörte man verschiedene Stimmen durcheinander rufen: „Hier ist er, hier ist er!“ Man hob einen Jüngling vom Boden auf, wo er in seiner Trunkenheit liegen geblieben war, und brachte ihn herbei. Wegen seiner Schönheit und seines verweichlichten Aussehens hätte er wohl als der Gott des Weines selbst gelten mögen – nur wäre der Kranz von seinem Haupte gesunken und der Thyrsusstab seiner Hand entfallen.

„Hebt ihn auf den Tisch!“ befahl der Vorsitzer.

Man fand, daß er nicht sitzen konnte.

„Hilf ihm, Drusus, wie die schöne Nyone dir helfen möge!“

Drufus nahm den Berauschten in seine Arme.

Dann rief Messala unter dem tiefsten Schweigen, zur schlotterigen Gestalt gewendet: „O Bacchus, größter der Götter, sei uns diese Nacht gnädig! Für mich und diese deine Verehrer weihe ich dir diesen Kranz“ – er nahm ihn ehrfurchtsvoll vom Kopfe ab – „und widme ihn deinem Altar im Haine der Daphne.“

Er machte eine Verbeugung, setzte den Kranz wieder aus seine Locken und deckte, sich über den Tisch neigend, die Würfel ab, indem er lachend sprach: „Sieh, Drusus, beim Esel des Silen, der Denar ist mein!“

Es folgte ein Beifallssturm, daß der Boden erzitterte: die Orgie begann.

Siebzehntes Kapitel

Scheik Ilderim war ein Mann von zu großer Bedeutung, als daß er mit bescheidenem Aufzug hätte erscheinen können. Er mußte sein Ansehen wahren seinem Stamme gegenüber, wie es einem Fürsten und dem mächtigsten Patriarchen der ganzen Wüste östlich von Syrien geziemte. Anders geartet war sein Ruf bei den Bewohnern der Städte, diesen galt er als einer der reichsten Männer von nicht königlichem Range im ganzen Osten. Und da er in der Tat reich war, an Geld sowohl wie an Dienern, Kamelen, Pferden und Herden aller Art, hatte er eine besondere Vorliebe für einen gewissen Prunk und Staat, der nicht nur sein Ansehen bei Fremden erhöhte, sondern auch seinen persönlichen Stolz befriedigte und ihm ein behagliches Leben gewährte. Er besaß auch wirklich ein ansehnliches Douar oder Zeltdorf, das durch eine erprobte Leibwache geschützt wurde.

Ilderim beobachtete alle Gebräuche seines Volkes, ohne auch nur den unbedeutendsten abzuändern. Daher war sein Leben im Haine nur die Fortsetzung seines Lebens in der Wüste, noch mehr, es war die treue Verwirklichung der patriarchalischen Sitten der Vorzeit, das echte Hirtenleben des alten Israel.

Wie ein bevorzugter Gast wurde Ben Hur, als ihn Malluch verlassen hatte, in das Prachtzelt Ilderims geführt. Diener banden ihm die römischen Schuhe aus und vertauschten seine staubigen Oberkleider mit frischen aus weißem Linnen.

„Tritt im Namen Gottes ein und ruhe dich aus!“ sagte der Wirt herzlich zu seinem Gaste in der Sprache des Marktplatzes von Jerusalem und geleitete ihn sofort zum Diwan.

„Ich will mich hierher setzen,“ sprach er, mit der Hand hinzeigend, „und der Fremdling mag da Platz nehmen.“

Eine Magd entsprach dem Winke und ordnete mit flinker Hand die Kissen und Polster zur Stütze für den Rücken. Dann ließen sie sich zu beiden Seiten des Diwans nieder. Indes brachte ein Diener Wasser frisch vom See, wusch ihre Füße und trocknete sie mit Tüchern ab.

„In der Wüste“, begann Ilderim, seinen Bart zusammennehmend und mit den schlanken Fingern seiner Hand kämmend, „pflegt man zu sagen: „Ein guter Appetit verspricht ein langes Leben.“ Hast du solchen?“

„Nach diesem Spruch, guter Scheik, werde ich hundert Jahre alt. Ich bin wie ein hungriger Wolf vor deiner Tür," erwiderte Ben Hur.

„Nun, du sollst nicht fortgeschickt werden wie ein Wolf. Ich werde dir das beste meiner Herde geben." Ilderim klatschte in die Hände.

„Suche den Fremden im Gastzelte auf und sage ihm, daß ich mir noch einem Gaste zurückgekehrt bin, der mit mir Brot brechen wird. Und wenn Balthasar, der Weise, erscheinen will, werden wir unser drei das Brot teilen, der Anteil der Vögel wird darum nicht geringer sein."

Der Diener entfernte sich.

„Nun wollen wir der Ruhe pflegen."

Ilderim streckte sich aus dem Diwan aus, wie noch heute die Kaufleute in den Bazars von Damaskus aus ihren Wollteppichen zu sitzen pflegen. Als er bequem saß, ließ er ab, den Bart zu streichen und sprach in ernstem Tone: „Daß du mein Gast bist und meinen Leban getrunken hast und bald auch mein Salz kosten wirst, sollte nicht verbieten zu fragen: Wer bist du?"

„Scheik Ilderim," entgegnete Ben Hur, ruhig seinen festen Blick aushaltend, „ich bitte dich, nicht von mir zu denken, daß ich deine Frage unberechtigt finde; allein gab es in deinem Leben nie eine Zeit, wo die Beantwortung einer solchen Frage ein Verbrechen an dir selbst gewesen wäre?"

„Beim Glanze Salomos, ja!" antwortete Ilderim. „Verrat an sich selbst ist bisweilen ebenso verächtlich wie Verrat am ganzen Stamme."

„Dank, Dank, guter Scheik!" rief Ben Hur aus. „Nie hat eine Antwort dir mehr Ehre gemacht als diese. Nun weiß ich, daß du zur Rechtfertigung des Vertrauens, um das ich dich bitte, nur eine feierliche Versicherung von meiner Seite verlangst und daß diese Versicherung dir mehr gilt als die Geschichte meines traurigen Lebens."

Der Scheik seinerseits machte eine Verbeugung und Ben Hur beeilte sich, seinen Vorteil zu verfolgen.

„So beliebe es dir denn," sagte er, „zu hören: Erstens, ich bin kein Römer, wie der Name, der dir als der meinige angegeben wurde, vermuten läßt."

Ilderim umfaßte mit der Hand seinen wallenden Bart und blickte unter den dichten, zusammengezogenen Brauen, mit den Augen etwas blinzelnd, scharf auf den Sprecher.

„Zweitens," fuhr Ben Hur fort, „ich bin ein Israelite aus dem Stamme Juda."

Der Scheik zog seine Brauen etwas in die Höhe.

„Nicht nur das, Scheik! Ich bin ein Jude, der gegen Rom eine Beschwerde hat, der gegenüber die deinige nur wie der Kummer eines Kindes erscheint."

Der Greis strich mit nervöser Hast seinen Bart und senkte die Brauen so tief, daß selbst das Blinzeln der Augen darunter verschwand.

„Ferner: ich schwöre dir, Scheik Ilderim – ich schwöre es beim Bunde, den der Herr mit meinen Vätern geschlossen – wenn du mir nur zur Rache hilfst, die ich suche, so soll der Gewinn und der Ruhm des Rennens dein sein."

Ilderims Brauen verloren den strengen Ausdruck, sein Kopf hob sich, sein Antlitz begann zu strahlen. Man konnte beinahe mit den Augen die Befriedigung sehen, die in ihn eingekehrt war.

„Genug!" sagte er. „Wenn an der Wurzel deiner Zunge eine Lüge verborgen liegt, dann wäre selbst Salomo vor dir nicht sicher gewesen. Daß du kein Römer bist, daß du als Jude eine Beschwerde gegen Rom hast und mit Racheplänen umgehst, glaube ich dir; und in dieser Hinsicht sage ich: Genug! Aber was deine Fertigkeit betrifft: welche Erfahrung hast du im Wagenrennen? And die Pferde – verstehst du sie zu gefügigen Werkzeugen deines Willens zu machen? Kannst du sie lehren, dich zu kennen, auf deinen Ruf zu kommen, wenn du es sagst, zu rennen, bis Kraft und Atem sie verläßt? Und zumal, kannst du sie in Augenblicken der Gefahr durch einen schrillen, aus deinem tiefsten Innern dringenden Laut anspornen, daß sie auch das Unmögliche vollbringen? Diese Gabe, mein Sohn, ist nicht jedem gegeben! – Heda!"

Ein Diener trat ein. "Laß meine Araber kommen!"

Der Mann schob den Vorhang, der das Zelt teilte, etwas zurück. Dadurch wurde eine Gruppe Pferde sichtbar, die einen Augenblick unschlüssig an ihrem Platze stehn blieben, wie um sich der Einladung zu vergewissern.

„Kommt," rief Ilderim ihnen zu. „Was steht ihr dort? Was habe ich, was nicht euer ist? Kommt, sag' ich!"

Sie schritten langsam herein.

„Sohn Israels," nahm der Scheik wieder das Wort, „dein Moses war ein mächtiger Mann, aber ich muß lachen, wenn ich daran denke, daß er deinen Vätern den schwerfälligen Ochsen und den stumpfsinnigen, trägen Esel gestattete, den Besitz von Pferden aber untersagte. Glaubst du, er hätte es getan, wenn er nur dieses hier und dieses und jenes gesehen hätte?“ Bei diesen Worten legte er dem ihm zunächst stehenden Pferde die Hand auf die Stirn und streichelte es mit unendlichem Stolze und voll Zärtlichkeit.

„Du urteilst falsch, Scheik, ganz falsch!“ sagte Ben Hur mit Wärme. „Moses ist ein Krieger ebensogut wie ein gottgeliebter Gesetzgeber; und in den Krieg ziehen – ah, was heißt es anders als alle ihm dienenden Geschöpfe lieben, diese da mit den anderen?“

„Wisse,“ sagte der Scheik, „Gott gab dem ersten Araber eine unermeßliche Sandwüste mit einigen baumlosen Bergen und vereinzelten Quellen bitteren Wassers und sprach zu ihm: „Sieh, dein Land.“ Und als der Arme klagte, erbarmte sich der Allmächtige seiner und sprach wieder: „Sei guten Mutes! Denn ich will dich zweifach vor den anderen Menschen segnen.“ Der Araber hörte es, dankte und machte sich voll Glauben auf den Weg, die Segnungen zu finden. Er wanderte zuerst allen Grenzen entlang und fand nichts. Dann bahnte er sich einen Pfad in die Wüste hinein und wanderte weiter und weiter – und sieh, im Herzen der Wüste war eine grüne Insel, herrlich anzusehen, und im Herzen der Insel war eine Herde Kamele und eine Herde Pferde! Er nahm sie freudig in Besitz und pflegte sie mit Sorgfalt als das, was sie waren, die besten Gaben Gottes. Und aus jener grünen Insel stammen alle Pferde der Erde. Sie kamen selbst bis zu den Weiden Nisäas und nordwärts bis in die düsteren Täler, die beständig von den Stürmen des Meeres der kalten Winde gepeitscht werden. Bezweifle nicht die Wahrheit der Erzählung, oder wenn du es tust, soll nie wieder ein Amulett für einen Araber Zauberkraft besitzen. Ja, ich will dir auch die Beweise vorlegen.“

Er klatschte in die Hände.

„Bring mir die Register des Stammes,“ befahl er dem eintretenden Diener.

Bis diese gebracht wurden, spielte der Scheik mit den Pferden, streichelte sie am Kopfe, kämmte ihre Stirnlocken mit seinen Fingern und gab jedem ein Zeichen seines Wohlwollens. Bald erschienen sechs Diener mit Kisten aus Zedernholz, die mit starken Messingbändern beschlagen und mit ebensolchen Scharnieren und Schlössern versehen waren.

„Nein,“ sprach Ilderim, als sie alle neben den Diwan hingesetzt hatten, „ich meinte nicht alle; nur das der Pferde – jene Kiste dort! Öffnet sie und tragt die anderen wieder zurück!“ Die Kiste wurde eröffnet. Sie enthielt eine Menge von

Elfenbeintäfelchen, die an Ringen aus Silberdraht aufgereiht waren. Da die Täfelchen kaum dicker als Oblaten waren, hielt jeder Ring mehrere Hundert derselben.

„Ich weiß," sprach Ilderim, einige Ringe in die Hand nehmend, „ich weiß, mein Sohn, mit welcher Sorgfalt und Gewissenhaftigkeit die Schriftgelehrten des Tempels in der heiligen Stadt die Namen der Neugeborenen eintragen, daß jeder Sohn Israels sein Geschlecht bis zum Anfange zurückverfolgen kann, wenn es auch bis in die Zeit vor den Patriarchen reichen sollte. Meine Väter – möge ihr Andenken stets lebendig bleiben! – hielten es nicht für sündhaft, diese Idee zu entlehnen und auf ihre stummen Gehilfen zu übertragen. Sieh diese Täfelchen!" Ben Hur nahm die Ringe und legte die Täfelchen auseinander. Er sah, daß sie arabische Hieroglyphen trugen, die eine ungeübte Hand mit einer glühenden Metallspitze auf die glatte Fläche eingebrannt hatte.

„Kannst du sie lesen, Sohn Israels?"

„Nein! Du mußt mir ihre Bedeutung erklären."

„So wisse denn: jedes Täfelchen bewahrt den Namen eines Füllens reiner Rasse, das seit Hunderten von Jahren meinen Vätern geboren wurde, ebenso die Namen der Eltern. Nimm sie in die Hand und beachte ihr Alter, damit du um so williger glaubst."

Einige der Täfelchen waren beinahe ganz abgenutzt und unleserlich; alle waren gelb vor Alter.

„In der Kiste hier, kann ich dir sagen, bewahre ich die vollständige Geschichte meiner Pferde auf; ich sage vollständige Geschichte, weil sie beglaubigt ist, wie selten die Menschengeschichte. Sie zeigt die Abstammung aller dieser Tiere – dieses hier und jenes, das eben um deine Beachtung und Liebkosung bittet. Und diesen Pferden verdanke ich, daß mein Alter den Schrecken nicht vermindert hat, den mein Erscheinen auf den Verkehrsstraßen zwischen den Städten verbreitet. Und es mag dir genügen, wenn ich dir sage, daß sie noch nie auf der Flucht eingeholt worden und, beim Schwerts Salomos, auch nie in der Verfolgung zurückgeblieben sind! Das, wohlgemerkt, war im Wüstensande und unter dem Sattel. Aber jetzt bin ich – ich weiß nicht wie – besorgt, denn sie sind das erstemal eingespannt und der Vorbedingungen des Erfolges gibt es so viele. Den nötigen Ehrgeiz, die Schnelligkeit und die Ausdauer besitzen sie. Finde ich nur für sie einen Meister, so gewinnen sie. Sohn Israels! bist du der Mann, so schwöre ich, es soll ein glücklicher Tag sein, der dich hierherführte. Nun sprich von dir selbst!"

„Jetzt begreife ich," sagte Ben Hur, „warum bei dem Araber gleich nach den Kindern das Pferd als nächster Gegenstand seiner Liebe kommt, und weiß auch, warum die arabischen Pferde die besten der Welt sind. Doch höre mich an, guter Scheik. Morgen will ich auf einer dieser Wiesenflächen dir eine Probe meines Könnens geben, für heute aber muß ich dir folgendes sagen: Diese deine Kinder der Wüste mögen einzeln die Schnelligkeit des Adlers und die Ausdauer des Löwen besitzen, aber ich sage dir, sie werden deine Erwartungen täuschen, wenn sie nicht gewöhnt werden, zusammen unter dem Joche zu laufen. Denn bedenke, Scheik, daß bei jedem Viergespann ein Pferd das schnellste und eines das langsamste ist. Und während das Rennen sich immer nach dem langsamsten entscheidet, bereitet das schnellste stets die Schwierigkeit. Gelingt es mir nun, die Tiere meinem Willen zu unterwerfen und dahinzubringen, daß alle vier wie eines laufen, dann sollst du die Sesterzien und den Siegeskranz und ich werde meine Rache haben. Was sagst du dazu?"

Ilderim hörte aufmerksam zu und strich sich den Bart. Als Ben Hur geendet hatte, antwortete er lachend:

„Ich denke besser von dir, Sohn Israels. Morgen sollst du die Pferde haben."

In diesem Augenblick entstand am hinteren Eingange des Zeltes eine Bewegung.

„Das Mahl wird bereitet, und dort kommt mein Freund Balthasar, mit dem du bekannt werden sollst. Er hat eine Geschichte zu erzählen, die anzuhören ein Israelite niemals müde werden dürfte."

Und zu den Dienern sprach er:

„Bringt die Register hinweg und führet meine Schätze an ihren Ort zurück."

Sie taten, wie ihnen befohlen war.

Inzwischen wurde Balthasar zum Diwan geleitet, wo ihn Ilderim und Ben Hur stehend empfingen. Ein loses schwarzes Gewand umhüllte seine ganze Gestalt. Sein Schritt war unsicher, seine Bewegungen langsam und bedächtig, er konnte offenbar die Hilfe seines langen Stabes und den stützenden Arm eines Dieners nicht entbehren.

„Friede sei mit dir, mein Freund," sprach Ilderim ehrfurchtsvoll, „Friede und Willkommen!"

Der Ägypter erhob das Haupt und antwortete: „Und mit dir, guter Scheik, mit dir und den Deinigen, Friede und Segen des einen Gottes – des wahren und lebendigen Gottes!"

Die Art seines Auftretens war edel und würdevoll und erfüllte Ben Hur mit Ehrfurcht. Zudem war der im Gruß enthaltene Segenswunsch zum Teil an ihn gerichtet gewesen und dabei hatte der greise Gast seine hohlen, aber leuchtenden Augen lange genug auf ihm ruhen lassen, um eine neue, geheimnisvolle, mächtige Bewegung in ihm hervorzurufen, so daß er während des Mahles immer wieder auf das faltige, bleiche Gesicht blicken mußte, um in dessen Zügen zu lesen. Aber es zeigte immer denselben milden, sanften, vertrauensvollen Ausdruck wie das Antlitz eines Kindes. Ein wenig später hatte er sich überzeugt, daß dieser Gesichtsausdruck ihm eigen war.

„Hier, Balthasar," sprach der Scheik, seine Hand auf Ben Hurs Arm legend, „hier ist der Mann, der heute abend mit uns Brot brechen wird."

Der Ägypter blickte lange und forschend auf den jungen Mann; er schien überrascht und im Zweifel. Dies bemerkend, fuhr der Scheik fort: „Ich habe ihm für morgen meine Pferde zu einem Versuche versprochen; wenn alles gut geht, wird er sie in den Zirkus führen."

Balthasars Blick ruhte noch immer auf dem Jüngling. „Heute, edler Scheik, war mein Leben in Gefahr und wäre verloren gewesen, wenn nicht ein Jüngling, das vollkommene Ebenbild dieses hier – wenn er nicht derselbe ist – dazwischengetreten wäre und mich gerettet hätte." Dann wandte er sich an Ben Hur selbst und fragte ihn: „Warst nicht du es?"

„Ich kann auf die Frage nur zum Teil antworten," erwiderte Ben Hur mit rücksichtsvoller Bescheidenheit. „Ich war es, der die Pferde eines übermütigen Römers anhielt, als sie an der Quelle Kastalia auf dein Kamel losstürmten. Deine Tochter gab mir einen Becher."

Er zog den Becher aus dem Busen seiner Tunika hervor und gab ihn Balthasar.

Das welke Antlitz des Ägypters färbte sich lebhafter.

„Der Herr sandte dich mir heute an der Quelle," sprach er mit bebender Stimme und streckte seine Hand gegen Ben Hur aus, „und er sendet dich mir auch jetzt. Ihm danke ich; preise auch du ihn, denn seine Güte macht es mir möglich, dich reichlich zu belohnen, und ich werde es tun. Der Becher ist dein, behalte ihn."

Ben Hur nahm das Geschenk zurück und Balthasar erzählte, den fragenden Ausdruck auf Ilderims Gesicht bemerkend, den Vorfall an der Quelle.

„Wie!" rief der Scheik, zu Ben Hur gewandt. „Du sagtest mir nichts davon, da du doch keine bessere Empfehlung hättest bringen können! Bin ich nicht ein Araber und Scheik eines Stammes von Zehntausenden? Und ist er nicht mein Gast? Und verpflichtet mich nicht mein Gastrecht, das Gute oder Üble, das ihm zugefügt wird, als mir getan zu betrachten? Wo anders solltest du deine Belohnung empfangen, wenn nicht hier? Wessen Hand sollte sie reichen, wenn nicht die meinige?" Und zu Balthasar gewandt, fügte der Scheik hinzu: „Ah, bei der Herrlichkeit Gottes, ich sage dir nochmals: er ist kein Römer!" Hiermit kehrte er sich um und wandte sich den Dienern zu, die die Vorbereitungen für die Mahlzeit beinahe vollendet hatten. Ben Hur reichte Balthasar seinen Arm und führte ihn zum Tische, wo sie sich nach morgenländischer Art auf die Wolldecken niederließen. Es wurden die Waschschüsseln gebracht und sie wuschen und trockneten sich die Hände. Dann gab der Scheik ein Zeichen, die Diener standen still, und zitternd vor heiliger Ehrfurcht erklang die Stimme des Ägypters:

„O Gott, Vater aller! Was wir haben, ist von dir! Empfange unseren Dank und segne uns, daß wir auch ferner stets deinen Willen tun mögen!"

Der Tisch, dem sie jetzt ihre Aufmerksamkeit widmeten, bot, wie es sich leicht denken läßt, die nahrhaftesten und feinsten Gerichte des Morgenlandes in reichlicher Auswahl: Kuchen, heiß vom Ofen, Gemüse aus den Gärten, verschiedene Fleischgerichte, allein und mit Gemüse, Milch, Honig und Butter folgten nacheinander. Bei diesem ersten Teil der Mahlzeit wurde wenig gesprochen, denn sie waren hungrig; beim Nachtisch wurde es anders. Sie wuschen sich nochmals die Hände und schüttelten die Tücher, die sie auf dem Schoße liegen hatten, aus. Und nun, nachdem ihr erster Hunger gestillt und der Tisch aufs neue gedeckt war, lösten sich ihre Zungen zu einer lebhaften Unterhaltung.

Die Schatten, die bei Sonnenuntergang sich von den Bergen aus über den Palmenhain ausbreiteten, ließen jener wohltuenden Dämmerung mit dem veilchenblauen Himmel über der einschlummernden Erde, die sonst den Tag von der Nacht scheidet, keinen Raum. Die Nacht kam früh und plötzlich. Gegen das im Zelt einbrechende Dunkel brachten die Diener vier Leuchter aus Messing und stellten sie an den vier Ecken auf den Tisch. Jeder Leuchter hatte vier Arme und auf jedem Arme befand sich eine brennende Lampe aus Silber und ein Gefäß mit Vorrat an Olivenöl. Unter dem ausreichenden, ja hellen Lichte setzten die Tischgenossen ihre Unterhaltung fort. Sie sprachen die syrische Mundart, die allen Völkern in jenem Weltteil geläufig war.

Der Ägypter erzählte die Geschichte der Begegnung der drei Männer in der Wüste und pflichtete dem Scheik bei, daß es im Dezember siebenundzwanzig Jahre gewesen seien, seit er und seine Gefährten auf der Flucht vor Herodes in seinem Zelte Unterkunft gesucht hatten. Die Erzählung wurde mit gespannter Aufmerksamkeit angehört, und Ben Hur nahm sie wie eine Offenbarung auf, die von höchster Bedeutung für die ganze Menschheit und insbesondere für das Volk Israel war. In seinem Geiste begann, wie wir bald sehen werden, ein Gedanke greifbare Gestalt anzunehmen, der seine ganze Lebensbahn ändern, wenn nicht gar ihn ausschließlich in Anspruch nehmen sollte.

Dem Scheik war die Erzählung nicht neu. Er hatte sie von den drei Weisen zusammen und unter Umständen gehört, die dem Zweifel keinen Raum ließen. Er hatte dementsprechend in ernster Lage gehandelt, denn es war gefährlich, einen Flüchtling vor dem Zorne des ersten Herodes in Schutz zu nehmen. Scheik Ilderim glaubte sicher die Erzählung, aber es lag in der Natur der Dinge, daß ihre bedeutungsvolle Hauptatsache ihn nicht mit derselben Macht und überwältigenden Wirkung traf wie Ben Hur. Er war ein Araber und nahm als solcher nur allgemeinen Anteil an den Folgen des Ereignisses, für Ben Hur aber, den Israeliten, war die Wahrheit der Tatsache von der höchsten Bedeutung. Er legte sich das Ereignis in rein jüdischem Sinne zurecht.

Von der Wiege an hatte er vom Messias gehört. In den Schulen hatte man ihn mit allem vertraut gemacht, was man von ihm, der Hoffnung wie der Furcht und dem besonderen Ruhme des auserwählten Volkes, wußte. Die Propheten, vom ersten bis zum letzten, hatten von ihm geweissagt, seine Ankunft war stets der Gegenstand endloser Erörterungen unter den Rabbinern gewesen und war es noch immer: in den Synagogen, in den Schulen, im Tempel, an Fast- und Festtagen, öffentlich und vor einzelnen Personen redeten die jüdischen Lehrer vom kommenden Messias, bis alle Kinder Abrahams, wohin immer ihr Los sie geführt haben mochte, die Erwartung des Erlösers im Herzen trugen und danach mit eiserner Strenge ihr Leben regelten.

Ben Hur zweifelte nun nicht, daß dieses Kind der Messias sei. Sein Herz schlug schneller, und alle seine Gefühle drängten sich in der einen Frage zusammen: Wo war das Kind jetzt? "Könnte ich dir antworten," sagte Balthasar in seiner offenen ernsten Weise, „so wüßte ich nur, wo er ist, wie schnell würde ich zu ihm eilen! Weder Berge noch Meere sollten mich zurückhalten!"

„Du hast also versucht, ihn zu finden?" fragte Ben Hur. Ein Lächeln überflog das Gesicht des Ägypters. „Die erste Aufgabe, die ich mir stellte, nachdem ich die gastliche Zufluchtsstätte in der Wüste verlassen hatte," – Balthasar warf Ilderim einen dankbaren Blick zu – „war, zu erfahren, was aus dem Kinde geworden ist. Ein Jahr war inzwischen verflossen und ich wagte nicht, mich persönlich nach Judäa zu begeben, denn noch hatte Herodes, blutdürstig wie immer, den Thron inne. Nach Ägypten zurückgekehrt, fand ich einige Freunde, die meiner Erzählung von den wunderbaren Dingen, die ich gesehen und gehört hatte, Glauben schenkten, einige wenige, die sich mit mir freuten, daß der Erlöser geboren sei, und nicht müde wurden, meine Erzählung anzuhören. Mehrere derselben machten sich auf, an meiner Statt nach dem Kinde zu forschen. Sie kamen zuerst nach Bethlehem und fanden dort die Herberge und die Höhle, aber der Wächter, der in der Nacht der Geburt und in der Nacht, da wir, dem Stern folgend, ankamen, am Eingang saß, war fort. Der König hatte ihn entfernen lassen und er wurde nicht mehr gesehen." „Aber sie fanden gewiß Beweise?" sagte Ben Hur mit Eifer. „Ja, mit Blut geschriebene Beweise: eine Stadt in Trauer, Mütter, die noch um ihre Kleinen weinten. Herodes hatte nämlich, als er von unserer Flucht hörte, nach Bethlehem gesandt und alle jüngstgeborenen Kinder ermorden lassen. Keines entging seiner Grausamkeit. Meine Boten waren im Glauben bestärkt, aber sie kamen zu mir mit der Kunde zurück, daß das Kind tot, daß es mit den anderen Unschuldigen erschlagen worden sei."

„Tot!" rief Ben Hur bestürzt aus. „Tot, sagst du?" „Nein, mein Sohn, so sagte ich nicht. Ich sagte nur, daß meine Boten mir berichteten, das Kind sei tot. Ich glaubte es damals nicht; ich glaube es auch jetzt nicht."

„Ich sehe, du hast besondere Nachrichten erhalten."

„Ich habe keine besondere Nachricht," versetzte Balthasar, die plötzliche Niedergeschlagenheit Ben Hurs bemerkend, „aber, mein Sohn, ich habe der Sache viel Nachdenken gewidmet, jahrelanges, vom Glauben beseeltes Nachdenken. Mein Glaube ist, ich versichere es dir, ja ich rufe Gott dafür zum Zeugen an, jetzt noch ebenso fest als zur Stunde, da ich am Ufer des Sees die rufende Stimme des Geistes hörte. Willst du mich anhören, so werde ich dir sagen, warum ich glaube, daß das Kind noch lebt."

Beide, Ilderim und Ben Hur, gaben durch ihre Blicke ihre Zustimmung zu erkennen und schienen ihren ganzen Geist zu sammeln, um nicht bloß zu hören, sondern auch zu verstehen. Balthasar hatte in unbeschreiblich feierlichem Tone gesprochen und fuhr jetzt fort: „Die Stimme, es war Gottes Stimme, die am See zu mir sprach, sagte: „Selig bist du, Sohn Mizraims! Die Erlösung naht. Mit zwei anderen, die von den fernsten Ländern der Erde kommen, sollst du den Erlöser sehen." Ich habe den Erlöser gesehen, aber die Erlösung, welche den zweiten Teil der Verheißung bildete, muß erst kommen. Begreifst du nun? Ist das Kind tot, wer soll dann die Erlösung vollbringen? Dann ist das Wort nichts und Gott – nein, ich wage nicht, es auszusprechen." Er streckte wie abwehrend beide Hände empor.

„Die Erlösung ist das Werk, für welches das Kind geboren wurde, und so lange die Verheißung besteht, kann selbst der Tod es nicht von seinem Werke entbinden, bis es erfüllt oder wenigstens auf dem Wege der Erfüllung ist. Das ist ein Grund meines Glaubens. Nun höre mich weiter an!" Der gute Mann hielt inne.

„Willst du nicht den Wein verkosten? Sieh, er steht neben dir," bat Ilderim ehrfurchtsvoll.

Balthasar trank und fuhr dann, augenscheinlich erfrischt, wieder fort:

„Der Erlöser, den ich sah, war vom Weibe geboren, der Natur nach uns gleich und allen Schwächen des menschlichen Leibes, selbst den Tod nicht ausgenommen, unterworfen. Das ist ein Umstand, den ihr beachten möget. Betrachtet sodann das Werk, das er vollbringen soll. Ist es nicht eine Aufgabe, die nur ein Mann lösen kann? Ein Mann, weise, fest und klug, ein Mann und nicht ein Kind? Um ein solcher zu werden, mußte das Kind wachsen wie wir. Bedenkt nur die Gefahren, denen sein Leben in der Zwischenzeit, in den langen Jahren zwischen der Kindheit und dem reifen Mannesalter, ausgesetzt war. Die herrschenden Mächte waren seine Feinde; Herodes und Rom waren seine Feinde. Konnte es da einen besseren Weg geben, sein Leben in der hilflosen Jugendzeit zu schützen, als ihn in der Verborgenheit zu halten? Deshalb sage ich mir und meinem unerschütterlichen Glauben, den das Sehnen der Liebe belebt: er ist nicht tot, sondern verborgen; da sein Werk noch nicht vollbracht ist, wird er wiederkommen. Da habt ihr die Gründe meines Glaubens. Sind sie nicht stichhaltig?“

Ilderims kleine Araberaugen leuchteten voll Verständnis. Auch Ben Hur hatte wieder seine Hoffnungsfreudigkeit gewonnen, und ein Gefühl von Ehrfurcht durchschauerte sein Herz.

„Wo glaubst du, daß er sich jetzt befindet?“ fragte er mit leiser Stimme und zögernd wie einer, der auf seinen Lippen den Druck heiligen Stillschweigens fühlt.

Balthasar sandte ihm einen freundlichen Blick und antwortete, noch immer halb in Gedanken:

„Das Kind muß heute siebenundzwanzig Jahre alt sein, die Zeit seines Auftretens ist bald gekommen. Wo anders sollte er aber erscheinen, wenn nicht in Judäa? In welcher Stadt sollte er sein Werk beginnen, wenn nicht in Jerusalem? Wer sollte zuerst seine Segnungen empfangen, wenn nicht die Kinder Abrahams, Isaaks und Jakobs? Würde mir der Auftrag gegeben, ihn zu suchen, so würde ich die Weiler und Dörfer an den Abhängen der Berge Judäas und Galiläas, die nach Osten zum Jordantale abfallen, durchforschen. Dort befindet er sich jetzt. Dort, unter einer Tür oder auf einem Bergesgipfel stehend, sah er wohl heute abend die Sonne untergehn und sagte sich, daß er wieder einen Tag näher der Zeit sei, da er selbst das Licht der Welt sein wird.“

Balthasar schwieg, und auch seine beiden Freunde am Tische blieben eine Weile in tiefes Nachdenken versunken. Endlich unterbrach Ben Hur die Stille.

„Ich sehe, guter Balthasar,“ sprach er, „daß du viel und außerordentlich begnadet worden bist. Ebenso erkenne ich, daß du in Wahrheit ein weiser Mann bist. Ich bin nicht imstande, in Worten auszudrücken, wie dankbar ich dir dafür bin, was du mir erzählt hast. Ich bin auf den Eintritt großer Ereignisse vorbereitet und teile auch einigermaßen deinen Glauben. Du würdest mich noch mehr verpflichten, wenn du mir weiter von der Sendung dessen erzählen wolltest, den du erwartest und den auch ich von diesem Abend an erwarten werde, wie es einem gläubigen Sohne Judas geziemt. Er soll der Erlöser sein, sagtest du; wird er nicht auch König der Juden sein?“

„Mein Sohn,“ entgegnete Balthasar in seiner gütigen Art, „die Sendung liegt noch im Ratschluß Gottes verborgen. Alles, was ich hierüber denke, entnehme ich den Worten der Stimme im Zusammenhang mit dem Gebete, dessen Antwort sie war. Sollen wir nochmals darauf zurückkommen?"

„Du bist der Lehrer."

„Die Stimme, die mich in die Ferne rief," sagte Balthasar, „sie sprach ausdrücklich: „Die Erlösung naht! Du wirst den Erlöser sehen!" – Nun, wem soll die Erlösung zuteil werden? Der ganzen Welt! Und wie soll sie geschehen? Stärke deinen Glauben, mein Sohn! Ich weiß, daß die Menschen sagen, es könne kein Glück geben, bis Rom nicht von seinen Hügeln verschwunden sei; das heißt, das Elend der Zeit habe seinen Grund nicht in der Unkenntnis Gottes, wie ich glaubte, sondern in der Mißregierung der Herrscher. Ist es notwendig, uns erst zu sagen, daß menschliche Regierungen niemals um der Religion willen bestehn? Von wie vielen Königen hast du gehört, daß sie besser waren als ihre Untertanen? O nein, nein! Die Erlösung kann nicht politische Zwecke haben, sie soll nicht Herrscher und Gewalthaber stürzen und ihre Plätze bloß deshalb erledigen, damit andere sie einnehmen. Wenn das der ganze Zweck wäre, würde die Weisheit Gottes aufhören, unendlich zu sein. Ich sage dir – und sei mein Wort auch nur das Wort eines Blinden zu einem Blinden – daß derjenige, der da kommen soll, ein Heiland der Seelen sein wird. Die Erlösung bedeutet, daß Gott wieder auf Erden weilen und Rechtschaffenheit unter den Menschen herrschen wird, damit ihm der Aufenthalt hienieden möglich werde."

Enttäuschung malte sich auf Ben Hurs Gesicht. Er ließ den Kopf sinken. War er auch nicht überzeugt, so fühlte er sich doch für den Augenblick unfähig, die Ansicht des Ägypters zu widerlegen. Nicht so Ilderim.

„Bei der Herrlichkeit Gottes!" rief er leidenschaftlich, „diese Ansicht stößt alles Herkommen um. Die Bräuche der Welt stehn einmal fest und können nicht abgeändert werden. In jedem Gemeinwesen muß es einen Führer geben, der mit Macht ausgerüstet ist, sonst ist keine Umgestaltung möglich." Balthasar nahm den Einwurf mit Ernst hin.

„Deine Weisheit, guter Scheik, ist von der Welt; aber du vergissest, daß es eben die Gewohnheiten der Welt sind, von denen wir erlöst werden sollen. Menschen als Untertanen zu besitzen, ist der Ehrgeiz der Könige, die Seele des Menschen zu besitzen, um sie zu erlösen, ist das Verlangen Gottes."

Ilderim schwieg zwar, schüttelte aber ungläubig den Kopf. Ben Hur nahm statt seiner die Entgegnung auf sich und sprach: „Vater – erlaube, daß ich dich so nenne –, nach wem solltest du an den Toren Jerusalems fragen?" Der Scheik warf ihm einen dankbaren Blick zu.

„Ich sollte", entgegnete Balthasar ruhig, „die Leute fragen: Wo ist der neugeborene König der Juden?"

„Wenn du von Tatsachen redest, Vater, so heißt: dich hören – glauben," sagte Ben Hur; „aber wenn es sich um Ansichten handelt, kann ich nicht verstehen, welcher Art König du aus dem Kinde machen willst – ich kann den Herrscher nicht von seinen Rechten und Pflichten trennen."'

„Sohn," versetzte Balthasar, „wir haben die Gewohnheit, die Dinge, die zufällig vor uns liegen, genau zu betrachten, während wir weit wichtigeren, die uns ferner liegen, kaum einen flüchtigen Blick widmen. Du siehst jetzt nur auf den Titel König der Juden; richtest du aber deine Augen auf das hinter demselben verborgene Geheimnis, so wird der Stein des Anstoßes verschwinden. Denke einmal an die Würde des Kindes und frage dich, was hat es schon nach den Ehrbegriffen der Menschen zu bedeuten, ein Nachfolger des Herodes zu sein? Hatte Gott nicht Besseres für seinen Auserwählten? Kannst du dir denken, daß der Allmächtige in Ermanglung eines passenden Titels auf die Erde herabsteigen werde, um sich eine Erfindung der Menschen zu erborgen? Warum wurde mir dann nicht der Auftrag, gleich nach einem Kaiser zu fragen? O, willst du in den Kern der Sache, von der wir sprechen, eindringen, dann blicke, bitte ich, höher! Frage vielmehr, was für ein Reich der verheißene König sein eigen nennen soll. Denn ich sage dir, mein Sohn, das ist der Schlüssel zum Geheimnis, und ohne diesen Schlüssel wird es kein Mensch verstehn."

Balthasar blickte andachtsvoll zum Himmel.

„Es gibt ein Reich auf Erden, obschon es nicht von der Erde ist – ein Reich, ausgedehnter als die Erde, größer als das Meer und alle Länder, und wären sie gewalzt wie das feinste Gold und durch Hammerschläge ausgebreitet. Sein Dasein ist eine Tatsache, wie unsere Herzen eine Tatsache sind. Wir durchwandeln es von der Wiege bis zum Grabe, ohne es zu sehen, und kein Mensch wird es sehen, bis er nicht seine Seele erkannt hat, denn das Reich ist nicht für ihn, sondern für seine Seele. Und die Herrlichkeit dieses Reiches kann kein Menschengeist sich vorstellen, sie ist einzig, unvergleichbar, unübertrefflich."

„Was du sagst, Vater, ist mir ein Rätsel," sprach Ben Hur. „Von einem solchen habe ich noch nie gehört."

„Ich auch nicht,“ bestätigte Ilderim.

„Und mehr kann ich darüber nicht sagen,“ fügte Balthasar hinzu, demütig, die Augen senkend. „Was es ist, zu welchem Zwecke es ist, wie man es erreichen kann, kann niemand wissen, bis das Kind kommt, um es als sein Eigentum in Besitz zu nehmen. Er bringt den Schlüssel zur unsichtbaren Pforte, die er für seine Auserwählten öffnen wird. Und zu diesen werden alle gehören, die ihn lieben, denn nur solche werden die Erlösten sein.“

Es trat eine lange Pause ein, die Balthasar als das Ende der Unterredung aufnahm.

„Guter Scheik,“ sprach er in seiner sanften Weise, „morgen oder am darauffolgenden Tage werde ich mich auf einige Zeit zur Stadt hinaufbegeben. Meine Tochter wünscht die Vorbereitungen zu den Spielen zu sehen. Über die Zeit unserer Abreise werde ich noch mit dir sprechen. Und dich, mein Sohn, hoffe ich wiederzusehen. Friede sei mit euch beiden! Gute Nacht!“

Alle erhoben sich. Der Scheik und Ben Hur blickten dem Ägypter nach, bis er aus dem Zelte geleitet war.

„Scheik Ilderim,“ sprach dann Ben Hur, „ich habe heute abend sonderbare Dinge gehört. Ich bitte, erlaube mir, einige Zeit am Ufer des Sees zu wandeln, damit ich darüber nachdenke.“

„Geh, ich werde dir folgen.“

Sie wuschen sich nochmals die Hände; dann brachte auf ein Zeichen des Scheiks ein Diener Ben Hurs Schuhe, und dieser ging hinaus.

Etwas aufwärts vom Douar stand eine Gruppe Palmen, die ihren Schatten halb über das Wasser, halb über das Land warfen. Eine persische Nachtigall sang in den Zweigen ihr einladendes Lied. Ben Hur blieb stehn, um zu lauschen, während eine Fülle von Gedanken seinen Kopf durchstürmte.

Bisher hatte er, wenn er seinen Lebensplan erwog, um dessentwillen er Soldat geworden war, ganz selbstverständlich an einen Aufstand gegen die Römer gedacht. Aber nie war er zufrieden gewesen, wenn er an das Ziel dachte, für das er kämpfen wollte. Genügte der Gedanke nationaler Freiheit, um genügend Anhänger um sich zu scharen? War überhaupt Israel stark genug, allein gegen den mächtigen Feind zu kämpfen? Nur ein allgemeiner Völkerbund konnte diesen Aufstand wagen, und der war nur möglich, wenn ein gewaltiger

Kriegsheld die Erde mit seinem Ruhme erfüllte und die Schwankenden um sich scharte. Nur der Messias, der König der Juden, konnte dieses Wunder bewirken.

Und nun hatte Balthasar von einem Reich der Seele gesprochen. Was sollte das für ein Reich sein?

„Das ist keine Sache für Menschen," sagte er verzweifelnd. „Der König eines solchen Reiches bedarf auch nicht der Menschen, weder Arbeiter, noch Berater, noch Soldaten. Die Erde muß zugrunde gehn oder neugeschaffen werden, und für die Regierung der Menschen müssen neue Grundsätze gefunden werden; an die Stelle der Waffengewalt muß etwas treten. Aber was?"

Inmitten seiner Träumereien legte sich eine Hand auf seine Schulter.

„Ich habe ein Wort mit dir zu reden, Sohn des Arrius," sprach Ilderim, an seiner Seite stehn bleibend; „nur ein Wort und dann muß ich zurückkehren, denn die Nacht schreitet vor."

„Ich heiße dich willkommen, Scheik!"

„In Betreff der Dinge, die du eben gehört hast," fuhr Ilderim schnell fort, „glaube alles mit Ausnahme dessen, was sich auf die Art des Reiches bezieht, welches das Kind aufrichten wird, wenn es kommt. Hierüber halte dein Urteil zurück, bis du den Handelsherrn Simonides, einen trefflichen Mann hier in Antiochien, mit dem ich dich bekannt machen werde, gesprochen hast. Der Ägypter bietet dir die Münze seiner Träume an, die für die Erde zu gut sind. Simonides ist weiser: er wird dir die Aussprüche eurer Propheten vorführen und Buch und Seite nennen, so daß du nicht leugnen kannst, daß das Kind in der Tat König der Juden sein wird, ja, bei der Herrlichkeit Gottes! ein mächtiger König. And dann werden wir die Süßigkeit der Rache auskosten. Ich habe gesprochen. Friede sei mit dir!"

Damit zog sich der Scheik Ilderim wieder zurück.

Achtzehntes Kapitel

Am Morgen nach den Bacchanalien im Saale des Palastes war der Diwan mit jungen Patriziern bedeckt. Mochte Maxentius kommen und die Stadt hinausströmen, ihn zu empfangen, mochte die Legion im strahlenden Waffenschmucke vom Berg Sulpius herabsteigen, mochte sich vom Nymphäum bis zum Omphalos eine Festespracht entfalten, die alles übertraf, was man bisher im prachtliebenden Osten gesehen oder gehört hatte: sie würden fortfahren, schmachvoll auf dem Diwan zu schlafen, wie sie hingefallen oder von den gleichgültigen Dienern nachlässig hingelegt worden waren.

Nicht alle indes, die an der Orgie teilgenommen hatten, befanden sich in diesem schmählichen Zustand. Als durch die Deckenfenster der neue Tag in den Saal hereinzudämmern begann, erhob sich Messala und nahm den Kranz vom Kopfe zum Zeichen, daß das Gelage zu Ende sei. Dann hüllte er sich in sein Oberkleid, warf einen letzten Blick auf die Szene und begab sich, ohne ein Wort zu sprechen, nach seiner Wohnung. Cicero hätte nicht mit mehr Ernst und Würde eine nächtliche Senatorendebatte verlassen können. Drei Stunden später erschienen zwei Eilboten in seiner Wohnung und empfingen aus seiner Hand je ein versiegeltes Päckchen mit der gleichlautenden Abschrift eines Briefes an den Prokurator Valerius Gratus, der sich noch immer in Cäsarea befand. Daß an der schnellen und zuverlässigen Beförderung der Schriftstücke viel gelegen war, läßt sich denken. Der eine Bote sollte über Land, der andere zur See reisen; beide sollten sich der größten Eile befleißigen.

Es ist nun von Wichtigkeit, daß der Leser über den Inhalt des also beförderten Schreibens voll und ganz unterrichtet werde; wir lassen es deshalb hier folgen:

„Antiochien, XII. Kal. des Julius.

Messala an Gratus.

Ich habe Dir etwas Überraschendes mitzuteilen, eine Begebenheit, die, wenn sie auch bisher noch mehr auf Vermutungen beruht, dennoch ohne Zweifel Deine sofortige Beachtung rechtfertigen wird.

Erlaube, daß ich vorher Dein Gedächtnis auffrische. Erinnere Dich an die Familie eines jüdischen Fürsten, namens Ben Hur, die, von hohem Alter und unermeßlich reich, vor vielen Jahren in Jerusalem weilte. Sollte Dein Gedächtnis etwas erlahmt sein, so hast Du, wenn ich nicht irre, eine Narbe an Deinem Kopf, die Dir behilflich sein mag, jenen Vorfall Dir wieder zum Bewußtsein zu bringen.

Um nun Dein Interesse zu erwecken, mache ich Dich auf folgendes aufmerksam. Zur Strafe für den Angriff auf Dein Leben – um der süßen Ruhe des Gewissens willen mögen alle Götter verhüten, daß er sich jemals als ein Zufall erweise! – wurde die Familie ergriffen, kurzerhand beiseite geschafft und ihr Vermögen eingezogen. Und da das Verfahren die Gutheißung des Kaisers erhielt, der ebenso gerecht als weise ist, sollte im Hinweis auf die Summe, die uns beiden aus jener Quelle zufloß, keine Schmach liegen und ich werde unmöglich jemals aufhören können, Dir dafür dankbar zu sein. Als Beleg Deiner Weisheit erinnere ich Dich daran, wie Du über die Familie Hur verfügtest und wie wir beide damals den gefaßten Plan für den wirksamsten zur Erreichung unserer Absichten hielten, nämlich die Familie zum Stillschweigen und zum unvermeidlichen, aber natürlichen Tod zu verurteilen. Du wirst Dich nun entsinnen, was Du über Mutter und Schwester des Übeltäters bestimmtest, und wenn ich jetzt dem Verlangen nachgebe zu erfahren, ob sie noch leben oder schon tot sind, so kenne ich Deine angeborne Liebenswürdigkeit, mein Gratus, und weiß, daß Du dem Wunsche Deines kaum minder liebenswürdigen Freundes willfahren wirst.

Als unseren Gegenstand aber unmittelbarer berührend nehme ich mir die Freiheit, Dir in Erinnerung zu bringen, daß der wirkliche Verbrecher zu den Galeeren geschickt wurde, um auf Lebenszeit an die Ruder gekettet zu werden – so lautete der Befehl. Und zieht man nun die Durchschnittsdauer des Lebens am Ruder in Betracht, so müßte der so gerechterweise beseitigte Verbrecher wenigstens seit fünf Jahren tot, oder besser gesagt, von einer der dreitausend Meernymphen zum Gemahl erkoren sein. In der Überzeugung aber, daß er tot sei, lebte ich ganze fünf Jahre im ruhigen und unschuldigen Genusse des Vermögens, wofür ich in gewissem Grade ihm zum Dank verpflichtet bin.

Jetzt bin ich beim Hauptpunkt angelangt. Letzte Nacht, da ich Vorsitzender eines Festgelages war, das zu Ehren einiger eben aus Rom Angekommener gegeben wurde, hörte ich eine sonderbare Geschichte. Wie Du weißt, kommt heute der Konsul Maxentius hier an, um einen Feldzug gegen die Parther zu leiten. Unter den Ehrgeizigen, welche ihn dabei begleiten wollen, befindet sich ein Sohn des verstorbenen Duumvirs Quintus Arrius. Ich nahm Gelegenheit, mich über ihn genauer zu erkundigen. Als Arrius zur Verfolgung der Seeräuber absegelte, deren Besiegung ihm die letzten höchsten Ehren einbrachte, brachte er einen Erben mit. Bewahre nun Deine Fassung, wie es dem Besitzer so vieler Talente in baren Sesterzien geziemt! Der Sohn und Erbe, von dem ich rede, ist derselbe, den Du zu den Galeeren gesandt hast – derselbe Ben Hur, der schon vor fünf Jahren an seinem Ruder hätte den Tod finden sollen. Er ist nun zurückgekehrt, reich und in hoher Stellung und wahrscheinlich römischer Bürger, um – nun, Du stehst zu fest, um in Aufregung zu geraten, aber ich, ich bin in Gefahr; ich brauche Dir nicht zu sagen, weshalb. Wer sollte es wissen, wenn Du es nicht weißt?

Um Dich übrigens von der Wahrheit meiner Mitteilung besser zu überzeugen, teile ich Dir mit, daß ich ihm gestern schon begegnet bin. Und wenn ich ihn auch in dem Augenblick selbst nicht erkannte, so weiß ich doch jetzt, daß es derselbe Ben Hur war, den ich jahrelang als Spielgenossen kannte, derselbe Ben Hur, der, wenn er ein Mann ist, und wäre er auch aus der niedersten Klasse, jetzt im Augenblick, da ich dieses schreibe, Rache brüten muß – ich an seiner Stelle täte es – Rache, die nur durch Menschenblut zu sättigen ist, Rache für sein Vaterland, für seine Mutter, seine Schwester, sich selbst und – ich nenne es zuletzt, obschon Du es an erster Stelle nennen würdest – für sein verlorenes Vermögen.

Jetzt, mein lieber Wohltäter und Freund, mein Gratus, in Erwägung Deiner gefährdeten Sesterzien, deren Verlust das Schwerste wäre, was einem Mann von Deinem hohen Range zustoßen könnte, jetzt glaube ich wohl, daß Du darüber nachdenken wirst, was hier zu geschehen. Ich werde Deine Antwort hier in Antiochia abwarten.

Ben Hurs Weilen und Gehn wird natürlich von seinem Vorgesetzten, dem Konsul, abhängen, der, wenn er sich auch Tag und Nacht anstrengt, nicht vor einem Monat fortkommen kann. Du weißt ja, welche Arbeit es kostet, ein Heer, das in einem öden, städtelosen Lande kämpfen soll, zu sammeln und mit dem Nötigen auszurüsten.

Ich sah den Juden gestern im Daphnehain, und wenn er jetzt nicht dort ist, so ist er doch in der Nähe und macht es mir so leicht, ihn im Auge zu behalten. Ja, würdest Du mich fragen, wo er jetzt ist, so würde ich mit der größten Bestimmtheit antworten, daß er im alten Palmenhain zu finden sei, unter dem Zelt des verräterischen Scheiks Ilderim, der in nicht langer Zeit erfahren wird, daß er unserer starken Hand nicht entrinnen kann. Sei also nicht überrascht, wenn die erste Maßregel, die Maxentius ergreift, die ist, daß er den Araber auf ein Schiff bringen läßt, um ihn nach Rom zu senden.

Ich verbreite mich so ausführlich über den Aufenthalt des Juden, weil es für Dich, Erlauchter, von Wichtigkeit ist, wenn Du die zu unternehmenden Schritte in Erwägung ziehen wirst. Denn so viel weiß ich bereits, und ich schmeichle mir wegen dieser Erkenntnis, an Weisheit zugenommen zu haben, daß bei jedem menschlichen Unternehmen drei Umstände in Betracht kommen: Zeit, Ort und handelnde Personen.

Hältst Du dafür, daß hier der Ort sei, so zögere nicht, die Sache Deinem Dich liebenden Freund, der ebenso Dein gelehriger Schüler sein wird, zu überlassen. Messala.“

Um die Zeit, da die Eilboten Messalas Wohnung mit den Briefen verließen – es war noch früh am Morgen – betrat Ben Hur Ilderims Zelt. Er hatte sich durch ein Bad im See erfrischt und dann gefrühstückt und erschien nun in einer ärmellosen Untertunika, deren Saum kaum unter die Knie reichte.

Der Scheik begrüßte ihn vom Diwan aus.

„Ich wünsche dir Frieden, Sohn des Arrius,“ rief er, ihn voll Bewunderung betrachtend. Denn er hatte in Wahrheit noch nie ein vollkommeneres Bild blühender, kraftvoller, selbstbewußter Männlichkeit gesehen. „Ich biete dir Frieden und Willkommen! Die Pferde sind bereit; ich auch. Und du?“

„Den Frieden, den du mir wünschest, guter Scheik, wünsche ich ebenfalls dir. Ich danke dir für so viel Freundlichkeit. Ich bin bereit.“

Ilderim klatschte in die Hände. “Ich will die Pferde vorführen lassen. Setze dich!“

„Sind sie angeschirrt?“

„Nein.“

„Dann erlaube, daß ich es selbst besorge,“ sprach Ben Hur.

„Es ist notwendig, daß ich mit deinen Arabern Bekanntschaft mache. Ich muß sie bei Namen rufen können, damit ich zu jedem einzeln sprechen kann; nicht minder muß ich ihren Charakter kennen lernen, denn sie sind wie die Menschen: sind sie mutig, muß man sie zurückhalten, sind sie zaghaft, bedürfen sie Lob und Ermunterung. Laß die Diener das Riemenzeug bringen!“

„Und den Wagen?“ fragte der Scheik.

„Den Wagen werde ich heute nicht brauchen. An seiner Stelle laß mir ein fünftes Pferd bringen, wenn du eines hast; es sollte ohne Sattel sein und so schnell wie die anderen.“

Ilderims Neugierde war erregt. Er rief sogleich einen Diener. „Sag' ihnen, sie sollen die Geschirre für das Viergespann bringen,“ befahl er – „die Geschirre für das Viergespann und den Zaum für Sirius.“

Ilderim erhob sich.

„Sirius ist mein Liebling und ich bin der seinige, Sohn des Arrius. Einundzwanzig Jahre hindurch waren wir Genossen, im Zelte, in der Schlacht, auf allen Raststationen der Wüste. Ich werde ihn dir zeigen."

Er ging zum Vorhang in der Mitte des Zeltes und hielt ihn zurück, während Ben Hur darunter hindurchschritt. Alle Pferde kamen gleichzeitig auf ihn zu. Eines mit einem kleinen Kopf, feurigen Augen, einem Hals wie der Ausschnitt eines gespannten Bogens, mächtiger Brust und überaus reicher Mähne, so zart und wollig wie die Locken eines Mädchens, wieherte tief und freudig, als es ihn erblickte.

„Braves Pferd," sagte der Scheik, den dunkelbraunen Kopf des Tieres streichelnd. „Braves Pferd, guten Morgen!" Sich zu Ben Hur wendend, fügte er dann hinzu: „Dies ist Sirius, der Vater der vier hier. Mira, die Mutter, wartet auf unsere Rückkehr, denn sie ist zu kostbar, als daß sie in einer Gegend, wo eine stärkere Hand als die meinige waltet, einer Gefahr ausgesetzt werden dürfte. Und ich zweifle sehr," fuhr er lächelnd fort, „ich zweifle sehr, Sohn des Arrius, ob der Stamm ihre Abwesenheit ertragen könnte. Sie ist sein Ruhm, alle verehren sie. Mit Freuden würden sie sich von ihr niederrennen lassen. Zehntausend Reiter, Söhne der Wüste, fragen heute: Hast du von Mira gehört? Und auf die Antwort: Sie ist wohlauf! sagen sie: Gott ist gut; gepriesen sei Gott!"

Das Riemenzeug wurde gebracht. Mit eigener Hand schirrte Ben Hur die Pferde an; mit eigener Hand führte er sie aus dem Zelt und legte ihnen da die Zügel an.

„Bringt mir Sirius!" sprach er.

Ein Araber hätte sich nicht mit mehr Gewandtheit auf den Rücken des Renners schwingen können.

„Und nun die Zügel!"

Sie wurden ihm gereicht und sorgfältig auseinandergetrennt.

„Guter Scheik," sprach er, „ich bin bereit. Laß einen Führer zum Zelt vorausgehn und sende einige deiner Männer mit Wasser!"

Der Anfang ging ohne Störung vonstatten. Die Pferde waren nicht scheu. Schon schien ein stummes Einverständnis zwischen ihnen und dem neuen Lenker zu herrschen, der sich seiner Sache mit Ruhe und jenem Selbstbewußtsein hingab, das stets Vertrauen erweckt. Ben Hur ließ die Pferde genau in derselben Ordnung gehn, die sie an den Wagen gespannt einhalten sollten, nur daß er auf Sirius ritt, anstatt im Wagen zu stehn. Ilderims Vertrauen nahm zu. Er strich sich den Bart und lächelte befriedigt, indem er murmelte: „Er ist kein Römer, bei der Herrlichkeit Gottes, nein!“ Er folgte zu Fuß, alle Bewohner der Zelte, Männer, Frauen und Kinder, strömten ihm nach und teilten seine Sorge, wenn nicht auch sein Vertrauen.

Das Feld erwies sich hinlänglich geräumig und für die Übungen wie geschaffen. Ben Hur begann sogleich damit, indem er das Gespann zuerst langsam und in gerader Linie, dann in weiten Kreisen ausschreiten ließ. Hierauf mußte es den Schritt beschleunigen, bis es im Trab und endlich im Galopp dahinlief. Zuletzt zog er die Kreise enger und etwas später noch trieb er die Pferde regellos dahin und dorthin, rechts, links, vorwärts, ohne Unterbrechung. So verstrich eine Stunde. Dann mäßigte er ihren Lauf zum Schritt und lenkte auf Ilderim zu.

„Das Werk ist getan, es fehlt nur noch die Übung,“ sprach er. „Ich wünsche dir Glück, Scheik Ilderim, daß du Diener besitzest wie diese. Sieh,“ fuhr er fort, indem er abstieg und zu den Pferden trat, „sieh, der Glanz ihrer rötlichen Haut ist ohne Makel; sie atmen so leicht wie beim Beginn. Ich wünsche dir viel Glück und es müßte schlimm gehn, wenn“ – er richtete seine strahlenden Augen auf das Antlitz des Greises – „wenn wir nicht den Sieg und unsere –“

Er hielt inne, errötete und verbeugte sich. Erst jetzt hatte er an des Scheiks Seite Balthasar, auf seinen Stab gestützt, und zwei tiefverschleierte Frauen bemerkt. Die eine der letzteren blickte er ein zweites Mal an und sprach pochenden Herzens zu sich selbst: Das ist sie – die Ägypterin! – Ilderim nahm seinen abgebrochenen Satz auf –

„– den Sieg und unsere Rache erringen!“ Dann sprach er laut: „Ich fürchte nichts; ich habe guten Mut. Sohn des Arrius, du bist mein Mann. Ist das Ende wie der Anfang, dann sollst du erfahren, mit welchem Stoff die Handfläche eines Arabers gefüttert ist, der die Mittel besitzt, zu geben.“

„Ich danke dir, guter Scheik,“ erwiderte Ben Hur bescheiden. „Laß die Diener Wasser bringen, damit die Pferde trinken.“

Er reichte ihnen mit eigener Hand das Wasser. Dann bestieg er Sirius wieder und erneuerte die Übungen, wie vorher von Schritt zu Trab, von Trab zu Galopp übergehend. Die Zuschauer stießen Worte der Bewunderung aus, sowohl für den Lenker wie auch für das Gespann.

Inmitten der Übungen und der allgemeinen Aufmerksamkeit, die sie bei den Zuschauern erregten, erschien Malluch auf dem Platze und suchte den Scheik.

„Ich habe eine Botschaft für dich, Scheik," sprach er, als er glaubte, einen günstigen Augenblick zum Reden gefunden zu haben, „eine Botschaft vom Handelsherrn Simonides."

„Von Simonides!" rief der Araber aus. „Ah, gut! Möge Satan alle seine Feinde verderben!"

„Er trug mir auf, dir zuerst den heiligen Frieden Gottes zu wünschen," fuhr Malluch fort, „und dir dann dieses Schreiben zu überreichen mit der Bitte, es gleich nach Empfang zu lesen."

Ilderim erbrach auf der Stelle das Siegel des ihm überreichten Päckchens und entnahm der aus feinem Linnen bestehenden Umhüllung zwei Briefe, die er sogleich zu lesen begann.

„Simonides an den Scheik Ilderim.

Mein Freund! Sei zuerst versichert, daß Du einen Platz im Innersten meines Herzens einnimmst. In Deinen Zelten ist ein Jüngling von angenehmem Äußeren, der sich Sohn des Arrius nennt, er ist es auch durch Adoption. Er ist mir sehr teuer und hat eine wunderbare Geschichte, die ich Dir erzählen will. Komm heute oder morgen zu mir, daß ich sie Dir erzählen und Deinen Rat hören kann. In der Zwischenzeit willfahre allen seinen Wünschen, solange sie nicht gegen die Ehre verstoßen. Daß ich an dem Jüngling Interesse nehme, behalte für Dich. Grüße Deinen anderen Gast von mir. Er, seine Tochter, Du selbst und alle, die Du als Deine Gesellschaft mitbringen willst, sind mir am Tage der Spiele im Zirkus willkommen. Ich habe bereits Sitze bestellt.

Friede sei mit Dir und den Deinigen! Was könnte ich, mein Freund, anders sein als Dein Freund! Simonides."

„Simonides an den Scheik Ilderim.

Mein Freund! Aus dem Schatze meiner Erfahrung sende ich Dir ein Wort.

Es gibt ein Zeichen, das alle Nichtrömer, die Geld oder Gut besitzen, das dem Raube ausgesetzt ist, als Warnung auffassen: es ist die Ankunft eines hochgestellten, mit Macht bekleideten Römers an einem Sitze römischer Gewalt. Heute kommt der Konsul Maxentius an. Laß Dich warnen! Und nun noch ein Wort des Rates: Sende heute morgen zu Deinen treuen Wächtern an den

Straßen, die von Antiochien südwärts führen, und befiel ihnen, jeden abgehenden und ankommenden Boten zu untersuchen. Finden sie Privatbriefe, die Dich oder Deine Geschäfte betreffen, so solltest Du dieselben sehen. Falls heute morgen Boten aus Antiochien abgegangen sind – die Deinigen kennen ja die Seitenwege und können ihnen daher mit Deinen Befehlen zuvorkommen. Zögere nicht! Verbrenne dieses Schreiben, sobald Du es gelesen hast.

Dein Freund Simonides."

Ilderim las die Briefe ein zweites Mal, legte sie dann wieder in die Linnenumhüllung und verbarg das Päckchen unter seinem Gürtel.

Die Übungen im Feld dauerten nur noch kurze Zeit, im ganzen etwa zwei Stunden. Gegen Ende derselben brachte Ben Hur das Gespann wieder in Schritt und lenkte es auf Ilderim zu. „Mit deiner Erlaubnis, Scheik," sprach er, „will ich die Araber wieder ins Zelt zurückbringen und sie heute nachmittag wieder ausführen."

Ilderim trat auf Ben Hur, der noch auf Sirius saß, zu und sprach: „Ich überlasse sie, Sohn des Arrius, ganz deiner Verfügung bis nach den Spielen. Du hast in zwei Stunden mit ihnen erreicht, was der Römer in ebenso vielen Wochen nicht vermochte. Wir werden siegen, bei der Herrlichkeit Gottes, wir werden siegen!"

Im Zelt blieb Ben Hur bei den Pferden, während sie besorgt wurden. Nach einem Bad im See und einem Trunk Reisbranntwein mit dem Scheik, der von guter Laune überschäumte, zog er dann wieder seine jüdische Kleidung an und schritt mit Malluch dem Haine zu.

Zwischen beiden fand eine lebhafte Unterredung statt, aber zumeist über minder wichtige Dinge. Einen Teil indes dürfen wir nicht übergehn. Ben Hur führte das Wort.

„Ich werde dir", sprach er, „einen Auftrag betreffs meines Gepäckes mitgeben, das sich in der Herberge diesseits des Flusses bei der seleukischen Brücke befindet. Bringe es mir heute, wenn du kannst. Und, guter Malluch – wenn es dir nicht zu viel Ungelegenheiten macht –"

Malluch versicherte ihn mit herzlichen Worten seiner Bereitwilligkeit, ihm zu dienen.

„Ich danke dir, Malluch, ich danke," sprach Ben Hur. „Ich will dich beim Worte nehmen. Um alle Fehler und Hindernisse bezüglich des Rennens zu vermeiden, würde es mir zu großer Beruhigung dienen, wenn du dich zur Leitung des Zirkus begeben und nachsehen wolltest, ob der Scheik allen Vorbedingungen richtig nachgekommen ist. Ist es dir möglich, eine Abschrift der Regeln zu erhalten, so wird mir dieser Dienst von großem Nutzen sein. Und noch eins: Ich bemerkte gestern, daß Messala stolz auf seinen Wagen ist, und er hat ein Recht dazu. Kannst du nicht seine Pracht zu einem Vorwand nehmen, der dich in die Lage setzt, herauszufinden, ob er leicht oder schwer ist? Ich möchte gern sein genaues Maß und Gewicht haben – und vor allem die genaue Höhe, in der seine Achse über dem Boden steht, du verstehst mich, Malluch?"

„Ich verstehe, ich verstehe," erwiderte Malluch. „Das Maß vom Mittelpunkt der Achse bis zum Boden wünschest du."

„Du hast es erraten, und nun freue dich, Malluch, dies ist der letzte meiner Aufträge. Wir wollen zu den Zelten zurückkehren."

Bald darauf begab sich Malluch in die Stadt zurück. Inzwischen hatte der Scheik einen berittenen Boten mit Weisungen, wie Simonides sie angedeutet hatte, abgesandt. Es war ein Araber, Schriftliches trug er nicht bei sich.

Ungefähr um die dritte Stunde des folgenden Tages stieg ein Mann vor den Zelten ab, den Ilderim als Mitglied seines Stammes erkannte. Der Bote sprach: „Scheik, ich bin beauftragt, dir dieses Päckchen zu geben und dich zu bitten, den Inhalt sofort zu lesen. Falls eine Antwort erforderlich sei, soll ich darauf warten."

Ilderim nahm sofort das Päckchen und betrachtete es aufmerksam. Das Siegel war bereits erbrochen. Die Adresse lautete: „An Valerius Gratus in Cäsarea."

„Der Satan hole ihn!" knurrte der Scheik, als er einen Brief in lateinischer Sprache fand.

Wäre das Schreiben griechisch oder arabisch gewesen, so hätte er es lesen können. So aber war das einzige, was er entziffern konnte, der in kühnen römischen Lettern unterzeichnete Name Messala. Ilderims Augen funkelten.

„Wo ist der junge Israelite?" fragte er.

„Er ist mit den Pferden auf dem Felde," antwortete ein Diener.

Der Scheik legte das Schriftstück in seine Umhüllung zurück, steckte das Päckchen unter seinen Gürtel und bestieg wieder das Pferd. In diesem Augenblick erschien ein Fremder, der augenscheinlich aus der Stadt kam.

„Ich suche den Scheik Ilderim mit dem Beinamen der Edle," sprach der Fremde.

Sprache und Kleidung verrieten in ihm den Römer.

Die Sprache, die der greise Araber nicht lesen konnte, konnte er doch sprechen; er antwortete daher mit Würde: „Ich bin der Scheik Ilderim."

Der Mann ließ die Augen sinken. Dann erhob er sie wieder und sprach mit erzwungener Ruhe: „Ich hörte, daß du einen Lenker für die Wettspiele brauchst."

Ilderims Lippen zogen sich unter dem weißen Schnurrbart verächtlich kraus.

„Geh deines Weges," sprach er. „Ich habe einen Lenker."

Er wandte sich um, um fortzureiten, aber der Mann blieb stehn und sprach abermals: "Scheik, ich bin ein Liebhaber von Pferden, und man sagt, du habest die schönsten in der Welt."

Der Greis war erweicht. Er hielt die Zügel an, als wolle er der Schmeichelei nachgeben. Aber schließlich erwiderte er: „Heute nicht, heute nicht; zu einer anderen Zeit werde ich sie dir zeigen. Jetzt bin ich zu sehr beschäftigt."

Er ritt über das Feld, während der Fremde sich mit lächelnder Miene entfernte, um in die Stadt zurückzukehren. Er hatte seinen Auftrag erfüllt.

Und jeden Tag kam von nun an bis zum großen Tag der Spiele ein Mann – manchmal waren es deren zwei oder drei – nach dem Palmenhain zum Scheik unter dem Verwände, eine Beschäftigung als Wagenlenker zu suchen.

In dieser Weise ließ Messala Ben Hur überwachen.

Neunzehntes Kapitel

Der Scheik wartete voll Zufriedenheit, bis Ben Hur seine Pferde für den Vormittag vom Felde nahm – voll Zufriedenheit, denn er hatte bemerkt, daß sie, nachdem sie alle übrigen Gangarten durchgemacht hatten, in vollem Laufe in einer Weise dahinflogen, daß es schien, als sei keines das langsamere und keines das schnellere, mit anderen Worten, als seien alle vier eins.

„Heute nachmittag, Scheik, werde ich dir Sirius zurückgeben." Ben Hur streichelte bei diesen Worten den Hals des alten Pferdes. „Ich werde ihn dir zurückgeben und es mit dem Wagen versuchen." „So bald schon?" fragte Ilderim. „Bei Tieren wie diesen, guter Scheik, genügt ein Tag. Sie sind nicht furchtsam. Sie haben Menschenverstand und lieben die Übungen. Dieses da" – er schüttelte das Leitseil über dem Rücken des Jüngsten des Viergespanns – „du nanntest es, glaube ich, Aldebaran, ist das schnellste. Auf einer Runde um die Rennbahn würde es die anderen um das Dreifache seiner Körperlänge überflügeln."

Ilderim wühlte in seinem Bart und sprach mit leuchtenden Augen: „Aldebaran ist das schnellste."

„Ich habe nur eine Besorgnis, Scheik."

Der Scheik wurde doppelt ernst.

„In seiner Gier nach Sieg kann ein Römer die Ehre nicht rein bewahren. Ihre Kniffe bei den Spielen sind unzählbar, im Wagenrennen erstreckt sich ihre Hinterhältigkeit auf alles, vom Pferd bis auf den Lenker, vom Lenker bis auf den Herrn. Deshalb, guter Scheik, laß von heute an, bis das Rennen vorüber ist, keinen Fremden die Pferde auch nur sehen. Willst du vollkommen sicher sein, so tue noch mehr: bewache sie mit bewaffneter Hand wie mit schlaflosem Auge, dann will ich für den Ausgang nichts fürchten."

Am Zelteingang stiegen sie ab.

„Deine Worte sollen beachtet werden. Bei der Herrlichkeit Gottes! Niemand soll ihnen nahekommen und keine Hand sie berühren, außer sie gehöre einem meiner Getreuen. Heute nacht werde ich Wachen aufstellen. Doch, Sohn des Arrius," – Ilderim zog das Päckchen hervor und öffnete es langsam, während sie an den Diwan traten und sich setzten – „sieh hier und hilf mir mit deinem Latein aus."

Er reichte Ben Hur das Schriftstück hin.

„Da, lies. Lies laut und übertrage, was du liesest, in die Sprache deiner Väter. Latein ist mir ein Greuel."

Ben Hur war in guter Laune und begann sorglos zu lesen: „Messala an Gratus!" Er hielt inne. Eine Ahnung trieb ihm das Blut zum Herzen. Ilderim bemerkte seine Erregung. „Nun, ich warte."

Ben Hur bat um Entschuldigung und begann neuerdings zu lesen. Die ersten Zeilen waren nur insofern bemerkenswert, als sie ihm bewiesen, daß der Schreiber seine Spottsucht nicht abgelegt hatte. Als der Leser sodann zu den Stellen kam, die des Gratus Gedächtnis auffrischen sollten, zitterte seine Stimme und er setzte zweimal ab, um seine Fassung wiederzugewinnen. Mit großer Anstrengung las er weiter: „– erinnere ich Dich daran, wie Du über die Familie

Hur verfügtest" – hier hielt der Leser abermals inne und holte tief Atem – „und wie wir beide damals den gefaßten Plan für den wirksamsten zur Erreichung unserer Absichten hielten, nämlich die Familie zum Stillschweigen und zum unvermeidlichen, aber natürlichen Tode zu verurteilen."

Hier versagte Ben Hur vollends die Stimme. Das Papier entfiel ihm und er barg sein Gesicht in den Händen.

„Sie sind tot – tot! Ich allein bin übrig!"

Der Scheik hatte schweigend, aber nicht teilnahmlos den Schmerz des jungen Mannes mitangesehen. Nun erhob er sich und sprach: „Sohn des Arrius, es ist an mir, dich um Entschuldigung zu bitten. Lies den Brief für dich allein. Wenn du stark genug bist, mir den Rest mitzuteilen, so laß es mich wissen, und ich werde wiederkommen."

Er ging aus dem Zelte hinaus; nichts in seinem ganzen Leben hatte ihm besser gestanden.

Ben Hur warf sich auf den Diwan und ließ seinen Gefühlen freien Lauf. Einigermaßen Herr seiner selbst geworden, erinnerte er sich, daß er den Schluß des Briefes noch nicht gelesen habe. Er nahm ihn auf und begann wieder zu lesen. „Du wirst Dich dessen entsinnen," lautete das Schreiben weiter, „was Du über Mutter und Schwester des Übeltäters bestimmtest, und wenn ich jetzt dem Verlangen nachgebe zu erfahren, ob sie noch leben oder schon tot sind" – Ben Hur fuhr auf, las die Stelle wieder und wieder und brach endlich in Rufe des Erstaunens aus. „Er weiß nicht, ob sie tot sind, er weiß es nicht! Gepriesen sei der Name des Herrn! Noch ist Hoffnung!" Er vollendete den Satz und neugestärkt las er den Brief mutig zu Ende. Dann sandte er nach dem Scheik.

„Als ich dein gastliches Zelt aufsuchte, Scheik," sprach er ruhig, als der Araber sich gesetzt hatte und sie allein waren, „wollte ich über mich selbst nicht mehr sagen, als ich nötig hielt, um dich davon zu überzeugen, daß ich hinlänglich Übung besitze, deine Pferde zu lenken. Ich lehnte es ab, dir meine Geschichte zu erzählen. Aber die Umstände, die mir dieses Papier in die Hand gaben, daß ich es lese, sind so merkwürdig, daß ich mich genötigt fühle, dir alles zu offenbaren. Und um so mehr bestimmt mich dazu die Erkenntnis, die ich aus dem Schreiben schöpfe, daß wir beide von demselben Feinde bedroht sind, gegen den es notwendig ist, gemeinsame Sache zu machen. Ich werde den Brief vorlesen und dir die nötigen Erklärungen geben; du wirft dich dann nicht länger wundern, daß ich so tief bewegt war. Wenn du mich für schwach und kindisch hieltst, so wirst du mich dann entschuldigen.“ Der Scheik schwieg und hörte aufmerksam zu, bis Ben Hur zu der Stelle kam, wo Ilderim ein verräterischer Scheik genannt wurde.

„Ein Verräter! – Ich?“ schrie zornentbrannt der Greis mit gellender Stimme. Seine Lippen zogen sich kraus, sein Bart wogte und die Adern an seiner Stirn und an seinem Hals schwollen an und pochten, als ob sie bersten wollten.

„Einen Augenblick noch, Scheik,“ sagte Ben Hur mit bittender Gebärde. „Das ist Messalas Meinung über dich. Höre seine Drohung.“ Und er las weiter: „– unter dem Zelt des verräterischen Scheiks Ilderim, der in nicht langer Zeit erfahren wird, daß er unserer starken Hand nicht entrinnen kann. Sei also nicht überrascht, wenn die erste Maßregel, die Maxentius ergreift, die ist, daß er den Araber auf ein Schiff bringen läßt, um ihn nach Rom zu senden.“

„Nach Rom! Mich – Ilderim – den Scheik von zehntausend speerbewaffneten Reitern – mich nach Rom!“

Er erhob sich oder sprang vielmehr auf, die Arme ausgebreitet, die Finger auseinandergespreizt und wie Krallen gekrümmt, die Augen glänzend wie die einer Schlange. “O Gott! Nein, bei allen Göttern außer denen Roms! Wann wird diese Unverschämtheit enden? Ein freier Mann bin ich, frei ist mein Volk. Müssen wir als Sklaven sterben, oder, noch schlimmer, muß ich wie ein Hund leben, der zu den Füßen seines Herrn kriecht? O, daß ich wieder jung wäre! O, könnte ich zwanzig Jahre abschütteln – oder zehn!“

Er knirschte mit den Zähnen und schlug die Hände über dem Kopf zusammen. Dann ging er plötzlich, von einem anderen Gedanken erfüllt, einige Schritte fort, kehrte aber schnell wieder zu Ben Hur zurück und faßte ihn mit kräftigem Griff bei der Schulter.

„Wäre ich an deiner Stelle, Sohn des Arrius, und so jung, so stark, so geübt in den Waffen wie du, hätte ich einen Beweggrund, der mich zur Rache spornte, einen Beweggrund wie den deinigen, hinreichend, den Haß zu heiligen – hinweg mit aller Verstellung zwischen mir und dir! Sohn Hurs, Sohn Hurs, sage ich –“

Bei diesem Namen stockte Ben Hurs Blut in allen Adern; überrascht, verwirrt blickte er in des Arabers wildfunkelnde Augen.

„Sohn Hurs, sage ich, wäre ich an deiner Stelle, hätte ich halb so viel Unrecht erduldet, trüge ich Erinnerungen wie die deinigen in mir: ich würde, ich könnte nicht ruhen!“ Wie die Wasser eines Gießbaches stürzten die Worte unaufhaltsam aus dem Munde des Greises. „Zu all den selbsterlittenen Unbilden würde ich jene der ganzen Welt fügen und mich ausschließlich der Rache widmen. Von Land zu Land würde ich ziehen und die ganze Menschheit entflammen. Keinen Freiheitskrieg sollte es geben, der mich nicht beteiligt fände, keinen Kampf gegen Rom, in dem ich nicht mitkämpfen würde. Ich würde, wenn ich nichts Besseres tun könnte, ein Parther werden. Den Flammen überliefern würde ich alles, was römisch heißt, dem Schwerte opfern jeden, der einen Römer zum Vater hat. O, ich könnte keine Stunde schlafen. Ich – ich – " Keuchend, die Hände ringend, hielt er inne, der Atem war ihm ausgegangen. Von diesem ganzen leidenschaftlichen Ausbruch behielt Ben Hur, um die Wahrheit zu sagen, nur einen unbestimmten Eindruck. Zum ersten Male seit Jahren hatte sich der verlassene Jüngling bei seinem Namen nennen gehört. Wenigstens ein Mann also kannte ihn und gestand es, ohne Beweise seiner Identität zu verlangen, und dieser war ein Araber, der eben erst aus der Wüste gekommen war!

Wie war der Mann zu dieser Kenntnis gekommen? Durch den Brief? Nein. Dieser berichtete die Grausamkeiten, die seine Familie erduldet hatte, er erzählte die Geschichte seines eigenen Unglückes, aber er sagte nicht, daß er das Opfer sei, von dessen glücklicher Errettung das Schreiben in so herzlosem Tone berichtete. Das war jener Punkt, den er dem Scheik nach Lesung des Briefes erklären wollte.

„Guter Scheik, erzähle mir, wie du zu diesem Briefe kamst."

„Meine Leute bewachen die Wege zu den Städten," antwortete Ilderim kurz. „Sie nahmen ihn einem Eilboten ab."

„Weiß man, daß es deine Leute sind?"

„Nein. Der Welt gelten sie als Räuber, die zu fangen und zu töten meine Aufgabe ist."

„Noch eins, Scheik. Du nanntest mich Sohn Hurs – nach dem Namen meines Vaters. Ich dachte nicht, daß ich einem einzigen Menschen auf der ganzen Welt bekannt sei. Woher hast du diese Kenntnis?"

Ilderim zögerte; nach kurzer Überlegung antwortete er aber: „Laß uns jetzt nicht weiter darüber reden. Ich werde mich in die Stadt begeben, nach meiner Rückkehr kann ich vielleicht offen mir dir reden. Gib mir den Brief."

Ilderim rollte das Schriftstück sorgfältig zusammen, legte es in seine Umhüllung zurück und war wieder ganz Eifer.

„Nun, was sagst du?“ fragte er, während er auf sein Pferd und sein Gefolge wartete. „Ich sagte dir, was ich an deiner Stelle täte, und du gabst mir keine Antwort.“ “Ich wollte antworten, Scheik, und ich werde es.“ Ben Hurs Gesicht und Stimme verrieten die Erregung, die sich seiner wieder bemächtigte. „Alles, was du gesagt hast, will ich tun – alles wenigstens, was in eines Menschen Macht liegt. Schon seit langem habe ich mich ganz der Rache gewidmet. Zu jeder Stunde während der letzten fünf Jahre schwebte mir kein anderer Gedanke vor. Ich gönnte mir keine Ruhe. Die Vergnügungen der Jugend blieben mir unbekannt. Roms Herrlichkeiten und Reize berührten mich nicht. Ich suchte mich dort nur für die Rache auszubilden. Ich ging zu den berühmtesten Meistern und Lehrern – nicht der Beredsamkeit und Philosophie; ach, dafür hatte ich keine Zeit. Die Künste, die ein Mann der Waffen kennen muß, zu erlernen, war mein einziges Streben. Ich gesellte mich zu den Gladiatoren und den sieggekrönten Zirkuskämpfern, diese waren meine Lehrer. Die Exerziermeister auf dem großen Feldlager nahmen mich als Schüler an und waren stolz auf meine Leistungen in ihrem Fache. Scheik, ich bin Soldat, aber die Aufgabe, die ich mir gesetzt habe, fordert in mir einen Feldherrn. Dieser Gedanke bewog mich, am Zug gegen die Parther teilzunehmen. Wenn dieser vorüber ist und der Herr mir Kraft und Leben erhält, dann“ – er erhob die geballten Fäuste zum Himmel und sprach im Tone leidenschaftlichen Feuers – „dann werde ich ein in jeder Hinficht römisch geschulter Feind sein, dann soll mir Rom seine Unbilden mit Römerblut bezahlen! Das ist meine Antwort, Scheik.“

Ilderim schlang einen Arm um Ben Hurs Schultern und küßte ihn. „Wenn dein Gott dir nicht beisteht, Sohn Hurs,“ sagte er leidenschaftlich, „dann ist er tot. Und diese Versicherung nimm von mir entgegen – feierlich beschworen, wenn du willst –: meine Hände und mein Eigentum, Männer, Pferde, Kamele sollen dir zur Verfügung stehn, sowie die Wüste zur Vorbereitung. Ich schwöre es! Für jetzt genug. Du sollst mich noch vor Nacht sehen oder von mir hören.“ Er wandte sich rasch ab und eilte der Stadt zu. Der aufgefangene Brief gab über verschiedene Punkte Aufschluß, die für Ben Hur von großer Wichtigkeit waren. Er enthielt das tatsächliche Geständnis, daß der Schreiber an der in mörderischer Absicht geschehenen Beseitigung der Familie beteiligt war, daß er den für diesen Zweck entworfenen Plan gutgeheißen und selbst einen Teil der eingezogenen Güter erhalten hatte, in dessen Besitz er sich noch befand, daß ihn das unerwartete Auftauchen des „Hauptübeltäters“, wie er ihn zu nennen beliebte, beunruhigte und ihm wie eine Drohung erschien, endlich daß er damit umging, Mittel und Wege zu finden, die ihn für die Zukunft sicherstellen könnten, und daß er zu diesem Zweck bereit war zu tun, was sein Helfershelfer in Cäsarea raten würde.

Ben Hur versuchte, seine Gedanken zu sammeln, denn rasches Handeln war notwendig, und seine Feinde verfügten über eine große Macht. Aber die Nachrichten über seine Mutter und Schwester verwirrten ihn, auch beunruhigte es ihn, daß der Scheik durch einen Unbekannten seinen Namen erfahren. Nach eingenommenem Mittagsmahle ließ er sich den Wagen herausrollen und besichtigte ihn sorgfältig. Dann führte er die Pferde auf das Feld und übte stundenlang. Mit neuem Mut kehrte er des Abends zurück, fest entschlossen, sein Vorgehn gegenüber Messala zu verschieben, bis das Rennen gewonnen oder verloren fei. Er wollte nicht auf das Vergnügen verzichten, seinem Gegner im Angesicht des ganzen Ostens gegenüberzutreten; daß noch andere Bewerber auftreten könnten, schien ihm nicht in den Sinn zu kommen. Sein Vertrauen auf einen guten Ausgang stand unerschütterlich fest; an seiner eigenen Geschicklichkeit zweifelte er nicht, und was die Pferde betraf, so befaß er in ihnen verständnisvolle Genossen im ruhmreichen Kampfspiele.

Nach Einbruch der Rächt saß Ben Hur am Eingang des Zeltes, auf Ilderim wartend, der noch nicht aus der Stadt zurückgekehrt war. Er war keineswegs ungeduldig, noch fühlte er Unruhe oder Zweifel. In jedem Falle würde der Scheik von sich hören lassen. Er hatte das Gefühl, daß die Vorsehung wieder schützend ihre Arme über ihn ausbreite. Endlich hörte er rasche Hufschläge eines Pferdes; Malluch ritt heran.

„Sohn des Arrius,“ sagte dieser nach der Begrüßung im Ton der Freude, „Scheik Ilderim sendet dir seinen Gruß und bittet dich, zu Pferde zu steigen und in die Stadt zu kommen. Er erwartet dich.“

Ben Hur stellte keine Fragen, sondern begab sich in den Raum, wo die Pferde gefüttert wurden. Aldebaran kam auf ihn zu, als wollte er ihm seine Dienste anbieten. Er streichelte ihn zärtlich, ging aber weiter, um ein anderes zu wählen, das nicht zum Viergespann gehörte, denn dieses sollte seine Kräfte nur dem Rennen widmen. In kurzer Zeit saßen sie auf den Pferden und ritten schnell und schweigsam der Stadt zu.

Eine Strecke unterhalb der seleukischen Brücke setzten sie auf einer Fähre über den Fluß, ritten dann in einem weiten Bogen auf der rechten Seite des Flusses weiter, kehrten auf einer zweiten Fähre an das andere Ufer zurück und gelangten von Westen her in die Stadt. Der Umweg war beträchtlich, aber Ben Hur sah darin eine Vorsicht, die ihre guten Gründe haben konnte.

Sie ritten zum Landungsplatz des Simonides hinab, und vor dem großen Warenlager unter der Brücke hielt Malluch an. „Wir sind am Ziele," sprach er. „Steige ab."

Ben Hur erkannte die Stelle.

„Wo ist er, der Scheik?" fragte er.

„Komm mit mir, ich werde dich führen."

Ein Wächter übernahm die Pferde, und fast ehe Ben Hur sich dessen bewußt ward, stand er zum zweiten Male an der Tür des auf dem größeren Gebäude ruhenden Hauses und hörte von innen die Einladung: „Tritt ein im Namen Gottes!"

Zwanzigstes Kapitel

Malluch blieb an der Tür zurück, Ben Hur trat allein ein. Es war dasselbe Gemach, in welchem er die frühere Unterredung mit Simonides gehabt hatte. Drei Personen waren anwesend und blickten ihm entgegen: Simonides, Ilderim und Esther.

Er blickte sie rasch der Reihe nach an, als ob er Antwort auf die sich ihm aufdrängende Frage suche: was können sie von mir wollen? Doch bewahrte er die Ruhe und hielt seine Sinne gespannt, denn schon folgte der ersten Frage die zweite: sind sie Freunde oder Feinde?

Endlich blieben seine Augen auf Esther haften. Die Männer erwiderten seinen Blick freundlich. In ihrem Blick aber lag mehr als Freundlichkeit – etwas Geistiges, für ihn Unerklärbares, das sich dennoch, auch ohne Erklärung, tief seinem Innersten einprägte.

„Sohn Hurs –"

Der Eingetretene wandte sich gegen den Sprecher.

„Sohn Hurs," sprach Simonides, langsam und mit Nachdruck die Anrede wiederholend, als wollte er deren ganze Bedeutung ihm zum Bewußtsein bringen, „empfange den Frieden des Herrn, des Gottes unserer Väter, empfange ihn von mir und den Meinigen."

„Simonides," antwortete Ben Hur tief bewegt, „den heiligen Frieden, den du mir bietest, nehme ich an. Wie ein Sohn seinem Vater erwidere ich ihn dir. Nur laß uns gegenseitig vollkommen verstehn!"

In so zarter Weise suchte er jede Verdemütigung des Handelsherrn zu vermeiden und an die Stelle des Verhältnisses zwischen Gebieter und Untergebenen ein höheres und heiligeres zu setzen.

Simonides ließ die Hände sinken und sprach, zu Esther gewendet: "Tochter, bring einen Sitz für unseren Gebieter!"

Sie eilte fort, brachte einen niedrigen Sessel und stand nun errötend da, von einem zum anderen blickend und einen Befehl erwartend. Doch diese schwiegen, da jeder den Vorrang, den ein Befehl in sich geschlossen hätte, dem anderen überlassen wollte. Als endlich die Pause peinlich zu werden begann, trat Ben Hur vor, nahm den Sessel höflich aus ihrer Hand und stellte ihn vor den Lehnstuhl zu den Füßen des Handelsherrn. „Ich will mich hierher setzen," sprach er.

Seine Augen trafen die ihrigen, indes nur einen Augenblick, dennoch verstanden sie sich. Er erkannte ihre Dankbarkeit, sie seine Großmut und Nachsicht.

Simonides verneigte sich zum Zeichen der Anerkennung.

„Esther, mein Kind, bring mir die Papiere," sprach er, erleichtert aufatmend.

Sie ging zu einem der Felder in der getäfelten Wand, öffnete dasselbe, nahm eine Rolle Papyrusstreifen heraus und brachte sie ihm.

„Du hast ein gutes Wort gesprochen, Sohn Hurs," begann Simonides, die Bogen ausrollend. „Laß uns gegenseitig verstehn. In Erwartung dieses Verlangens – welches ich übrigens selbst gestellt hätte, hättest du demselben aus dem Wege gehn wollen – habe ich hier einen Bericht zusammengestellt, der alles umfaßt, was zur gewünschten Verständigung notwendig ist. Es kommen hier, soviel ich sehe, zwei Punkte in Betracht: zunächst das Vermögen und dann unser Verhältnis zueinander. Der Bericht handelt ausführlich von beiden. Willst du ihn jetzt durchlesen?"

Ben Hur nahm die Papiere in die Hand, blickte aber auf Ilderim.

„Nein," sagte Simonides, „der Scheik soll dich vom Lesen nicht abhalten. Die Verrechnung – denn eine solche wirst du im Bericht finden – ist derart, daß sie einen Zeugen erfordert. Am Schluß des Berichtes, wo sich die Zeugen zu unterfertigen pflegen, wirst du daher, wenn du so weit gelesen hast, den Namen „Ilderim, Scheik" gezeichnet finden. Er weiß alles. Er ist dein Freund. Alles, was er mir war, wird er auch dir sein."

Simonides blickte, sich freundlich verbeugend, den Araber an, und dieser erwiderte ernst die Verbeugung und sprach: „Es ist, wie du sagst."

Ben Hur entgegnete: „Ich habe bereits den hohen Wert seiner Freundschaft erfahren und muß mich noch derselben würdig zeigen." Dann fuhr er fort: „Später, Simonides, will ich die Papiere sorgfältig lesen, für jetzt nimm sie zurück und teile mir, wenn es dich nicht zu sehr ermüdet, nur ihren Hauptinhalt mit."

Simonides nahm die Rolle zurück.

„Hier, Esther, stelle dich neben mich und nimm die Bogen in die Hand, daß sie nicht in Unordnung geraten."

Sie nahm ihren Platz neben seinem Stuhle ein und legte ihren rechten Arm leicht auf seine Schulter, so daß, wenn er sprach, es schien, die Rechnungslage gehe von beiden zugleich aus.

„Dies", sprach Simonides, das erste Blatt herausnehmend, „enthält das Geld verzeichnet, das ich von deinem Vater hatte; es ist die Summe, die ich vor den Römern rettete. Anderes Eigentum konnte nicht gerettet werden, nur Geld, und auch dieses hätten die Räuber sich verschafft, hätte ihnen nicht unser jüdisches Wechselsystem im Wege gestanden. Die gerettete Summe, bestehend aus Geldern, die ich aus Rom, Alexandrien, Damaskus, Karthago und aus anderen Handelsplätzen einzog, betrug einhundertundzwanzig Talente in jüdischem Gelde."

Er reichte den Bogen Esther und nahm den nächsten.

„Jene Summe – einhundertundzwanzig Talente – habe ich übernommen. Höre nun, worin mein Haben besteht. Ich gebrauche dieses Wort, wie du sehen wirst, vor allem in bezug auf den Gewinn, den ich aus jenem Gelde zog."

Er las nun von verschiedenen Bogen die Totalsummen, die mit Weglassung der Bruchteile lauteten wie folgt:

An Schiffen	60	Talente
an Waren auf Lager	119	"
an Transitowaren	75	"
an Kamelen, Pferden usw.	20	"
an Warenniederlagen	10	"
an fälligen Rechnungen	54	"
an barem Geld und an Anweisungen	224	"
Summe:	553	Talente

Zu diesen fünfhundertunddreiundfünfzig gewonnenen Talenten rechne nun das ursprüngliche Kapital, das ich von deinem Vater hatte, und du hast sechshundertdreiundsiebzig Talente, und alles ist dein Eigentum, wodurch du, Sohn Hurs, der reichste Untertan auf Erden wirst."

Er nahm die Bogen aus Esthers Hand, rollte sie, nachdem er einen beiseite gelegt hatte, zusammen und reichte sie Ben Hur hin. Der in seinem Wesen sich offenbarende Stolz hatte nichts Verletzendes, er mochte dem Bewußtsein treuer Pflichterfüllung entsprungen sein oder, ohne Rücksicht darauf, ausschließlich Ben Hur gelten.

„Und es gibt nichts," setzte er hinzu, die Stimme, aber nicht die Augen senkend, „es gibt nunmehr nichts, was du nicht tun kannst."

Alle Anwesenden waren sich der Wichtigkeit des Augenblickes bewußt. Simonides kreuzte abermals die Hände auf der Brust, Esther war in angstvoller Sorge, Ilderim aufgeregt. Der Charakter eines Mannes erprobt sich nie so gut wie in der Stunde überschwenglichen Glückes.

Ben Hur nahm die Rolle und erhob sich. Seine Bewegung niederkämpfend, sprach er dann mit weicher Stimme: „Alles dies ist mir ein Licht vom Himmel gesandt, um die Nacht zu verscheuchen, eine Nacht, so lang, daß ich fürchtete, sie würde niemals enden, und so dunkel, daß ich die Hoffnung aufgab, je wieder einen Lichtstrahl zu sehen. Meinen ersten Dank spreche ich dem Herrn aus, der mich nicht verlassen hat, und den zweiten dir, Simonides. Deine Treue macht die Grausamkeit anderer gut und ist mir wie eine Erlösung unserer menschlichen Natur. Soll ich mich in dieser für mich so erhebenden Stunde an Großmut übertreffen lassen? Sei jetzt mein Zeuge, Scheik Ilderim! Höre meine Worte, so wie ich sie sprechen werde, höre sie und bleibe ihrer eingedenk! Und du, Esther, guter Engel dieses guten Mannes, höre auch du!" Er streckte die Hand mit der Rolle gegen Simonides hin.

„Die in diesen Papieren verrechneten Dinge – alle: Schiffe, Häuser, Waren, Kamele, Pferde und Geld, das Kleinste wie das Größte – gebe ich dir zurück, Simonides, erkläre sie als dein Eigentum und bestätige dich und die Deinen für immer in ihrem Besitze."

Esther lächelte durch ihre Tränen. Ilderim zuckte aufgeregt an feinem Bart, seine schwarzen Augen glänzten. Simonides allein bewahrte seine Ruhe.

„Ich bestätige dich und die Deinen für immer in ihrem Besitze," fuhr Ben Hur, seine Gefühle nun besser beherrschend, fort, „mit einer einzigen Ausnahme und unter einer Bedingung."

Atemlos warteten die Zuhörer auf feine Worte. „Die einhundertundzwanzig Talente, die meinem Vater gehörten, sollst du mir zurückerstatten."

Ilderims Gesicht erhellte sich.

„Und du sollst mich im Suchen nach meiner Mutter und Schwester unterstützen, bereit, all das Deinige an ihre Entdeckung zu wenden, wie ich all das Meinige zu opfern bereit bin."

Simonides war tief bewegt. Seine Hand ausstreckend, sagte er: „Ich sehe deinen hohen Sinn, Sohn Hurs, und danke dem Herrn, daß er dich so, wie du bist, zu mir geführt hat. Wenn ich deinem Vater während feines Lebens und nachher seinem Andenken treu gedient habe, so fürchte nicht, daß ich dir gegenüber meine Pflicht vernachlässigen werde, doch muß ich erklären, daß die Bedingung nicht gelten kann."

Dann den zurückbehaltenen Bogen vorweisend, setzte er hinzu: „Du hast nicht den ganzen Bericht gehört. Nimm hier und lies – lies laut!“

Ben Hur nahm den Nachtragsbericht und las:

„Bericht über die Leibeigenen Hurs, erstattet von Simonides, Verwalter des Vermögens:

1. Amrah, Ägypterin, im Palaste zu Jerusalem, 2. Simonides, Verwalter, in Antiochien, 3. Esther, Simonides' Tochter.

So oft auch Ben Hur an Simonides gedacht hatte, es war ihm nicht ein einziges Mal in den Sinn gekommen, daß nach dem Gesetze die Tochter dem Vater in der Leibeigenschaft folge. So oft er die liebliche Esther im Geiste geschaut hatte, war sie ihm stets als das Gegenbild der Ägypterin, als möglicher Gegenstand seiner Liebe erschienen. Er erschrak über diese so plötzliche Offenbarung und blickte Esther errötend an; und errötend senkte sie vor ihm die Augen. Dann sprach er, während der Papyrusbogen sich von selbst zusammenrollte:

„Ein Mann im Besitze von sechshundert Talenten ist in der Tat reich und kann tun, was ihm beliebt. Aber wertvoller als das Geld und unschätzbarer als das Vermögen ist der Geist, der den Reichtum gesammelt hat, und das Herz, das durch denselben, nachdem er gesammelt war, nicht verderbt werden konnte. Simonides, und du, schöne Esther, fürchtet euch nicht! Scheik Ilderim hier soll Zeuge sein, daß in demselben Augenblick, der euch als meine Leibeigenen offenbarte, ich euch frei erklärt habe; und was ich mündlich ausspreche, will ich schriftlich niederlegen. Ist das nicht genug? Kann ich mehr tun?“

„Sohn Hurs,“ sagte Simonides, „wahrlich, du machst die Knechtschaft leicht. Aber du kannst uns nicht vor dem Gesetze freilassen. Ich bin dein Leibeigener auf Lebenszeit, denn ich folgte eines Tages deinem Vater zum Türpfosten und an meinem Ohr sind noch die Pfriemenzeichen zu sehen.“

„Mein Vater hätte das getan?“

„Richte ihn nicht,“ rief Simonides schnell. „Er machte mich zu einem Diener jener Klasse, weil ich ihn darum bat. Ich habe den Schritt niemals bereut. Es war der Preis, den ich für Rahel, die Mutter meines Kindes hier, bezahlte; denn Rahel wollte nicht mein Weib werden, wenn ich nicht wurde, was sie war.“

„War sie eine Leibeigene auf Lebenszeit?“

„Ja.“

Ben Hur schritt im schmerzlichen Gefühl seines Unvermögens im Gemach auf und ab.

„Ich war schon vorher reich," sagte er, plötzlich stehn bleibend.

„Ich war reich durch das Vermächtnis des edlen Arrius, nun kommt dazu dieses noch größere Vermögen und der Geist, der es zu erwerben verstand. Liegt in diesem allem nicht eine Absicht Gottes verborgen? Sei mein Ratgeber, Simonides! Hilf mir, das Rechte zu erkennen und zu tun. Hilf mir, meines Namens würdig zu sein, und was du vor dem Gesetze mir bist, das will ich dir in der Tat und in Wahrheit sein. Ich will dein Diener sein für immer."

Simonides' Antlitz strahlte.

„Sohn meines verstorbenen Gebieters! Ich werde mehr tun, als dir helfen. Ich will dir mit der ganzen Kraft meines Geistes und Herzens dienen. Einen Leib habe ich nicht, er ging in deinem Dienste zugrunde. Aber mit Geist und Herz will ich dir dienen. Ich schwöre es dir bei dem Altare unseres Gottes und bei den Opfergaben auf dem Altare! Nur mache mich in gesetzlicher Form zu dem, als was ich mich bisher in der Tat betrachtet habe."

„Nenne es," drängte Ben Hur.

„Bin ich Verwalter, so wird die Sorge für das Vermögen mir obliegen." "Betrachte dich von jetzt ab als Verwalter, oder willst du es schriftlich?"

„Dein Wort genügt vollständig. So war es bei deinem Vater und ich will nicht mehr vom Sohne. Und nun, wenn das Verständnis vollkommen ist –" Simonides hielt inne.

„Meinerseits ist es," versicherte Ben Hur.

„Und du, Tochter Rahels, sprich!" sagte Simonides, ihren Arm von seiner Schulter nehmend.

So allein gelassen, stand Esther einen Augenblick verwirrt da. Ihr Gesicht wechselte rasch die Farbe. Dann trat sie auf Ben Hur zu und sprach mit einer ganz eigenen weiblichen Anmut: „Ich bin nicht besser als meine Mutter war, und da sie uns verlassen hat, bitte ich dich, mein Gebieter, laß mich für meinen Vater sorgen!"

Ben Hur ergriff ihre Hand und führte sie zum Lehnstuhl des Vaters zurück, indem er sprach: „Du bist ein gutes Kind. Es geschehe nach deinem Willen."

Simonides legte wieder ihren Arm um seinen Hals und eine Zeitlang herrschte Stille im Gemache. Endlich blickte er auf.

„Esther," sprach er ruhig, „die Nacht rückt eilend vor. Laß Erfrischungen bringen, damit wir nicht müde werden für das, was wir noch vor uns haben."

Sie klingelte. Eine Dienerin brachte Brot und Wein und reichte davon herum.

„Die Verständigung, mein guter Gebieter," fuhr Simonides fort, nachdem alle von dem Dargebotenen genommen hatten, „ist in meinen Augen noch nicht vollständig. Von nun an wird unser Leben zusammenfließen wie zwei Ströme, die ihre Wasser vereinigt haben. Ich glaube, ihr Lauf wird um so ruhiger sein, wenn alle Wolken vom Himmel über ihnen verschwunden sind. Nun aber muß ich von etwas anderem reden. Du hast Balthasar gesehen?"

„Ja, und er hat mir auch seine Geschichte erzählt."

„Ein Wunder ist sie, ein wahres Wunder!" rief Simonides. "Als ich sie hörte, erschien sie mir wie eine Antwort Gottes auf viele Fragen. Arm wird der König sein, wenn er kommt, ohne Freunde, ohne Heere, ohne Städte und Burgen. Ein neues Königreich soll aufgerichtet, Rom gestürzt und vom Erdboden vertilgt werden. Sieh, mein Gebieter, du, strotzend von Kraft, du, gewandt in den Waffen, du, überhäuft mit Reichtum, sieh die Gelegenheit, die der Herr dir gesandt hat! Soll seine Absicht nicht die deine sein? Könnte ein Mensch zu herrlicherem Ruhm geboren sein?"

Simonides hatte seine ganze Kraft und Begeisterung in die Worte gelegt.

„Aber das Reich, das Reich!" antwortete Ben Hur eifrig. „Balthasar sagt, es werde ein Reich der Seelen sein."

Der jüdische Nationalstolz war in Simonides stark ausgebildet, daher das etwas verächtliche Verziehen der Lippen, womit er seine Antwort begann:

„Balthasar war Zeuge merkwürdiger Dinge, Zeuge wahrer Wunder gewesen, mein Gebieter. Und wenn er davon redet, beuge ich mich in Glauben, denn dafür bürgen mir seine eigenen Augen und Öhren. Aber er ist ein Ägypter und weiß nichts von Gottes Bund mit Israel. Wir aber haben unsere Propheten. Bringe mir das heilige Buch, Esther."

Ohne auf sie zu warten, fuhr er fort:

„Darf das Zeugnis eines ganzen Volkes verachtet werden, mein Gebieter? Du magst von Tyrus, der Seestadt im Norden, bis nach der Hauptstadt von Edom in der Wüste im Süden reisen, du wirst keinen Juden finden, der behaupten wird, das Reich, das der kommende König für uns, die Kinder des Bundes, aufrichten solle, werde ein anderes sein als eines von dieser Welt wie das unseres Vaters David. Nun, woher haben diese ihren Glauben, fragst du? Wir werden es sofort sehen."

Esther kam mit einer Anzahl Rollen zurück, die sorgfältig in dunkelbraunes, mit altertümlichen goldenen Lettern umschriebenes Linnen gehüllt waren. "Halte sie, Tochter, und reiche sie mir, wie ich sie verlange," sagte der Vater in dem zärtlichen Ton, den er immer im Gespräch mit ihr anschlug, und setzte seine Beweisführung fort: „Es würde zu weit führen, mein lieber Gebieter, viel zu weit, wollte ich dir die Namen der heiligen Männer wiederholen, die, nur etwas weniger begnadet wie die Propheten, diesen nach dem Ratschluß der göttlichen Vorsehung folgten – jener Seher und Prediger, die seit der Gefangenschaft geschrieben und gelehrt haben, jener Weisen, die ihr Licht von der Leuchte des letzten in der Prophetenreihe, Malachias, borgten und deren große Namen in den Lehrsälen zu nennen Hillel und Schammai niemals ermüdeten. Willst du sie über das Reich befragen? Sie alle sprechen von dem Herrscher, von dem König in Israel, der die übrigen Könige von ihren Thronen stürzt. Aber du glaubst doch an die eigentlichen Propheten – höre, was sie gesagt haben."

Er nahm eine der Rollen, die Esther für ihn ausgebreitet hatte, und las: „„Das Volk, das im Finstern wandelt, sieht ein großes Licht; den Bewohnern der Landschaft des Todesschattens geht ein Licht auf... Denn ein Kind ist uns geboren, ein Sohn ist uns geschenkt, auf dessen Schultern die Herrschaft ruht... Seine Herrschaft wird sich mehren, und des Friedens wird kein Ende sein. Auf dem Throne Davids und in seinem Reiche wird er sitzen, daß er es befestige und stütze durch Recht und Gerechtigkeit, von nun an bis in Ewigkeit." – Glaubst du den Propheten, mein Gebieter? – Nun, Esther, das Wort des Herrn, das an Michäas erging!"

Sie reichte ihm die verlangte Rolle.

„„Aber du"" begann er zu lesen, „„aber du, Bethlehem Ephrata, zwar klein unter den Tausenden Judas, aus dir wird hervorgehn der Herrscher in Israel." – Das war eben jenes Kind, das Balthasar in der Höhle sah und anbetete. Glaubst du den Propheten, mein Gebieter? – Gib mir, Esther, die Worte Jeremias'!" Er nahm die Rolle und las, wie früher: „„Siehe, es kommt die Zeit, spricht der Herr, daß ich dem David einen gerechten Sprößling erwecke. Als ein König wird er herrschen, der weise ist und Recht und Gerechtigkeit übet auf Erden. In jenen Tagen wird Juda erlöst werden und Israel sicher wohnen.“ Als ein König wird er herrschen, als ein König, mein Gebieter. Glaubst du den Propheten?“

„Es ist genug, ich glaube!“ rief Ben Hur.

„Was nun?“ fragte Simonides. „Wenn der König in Armut kommt, wird nicht mein Gebieter ihm mit seinem Überfluß zu Hilfe kommen?“

„Ihm zu Hilfe kommen? Mit dem letzten Schekel und bis zum letzten Atemzuge! Aber warum davon reden, daß er arm erscheinen werde?“

„Gib mir, Esther, das Wort des Herrn, wie es an Zacharias erging,“ sagte Simonides.

Sie reichte ihm eine der Rollen.

„Höre, wie der König in Jerusalem einziehen wird.“ Dann las er: „„Freue dich doch, du Tochter Zions! ... Siehe, dein König kommt zu dir, gerecht und als Heiland; er ist arm und reitet auf einer Eselin, auf dem jungen Füllen einer Eselin.“„

Ben Hur blickte zur Seite.

„Was siehst du, mein Gebieter?“

„Rom!“ antwortete er trübe – „Rom und seine Legionen. Ich habe unter ihnen im Lager gelebt. Ich kenne sie.“

„Oh!“ sagte Simonides, „du wirst Legionen für den König zum Kampfe führen und unter Millionen wählen können.“

„Unter Millionen!“ rief Ben Hur.

„Oh! mein Gebieter,“ fuhr Simonides fort, „du weißt nicht, wie stark unser Israel ist. Du stellst es dir als einen sorgenvollen Greis vor, der an den Flüssen Babylons weint. Aber geh zum nächsten Osterfeste nach Jerusalem hinauf und stelle dich unter die Säulenhalle oder auf den Marktplatz und betrachte Israel, wie es ist. Die Verheißung des Herrn an unseren Vater Jakob, als er aus Haran auszog, war ein Gesetz, unter dem unser Volk niemals aufhörte, sich zu vermehren, selbst nicht in der Gefangenschaft; es wuchs unter dem Fußtritt der Ägypter; der Druck der Römer war ihm wie eine kräftigende Nahrung, und jetzt ist es in der Tat „ein Volk und eine Schar von Völkern“. Jerusalem selbst ist nur wie ein Stein im Tempel oder wie das Herz im Leibe. Wende deinen Blick von den Legionen, so stark sie auch sein mögen, hinweg und zähle die Menge der Gläubigen, die nur auf den alten Ruf warten: „Zu den Zelten, Israel!“ Zähle die über alle Länder der Erde Zerstreuten, und wenn du mit der Zählung fertig bist, dann hast du, mein Gebieter, die Zahl der Schwertträger, die deiner warten. Sieh ein Reich, bereit für denjenigen, der „Recht und Gerechtigkeit üben wird auf der ganzen Erde“ – in Rom nicht minder wie in Zion. Dann hast du die Antwort auf deine Frage, denn was Israel tun kann, das kann der König.“

Das Bild war in glühenden Farben entworfen worden. Auf Ilderim wirkte es wie ein Posaunenstoß. „O, daß ich meine Jugend zurück hätte!“ rief er und sprang auf. Ben Hur saß schweigsam. Die Rede war, wie er merkte, eine Einladung, sein Leben und sein Vermögen dem geheimnisvollen Wesen zu weihen, das für Simonides augenscheinlich ebenso den Mittelpunkt einer großen Hoffnung bildete wie für den gottesfürchtigen Ägypter. Ben Hur hatte das Gefühl, als hätte sich eine bisher unsichtbare Tür aufgetan und eine Lichtflut über ihn ausgeströmt, als öffnete sie ihm den Weg zu einer Aufgabe, die schon sein einziger Traum gewesen war, einer Aufgabe, die sich weit in die Zukunft erstreckte und reichen Lohn treuer Pflichterfüllung und herrlichen Erfolg in Aussicht stellte, die Mühen seines Ehrgeizes zu versüßen und zu lindern. Nur einer Anregung bedurfte es noch. „Laß uns alles zugeben, was du sagst, Simonides,“ sprach Ben Hur, „daß der König kommen und daß sein Reich ähnlich jenem Salomos sein werde. Angenommen auch, ich sei bereit, mich selbst und alles, was ich besitze, für ihn und seine Sache hinzugeben. Noch mehr, angenommen, ich wollte alles tun, was Gott mit der Leitung meiner Lebensschicksale und mit deiner raschen Anhäufung eines erstaunlichen Vermögens beabsichtigte – was dann? Sollen wir bauen wie Blinde? Sollen wir warten, bis der König kommt? Oder bis er nach mir sendet? Dir stehn Alter und Erfahrung zur Seite, antworte!“

Simonides antwortete sogleich.

„Wir haben keine Wahl, gar keine. Dieser Brief“ – er zog dabei Messalas Schreiben hervor – „dieser Brief ist das Zeichen zum handeln. Wir sind nicht stark genug, der beabsichtigten Verbindung zwischen Messala und Gratus zu widerstehn. Wir haben dazu nicht den Einfluß in Rom und die nötige Macht hier. Sie werden dich töten, wenn wir warten. Willst du aber wissen, wie gnädig sie sind, so sieh mich an.“

Er schauderte bei der schrecklichen Erinnerung. „Es gibt ein Werk, ein Werk für den König," fuhr Simonides fort, „das vor feiner Ankunft getan werden sollte. Wir dürfen nicht zweifeln, daß Israel feine erste Hand zu sein berufen ist; aber ach! sie ist eine Hand des Friedens und kennt die Künste des Krieges nicht. Unter den Millionen ist nicht eine geübte Kriegsschar, nicht ein Anführer. Aber die Zeit des Umschwunges ist gekommen, die Zeit, da der Hirt die Rüstung anzieht und zu Speer und Schwert greift und das Weiden der Herden mit dem Kampf gegen Löwen vertauscht wird. Irgend jemand, mein Sohn, muß den nächsten Platz zur Rechten des Königs einnehmen. Wer soll es sein, wenn nicht derjenige, der dieses Werk gut vollendet?"

Ben Hurs Wangen erglühten über dieser Aussicht, gleichwohl sprach er: „Ich verstehe; doch sprich deutlicher. Daß ein Werk getan werden soll, ist ein Ding, wie es tun, ein anderes." Simonides nippte von dem Weine, den Esther ihm reichte, und antwortete:

„Der Scheik und du, mein Gebieter, ihr sollt die Hauptanführer sein, jeder mit einer besonderen Aufgabe. Ich will hier bleiben und mein Geschäft betreiben wie bisher, sorgsam darüber wachend, daß die Quelle nicht versiege. Du sollst dich nach Jerusalem und von da in die Wüste begeben und zuerst die waffenfähigen Männer Israels zählen, sie in Abteilungen von zehn und hundert reihen, Führer wählen und ausbilden und an geheimen Orten Waffen sammeln. Für die dazu nötigen Mittel werde ich sorgen. Drüben in Peräa beginnend, sollst du dann nach Galiläa gehn, von wo es nur ein Schritt bis nach Jerusalem ist. In Peräa wirft du die Wüste im Rücken haben und Ilderim in nächster Rahe. Er wird die Straßen besetzt halten, so daß nichts ohne dein Wissen sich ereignen kann. Er wird dich in mancher Hinsicht unterstützen. Bis die rechte Zeit gekommen ist, soll niemand erfahren, was wir hier verabredet haben."

Ben Hur sah den Scheik an.

„Es ist, wie er sagt, Sohn Hurs," antwortete der Araber. „Ich habe mein Wort gegeben und er ist zufrieden. Du aber sollst meinen Eid haben, der mich bindet, und die willigen Hände meines Stammes, und was immer ich habe, das dir nützen kann."

Alle drei – Simonides, Ilderim und Esther – blickten gespannt auf Ben Hur.

„Jedermann", antwortete er, anfangs traurig, „hat feinen Freudenbecher, der für ihn gefüllt ist, und früher oder später kommt er ihm in die Hände, und er kostet und trinkt – jedermann, nur nicht ich. Ich sehe, Simonides, und du, edler

Scheik, ich sehe, wohin der Vorschlag zielt. Nehme ich ihn an und betrete ich die neue Laufbahn, dann lebe wohl, Friede und alle Hoffnungen, die ihn begleiten. Die Türen, durch die ich eingehn könnte, und die Pforten des ruhigen Lebens werden sich hinter mir schließen, um sich mir nie wieder zu öffnen, denn Rom bewacht sie alle. Roms Acht wird mir nachfolgen und seine Häscher werden mir an der Ferse sein."

Ein Schluchzen unterbrach seine Worte. Alle wandten sich zu Esther, die ihr Gesicht an des Vaters Schulter barg. „Ich dachte nicht an dich, Esther," sagte Simonides zärtlich, denn er war selbst tief bewegt.

„Es ist gut so, Simonides," sprach Ben Hur. „Ein Mann trägt sein hartes Los leichter, wenn er weiß, daß er bemitleidet wird. Laßt mich weiter sprechen."

Sie wandten ihre Aufmerksamkeit wieder ihm zu.

„Ich wollte sagen," fuhr er fort, „daß ich keine andere Wahl habe, als mich der Aufgabe zu unterziehen, die ihr mir zuweist. Und da hierbleiben so viel heißt als einem unrühmlichen Tod entgegengehn, so will ich sogleich ans Werk gehn."

„Es ist also abgemacht!" sagte Ilderim.

„Möge der Gott Abrahams uns beistehn!" rief Simonides aus.

„Ein Wort noch, meine Freunde!" sprach Ben Hur in freudigerem Tone. „Mit eurer Erlaubnis werde ich die Zeit bis nach den Spielen frei für mich verwenden. Es ist nicht wahrscheinlich, daß Messala etwas für mich Gefährliches unternehmen wird, ehe er dem Prokurator Zeit gelassen hat, ihm zu antworten. Und das kann nicht unter sieben Tagen von der Absendung seines Briefes an geschehen. Ihm im Zirkus zu begegnen, ist ein Vergnügen, das ich um jeden Preis mir erkaufen möchte."

Ilderim gab, sehr befriedigt, gern feine Zustimmung, und Simonides, nur auf die geschäftliche Seite der Sache bedacht, setzte hinzu: „Es ist gut, denn siehst du, mein Gebieter, der Aufschub wird mir Zeit geben, dir einen guten Dienst zu erweisen. Ich hörte dich von einem Erbe sprechen, das dir Arrius hinterlassen hat. Besteht es in liegendem Gut?" „Eine Villa bei Misenum und Häuser in Rom." "Ich möchte dir raten, das Eigentum zu verkaufen und den Erlös sicher anzulegen. Gib mir einen Bericht darüber und ich werde Vollmachten ausstellen und einen Vertreter zur Ordnung dieser Angelegenheit absenden. Wenigstens dieses eine Mal wollen wir den kaiserlichen Räubern zuvorkommen."

„Du sollst den Ausweis bis morgen haben."

„So wäre also, wenn sonst nichts mehr erübrigt, die Arbeit dieser Nacht getan," sprach Simonides.

Ilderim strich selbstzufrieden seinen Bart, indem er hinzusetzte: „Und gut getan!"

„Nochmals Brot und Wein, Esther! Wir werden uns glücklich schätzen, wenn Scheik Ilderim bis morgen, oder so lange es ihm beliebt, unser Gast bleibt. Und du, mein Gebieter –"

„Laß die Pferde bringen," sprach Ben Hur. „Ich will nach dem Hain zurück. Wenn ich jetzt gehe, wird mich mein Feind nicht entdecken und" – er wandte sich an Ilderim – „die vier Renner werden sich freuen, mich zu sehen."

Als der Tag anbrach, stiegen er und Malluch vor dem Eingang des Zeltes ab.

Einundzwanzigstes Kapitel

Ungefähr um die vierte Stunde der folgenden Nacht stand Ben Hur mit Esther auf der Terrasse des großen Warenlagers. Auf dem Landungsplatz zu ihren Füßen gab es ein eiliges Hin- und Herrennen, ein Schieben von Ballen und Kisten, ein Lärmen und Rufen von Männern, die in ihren mannigfaltigen Stellungen des Sichbückens, Hebens, Ziehens unter dem Schein der ihnen leuchtenden knisternden Fackeln wie die geschäftigen Geister der phantastischen orientalischen Märchen anzusehen waren. Eine Galeere wurde zur schnellen Abfahrt geladen. Simonides befand sich noch immer in seinem Geschäftszimmer, wo er im letzten Augenblick dem Befehlshaber des Schiffes Weisungen gab, ohne Aufenthalt nach Ostia, dem Hafen Roms, zu fahren, dort einen Mitreisenden zu landen und dann in langsamerer Fahrt nach Valencia an der Küste Spaniens weiterzusegeln.

Der Mitreisende war der Bevollmächtigte, der das vom Duumvir Arrius stammende Eigentum Ben Hurs zu veräußern suchen sollte, und der junge Jude wußte, daß er jetzt alles zerschnitt, was ihn noch an das Römertum fesselte. Leicht wurde ihm dieser Schritt nicht. Er war jung, schön, reich und gab ein Leben des Genusses hin, um Ächtung und Gefahr zu gewinnen. Dazu kam, daß dieser Kampf gegen Rom so hoffnungslos erschien, daß das Kommen des Messias in solches Dunkel gehüllt war.

„Warst du schon in Rom?" fragte er plötzlich seine Gefährtin.

„Nein," entgegnete Esther.

„Möchtest du einmal hingehn?"

„Ich glaube nicht."

„Warum?"

„Ich fürchte Rom," antwortete sie mit merklichem Beben der Stimme.

Er blickte auf sie oder vielmehr hinab auf sie, denn an seiner Seite erschien sie kaum größer als ein Kind. Im trüben Licht konnte er ihre Züge nicht deutlich sehen, selbst ihre Gestalt war schattenhaft. Dennoch erinnerte sie ihn wieder an Tirzah und eine plötzliche Zärtlichkeit überkam ihn – geradeso hatte seine verlorne Schwester neben ihm auf dem Dach des Hauses gestanden an jenem Unglücksmorgen, der den Unfall des Prokurators brachte. Arme Tirzah, wo war sie jetzt? Die Gefühle, die durch Esther in ihm geweckt wurden, kamen ihr wieder zugute. War sie auch nicht seine Schwester, so konnte er sie doch niemals als seine Dienerin betrachten. Und daß sie in der Tat seine Dienerin war, dieser Umstand würde ihn stets nur um so rücksichtsvoller und freundlicher gegen sie stimmen.

„Ich kann mir Rom nicht denken," fuhr sie wieder mit natürlicher Stimme in ihrer ruhigen, weiblichen Art fort, „ich kann mir Rom nicht denken als eine Stadt mit Palästen und Tempeln und vielen Einwohnern. Es dünkt mich ein Ungeheuer, das von einem schönen Lande Besitz genommen hat und darin auf der Lauer liegt, die Menschen in Tod und Verderben zu locken, ein Ungeheuer, dem zu widerstehn unmöglich ist, ein gieriges Raubtier, das sich mit Blut sättigt. Warum –"

Sie stockte und blickte zu Boden.

„Sprich weiter!" sprach Ben Hur aufmunternd.

Sie näherte sich ihm einen Schritt, blickte wieder auf und sprach: „Warum mußt du Rom dir zum Feinde machen? Warum nicht lieber mit ihm Frieden schließen und so zur Ruhe kommen? Du hast viele Übel erfahren und sie ertragen, du bist den Schlingen, die deine Feinde dir legten, heil entgangen. Schmerz und Kummer haben deine Jugend verzehrt. Ist es recht, ihnen auch den Rest deiner Tags zu opfern?"

Das mädchenhafte Antlitz unter feinen Augen schien ihm näher zu kommen und bleicher zu werden, während sie ihre Gründe vorbrachte. Er beugte sich zu ihr hinab und fragte sanft:

„Was würdest du mir raten zu tun, Esther?“

Sie zögerte einen Augenblick und fragte dann ihrerseits: „Ist dein Eigentum bei Rom ein Wohnsitz?“

„Ja.“

„Und schön?“

„Er ist reizvoll: ein Palast inmitten von Gärten und mit Muscheln bestreuten Fußwegen, da und dort Springbrunnen und in schattigen Winkeln Statuen, das Ganze umsäumt mit weinbepflanzten Hügeln von solcher Höhe, daß man von ihnen sogar Neapel und den Vesuv erblicken kann, davor die weite Meeresfläche, deren purpurne Bläue durch die ruhelosen Segel wie mit weißen Punkten übersät erscheint. Der Kaiser hat in der Rahe einen Landsitz, aber in Rom sagt man, die alte Villa des Arrius sei die schönste.“

Sie ließ ihren Blick über den Fluß schweifen. “Warum fragtest du?“ sprach er.

„Mein guter Gebieter –“

„Nein, nein, Esther, nicht so! Nenne mich Freund – Bruder, wenn du willst; ich bin nicht dein Gebieter und will es nicht sein. Nenne mich Bruder!“

Er sah nicht das freudige Erröten ihres Antlitzes noch den strahlenden Glanz ihrer Augen, deren Blick sich jenseits des Flusses in der Ferne verlor.

„Ich kann“, sagte sie, „ein Gemüt nicht begreifen, das es vorzieht, ein Leben zu, führen wie jenes, dem du dich hingeben willst, ein Leben der – der –“

„Der Gewalttätigkeit und des Blutvergießens,“ ergänzte er.

„Ja,“ setzte sie hinzu, „ein Gemüt, das ein solches Leben dem in der schönen Villa vorziehen mag.“

„Esther, du irrst. Es gibt keine andere Wahl. Ach, so gnädig ist der Römer nicht! Ich gehe, weil ich muß. Hier bleiben heißt hier sterben. Und gehe ich dorthin, so wird das Ende dasselbe sein: ein vergifteter Becher, der Dolch eines Meuchelmörders oder ein durch Meineid erschlichener Richterspruch. Messala und der Prokurator Gratus sind durch Raub der Güter meines Vaters reich geworden, und es ist für sie von größerer Wichtigkeit, ihren Gewinn jetzt festzuhalten, als es das erste Mal war, ihn sich anzueignen. An eine friedliche Beilegung der Angelegenheit kann nicht gedacht werden wegen des Bekenntnisses, das sie in sich schließen würde. Und dann – dann – Oh, Esther, könnte ich auch ihre Freundschaft erkaufen, ich weiß nicht, ob ich es täte. Es kann für mich keinen Frieden geben, solange die Meinigen verloren sind; denn ich muß wachsam und tätig sein, sie zu finden. Wenn ich sie finde und sie Unrecht gelitten haben, soll der Schuldige nicht dafür büßen? Falls sie eines gewaltsamen Todes gestorben sind, sollen die Mörder entkommen?"

„Steht es denn so schlimm?" fragte sie, und ihre Stimme zitterte vor Mitgefühl. „Läßt sich nichts, gar nichts tun?" Ben Hur ergriff ihre Hand.

„Nimmst du solchen Anteil an mir?"

„Ja," antwortete sie einfach.

Ihre Hand war warm und verlor sich ganz in der seinigen. Er fühlte, sie zitterte. Dann kam ihm die Ägypterin in den Sinn, wie sie der kleinen Esther so entgegengesetzt war, so schlank, so kühn, so einschmeichelnd im Benehmen, so witzig und wortgewandt, so wunderbar schön, so bezaubernder Art. Er führte die Hand an seine Lippen und ließ sie frei.

„Du sollst mir eine andere Tirzah sein, Esther!"

„Wer ist Tirzah?"

„Die kleine Schwester, die der Römer mir geraubt hat, und die ich finden muß, ehe ich zur Ruhe kommen oder glücklich werden kann."

In diesem Augenblick strahlte ein Licht über die Terrasse und fiel auf sie. Um sich blickend, sahen sie einen Diener Simonides in seinem Sessel zur Tür herausrollen. Sie traten zum Handelsherrn, und in der folgenden Unterredung bildete dieser die Hauptperson.

Bald darauf wurden die Taue der Galeere gelöst, diese drehte sich herum und stieß unter dem Schein der Fackeln und unter den lauten Rufen fröhlicher Schiffsleute ins Meer. Ben Hur blieb an die Sache des Königs gebunden, der da kommen sollte.

Zweiundzwanzigstes Kapitel

Am Tage vor den Spielen nachmittags wurde alles, was von Ilderims Eigentum dem Rennen dienen sollte, nach der Stadt geschafft und in der Nähe des Zirkus in einem sicheren Raume untergebracht. Gleichzeitig führte der gute Mann einen großen Teil der übrigen Habe mit sich. Eine ganze Karawane von Dienern, berittenen und bewaffneten Begleitern, Pferden, die an der Leine geführt wurden, Herdenvieh und mit Gepäck beladenen Kamelen bildete sein Gefolge, so daß sein Auszug aus dem Hain der Wanderung eines ganzen Stammes nicht unähnlich war. Die Leute auf der Straße unterließen es nicht, über den bunten Zug zu lachen. Doch konnte man bemerken, daß der Scheik bei all seiner sonstigen Reizbarkeit durch diese Ungezogenheit sich nicht im mindesten verletzt zeigte. Stand er unter Überwachung, was er anzunehmen Grund hatte, so würde der Spion gewiß den halbbarbarischen Aufzug schildern, mit dem er zum Rennen kam. Die Römer würden lachen, die Stadt würde eine Unterhaltung haben. Aber was kümmerte es ihn? Nächsten Morgen schon würde der Zug fern auf dem Wege zur Wüste sein und mit ihm alles bewegliche Gut von einigem Werte, das zum Hain gehörte, mit Ausnahme dessen, was für den Erfolg seines Viergespanns unentbehrlich war. Ilderim war in der Tat nach der Heimat aufgebrochen. Alle seine Zelte waren zusammengelegt, das ganze Zeltdorf verschwunden. In zwölf Stunden würde sein Eigentum aus dem Bereiche jedes Verfolgers sein. Der Mensch ist nie sicherer, als wenn er Gegenstand des Spottes ist, und der schlaue Araber wußte das.

Weder er noch Ben Hur überschätzten den Einfluß Messalas, sie waren aber der Meinung, daß er nach der Begegnung im Zirkus gegen sie vorgehn werde. Wurde er hier besiegt und besonders durch Ben Hur besiegt, so durften sie sofort des Schlimmsten von seiner Seite gewärtig sein. Vielleicht wartete er nicht einmal auf Nachricht von Gratus. Nach dieser Erwägung richteten sie ihre Pläne und waren bereit, sich gegen jede Gefahr sicherzustellen. So ritten sie jetzt guten Mutes nebeneinander und vertrauten ruhig auf den Erfolg am kommenden Tage.

Unterwegs trafen sie auf Malluch, der sie erwartet hatte. Der treue Mann gab durch kein Zeichen zu erkennen, daß er um das so kürzlich in aller Form anerkannte Verhältnis Ben Hurs zu Simonides oder um ihren Vertrag mit Ilderim wußte. Er grüßte wie gewöhnlich und zog ein Papier hervor, während er zum Scheik sprach: „Ich habe hier die soeben ausgegebene Bekanntmachung des Leiters der Spiele, worin du deine Pferde für das Rennen verzeichnet finden wirst. Auch die Ordnung der Spiele wirst du darin angegeben finden. Ohne den Ausgang abzuwarten, wünsche ich dir, guter Scheik, Glück zum Siege!" Er reichte ihm das Papier und wandte sich, daß der würdige Mann den Inhalt mit Muße entziffere, an Ben Hur.

„Auch dir, Sohn des Arrius, wünsche ich Glück. Deine Farbe ist Weiß, Messalas Scharlach und Gold. Die Wirkungen dieser Wahl sind bereits erkennbar. Knaben rufen in den Straßen weiße Bänder zum Verkaufe aus, morgen wird jeder Araber und Jude in der Stadt eins tragen. Im Zirkus wirst du sehen, daß Weiß ziemlich gleichmäßig mit Rot die Galerien teilen wird."

„Die Galerien, aber nicht die Tribüne über der Porta Pompä."

„Nein, dort wird Scharlach und Gold vorherrschen. Aber wenn wir gewinnen" – Malluch konnte bei dem Gedanken ein vergnügtes Lachen kaum unterdrücken – „wenn wir gewinnen, wie werden die hohen Herren zittern! Sie werden natürlich ihrer Verachtung alles Nichtrömischen entsprechende Wetten eingehn und zwei, drei, fünf gegen eins auf Messala setzen, weil er ein Römer ist." Seine Stimme noch mehr dämpfend, fügte er hinzu: „Es steht einem Juden, der im Tempel einen guten Platz einnimmt, schlecht an, sein Geld in dieser Weise aufs Spiel zu setzen, doch, im Vertrauen gesagt, ich werde einen Freund unmittelbar hinter dem Sitz des Konsuls haben, der Wetten von drei oder fünf oder zehn gegen eins annehmen wird – bis zu dieser Höhe mag ihre Tollheit steigen. Ich habe ihm zu diesem Zwecke eine unbegrenzte Anweisung ausgestellt."

„Ja, Malluch," sprach Ben Hur, „veranlasse ihn, Wetten mit Messala und seinen Anhängern zu suchen. Je höhere Wetten Messala eingeht, um so besser. Vielleicht kann ich sein Vermögen mit seinem Stolze vernichten. Darum bleibe nicht beim Angebot von Sesterzien stehn. Biete Talente, wenn sich jemand findet, der so hoch zu gehn wagt. Fünf, zehn, zwanzig Talente; ja fünfzig, wenn die Wette mit Messala selbst gilt!"

„Das ist eine ungeheure Summe," sprach Malluch. „Ich müßte Bürgschaft stellen."

„Das sollst du. Geh zu Simonides und sage ihm, daß ich die Sache geordnet wünsche. Sage ihm, daß es mein Wunsch und Wille sei, meinen Feind zugrunde zu richten, und daß die Gelegenheit günstig genug sei, um es auf ein solches Wagnis ankommen lassen zu können. Der Gott unserer Väter möge mit uns sein! Geh, guter Malluch, laß die Gelegenheit nicht entschlüpfen."

Freudig erregt nahm Malluch von ihm Abschied und wandte sich zum Fortreiten, kehrte aber sogleich wieder um.

„Vergebung!“ sprach er zu Ben Hur. „Ich habe noch etwas mitzuteilen. Ich konnte Messalas Wagen nicht selbst in der Nähe besichtigen, ließ ihn aber durch einen anderen messen, und wie dieser mir mitteilt, steht seine Radnabe eine ganze Handbreit höher über dem Boden als die deinige.“

„Eine Handbreit! So viel!“ rief Ben Hur voll Freude.

In diesem Augenblick brach Ilderim in laute Rufe des Erstaunens aus.

„Ha, bei der Herrlichkeit Gottes! was ist das?“

Er trat zu Ben Hur und zeigte mit dem Finger auf eine Stelle der Bekanntmachung.

Ben Hur nahm das Papier, das vom Präfekten der Provinz als dem Veranstalter der Spiele unterschrieben war und nach Art unserer modernen Programme eine genaue Aufzählung der Volksbelustigungen enthielt, die bei dieser Gelegenheit in Aussicht genommen waren. Es kündigte an, daß an erster Stelle ein Aufzug von außergewöhnlicher Pracht stattfinden werde; daran sollten sich die herkömmlichen Feierlichkeiten zu Ehren des Gottes Consus schließen, worauf die Spiele beginnen würden: Wettlaufen, Springen, Ring- und Faustkämpfe, alles in der angegebenen Ordnung. Aber Ben Hur hatte nur Interesse für die Stelle, welche die Rennen ankündigte. Er las sie langsam. Den Liebhabern dieser alten Spiele wurde darin die Versicherung gegeben, daß ihnen ein in Antiochien noch nie gesehener oresteischer Wettkampf unzweifelhaften Genuß verschaffen werde. Die Stadt veranstalte das Schauspiel zu Ehren des Konsuls. Der Preis bestehe in hunderttausend Sesterzien und einem Lorbeerkranze. Dann folgte eine Beschreibung der einzelnen Viergespanne, die zugelassen waren.

1. Viergespann des Korinthiers Lysippus: Zwei Grauschimmel, ein Brauner, ein Rappe. Als Mitrenner eingeschrieben voriges Jahr in Alexandrien und ebenso in Korinth, wo sie Sieger waren. Lenker: Lysippus. Farbe: Gelb.
2. Viergespann des Römers Messala: Zwei Schimmel, zwei Rappen. Sieger bei den vorjährigen Wettspielen im Zirkus Maximus. Lenker: Messala. Farben: Scharlach und Gold.

3. Viergespann des Atheners Kleanthes: Drei Grauschimmel, ein Brauner. Sieger bei den Isthmischen Spielen im vorigen Jahre. Lenker: Kleanthes. Farbe: Grün.
4. Viergespann des Byzantiners Dikaios: Zwei Rappen, ein Grauschimmel, ein Brauner. Im letzten Jahre Sieger in Byzanz. Lenker: Dikaios. Farbe: Schwarz.
5. Viergespann des Sidoniers Admetus: Vier Grauschimmel. Dreimal in Cäsarea eingeschrieben und dreimal Sieger. Lenker: Admetus. Farbe: Blau.
6. Viergespann Ilderims, Scheiks der Wüste. Alle vier braun. Erstes Rennen. Lenker: Ben Hur, ein Jude. Farbe: Weiß.

Lenker: Ben Hur, ein Jude! Weshalb dieser Name statt Arrius? – Ben Hur blickte Ilderim an. Beide kamen zu demselben Schlusse: Das war die Hand Messalas!

Kaum hatte sich der Abend über Antiochien herabgesenkt, als sich ein wahrer Menschenstrom den Säulengängen des Herodes entlang ergoß. Sie waren aus allen möglichen Völkerstämmen, wie es ja ein Kennzeichen des römischen Weltreiches war, Stämme aller Sprachen miteinander zu vermischen. Eins aber fiel an diesem Abend an der erregten Volksmenge auf: beinahe jeder trug die Farbe des einen oder anderen der Wagenlenker, die als Teilnehmer an den Rennen des folgenden Tages angekündigt waren. Der eine hatte eine Schärpe, der andere ein kleines Abzeichen, oft sah man ein Band oder eine Feder. In welcher Form man auch die Farbe trug, immer bezeichnete sie die Parteizugehörigkeit des Trägers; so offenbarte Grün einen Freund des Atheners Kleanthes und Schwarz einen Anhänger des Byzantiners, doch sah man, daß vor allem drei Farben vorherrschten: Grün, Weiß und Scharlachgold.

Zu derselben Zeit war auch der prächtige Saal im Palast von der Erregung des bevorstehenden Rennens erfüllt. Nur sah man hier den einzigen Unterschied gegen die Straße, daß alle diese jungen Römer Anhänger Messalas waren. Außer seinen Farben waren keine zu sehen, wie ja auch keiner von ihnen an die Möglichkeit dachte, er könnte unterliegen.

In einer Ecke des Saales konnte man Messala selbst bequem auf den Diwan hingestreckt ruhen sehen. Um ihn herum saßen oder standen seine schmeichelnden Bewunderer und bestürmten ihn mit Fragen. Selbstverständlich gab es hier nur einen Gegenstand des Gespräches.

Eben traten Drusus und Cäcilius ein.

„Oh!“ rief der junge Fürst, sich zu Messalas Füßen auf den Diwan werfend, „beim Bacchus, bin ich müde!“

„Wo warst du denn?“ fragte Messala.

„Auf der Straße, oben beim Omphalos und weiter – wie kann ich sagen, wo noch? Überall Ströme von Menschen; noch nie waren so viele in der Stadt. Man sagt, morgen werden wir die ganze Welt im Zirkus sehen.“

Messala lachte verächtlich.

„Die Dummköpfe! Ha, sie haben eben noch nie vom Kaiser selbst veranstaltete Zirkusspiele gesehen. Aber, mein Drusus, was hast du gesehen?“ “Ich sah einen Aufzug der Weißen. Sie trugen eine Fahne, aber es war der Abschaum und Bettelvolk vom Jakobstempel in Jerusalem.“

In diesem Augenblick trat ein junger Römer herein und meldete, ein Anhänger der Partei der Weißen sei draußen und biete Wetten an. Ein allgemeines Gelächter ertönte.

„Herein! Er soll hereinkommen! Wir wollen mit ihm wetten.“

Und sie drängten sich alle um den Ankömmling, indem sie ihm ihre Täfelchen entgegenhielten. Der in so ungestümer Art Empfangene war der ehrwürdige Jude, den Ben Hur auf der Fahrt von Cypern nach Antiochien kennengelernt hatte. Er trat ernst, gemessen, aufmerksam die Umgebung musternd, ein. Sein Kleid war fleckenlos weiß, das Tuch seines Turbans von derselben Farbe. Mit einer Verbeugung und einem Lächeln den Empfang erwidernd, schritt er langsam auf den in der Mitte des Saales stehenden Tisch zu.

„Römer, hochedle Römer, seid mir gegrüßt!“ sprach er.

„Ruhig, beim Jupiter! Wer ist es?“ fragte Drusus.

„Ein Hund von Israelite, Sanballat mit Namen, Heereslieferant, wohnhaft in Rom, unermeßlich reich, es geworden durch Übernahme von Lieferungen, die er niemals liefert. Gleichwohl spinnt er Ränke, und zwar feiner, als die Spinne ihr Gewebe spinnt. Komm! Bei der Venus, wir wollen ihn diesmal fangen!“

Messala erhob sich, indes er diese Worte sprach, und schloß sich mit Drusus den anderen an, die sich um den Lieferanten drängten.

„Ich hörte zufällig auf der Straße," sagte dieser, seine Täfelchen hervorziehend und sie mit der Miene des Geschäftsmannes auf dem Tisch auseinanderlegend, „daß man im Palaste nicht wenig verdrießlich sei, weil Wettangebote auf Messala keine Annahme, fänden. Die Götter wollen, wie ihr wißt, ihre Opfer, und hier bin ich. Ihr seht meine Farbe, laßt uns also zur Sache kommen. Zuerst das Verhältnis der Einsätze, dann die Höhe! Was wollt ihr mir bieten?" Seine Kühnheit schien die Zuhörer zu verblüffen.

„Macht schnell!" sprach er. „Ich habe beim Konsul zu tun." Dieser Sporn wirkte.

„Drei gegen eins!" riefen ein halbes Dutzend Stimmen zugleich.

„Wie?" rief der Lieferant verwundert aus. „Nur drei gegen eins und euer Mann ist ein Römer!"

„Nun gut, vier!" sprach ein Jüngling, durch den Spott gereizt.

„Fünf, bietet fünf!" rief augenblicklich der Lieferant.

Eine tiefe Stille senkte sich auf die Versammlung.

„Der Konsul, euer Herr und mein Herr, wartet auf mich."

Das Schweigen begann der Mehrzahl von ihnen unangenehm zu werden.

„Bietet fünf, Rom zu Ehren fünf!"

„Es sei also: fünf!" antwortete eine Stimme.

Es folgten Beifallsrufe, eine Bewegung entstand und Messala trat vor.

„Es sei: fünf!" sagte er.

Und Sanballat lächelte und machte sich zum Schreiben bereit.

„Wenn der Kaiser morgen stirbt, wird Rom nicht ganz verwaist sein. Wenigstens einen Mutigen gibt es noch, der seine Stelle einnehmen kann. Biete sechs!"

Es erhob sich ein noch lauteres Beifallsgeschrei als vorher.

„Also sechs!" wiederholte Messala. „Sechs gegen eins – der Unterschied zwischen einem Römer und einem Juden! Nun den Betrag, und zwar rasch! Es könnte der Konsul nach dir senden und ich wäre dann einsam und verlassen!"

Sanballat nahm das Hohngelächter gleichmütig auf und schrieb, dann reichte er das Täfelchen Messala.

„Lies, lies!“ bestürmten ihn alle.

Und Messala las:

„Notiz. – Wagenrennen. Messala aus Rom wettet mit Sanballat, ebenfalls aus Rom, daß er Ben Hur, den Juden, besiegen werde. Betrag der Wette: Zwanzig Talente. Einsatzverhältnis gegen Sanballat: Sechs gegen Eins.

Zeugen:...... Sanballat.“

Kein Laut, keine Bewegung störte die tiefe Stille, die jetzt folgte. Ein jeder schien in der Stellung wie versteinert zu sein, in der ihn das Lesen getroffen hatte. Messala starrte auf das Täfelchen, während die auf ihn gerichteten Augen der Anwesenden sich weit öffneten und ihn anstarrten. Er fühlte den Blick und überlegte rasch. Erst kürzlich hatte er an derselben Stelle gestanden und dieselbe Anmaßung und Prahlerei gegen seine Landsleute Zur Schau getragen. Sie würden sich dessen ohne Zweifel erinnern. Weigerte er sich zu unterzeichnen, so war es mit seinem Heldentum ihnen gegenüber vorbei. Und unterzeichnen konnte er nicht, er besaß keine hundert Talente, ja nicht den fünften Teil dieser Summe. Sein Geist schien plötzlich wie gelähmt. Sprachlos stand er da, die Farbe wich aus seinem Gesicht. Endlich kam ihm ein Gedanke zu Hilfe.

„Du Jude!“ rief er; „wo hast du zwanzig Talente? Beweise es mir!“

Sanballats Lächeln wurde noch herausfordernder.

„Hier,“ erwiderte er, Messala ein Papier reichend.

„Lies, lies!“ erscholl es von allen Seiten.

Und wiederum las Messala:

„Antiochien, am 16. Tammuz. Für den Inhaber dieses, Sanballat aus Rom, liegen bei mir fünfzig Talente in kaiserlicher Münze und werden auf Verlangen gezahlt. Simonides.“

„Fünfzig Talente, fünfzig Talente!“ wiederholte die ganze Schar voll Staunen.

Da trat Drusus als Retter auf.

„Beim Herkules!“ rief er, „das Papier lügt und der Jude ist ein Lügner. Wer als der Kaiser kann über fünfzig Talente verfügen? Hinaus mit dem unverschämten Weißen!“ Zornig hatte er die Worte gesprochen und zornig wurden sie wiederholt. Doch Sanballat blieb ruhig sitzen und sein Lächeln wurde um so schärfer und verletzender, je länger er warten mußte. Endlich nahm Messala das Wort.

„Still! Einer gegen einen, meine Landsleute, einer gegen einen um unseres alten römischen Namens willen!“

Das rechtzeitige Eingreifen rettete sein Ansehen.

„Du Hund von Jude!“ fuhr er, zu Sanballat gewendet, fort, „ich bot dir sechs gegen eins, oder nicht?“

„Ja,“ bestätigte dieser ruhig.

„Nun, so überlaß die Festsetzung des Betrages mir.“

„Du sollst deinen Willen haben, wenn der Betrag nur nicht zu klein ist,“ antwortete Sanballat.

„So schreibe fünf statt zwanzig.“

„Besitzest du so viel?“

„Bei der Mutter der Götter, ich werde dir die Quittungen zeigen!“

„Nicht nötig, das Wort eines so tapferen Römers muß gelten. Nur mache die Summe zu einer geraden – sage sechs und ich schreibe.“

„Schreibe es!“

Und sofort tauschten sie die Handschriften aus.

Sanballat erhob sich und blickte um sich, den Ausdruck des Hohnes an Stelle des Lächelns im Gesichte. Niemand wußte besser als er, mit wem er zu tun hatte.

„Römer,“ sprach er, „noch eine Wette, wenn ihr den Mut habt! Fünf Talente gegen fünf Talente, daß der Weiße Sieger sein wird. Ich fordere euch alle zusammen heraus.“

Sie waren abermals überrascht.

„Wie!“ rief er mit lauterer Stimme. „Soll es morgen im Zirkus heißen, ein Hund von Jude sei in den Saal des Palastes gekommen, wo die edelsten der Römer, unter ihnen ein Sprößling des kaiserlichen Hauses, versammelt waren, und habe fünf Talente hingelegt, um sie zur Wette herauszufordern, und keiner habe den Mut gehabt, die Wette anzunehmen?“ Der Stachel verwundete zu tief.

„Genug, Unverschämter!“ sprach Drusus. „Schreibe die Herausforderung und lasse sie auf dem Tische liegen. Und wenn wir finden, daß du wirklich so viel

Geld auf ein so hoffnungsloses Spiel zu setzen hast, so verspreche ich, Drusus, daß sie angenommen werden soll."

Sanballat schrieb wiederum, und sich erhebend sprach er, ruhig wie immer: „Sieh, Drusus, ich lasse das Wettangebot dir zurück. Sobald es unterschrieben ist, schicke es mir zu irgendeiner Zeit, bevor die Rennen beginnen. Ich werde beim Konsul, auf einem Sitz über der Porta Pompä, zu finden sein. Friede sei mit dir, Friede mit euch allen!"

Er verbeugte sich und ging, unbekümmert um das Hohngelächter, das ihn zur Tür hinausbegleitete.

In der Nacht noch lief die Kunde von der ungeheuerlichen Wette durch die Straßen und verbreitete sich in der ganzen Stadt. Auch Ben Hur, der bei seinem Gespann ruhte, wurde davon erzählt, wie auch, daß Messalas ganzes Vermögen auf dem Spiele stehe.

Und er hatte einen tieferen Schlaf als je.

Dreiundzwanzigstes Kapitel

Der Zirkus von Antiochien stand am südlichen Ufer des Flusses, ungefähr der Insel gegenüber, und zeigte im allgemeinen dieselbe Anlage wie andere derartige Gebäude. Die Spiele waren im vollsten Sinne des Wortes ein Geschenk an das Volk, daher hatte jedermann freien Zutritt. So ausgedehnt und weitläufig auch das Gebäude war, so fürchtete doch das Volk, es könnte bei dieser Gelegenheit Mangel an Raum eintreten, und schon um Mitternacht, sobald die Tore geöffnet waren, strömte die Menge hinein.

Die höheren Stände, die sich ihre Plätze vorher schon gesichert hatten, begannen um die erste Morgenstunde sich nach dem Zirkus zu bewegen. Die Personen des Adels und des höchsten Reichtums wurden auf Sänften getragen und waren von Sklaven in Livreen begleitet.

Zu Beginn der dritten Tagesstunde gebot ein feierlicher Trompetenstoß Stillschweigen, und die Augen von hunderttausend Zuschauern richteten sich auf den prunkhaften Ehrenplatz den jetzt der Konsul, von einem glänzenden Gefolge begleitet, betrat.

Dann erschien der Chor des Festzuges, mit dem die Feierlichkeit ihren Anfang nahm. Es folgten die Leiter der Spiele und die Vertreter der Stadtverwaltung als Festgeber, alle in Prachtgewändern und mit Kränzen geschmückt. Hierauf die Götterbilder, einige auf von Männern getragenen Tafeln, andere auf großen, vierräderigen Prunkwagen, und endlich die Bewerber des Tages, jeder genau in der Tracht, in welcher er am Wettlaufen, Ringen, Springen, am Faustkampfe oder an der Wettfahrt teilnehmen sollte.

Langsam bewegte sich der Zug um die ganze Rennbahn. Der Anblick war von wahrhaft großartiger Schönheit. Lauter Beifall ging dem Aufzuge voran, wie vor einem dahinfahrenden Schiffe das Wasser steigt und wallt. Noch stürmischer war der Empfang der Wettkämpfer, denn es gab nicht einen Mann in der versammelten Menge, der nicht irgend etwas auf sie gewettet hätte, sei es auch nur so viel wie ein Heller. Man konnte bemerken, daß die Lieblinge unter den Kämpfern, während die verschiedenen Gruppen vorüberzogen, alsbald erkannt und besonders geehrt wurden. Entweder tönten ihre Namen am lautesten durch den allgemeinen Lärm; oder sie selbst wurden reichlicher mit Kränzen und Blumengewinden vom Zuschauerraum aus überschüttet.

Sehr bald zeigte es sich, daß auch unter den Wagenlenkern wie unter den anderen Bewerbern einige mehr in Gunst standen als andere. Auch trug fast jeder Zuschauer auf den Bänken, Weiber und Kinder ebenso wie die Männer, eine Farbe, am häufigsten in Form eines Bandes auf der Brust oder im Haare. Bald war dieses grün, bald gelb, bald blau. Betrachtete man jedoch die Zuschauermenge aufmerksamer, so fand man, daß Weiß und Scharlach-Gold vorherrschten. Die Aufregung nahm zu, je näher die Wagenlenker dem zweiten Ziele kamen. Dort, besonders auf den Galerien, wo Weiß die vorherrschende Farbe war, erschöpften die Zuschauer ihren Blumenvorrat und machten die Luft vom Beifallsgeschrei erzittern. „Messala, Messala!" – „Ben Hur, Ben Hur!" hörte man rufen.

Sobald der Zug vorüber war, nahmen die Zuschauer wieder ihre Plätze ein und setzten die Unterhaltung fort. „Ah, beim Bacchus! war er nicht schön?" rief eine Frau, in welcher das im Haar flatternde Band sofort die Römerin erkennen ließ.

„Und wie herrlich ist sein Wagen!" bemerkte darauf ein Nachbar von derselben Parteirichtung. „Er ist ganz Gold und Elfenbein. Gebe Jupiter, daß er gewinne!" Ganz andere Bemerkungen konnte man auf der Bank hinter ihnen hören.

„Hundert Schekel auf den Juden!" rief eine hohe, durchdringende Stimme.

„Sei doch nicht voreilig!“ flüsterte ein Freund dem Sprecher beschwichtigend zu. „Die Kinder Jakobs befassen sich wenig mit den heidnischen Kampfspielen, da diese nur zu oft in den Augen des Herrn ein Greuel sind.“

„Allerdings, aber hast du jemals einen so kaltblütig und selbstbewußt auftreten sehen? And was für einen Arm er hat!“

„Und was für Pferde!“ fiel ein Dritter ein.

„Und was das Pferdelenken betrifft,“ fügte ein Vierter hinzu, „so heißt es, er stehe keinem Römer an Gewandtheit und Übung nach.“

Ein Weib setzte dem Lobe die Krone auf:

„Ja, und er ist auch noch schöner als der Römer.“ Als endlich die Prozession nach Beendigung des Umzuges durch die Porta Pompä wieder verschwand, wußte Ben Hur, daß sein Wunsch erfüllt sei. Der ganze Osten blickte gespannt auf seinen Kampf mit Messala.

Um drei Uhr nachmittags nach heutiger Zeitbestimmung war das Programm bis auf das Wagenrennen zu Ende geführt. Der Leiter der Spiele ließ jetzt in weiser Fürsorge für die Zuschauermenge eine Erholungspause eintreten. Die Ausgänge öffneten sich zu gleicher Zeit, und alles, was nur konnte, strömte nach dem äußeren Säulengange, wo die Speisewirte ihre Buden hatten. Die Zurückbleibenden gähnten, plauderten, schwatzten und zogen ihre Täfelchen zu Rate. Alle anderen Unterschiede vergessend, teilten sie sich in zwei Klassen, in die glücklichen Gewinner und in die verdrießlichen Verlierer.

Die eingetretene Unterbrechung benutzte eine dritte Klasse von Zuschauern, bestehend aus Bürgern, die nur dem Wagenrennen beiwohnen wollten, um hineinzukommen und ihre reservierten Plätze aufzusuchen. Sie wählten diesen Zeitpunkt, um möglichst wenig Aufsehen zu erregen und keine Störung zu verursachen. Zu diesen gehörten Simonides und seine Gesellschaft, deren Plätze sich in der Nähe des nördlichen Haupteingangs, dem Sitz des Konsuls gegenüber, befanden.

Als die vier starken Diener den Handelsherrn in seinem Lehnstuhle durch den Gang hinauftrugen, wurde lebhafte Neugierde rege. Plötzlich wurde sein Name gerufen. Die in der Nähe des Rufers Sitzenden griffen ihn auf und so erscholl er schnell von Bank zu Bank gegen Westen hin. Viele stiegen rasch auf die Sitze, um den Mann zu sehen, über den das allgemeine Gerücht die wunderlichsten Sagen von unerhörtem Glück und Unglück gebildet und in Umlauf gesetzt hatte.

Auch Ilderim wurde erkannt und warm begrüßt. Doch niemand kannte Balthasar und die zwei tiefverschleierten Frauen, die ihm folgten. Es waren Iras und Esther.

Nachdem sie Platz genommen hatten, blickte letztere furchtsam über den Zirkus und zog den Schleier enger über ihr Gesicht. Die Ägypterin aber entzog sich nicht dem allgemeinen Anblick, sondern ließ ihren Schleier auf die Schultern herabfallen und sah, der auf sie gerichteten Blicke anscheinend nicht bewußt, mit einer Unbefangenheit um sich, welche sich Frauen sonst nur durch langen gesellschaftlichen Verkehr aneignen.

Noch waren im allgemeinen die Neuangekommenen mit der ersten Prüfung des großen Schauspieles, angefangen vom Konsul und seinen Begleitern, nicht zu Ende, als einige Diener hereinkamen und vor den Säulen des ersten Zieles ein mit Kreide bestrichenes Seil von einer Mauer zur anderen quer über die Arena zu spannen anfingen.

„Hast du Messala schon einmal gesehen?“ fragte die Ägypterin Esther.

„Nein,“ antwortete die Jüdin mit gelindem Schauder; war ja der Römer, wenn nicht ihres Vaters, so doch Ben Hurs Feind.

„Er ist schön wie Apollo!“

Iras' Augen glänzten, wie sie sprach, und ihr edelsteinbesetzter Fächer setzte sich in Bewegung. Esther blickte sie verwundert an und fragte sich in Gedanken: Ist er denn um so viel schöner als Ben Hur? Jetzt erschien Sanballat und trat zur Gesellschaft.

„Ich komme eben von den Pferden, Scheik,“ sprach er mit einer gemessenen Verbeugung vor Ilderim, der in seinem Bart zu wühlen begann, während der unruhige Glanz seiner Augen die lebhafteste Neugierde verriet. „Sie sind in vorzüglicher Verfassung.“

Ilderim entgegnete einfach: „Werden sie besiegt, so wünsche ich, daß es durch einen anderen als Messala geschehe.“

Sich dann zu Simonides wendend, zog Sanballat ein Täfelchen hervor und sprach: „Ich bringe auch dir wichtige Nachricht. Ich erzählte, wie du dich erinnern wirst, von der Wette, die ich heute Nacht mit Messala eingegangen bin, und bemerkte auch, daß ich das Angebot zu einer zweiten zurückgelassen habe, deren Annahme mir heute vor Beginn des Rennens schriftlich übergeben werden solle. Hier ist sie.“

Simonides nahm das Täfelchen und las die Notiz mit Aufmerksamkeit.

„Ja," sagte er, „sie sandten zu mir und ließen mich fragen, ob du wohl so viel Geld bei mir stehen habest. Verwahre das Täfelchen sorgfältig. Verlierst du, so weißt du ja, an wen du dich zu wenden hast; gewinnst du" – sein Gesicht bekam einen strengen Ausdruck – „gewinnst du, dann, Freund, sieh zu, daß die Unterzeichner nicht entwischen! Laß sie nicht los, bis du den letzten Schekel erhalten hast! Auch sie würden es mit uns ebenso machen."

„Verlaß dich auf mich!" antwortete der Lieferant.

„Willst du nicht bei uns Platz nehmen?" fragte Simonides.

„Du bist sehr gütig," erwiderte der andere; „aber wenn ich den Konsul verlasse, wird das junge Rom dort allzu übermütig. Friede sei mit dir, Friede mit euch allen!"

Endlich hatte die Pause ein Ende.

Die Trompeter bliesen in ihre Instrumente und die Abwesenden eilten auf ihre Plätze zurück. Im Augenblick legte sich die Unruhe und das Stimmengesumme schwieg. Jedes Gesicht im ganzen Zuschauerraum wandte sich nach Osten und alle Augen waren auf die Tore der sechs Carceres gerichtet, worin die Bewerber warteten. Die ungewöhnliche Röte auf Simonides' Gesicht bewies, daß auch er die allgemeine Erregung teilte. Ilderims Finger fuhren in unruhiger Hast durch seinen Bart. Ein zweiter, ganz schriller Trompetenstoß ertönte, und die Torhüter öffneten zu gleicher Zeit die Carceres. Wie Geschosse ebenso vieler großer Geschütze sausten die sechs Gespanne hervor. Die ungeheure Zuschauermenge erhob sich, sprang in unbezähmbarer Begeisterung auf die Bänke und erfüllte den Zirkus und die Luft über ihm mit Beifallsrufen und Geschrei. Das war der Zeitpunkt, auf den sie so ungeduldig gewartet hatten! Das jener große Augenblick, dessen hohe Bedeutung bei der Ankündigung der Spiele in ihren Gesprächen und Träumen von Tag zu Tag gewachsen war!

„Dort ist er! Sieh, dort!" rief Iras, auf Messala deutend.

„Ich sehe ihn," antwortete Esther, nach Ben Hur blickend.

Ihr Schleier war zurückgezogen. Für einen Augenblick war die kleine Jüdin wirklich tapfer. Es dämmerte ihr eine Vorstellung von der Freude, die es gewährt, vor den Augen einer großen Volksmenge eine mutige Tat zu vollbringen, und sie lernte für immer begreifen, wie ein Mann hierbei in seiner Begeisterung den Tod verachten oder seiner ganz vergessen kann.

Die Bewerber waren jetzt fast von jedem Teil des Zirkus aus sichtbar, aber das eigentliche Rennen hatte noch nicht begonnen, sie mußten erst das bekreidete Seil glücklich hinter sich haben. Das Seil war zu dem Zweck ausgespannt, um ein gleichmäßiges Auslaufen zu erzielen. Lief ein Gespann in das noch nicht ganz niedergelassene Seil hinein, so konnte das für Lenker und Pferde verhängnisvoll werden; nahte man sich ihm aber zu zaghaft, so setzte man sich der Gefahr aus, schon am Beginne des Rennens zurückzubleiben, und das hieß auf den großen, von allen Lenkern erstrebten Vorteil verzichten, den Platz zunächst der Mauer auf der inneren Seite der Bahn zu gewinnen. Die Gespanne näherten sich dem Seile zu gleicher Zeit. Der Trompeter an der Seite des Spielleiters blies ein kräftiges Signal. In einer Entfernung von zwanzig Fuß wurde es nicht mehr gehört. Doch die Bewegung des Bläsers sehend, senkten die Diener die Schranke; und keinen Augenblick zu früh, denn schon hatte der Huf eines der Pferde Messalas das fallende Seil berührt. Ohne sich dadurch beirren zu lassen, schwang Messala seine lange Peitsche, ließ die Zügel schießen, beugte sich nach vorn und eroberte mit einem Triumphrufe die Bahn an der Mauer.

„Jupiter mit uns, Jupiter mit uns!" schrie die ganze Anhängerschaft des Römers in ihrem Begeisterungstaumel. Als Messala die Wendung nach innen machte, erfaßte der bronzene Löwenkopf am Ende seiner Achse das Vorderbein des rechten Außenpferdes des Atheners und warf das Tier gegen seinen Jochgenossen. Beide Pferde wankten, sträubten sich und verloren ihren Vorsprung. Die Tausende im Zuschauerraum hielten schaudernd den Atem an, nur in der Umgebung des Konsuls erschollen laute Rufe.

„Jupiter mit uns!" schrie Drusus wie rasend.

„Er gewinnt! Jupiter mit uns!" antworteten seine Gefährten, da sie Messala vorwärts eilen sahen.

Sein Täfelchen in der Hand, wandte sich Sanballat an diese, ein Krachen in der Rennbahn unter ihm benahm ihm die Sprache, und unwillkürlich blickte er dorthin.

Nachdem Messala voran gekommen war, blieb der Korinthier als einziger Rivale zur Rechten des Atheners, und nach dieser Seite trachtete letzterer sein nun wieder beruhigtes Gespann zu lenken. Da wollte es das Unglück, daß das Rad des Byzantiners, des Nächsten zu seiner Linken, den rückwärtigen Teil seines Wagens traf und seine Füße zum Wanken brachte. Ein Krachen, ein Wut-

und Angstgeschrei, und der unglückliche Kleanthes fiel unter die Hufe seiner eigenen Pferde. Ein schrecklicher Anblick! Esther verhüllte ihre Augen.

Vorwärts sauste der Korinthier, vorwärts der Byzantiner, vorwärts der Sidonier. Sanballat sah nach Ben Hur und wandte sich abermals an Drusus und seine Begleiter.

„Hundert Sesterzien auf den Juden!“ rief er.

„Angenommen!“ antwortete Drusus.

„Nochmals hundert Sesterzien auf den Juden!“ erscholl Sanballats Stimme. Niemand schien ihn zu hören. Das Schauspiel in der Arena war zu fesselnd, so daß sie nur Zeit fanden zu den Rufen: „Messala, Messala! Jupiter mit uns!“

Als die junge Jüdin wieder hinabzublicken wagte, war eine Gruppe Arbeiter um die Pferde und den zerbrochenen Wagen beschäftigt, um die Bahn wieder freizumachen. Andere trugen den verunglückten Lenker selbst hinaus. Jede Bank, auf der ein Grieche saß, hallte von Verwünschungen und Racheschwüren wider. Plötzlich ließ sie ihre Hände sinken, Ben Hur befand sich unbeschädigt voran und jagte frisch und frei an der Seite des Römers dahin! Ihnen folgten in einer Gruppe der Sidonier, der Korinthier und der Byzantiner. Das Rennen war im Gang, die Wettfahrer waren mit Leib und Seele dabei. Die Blicke der Tausende im Zuschauerraum waren unverwandt auf sie gerichtet.

Als der Kampf um die Stellung begann, befand sich Ben Hur, wie wir gesehen haben, auf der äußersten Linken der sechs Bewerber. Einen Augenblick war er gleich den anderen vom Lichtglanz der Arena halb geblendet, doch gelang es ihm, seine Gegner zu entdecken und ihre Absicht zu erraten. Auf Messala, der ihm mehr als ein Gegner war, warf er einen prüfenden Blick. Das feine Patriziergesicht zeigte die ihm eigene Miene leidenschaftslosen Stolzes wie ehedem und auch die gleiche italienische Schönheit, die der Helm eher erhöhte. Aber für Ben Hur lag mehr darin, mochte es eins Einbildung seines Mißtrauens oder eine Wirkung des Schattens sein, den der Messinghelm in dem Augenblick über Messalas Antlitz warf, der Israelite glaubte in demselben Dunkel wie durch ein Glas die Seele des Mannes zu sehen, wie sie war: grausam, tückisch, verwegen; nicht so sehr erregt als entschieden – eine Seele in gespanntester Wachsamkeit und wilder Entschlossenheit. Aber auch Ben Hur war entschlossen. Schon auf halbem Wege zur Schranke erkannte er, daß Messala, falls kein Zusammenstoß erfolgte und das Seil rechtzeitig fiel, die Mauer gewinnen würde. Daß die Schranke fallen würde, daran zweifelte er bald nicht mehr. Und weiters kam ihm mit Blitzesschnelle der Gedanke, daß Messala wußte, sie solle im letzten Augenblick gesenkt werden. In einer vorherigen Besprechung mit dem Leiter der Spiels konnte dies unschwer vereinbart werden. Es gab keine andere Erklärung für die vertrauensvolle Sicherheit, mit der Messala sein Gespann in dem Augenblick vorwärts stürmen ließ, wo seine Mitbewerber den Lauf ihrer Pferde vor der Schranke vorsichtig hemmten – keine andere außer Tollkühnheit.

Ben Hur entschloß sich, den Kampf um die Mauerseite zunächst aufzugeben und lenkte sein Gespann nach rechts quer über die Wagenspuren seiner Gegner. Indes also die Zuschauer über den Unfall des Atheners schauderten und der Sidonier, der Byzantiner und der Korinthier ihre ganze Geschicklichkeit aufboten, um nicht in denselben verwickelt zu werden, hatte Ben Hur eine Biegung gemacht und befand sich, als er die Bahn erreicht hatte, mit seinem Gespann Kopf an Kopf neben Messalas, wenn auch auf der Außenseite. Die bewunderswerte Kunst, mit der er so ohne merklichen Zeitverlust diese Wendung von der äußersten Linken nach rechts gemacht hatte, war den aufmerksamen Beobachtern im Zuschauerraum keineswegs entgangen, der Zirkus schien immer wieder vom anhaltenden Beifallssturm zu erbeben. Da klatschte Esther freudig überrascht in die Hände; da lächelte Sanballat und bot zum zweiten Male seine hundert Sesterzien, ohne Gehör zu finden; und da begannen die Römer Zweifel zu bekommen und zu besorgen, Messala könne einen ihm gewachsenen, wenn nicht überlegenen Gegner gefunden haben und noch dazu in einem Israeliten! Und jetzt näherten sich beide, Seite an Seite dahinfahrend und nur durch einen kleinen Zwischenraum getrennt, dem zweiten Ziele. Der Unterbau, auf dem die drei Säulen dort ruhten, war, von Westen gesehen, eine halbkreisförmige Steinmauer, um welche die Bahn und die Sitzreihen des gegenüberliegenden Zuschauerraumes in genau parallelen Halbkreisen herumbogen. Um diese Biegung mit Geschick herumzuwenden, galt in jeder Hinsicht als der sprechendste Beweis für die Kunst des Lenkers, als ein Meisterstück.

Messala warf Ben Hur einen scharfen Blick zu. „Nieder mit Eros, hoch Mars!" rief er, mit geübter Hand die Peitsche schwingend. – „Nieder mit Eros, hoch Mars!" wiederholte er und versetzte den braven Arabern Ben Hurs einen Hieb, wie sie ihn wohl noch nie empfangen hatten, überall hatte man Messalas Tat bemerkt und das Erstaunen war allgemein. Die Stille nahm zu, selbst oben auf den Bänken hinter dem Konsul hielt der Mutigste den Atem an sich, den

Ausgang abwartend. Doch schon im nächsten Augenblick brach vom Zuschauerraum der Entrüstungssturm des Volkes wie drohendes Donnerwetter los.

Das Gespann tat erschreckt einen Sprung vorwärts. Noch nie hatte sie eine Hand anders als in Liebe berührt. Was konnten so zarte Geschöpfe bei einer so schmählichen Behandlung anders als entsetzt aufspringen wie vor einer Todesgefahr? Vorwärts sausten sie wie mit einem Sturme und vorwärts schoß der Wagen.

Aber Ben Hur, der als Ruderer gelernt hatte, gegen die gewaltige Wucht des Meeres anzukämpfen, er ließ sich von dem Anprall des Wagens nicht erschüttern. Er behauptete seinen Platz, ließ den Pferden die Zügel und rief ihnen liebevolle, besänftigende Worte zu, nur daraus bedacht, sie um die gefährliche Biegung herumzulenken. And noch ehe sich die fieberhafte Aufregung des Volkes zu legen begann, hatte er sie wieder völlig in seiner Gewalt. Aber nicht nur das: als er sich dem ersten Ziele näherte, befand er sich abermals neben Messala und hatte das Wohlwollen und die Bewunderung jedes Nichtrömers auf seiner Seite. So deutlich zeigten sich diese Gefühle, so kräftig kamen sie zum Ausbruch, daß Messala bei all seiner Kühnheit es nicht geraten fand, noch weiterhin derartige Streiche zu machen.

Als die Wagen um das Ziel bogen, warf Esther einen Blick auf Ben Kurs Gesicht: es war etwas blaß, er hielt den Kopf ein wenig höher als sonst, schien aber im übrigen ruhig, ja zufrieden.

Drei Runden führen die beiden Rivalen so nebeneinander, aber noch immer hatte Messala die innere Seite der Mauer inne, noch immer fuhr Ben Hur neben ihm und die übrigen Bewerber folgten wie zuvor.

In der fünften Runde gelang es dem Sidonier, den Platz neben Ben Hur an der Außenseite zu erobern, er mußte ihn aber alsbald wieder aufgeben.

Der Anfang der sechsten Runde zeigte keine Veränderung in der Stellung der Wettfahrer.

Nach und nach hatte die Schnelligkeit zugenommen, nach und nach war auch das Blut in den Adern der Bewerber unter der harten Arbeit erwärmt. Lenker und Pferde schienen sich in gleicher Weise bewußt, daß die Entscheidung nahe, jener Augenblick, der den Sieger offenbaren muhte. Das Interesse, das sich von Anfang an hauptsächlich dem Kampf zwischen dem Römer und dem Juden, bei besonderem und allgemeinem Wohlwollen für den letzteren, zugewendet hatte, begann sich hinsichtlich dieses bald in Besorgnis zu verwandeln. Den Oberkörper vorgebeugt, saßen auf allen Bänken die Zuschauer bewegungslos da, nur ihre Gesichter wandten sie nach den Wettbewerbern, um ihnen mit den Blicken folgen zu können. Ilderim hörte auf, seinen Bart zu bearbeiten, und Esther schien ihre Furcht vergessen zu haben. Messala hatte jetzt seine größte Schnelligkeit erreicht und seine Anstrengung schien nicht ohne Erfolg zu bleiben. Langsam, aber merklich gewann er einen Vorsprung. Seine Pferde hielten die Köpfe gesenkt, vom Zuschauerraum aus gesehen, schienen ihre Leiber buchstäblich den Boden zu berühren. Die geöffneten Nüstern schimmerten blutigrot, ihre Augen schienen aus den Höhlen heraustreten zu wollen. Die braven Tiere taten gewiß ihr Bestes! Wie lange konnten sie in dieser Weise ausdauern? Noch waren sie erst am Anfang der sechsten Runde. Vorwärts flogen sie. Als sie dem zweiten Ziele nahe kamen, lenkte Ben Hur sein Gespann hinter den Wagen des Römers. Die Freude der Anhänger Messalas erreichte ihren Höhepunkt. Sie schrien und brüllten und schwenkten ihre Farben, und Sanballat füllte sein Täfelchen mit den von ihnen angebotenen Wetten.

Malluch, der in der unteren Galerie über dem Triumphtore saß, wurde es schwer, den guten Mut zu bewahren. Die fünfte Runde war vorüber, und es schien, als ob Ben Hur nur mit Mühe den Platz hinter dem Wagen seines Feindes behaupte. Nicht so unruhig waren Simonides und seine Gesellschaft am Ostende des Zirkus. Der Handelsherr hielt seinen Kopf tief gesenkt. Ilderim zupfte an seinem Barte und zog die Brauen zusammen, daß man nur von Zeit zu Zeit seine Augen darunter hervorleuchten sah. Esther atmete kaum. Iras allein schien freudig gestimmt.

Sie waren auf dem Rückwege der sechsten Runde, Messala voran, Ben Hur hart hinter ihm. So ging es zum ersten Ziele und um dieses herum. In der Furcht, seinen Platz zu verlieren, fuhr Messala in gefährlicher Nähe an der Mauer hin, ein Fuß weiter nach links und er wäre zerschmettert worden. Doch als die Biegung zurückgelegt war, hätte niemand, so genau er auch die Spuren der beiden Wagen betrachtet hätte, sagen können: hier fuhr Messala, hier der Jude. Sie ließen nur eine Spur zurück.

Als sie vorübersausten, sah Esther wieder Ben Hurs Gesicht; es war blässer als vorhin.

Simonides, ein schärferer Beobachter als Esther, sprach zu Ilderim, als die beiden Gegner eben in die Bahn bogen: „Ben Hur führt etwas im Schilde, guter Scheik, oder ich habe kein Urteil mehr. Ich lese es in seinem Gesichte."

Ilderim antwortete ihm: „Hast du bemerkt, wie rein und frisch sie sind? Bei der Herrlichkeit Gottes, Freund, noch sind sie nicht gelaufen! Aber gib nur acht!"

Die letzte Runde hatte begonnen, das Interesse der Zuschauer richtete sich nur noch auf den Zweikampf zwischen dem Römer und dem Juden. Die meisten nahmen für Ben Hur Partei und riefen ihm zu. Aber entweder hörte er sie nicht, oder er konnte nichts Besseres mehr leisten, denn schon hatten sie die Bahn halb durchmessen und noch immer fuhr er hinterher. Sie kamen zum zweiten Ziel und noch keine Änderung!

Und nun begann Messala, um die Biegung zu machen, die Pferde linker Seite einwärts zu lenken, was notwendigerweise ihre Schnelligkeit verminderte. Er befand sich in gehobener Stimmung, noch behauptete der römische Geist die Oberhand. Nur sechshundert Fuß von den drei Säulen fort winkten ihm Ruhm, Reichtum, Beförderung und durch Haß unaussprechlich versüßter Triumph! In diesem Augenblick sah Malluch von der Galerie aus, wie sich Ben Hur über seine Araber beugte und ihnen die Zügel ließ. In weitem Bogen flog die vielfach in seiner Hand zusammengeschlungene Peitsche hinaus und sauste und zischte und wand und schlang sich über dem Rücken der erschreckten Tiere. Und obschon sie nicht niederfiel, wirkte ihr lautes Knallen doch wie Stachel und Drohung. So von der Ruhe zu unwiderstehlicher Tätigkeit übergehend, stand Ben Hur mit gerötetem Gesicht und leuchtenden Augen da, und einem Blitze gleich schien sich sein Wille durch die Zügel auf die Pferde zu übertragen. Augenblicklich schössen sie, alle vier wie eins, vorwärts und waren mit einem Sprunge an der Seite des Wagens des Römers. Messala hörte wohl, daß etwas vorging, wagte aber an der gefährlichen Biegung des Zieles nicht umzublicken, um zu sehen, was es bedeute. Von den Zuschauern erhielt er keinen Wink.

Ben Hur hatte zum Ansturm jenen Augenblick gewählt, da Messala eben um das Ziel lenkte. Um an ihm vorbeizukommen, mußte er die Bahn kreuzen. Die Klugheit forderte es, daß dies in einer Vorwärtsbewegung geschah, mit anderen Worten, er mußte einen ähnlichen Kreis von möglichst kleinem Umfange beschreiben. Die Tausende auf den Bänken begriffen alles dies. Sie beobachteten, wie das Gespann hart am äußeren Rade Messalas hinsauste, während das innere Rad Ben Hurs sich unmittelbar hinter dem Wagen seines

Gegners befand. Dann hörten sie einen lauten Krach, der den ganzen Zirkus erbeben machte, und schneller als der Gedanke sprühte ein Regen von glänzend weißen und gelben Splitterchen über die Bahn hin. Das Wagenbrett des Römers senkte sich auf seine rechte Seite. Ein heftiger Prall, wie wenn die Achse aus den harten Boden stieße, dann ein zweiter und ein dritter und der Wagen ging in Trümmer. Messala stürzte, in die Zügel verwickelt, kopfüber nach vorn.

Das Schreckliche des Anblickes wurde noch dadurch vermehrt, daß der Sidonier sein Gespann nicht mehr rechtzeitig zur Seite lenken konnte. Mit voller Geschwindigkeit fuhr er in die Trümmer, über den Römer und in sein wildgewordenes Gespann hinein. Bald arbeitete er sich aus dem Getümmel der sich sträubenden und stampfenden Pferde und aus der finsteren Wolke von Sand und Staub heraus und sah gerade noch, wie der Korinthier und der Byzantiner hinter Ben Hur, der keinen Augenblick aufgehalten worden war, die Bahn hinabstürmten. Die Zuschauer erhoben sich, sprangen auf die Bänke, schrien und lärmten. Ein Teil derselben blickte nach der Unglücksstätte und entdeckte Messala bald unter den Hufen der Pferde, bald unter dem herrenlosen Wagen. Er lag unbeweglich, man hielt ihn für tot. Aber die Blicke der überwiegenden Mehrzahl folgten Ben Hur nach. Sie hatten nicht das leichte Anziehen der Zügel bemerkt, wodurch er das Gespann etwas nach links senkte und mit der eisenbeschlagenen Spitze seiner Wagenachse an Messalas Rad stieß und es zertrümmerte. Aber die Veränderung in seinem Wesen war ihnen aufgefallen und die Glut und das Feuer feines Geistes. Die kühne Entschlossenheit, das wilde Ungestüm in Anstrengung der Kräfte, das er durch Worte, Blicke und Gebärden seinen Arabern so plötzlich einflößte, hatten sie selbst mitgefühlt. Und was für ein Rennen war das! Förmlich zu fliegen schien das Gespann. Als der Byzantiner und der Korinthier die Bahn erst zur Hälfte zurückgelegt hatten, bog Ben Hur bereits um das erste Ziel.

Das Rennen war gewonnen!

Der Konsul erhob sich. Die Volksmenge schrie sich heiser. Der Leiter der Spiele kam von seinem Sitz herab und krönte die Sieger.

Ben Hur blickte auf und sah Simonides und seine Gesellschaft im Zuschauerraum. Sie winkten ihm mit den Händen zu. Esther blieb ruhig auf ihrem Sitze; Iras aber erhob sich, sandte ihm ein freundliches Lächeln und winkte ihm mit dem Fächer.

Dann ordnete sich der Festzug und bewegte sich unter den Beifallsrufen der Menge, die nun ihren Willen hatte, durch das Triumphtor hinaus. Der Tag war vorüber.

Ben Hur und Ilderim verweilten noch einige Zeit mitsammen jenseits des Flusses, denn um Mitternacht wollten sie, wie verabredet, aufbrechen, um der Karawane zu folgen, die sich seit nunmehr dreißig Stunden auf dem Wege zur Wüste befand.

Der Scheik war glücklich. Wahrhaft königliche Geschenke hatte er Ben Hur angeboten. Dieser aber hatte alles zurückgewiesen und versichert, daß er mit der Demütigung seines Feindes vollständig zufrieden sei. Der großmütige Streit wurde lange fortgesetzt.

„Bedenke," wiederholte immer wieder der Scheik, „was du für mich getan hast! In jedem schwarzen Wüstenzelte hinab bis zum Golf von Akaba und zum Meere und hinauf bis zum Euphrat und weiter bis zum Meere der Skythen wird der Ruhm meiner Mira und ihrer Sprößlinge verkündet werden, und die von ihnen fingen, werden mich preisen und vergessen, daß ich am Abend meines Lebens stehe. Alle jetzt herrenlosen Lanzknechte werden sich um mich sammeln und meine Schwertträger werden sich bis ins Zahllose vermehren. Du weißt nicht, was es heißt, Herr der Wüste zu sein, wie ich es jetzt sein werde. Und du willst gar nichts annehmen?" Aber Ben Hur antwortete:

„Doch, Scheik, hab' ich nicht deine Hand und dein Herz? Laß die Zunahme deiner Macht und deines Einflusses dem König zugute kommen, der erscheinen soll. Wer kann sagen, ob dir dies alles nicht gerade für ihn gewährt wurde? In dem Werke, an dessen Ausführung ich jetzt gehe, werde ich der Hilfe vielleicht sehr bedürftig sein. Schlage ich jetzt dein Anerbieten aus, so werde ich mich später mit um so mehr Recht an dich wenden können."

Während ihres eifrigen Gespräches kam Malluch an. Der gute Mann machte keinen Versuch, seine Freude über den Ausgang des Tages zu verbergen.

„Doch, um zu meinem Auftrag zu kommen," sprach er dann, „der Gebieter Simonides läßt dir mitteilen, daß sofort nach Schluß der Spiele einige aus der Partei der Römer sich beeilt haben, gegen die Auszahlung des Preises Einsprache zu erheben."

Ilderim fuhr auf und rief mit gellender Stimme:

„Bei der Herrlichkeit Gottes! Der ganze Osten soll entscheiden, ob das Rennen nicht ehrlich gewonnen wurde."

„Guter Scheik," beschwichtigte Malluch, „der Leiter der Spiele hat das Geld bereits ausbezahlt."

„Also doch!"

„Als sie darauf hinwiesen, daß Ben Hur Messalas Rad zertrümmert habe, lachte der Leiter der Spiele und erinnerte sie an den Peitschenhieb, den die Araber an der Biegung des Zieles erhalten hatten."

„Und wie steht es mit Messala?"

„Er ist mit dem Leben davongekommen, aber die Ärzte sagen, es werde ihm eine Last sein. Nie wieder wird er seine Füße gebrauchen können."

Ben Hur blickte schweigend zum Himmel. Er sah im Geiste Messala an den Stuhl gefesselt wie Simonides und von Dienern getragen. Der edle Mann hatte sich in sein Schicksal gefunden, wie aber würde es dieser mit seinem Hochmut und Ehrgeiz ertragen können?

„Simonides läßt ferner melden," fuhr Malluch fort, „daß Sanballat Unannehmlichkeiten habe. Drusus und die anderen, die mit ihm unterzeichnet haben, brachten die Frage wegen Bezahlung der fünf Talente, die sie verloren, vor den Konsul und dieser hat die Sache an den Kaiser geleitet. Auch Messala weigerte sich, seine Verluste anzuerkennen und Sanballat wandte sich nach Drusus' Beispiel an den Konsul, bei dem die Angelegenheit noch in Beratung steht. Die besser gesinnten Römer behaupten, daß die Einsprache wirkungslos bleibe, und alle übrigen Parteien, die Gegner der Römer, schließen sich dieser Meinung an. Die ganze Stadt redet von der aufsehenerregenden Sache."

„Was sagt Simonides?" fragte Ben Hur.

„Der Gebieter lacht und ist ganz zufrieden. Zahlt der Römer, so ist er zugrunde gerichtet; weigert er sich zu zahlen, so ist er ehrlos. Die kaiserliche Staatsklugheit wird die Sache entscheiden. Eine Beleidigung des Morgenlandes wäre ein schlechter Anfang für den Feldzug gegen die Parther. Den Scheik Ilderim beleidigen hieße aber die Wüste gegen sich aufbringen und eben durch diese führen alle Operationslinien des Konsuls. Darum läßt dich Simonides bitten, unbesorgt zu sein, Messala wird zahlen."

Ilderim hatte seine gute Laune mit einem Male wiedergefunden.

„Laß uns jetzt aufbrechen," sprach er, sich die Hände reibend. „Das Geschäftliche kann niemand besser ordnen als Simonides. Der Ruhm ist unser. Ich will die Pferde bestellen."

Vor seiner Abreise nahm Ben Hur noch Abschied von Simonides. Der alte Mann entließ ihn wie ein Vater seinen Sohn. Esther begleitete ihn bis an die Treppe.

„Wenn ich meine Mutter und Tirzah finden sollte, Esther," so sprach er, „dann mußt du nach Jerusalem kommen und meiner Tirzah eine Schwester sein."

Mit diesen Worten küßte er sie. – War es ein bloßer Friedenskuß?

Vierundzwanzigstes Kapitel

Dreißig Tage waren seit jener Nacht verflossen, da Ben Hur Antiochien verließ, um mit Scheik Ilderim in die Wüste zu ziehen. Etwas Wichtiges war inzwischen geschehen. Valerius Gratus wurde durch Pontius Pilatus ersetzt!

Die Erwirkung der Abberufung des ersteren kostete Simonides ganze fünf Talente in römischer Münze, die er bar an Sejanus, den damals einflußreichsten Günstling des Kaisers, zahlte. Er tat dies, um Ben Hur einen Dienst zu erweisen und die Gefahren zu verringern, denen er ausgesetzt war, während er in und um Jerusalem nach seinen Angehörigen forschte. Zu einem so frommen Zwecke bestimmte der treue Diener seine Gewinste aus den Wetten mit Drusus und dessen Gefährten. Diese wurden, nachdem sie ihre Wetten bezahlt hatten, naturgemäß Feinde Messalas. Was diesen anbetraf, so war die Frage seiner Zahlungsweigerung in Rom noch nicht entschieden.

So kurze Zeit auch seit dem Wechsel in der Regierung Palästinas verstrichen war, so wußten die Juden doch bereits, daß er für sie keine Änderung zum Besseren bedeute.

Die Kohorten, welche die Besatzung der Burg Antonia ablösen sollten, zogen bei Nacht in die Stadt ein. Das erste, was den Bewohnern der umliegenden Häuser am nächsten Morgen in die Augen fiel, war, daß die Mauern der alten Burg mit militärischen Abzeichen geschmückt waren. Zum Unglück bestanden diese in Büsten des Kaisers, zwischen denen sich römische Adler und Reichsäpfel befanden. Eine erregte Menge zog nach Cäsarea, wo Pilatus noch weilte, und beschwor ihn, die verhaßten Bilder zu entfernen. Schließlich sah Pilatus ein, daß es besser sei, dem Volke diesmal nachzugeben, und er ließ die Bilder und Abzeichen nach Cäsarea bringen, wo Gratus mit mehr Rücksicht auf die Gefühle der Juden die verhaßten Gegenstände während der elf Jahre seiner Amtszeit aufbewahrt hatte.

Der schlimmste Mann vollbringt zuweilen eine gute Tat, so auch Pilatus. Er verfügte eine genaue Untersuchung aller Gefängnisse in Judäa sowie die Anfertigung einer Liste der in Gewahrsam gehaltenen Personen mit Angabe der Vergehen, wegen welcher sie verhaftet worden waren. Die Untersuchung brachte überraschende Enthüllungen. Hunderte von Personen wurden in Freiheit gesetzt, gegen die überhaupt keine Anklage vorlag. Viele andere kamen ans Licht, die man längst unter die Toten gezählt hatte. Was aber noch erstaunlicher war, es wurden Kerker aufgetan, die nicht nur dem Volke zu der Zeit unbekannt, sondern tatsächlich selbst von den Gefängnisbehörden vergessen worden waren. Ein solcher Fall ereignete sich auch in Jerusalem.

Die Burg Antonia, welche die heilige Fläche des Berges Moriah zu zwei Dritteilen einnahm, war ursprünglich von den Makedoniern als Schloß erbaut worden. Später wandelte sie Johannes Hyrkanus in eine Festung zur Verteidigung des Tempels um, die zu seiner Zeit für uneinnehmbar galt. Dann kam Herodes mit seinem kühneren Geiste. Er verstärkte die Mauern und erweiterte sie und schuf so ein gewaltiges Gebäude, das alles enthielt, was zu einer starken, nach feiner Absicht unzerstörbaren Festung gehörte, als: Arbeitsräume, Kasernen, Zeughäuser, Vorratskammern, Zisternen und zuletzt, aber nicht als unwichtigsten Teil, Gefängnisse in jeder Abstufung. Er ließ den mächtigen Fels ebnen und tiefe Höhlungen in denselben graben, welche er überbaute. Die ganze Gebäudemasse verband er mit dem Tempel durch einen prachtvollen Säulengang, von dessen Dach aus man die Vorhöfe des heiligen Hauses überblicken konnte. In solchem Zustande befand sich die Burg, als sie von Herodes in die Hände der Römer überging. Mit schnellem Blick erfaßten diese ihre hohe Bedeutung und ihre Vorteile als festen Punkt und benutzten sie zu Zwecken, wie sie den Absichten dieser neuen Herren dienlich waren. Während der Verwaltung des Gratus war sie eine mit einer Besatzung versehene Zitadelle und ein unterirdisches, von den Aufwieglern gefürchtetes Gefängnis gewesen.

Der Befehl des neuen Prokurators, womit ein Bericht über die Gefangenen eingefordert wurde, war, sobald er in der Burg Antonia angelangt war, vollzogen worden. Die zusammengestellte Liste lag, zur Absendung bereit, auf dem Tisch des kommandierenden Tribuns, der müde und ungeduldig in seinem Amtszimmer saß. Plötzlich erschien ein Mann in der Tür eines angrenzenden Raumes. Er rasselte mit einem Bund Schlüssel, deren jeder so schwer wie ein Hammer war, und zog sofort die Aufmerksamkeit des Tribuns auf sich.

„Ah, Gesius, tritt ein!“ sagte letzterer.

Indes der Ankömmling sich dem Tische näherte, hinter dem der Tribun in einem Lehnstuhle saß, wandten alle Anwesenden ihre Blicke ihm zu, und da sie einen gewissen Ausdruck der Besorgnis und Unruhe auf seinem Gesichte bemerkten, wurden sie stille, um zu hören, was er mitzuteilen habe.

„O Tribun!“ begann er, sich tief verbeugend; „ich fürchte auszusprechen, was ich dir zu sagen habe.“

„Wieder ein Versehen – ha, Gesius?“

„Könnte ich mich überzeugen, daß es sich nur um ein Versehen handelt, so würde ich mich nicht fürchten.“

„Also ein Verbrechen – oder, noch schlimmer, eine Pflichtverletzung? Du magst den Kaiser verspotten oder die Götter lästern und leben. Ist aber die Beleidigung gegen die Adler gerichtet – ah, du weißt, Gesius – fahre fort!“

„Es sind jetzt etwa acht Jahre, seit mich Valerius Gratus zum Gefängnisschließer hier in der Burg machte,“ sagte der Mann bedachtsam. „Ich erinnere mich noch des Morgens, da ich die Pflichten meines Amtes übernahm. Tags zuvor hatten ein Auflauf und Straßenkämpfe stattgefunden. Wir erschlugen viele Juden, hatten aber auch auf unserer Seite Verluste. Die Ursache des Aufruhrs war, wie man erzählte, ein Mordanschlag gegen Gratus, der durch einen von einem Dache geschleuderten Stein getroffen und vom Pferde gestoßen wurde. Ich fand ihn mit verbundenem Kopfe hier sitzen, wo du sitzest, Tribun. Er teilte mir meine Ernennung mit und gab mir diese Schlüssel. Sie waren mit Ziffern nach den Nummern der Zellen bezeichnet. Ich sollte sie, sagte er, als Abzeichen meines Amtes betrachten und nie aus den Händen lassen. Auf dem Tische lag eine Pergamentrolle. Er rief mich zu sich und öffnete die Rolle. „Hier sind Pläne der Zellen,“ sagte er. Es waren deren drei. „Dieser“, fuhr er fort, „zeigt die Zellenordnung des oberen Stockwerkes, der andere beschreibt dir das mittlere Stockwerk und der dritte gehört zum unteren Stockwerk. Ich vertraue sie dir an.“ Ich nahm sie aus seiner Hand in Empfang und er setzte hinzu: „Hier in dieser Zelle des unteren Stockwerks, die mit V bezeichnet ist, werden drei

Männer gefangen gehalten, verwegene Leute, die auf irgendeine Weise in den Besitz eines Staatsgeheimnisses zu gelangen wußten und jetzt ihre Neugierde büßen, und Neugierde in solchen Dingen“ – er warf mir einen strengen Blick zu – „ist schlimmer als ein Verbrechen. Deshalb sind sie blind und ihrer Zungen beraubt und auf Lebenszeit dort eingekerkert. Außer Nahrung und Wasser sollen sie nichts erhalten, dies aber ist ihnen durch eine Öffnung in der Mauer, die mit einem Schieber verschlossen ist, zu reichen; du wirst sie leicht finden. Hörst du, Gesius?“ Ich antwortete bejahend. „Gut!“ fuhr er fort. „Noch eins, das du nicht vergessen darfst, oder“ – er blickte mich drohend an – „die Tür zu ihrer Zelle soll nie geöffnet werden, zu keinem Zwecke. Niemand darf hinein- oder herausgelassen werden, auch du selbst darfst die Zelle nicht betreten.“ „Aber wenn sie sterben?“ fragte ich. „Wenn sie sterben,“ erwiderte er, „soll die Zelle ihr Grab sein. Sie sollen dort sterben und begraben sein, dazu wurden sie hineingebracht. Die Zelle ist aussätzig. Verstehst du.“ Damit entließ er mich.“

Gesius hielt inne und zog aus der Brusttasche seiner Tunika drei durch Alter und Gebrauch schon sehr vergilbte Pergamentblätter hervor. Unter diesen suchte er eines heraus und breitete es auf dem Tische vor dem Tribun aus, indem er einfach sprach: „Dies ist das untere Stockwerk.“

Alle Anwesenden blickten auf den Plan. „Es ist genau der Plan, Tribun, wie ich ihn von Gratus habe. Sieh, hier ist Zelle Nummer V,“ sagte Gesius.

„Ich sehe,“ entgegnete der Tribun. „Fahre nun fort. Die Zelle ist aussätzig, hatte er gesagt.“

„Ich möchte gern eine Frage an dich stellen,“ bemerkte der Schließer bescheiden.

Der Tribun nickte.

„Hatte ich unter den Umständen nicht ein Recht, den Plan für richtig zu halten?“

„Was hättest du anders tun können?“

„Nun, er ist nicht richtig.“

Der Tribun blickte überrascht auf.

„Er ist nicht richtig,“ wiederholte der Schließer. „Er zeigt bloß fünf Zellen im selben Stockwerke, während doch sechs vorhanden sind.“ “Sechs, sagst du?“

„Ich will dir zeigen, wie das Stockwerk in Wirklichkeit aussieht – oder vielmehr, wie ich glaube, daß es aussieht."

Auf einem seiner Notiztäfelchen zeichnete Gesius seinen Plan und reichte ihn dem Tribun.

„Du hast wohl getan," sprach der Tribun, die Zeichnung prüfend, und glaubte, daß die Erzählung zu Ende sei. „Ich will den Plan richtigstellen oder, noch besser, einen neuen zeichnen lassen und ihn dir geben. Morgen früh kannst du ihn holen kommen."

Mit diesen Worten erhob er sich.

„Doch höre mich weiter, Tribun! War es nicht meine Pflicht, zu glauben, daß drei Gefangene in der Zelle seien, – Staatsgefangene – blind und ohne Zungen?"

„Natürlich!" sagte der Tribun.

„Nun, auch dieses war nicht richtig. Acht Jahre lang habe ich für drei Männer Speise und Trank durch die Öffnung in der Mauer verabreicht, ohne die Zelle je zu betreten. Gestern ging ich an jene Tür, neugierig, die Unglücklichen zu sehen, die wider alles Erwarten so lange gelebt hatten. Das Schloß widerstand dem Schlüssel. Wir rüttelten ein wenig und die Tür stürzte, aus den verrosteten Angeln fallend, zu Boden. Ich trat ein, fand aber nur einen Mann – alt, blind, ohne Zunge und nackt. Das Haar fiel ihm in steifen Strähnen über den Oberkörper herab. Seine Haut glich dem Pergamente dort. Er streckte seine Hände aus; die Fingernägel waren gekrümmt und verschlungen wie die Krallen eines Vogels. Ich fragte ihn, wo seine Gefährten seien. Er schüttelte verneinend den Kopf. In der Erwartung, daß wir die anderen finden würden, durchsuchten wir die Zelle. Der Fußboden war trocken, ebenso die Wände. Wären die Männer dort eingeschlossen gewesen und zwei von ihnen gestorben, so hätten wenigstens die Gebeine noch vorhanden sein müssen."

„Deshalb glaubst du –"

„Ich glaube, daß überhaupt nur ein Gefangener während der acht Jahre dort war."

Der Tribun blickte den Schließer scharf an und sprach: „Sagtest du nicht eben erst, daß für drei Männer acht Jahre lang Speise und Trank verabreicht worden sei?"

Die Anwesenden zollten dem Scharfsinn ihres Vorgesetzten Beifall, doch Gestus schien hierdurch nicht eingeschüchtert.

„Du weißt die Geschichte erst zur Hälfte, Tribun. Wenn du sie ganz kennst, wirst du mir beistimmen. Du weißt, was ich mit dem Manne tat: daß ich ihn ins Bad sandte, ihn scheren und kleiden ließ, ihn an das Tor der Burg führte und ihm sagte, daß er frei sei und gehn könne. Ich wollte nichts mehr mit ihm zu tun haben. Heute kam er zurück und wurde zu mir geführt. Durch Zeichen und Tränen gab er mir endlich zu verstehn, daß er in seine Zelle zurückzukehren wünsche, und ich ordnete es an. Als man ihn fortführen wollte, riß er sich los, küßte meine Füße und bat mich mit rührendem stummen Flehen mitzugehn, und ich ging. Das Geheimnis der drei Männer wollte mir nicht aus dem Sinn. Ich war darüber nicht beruhigt. Jetzt bin ich froh, daß ich seiner Bitte nachgab."

Die ganze Gesellschaft hörte in atemloser Stille zu.

„Als wir wieder in der Zelle waren, und der Gefangene es merkte, erfaßte er schnell meine Hand und führte mich an eine Öffnung, ähnlich jener, durch welche wir ihm die Nahrung zu reichen pflegten. Wenn auch weit genug, um deinen Helm hindurchzulassen, war sie gestern doch meinen Augen entgangen. Noch immer meine Hand haltend, brachte er sein Gesicht nahe an die Öffnung und ließ einen tierischen Schrei hören. Ein schwacher Laut kam als Antwort zurück. Ich war erstaunt, zog ihn hinweg und rief hinein: „Wer da?" Anfangs erfolgte keine Antwort. Ich rief abermals, und nun vernahm ich die Worte: „Sei gepriesen, o Herr!" Was mich noch mehr in Erstaunen setzte, war, daß die Stimme wie die einer Frau klang. Ich fragte: „Wer bist du?" und erhielt zur Antwort: „Eine Frau aus Israel, die hier mit ihrer Tochter begraben ist. Hilf uns schnell, oder wir müssen sterben!" Ich hieß sie guten Mutes sein und eilte hierher, um deinen Willen kennenzulernen."

Der Tribun erhob sich hastig.

„Du hattest recht, Gesius," sprach er. „Mir sind nun die Augen geöffnet. Der Plan war eine Lüge und die Geschichte von den drei Männern nicht minder. Es hat bessere Römer gegeben als Valerius Gratus."

„Ja," sprach der Schließer. „Ich brachte aus dem Gefangenen heraus, daß er von dem ihm gereichten Essen regelmäßig den Frauen mitgeteilt hatte."

„Nun läßt sich alles erklären," erwiderte der Tribun. Wie sein Blick auf seine Freunde fiel, kam ihm der Gedanke, wie gut es sei, Zeugen zu haben, und er setzte hinzu: „Laßt uns die Frauen befreien. Kommt alle!" Gesius war gern bereit.

„Wir werden die Mauer durchbrechen müssen," sagte er. „Ich fand wohl die Stelle, wo sich die Tür befunden hatte, aber sie ist mit Steinen und Mörtel wohl ausgefüllt."

Der Tribun wandte sich an einen Schreiber und sprach: „Laß Arbeiter mit Werkzeugen kommen. Beeile dich; aber halte den Bericht zurück, denn ich sehe, daß er wird abgeändert werden müssen." Die Unglücklichen, die in dem Verlies lebendig begraben gewesen, waren niemand anders als Ben Hurs Mutter und Schwester. Gratus hatte sie hier einkerkern lassen, weil gerade diese Zelle am leichtesten in Vergessenheit geraten konnte, und auch weil sie vom Aussatz angesteckt war. Durch Sklaven ließ er sie bei Nacht hier hineinführen, und diese Sklaven wurden dann, nachdem sie noch die Tür vermauert hatten, in weite Ferne verschickt. Sie direkt zu töten, wagte der Römer doch nicht, und um ihnen die Möglichkeit zu lassen, ihr Leben fortzufristen, suchte er sich einen Sträfling, der geblendet und seiner Zunge beraubt worden war, und verschloß ihn in die einzige mit der ihrigen in Verbindung stehende Zelle, damit er ihnen Nahrung und Wasser reiche. Unter keinen Umständen konnte dieser Unglückliche das Geheimnis verraten oder offenbaren, wer die Gefangenen seien oder wer ihr Urteilsprecher. Dieses schlaue Verfahren, das zum Teil von Messala eingegeben war, sollte dem Römer unter dem Schein einer über eine Mörderbande verhängten Strafe den Weg bahnen zur Einziehung des Vermögens der Familie Hur, von dem übrigens auch nicht ein Teil jemals in die kaiserliche Schatzkammer gelangte. Der letzte Schritt in Ausführung dieses Planes war, daß Gratus den früheren Gefängnisschließer ohne Umstände entließ, neue Pläne zeichnen ließ, in denen die Zelle VI ausgelassen war, und sie einem neuen Schließer übergab.

Acht Jahre lang hatten die Mutter und Schwester Ben Hurs ein qualvolles Leben geführt. Durch eine einzige kleine Öffnung drang ein wenig frische Luft und bei Tag ein schwacher Lichtstrahl herein, kaum genügend, das Dunkel ein wenig zu erhellen. Wie viele Stunden hatten sie vor dieser kleinen Lichtöffnung gesessen, und ihre Gedanken waren hinausgewandert, um den verlorenen Sohn und Bruder zu suchen. Es gewährte ihnen einen süßen Trost, daß sie sich sagen konnten: „Solange er lebt, sind wir nicht vergessen. Solange er unser gedenkt, ist Hoffnung!"

In ihrem Aussehen hatte sich übrigens eine Veränderung vollzogen, die sich weder durch die Zeit, noch durch die Marter der langen Einkerkerung erklären ließ. Die Mutter war ehedem ein schönes Weib, die Tochter ein schönes Kind gewesen. Jetzt konnte selbst die Liebe nichts Ähnliches von ihnen sagen. Ihr Haar war lang und ungekämmt und von seltsam weißer Farbe. Ihr Anblick machte in unerklärbarem Abscheu schaudern und erbeben. Es mochte dies eine Wirkung des trügerischen Lichtscheines sein, der trübe durch das drückende Dunkel schimmerte. Oder sie litten vielleicht an den Qualen des Hungers und Durstes, da sie weder zu essen noch zu trinken erhalten hatten, seit ihr Diener, der Sträfling, fortgeschickt worden war.

Tirzah, an die Mutter gelehnt und sie halb umschlingend, stöhnte in mitleiderregender Weise.

„Sei ruhig, Tirzah! Sie werden kommen. Gott ist gut. Wir haben seiner gedacht und nicht vergessen zu beten, so oft drüben im Tempel die Trompeten erschollen. Das Licht, siehst du, ist noch hell, die Sonne steht noch am südlichen Himmel und es ist kaum mehr als die siebente Stunde. Es wird gewiß jemand zu uns kommen. Haben wir Vertrauen! Gott ist gut."

Tirzah hob wie flehend die Hände und stöhnte wieder: „Wasser, Mutter, Wasser, nur einen Tropfen!"

Die Mutter starrte in äußerster Hilflosigkeit umher. „Geduld, Tirzah, sie kommen, bald werden sie hier sein!"

Es kam ihr vor, als hörte sie ein Geräusch in der Nähe des kleinen Schiebers in der Scheidemauer, durch den allein sie in der Wirklichkeit mit der Welt Verkehr hatten. Und sie täuschte sich nicht. Gleich darauf tönte der Schrei des Sträflings durch die Zelle. Auch Tirzah hörte ihn und beide standen auf, sich noch immer umschlungen haltend.

„Gepriesen sei der Herr in Ewigkeit!" rief die Mutter mit der Inbrunst neugestärkten Glaubens und wiedererwachender Hoffnung.

„Wer da?" hörte sie jetzt fragen, und dann: „Wer bist du?"

Die Stimme war ihnen fremd. Was tat es? Abgesehen von Tirzahs Gesprächen waren dies die ersten und einzigen Worte, die die Mutter seit acht Jahren gehört hatte. Der Umschwung war mächtig – vom Tod zum Leben – und so plötzlich!

„Eine Frau aus Israel, die hier mit ihrer Tochter begraben ist. Hilf uns schnell oder wir müssen sterben!"

„Seid guten Mutes, ich werde sogleich wiederkommen!"

Die Frauen schluchzten laut. Sie waren gefunden, Hilfe nahte. Gleich zwitschernden Schwalben flogen ihre Hoffnungen von einem Wunsch zum andern. Sie waren gefunden, sie würden befreit werden. Das spärliche Licht der Zelle leuchtete ihnen wie der strahlende Tag, und alle Leiden, Hunger und Durst und drohende Todesnähe vergessend, sanken sie zu Boden und weinten, noch immer eng umschlungen.

Und diesmal sollten sie nicht lange warten. Der Tribun handelte ungesäumt. „He, da drinnen!" rief er durch die Öffnung.

„Hier!" sagte die Mutter, sich erhebend.

Und jetzt hörte sie es an einer anderen Stelle der Mauer hallen wie von Schlägen gegen die Mauer. Es waren rasche Schläge, nicht dumpf, sondern mit eisernen Werkzeugen geführt. Sie sprach kein Wort, auch Tirzah schwieg. Sie wußten, was all dies zu bedeuten habe, und horchten, – der Weg zur Freiheit wurde ihnen gebahnt. Mit kräftigem Arm und geschickter Hand bearbeiteten die Männer draußen die Mauer, dann und wann fiel ein Stein polternd zu Boden, die Freiheit kam näher und näher. Dann – o Glück! – schimmerte durch einen Spalt der rötliche Schein von Fackeln und durchdrang das Dunkel der Zelle wie der freundliche Strahl der Morgensonne.

Jetzt fiel inwendig ein Stein, und noch einer – dann eine große Masse, und die Tür war offen. Ein mit Staub und Mörtel bedeckter Mann trat ein und blieb, eine Fackel hoch emporhaltend, stehn. Es folgten noch zwei oder drei Männer mit Fackeln und stellten sich an die Seite, um den Tribun einzulassen.

Achtung vor dem weiblichen Geschlechte ist nicht eine willkürlich festgesetzte Förmlichkeit, denn sie ist die beste Anerkennung der demselben eigentümlichen Würde. Der Tribun blieb stehn, denn sie flohen vor ihm – nicht aus Furcht, sondern aus Schamgefühl, indes nicht aus Schamgefühl allein! Aus dem Dunkel der Ecke, in der sie sich zu bergen suchten, drangen diese Worte an sein Ohr, die traurigsten, schrecklichsten, verzweiflungsvollsten, die eine menschliche Zunge sprechen kann:

„Nahe dich uns nicht – unrein, unrein!"

Die Männer hielten unbeweglich die flackernden Fackeln und sahen einander starr an.

„Unrein, unrein!" erscholl es wieder aus der Ecke in leisem, zitterndem, äußerst schmerzvollem Klageton. Ein ähnlich schmerzerfüllter Seufzer mag sich der Brust des Menschen entrungen haben, als die Tore des Paradieses sich hinter ihm schlossen und er sehnsüchtig zurückblickte.

Sie und Tirzah waren – Aussätzige!

Furchtbar waren die Bestimmungen, die im Orient für Aussätzige galten. Wie Tote wurden sie behandelt, selbst die nächsten Angehörigen durften nur aus der Ferne zu ihnen sprechen. In zerrissenen Kleidern mußten sie einhergehen und den Mund verhüllt halten, außer wenn sie den Warnungsruf: „Unrein! Unrein!" ausstießen. In verlassenen Grabhöhlen und Wüsten wohnten sie, und der Tod war ihre einzige Hoffnung. Einst – den Tag oder das Jahr hätte sie nicht angeben können, denn unten im schaurigen Grabe hatte sie auch die Zeitrechnung verloren – einst fühlte die Mutter einen trockenen Schorf in der Fläche der rechten Hand, einen unbedeutenden Ausschlag, den sie abzuwaschen versuchte. Er blieb hartnäckig an der Stelle haften, indes beachtete sie kaum das Anzeichen der beginnenden Krankheit, bis Tirzah sich beklagte, daß auch sie von dem nämlichen Übel ergriffen sei. Sie fühlten dabei nicht so sehr Schmerz als vielmehr ein beständig zunehmendes Unbehagen. Später begannen ihre Lippen auszudörren und aufzuspringen. Die Nägel an den Fingern lösten sich ab, und die Mutter erkannte, daß es Aussatz war.

Aber in ihrer Mutterliebe begrub sie ihre Erkenntnis in ihrem Herzen und war nur bestrebt, vor ihrer Tochter zu verbergen, von welcher Krankheit sie befallen war. Bis die Krankheit sich immer mehr ausbreitete und Tirzah endlich die furchtbare Wahrheit erkannte. Da beteten sie in der ersten furchtbaren Verzweiflung um einen baldigen Tod.

Indes hatten diese unglücklichen Frauen doch noch ein Band, das sie an die Erde knüpfte. Uneingedenk ihrer eigenen Verlassenheit, hielten sie sich einigermaßen aufrecht, indem sie von Ben Hur redeten und träumten. Mit der Hoffnung, einst wieder mit ihm vereinigt zu werden, tröstete die Mutter die Tochter und diese die Mutter, und beide zweifelten keinen Augenblick, daß auch er ebenso treu ihrer gedenke und ebenso heiß nach dem Wiedersehen sich sehne. In dieser Weise sprachen sie sich gegenseitig Mut zu auch in dem Augenblick, da Gesius sie rief, nachdem sie zwölf Stunden lang Hunger und Durst gelitten hatten.

Mit Schaudern vernahm der Tribun den Warnungsruf vor dem Aussatz, aber er blieb doch.

„Wer seid ihr?“ fragte er.

„Zwei vor Hunger und Durst sterbende Frauen. Aber“, setzte die Mutter ohne Zögern hinzu, „nahe dich uns nicht und berühre weder den Boden noch die Wände. Unrein, unrein!“

„Erzähle mir deine Geschichte, Weib, – wie du heißt, wann du hierhergebracht wurdest, durch wen und warum!“

„Einst lebte in dieser Stadt Jerusalem ein Fürst Ben Hur, der Freund aller edlen Römer, der selbst den Kaiser seinen Freund nannte. Ich bin seine Witwe und diese hier ist sein Kind. Wie soll ich dir sagen, warum wir hier eingekerkert wurden, da ich es selbst nicht weiß, wenn es nicht etwa unseres Reichtums wegen geschah? Valerius Gratus kann dir sagen, wer unser Feind war und wann unsere Gefangenschaft ihren Anfang nahm. Ich weiß es nicht. Sieh, was aus uns geworden ist – o sieh und hab' Erbarmen!“

So drückend schwer auch die Luft infolge von Pestgeruch und Fackelrauch war, so rief der Römer doch einen Fackelträger an seine Seite und schrieb die Antwort fast Wort für Wort nieder. Sie war kurz und bündig, aber vielsagend und enthielt zugleich eine Geschichte, eine Anklage und eine Bitte. Eine ungebildete Person hätte sie unmöglich so geben können; er konnte nicht anders als Mitleid haben und glauben.

„Dir soll geholfen werden, Weib!“ sprach er, sein Täfelchen zu sich nehmend. „Ich werde dir Speise und Trank bringen lassen.“

„Und Kleidung und Wasser zur Reinigung, bitten wir, edler Römer!“

„Wie du willst,“ erwiderte er.

„Gott ist gut!“ sagte die Mutter unter Schluchzen. „Möge sein Friede stets mit dir sein!“

„Noch eins,“ fügte er hinzu; „ich werde dich nicht mehr sehen können. Mache deine Vorbereitungen, denn heute nacht werde ich dich an das Tor der Burg bringen und in Freiheit setzen lassen. Das Gesetz kennst du. Lebe wohl!“

Er sprach noch mit den Männern und verließ die Zelle.

Kurz nachher erschienen Sklaven und brachten einen großen Steinkrug mit Wasser, ein Waschbecken und Handtücher, eine Platte mit Brot und Fleisch und einige Kleidungsstücke für Frauen. Nachdem sie alles in einiger Entfernung von den Gefangenen auf den Boden gestellt hatten, liefen sie eilig hinaus.

Ungefähr um die Mitte der ersten Nachtwache wurden die beiden an das Tor geführt und auf die Straße befördert. So schaffte sie der Römer sich vom Halse und sie waren in der Stadt ihrer Väter wiederum frei.

Sie blickten zu den Sternen empor, die freundlich wie vor alter Zeit am Himmel funkelten; dann fragten sie sich: Was nun? Und wohin?

Fünfundzwanzigstes Kapitel

Um die Stunde, da der Schließer Gesius in der Burg Antonia sich zum Tribun begab, stieg ein Fußgänger den östlichen Abhang des Ölberges hinan. Der Weg war rauh und staubig und der Pflanzenwuchs auf jener Seite des Hügels ganz verbrannt, denn es war in Judäa die trockene Jahreszeit. Es kam dem Wanderer zustatten, daß er jung und stark war, nicht zu sprechen vom kühlen, losen Gewande, das er trug. Er ging langsam, öfters nach rechts und links blickend wie jemand, der nach langer Abwesenheit sich einem alten Bekannten nähert.

Der Wanderer war Ben Hur, zu seinen Füßen breitete sich Jerusalem. Ben Hur ließ sich auf einen nahen Stein nieder und nahm das weiße Tuch, das seinen Kopf dicht verhüllte, herab, um sich mit Muße der Betrachtung hinzugeben. Erinnerungen an seine Landsleute, ihre Triumphe und wechselnden Schicksale, ihre Geschichte, zugleich die Geschichte Gottes, wurden in ihm wach. Die Stadt war das Werk ihrer Hände, ein bleibendes Denkmal ebenso ihrer Fehler wie ihrer Frömmigkeit, ihrer Schwäche wie ihres hohen Geistes, ihrer Gottesfurcht wie ihrer Gottlosigkeit. Obschon er Rom gesehen und bis in die letzten Winkel kannte, erfüllte ihn doch der Anblick Jerusalems mit Stolz. Aber die Römer waren ja jetzt Herren der heiligen Stadt, und Ben Hur dachte mit pochendem Herzen an den Tag, da der neue König kommen werde, um sein Eigentum zu fordern und in Besitz zu nehmen.

Die Sonne neigte sich zum Untergang. Eine Zeitlang schien der Flammenball sich auf den fernen Gipfel des Gebirges im Westen niederzulassen, den Himmel über der Stadt mit feuriger Glut übergießend und die Mauern und Türme goldig berändernd. Dann tauchte sie auf einmal unter und verschwand.

Die tiefe Stille lenkte Ben Hurs Gedanken heimwärts. Sein Auge suchte einen Punkt in der Luft etwas nördlich von der unvergleichlichen Vorderseite des Tempels und blieb auf demselben haften: senkrecht unter ihm lag sein Vaterhaus, wenn es noch bestand.

Der lindernde Einfluß der Abendruhe beruhigte auch seine Gefühle, und seiner ehrgeizigen Pläne vergessend, gedachte er der Pflicht, die ihn nach Jerusalem geführt hatte.

Während er mit Ilderim draußen in der Wüste weilte, um nach festen Plätzen zu suchen und sich mit der Gegend vertraut zu machen, wie ein Feldherr das Land kennen lernt, in dem er Krieg zu führen beabsichtigt, kam eines Abends ein Bote mit der Nachricht, daß Gratus abberufen und Pontius Pilatus an seine Stelle gesetzt worden sei.

Messala war für ihn unschädlich und glaubte ihn tot, Gratus hatte keine Macht mehr und war abgesetzt. Weshalb sollte Ben Hur noch länger zögern, nach Mutter und Schwester zu forschen? Jetzt hatte er nichts mehr zu fürchten. Konnte er die Gefängnisse Judäas auch selbst nicht durchsuchen, so konnte er es doch durch andere. Wurden die Verlorenen gefunden, so konnte es für Pilatus keinen Grund geben, sie im Gefängnisse zurückzuhalten, – keinen wenigstens, der sich nicht durch Geld überwinden ließ. Fand er sie, so würde er sie an einen sicheren Ort bringen und dann, wenn sein Geist wieder ruhig, sein Gewissen beschwichtigt und diese erste Pflicht getan war, konnte er sich um so vollständiger dem König weihen, der da kommen sollte. Sein Entschluß war rasch gefaßt. In derselben Nacht noch beriet er sich mit Ilderim und erlangte seine Zustimmung. Drei Araber begleiteten ihn bis Jericho, wo er diese und die Pferde zurückließ, um allein und zu Fuß weiter zu wandern. Malluch sollte in Jerusalem mit ihm zusammentreffen.

Von Simonides hatte er erfahren, daß Amrah, die ägyptische Dienerin, noch lebe. Sie hatte sich ja an jenem Morgen, als das Unglück über die Familie Hur hereinbrach, von den Soldaten losgerissen und war in den Palast zurückgerannt, wo sie samt allem unbeweglichen Gut eingeschlossen wurde. Während der folgenden Jahre ließ Simonides sie mit Lebensmitteln versehen, und so befand sie sich noch jetzt dort als die einzige Bewohnerin des großen Hauses, das Gratus trotz aller Bemühungen nicht hatte verkaufen können. Die Geschichte der rechtmäßigen Eigentümer genügte, jeden Fremden abzuhalten, das Haus zu kaufen oder auch nur zu mieten. Die Leute auf der Straße gingen nur leise flüsternd dort vorüber. Das Haus stand im Rufe, daß es darin spuke. Wahrscheinlich war das Gerücht durch die gute alte Amrah entstanden, die man einigemal, bisweilen auf dem Dache, bisweilen hinter einem vergitterten Fenster, flüchtig gesehen hatte. Durch sie hoffte Ben Hur Nachrichten zu erhalten, die, wenn auch noch so geringfügig, ihm doch von Nutzen sein konnten. Auf alle Fälle würde schon die Freude, sie an jener durch Erinnerungen ihm so teuren Stätte zu sehen, so groß sein, daß ihm nur die Entdeckung seiner Lieben, um die sich alle seine Sorge drehte, eine größere bereiten konnte. Er würde also vor allen Dingen das Vaterhaus aufsuchen müssen, um Amrah zu finden.

Mit diesem Entschluß erhob er sich kurz nach Sonnenuntergang und stieg auf dem Wege, der sich vom Gipfel aus gegen Osten oder vielmehr Nordosten wendet, den Berg hinab.

Es war schon dunkel, als Ben Hur die Stadt erreichte und durch eine enge Gasse an der Burg vorbei in das Innere strebte. Er hatte nur einen Gedanken, er wollte sein Vaterhaus wiedersehen.

Endlich erreichte er das alte Gebäude und blieb an der Nordseite stehen. An den Ecken konnte man noch das zum Versiegeln verwendete Wachs deutlich sehen, und quer über den Torflügeln befand sich noch das Brett mit der Inschrift: „Dies ist Eigentum des Kaisers." Seit dem schrecklichen Tage der Trennung war durch das Tor niemand ein- oder ausgegangen. Sollte er wie ehedem klopfen? Es war zwecklos, das wußte er, dennoch konnte er der Versuchung nicht wiederstehn. Vielleicht hörte ihn Amrah und blickte aus einem der Fenster auf dieser Seite heraus. Er hob einen Stein auf, stieg die breiten steinernen Stufen hinan und pochte dreimal. Ein dumpfes Echo war die Antwort. Er versuchte es abermals, lauter als zuvor, und ein drittes Mal, inzwischen immer innehaltend, um zu horchen. Die tiefe Stille schien ihn zu verhöhnen. Auf die Straße zurücktretend, beobachtete er die Fenster, auch sie zeigten kein Leben. Die Brustwehr auf dem Dache hob sich scharf gegen den hellen Himmel ab, nichts hätte sich oben bewegen können, ohne daß er es bemerkt hätte, und es regte sich in der Tat nichts.

Von der Nordseite begab er sich nach der westlichen, wo vier Fenster waren, auch diese beobachtete er lang und aufmerksam, aber mit demselben Erfolg.

Amrah gab kein Zeichen. Still schlich er sich dann herum bis zur Südseite. Auch dort war das Tor versiegelt und mit der Inschrift versehen. Außerstande, etwas anderes zu tun, riß er das Brett herab und warf es in den Straßengraben. Dann ließ er sich auf die Schwelle nieder und flehte, der neue König möge kommen und seine Ankunft sich beschleunigen. Als seine Erregung nachgelassen hatte, kam infolge der langen Wanderung in der Sommerhitze die Ermüdung über ihn, sein Haupt sank immer tiefer herab und endlich schlief er ein.

Um diese Zeit kamen zwei Frauen aus der Richtung von der Burg die Straße herab und näherten sich dem Palaste der Familie Hur. Wie verstohlen und zaghaft schritten sie dahin, öfters stehn bleibend, um zu horchen. An der Ecke des düsteren Gebäudes sagte die eine mit leiser Stimme zur anderen:

„Das ist es, Tirzah!"

Und Tirzah ergriff nach einem raschen Blick auf das Haus die Hand ihrer Mutter und lehnte sich schwer an letztere, leise schluchzend.

„Laß uns weiter gehn, mein Kind, denn" – die Mutter hielt inne und zitterte; sich zur Ruhe zwingend, fuhr sie dann fort – „denn sobald der Morgen anbricht, werden sie uns zum Stadttor hinaustreiben, und dann gibt es keine Rückkehr mehr."

Tirzah sank beinahe auf die Steine nieder.

„Ach ja!" sagte sie schluchzend; „ich vergaß es. Ich hatte das Gefühl, daß wir heimgingen. Aber wir sind Aussätzige und haben kein Heim; wir gehören zu den Toten!"

Die Mutter beugte sich zu ihr nieder und hob sie sanft empor, indem sie sprach: „Morgen, mein Kind, morgen müssen wir uns einen Platz am Wege suchen, wo wir sitzen und um Almosen bitten können, wie es die Aussätzigen tun. Betteln oder –"

Tirzah lehnte sich wieder an sie und flüsterte: „Laß uns – laß uns sterben!"

„Nein!" sagte die Mutter fest. „Der Herr hat unsere Zeit festgesetzt und wir glauben an den Herrn. Wir wollen selbst hierin seine Zeit abwarten. Komm, gehn wir!"

Mit diesen Worten nahm sie Tirzah bei der Hand und eilte nach der westlichen Ecke des Hauses, sich nahe an die Mauer haltend. Da dort niemand zu sehen war, gingen sie zur nächsten Ecke und schraken vor dem Mondlicht zurück, das die ganze Südseite des Hauses und eine Strecke der Straße hell beleuchtete. Der Wille der Mutter war stark. Einen Blick nach rückwärts und zu den Fenstern der Westseite hinauf werfend, trat sie in das Licht hinaus, Tirzah an der Hand führend. Welche Verheerungen die furchtbare Krankheit angerichtet hatte, konnte man jetzt deutlich sehen – an ihren Lippen und Wangen, an ihren trübe blickenden Augen und aufgesprungenen Händen, besonders an den langen, schlangenähnlichen Haarsträhnen, die wie die Augenbrauen geisterhaft weiß waren. Es wäre unmöglich gewesen, zu unterscheiden, welche die Mutter und welche die Tochter war, beide erschienen gleich abschreckend alt. „Still!" sagte die Mutter. „Dort liegt jemand auf der Schwelle, – ein Mann. Machen wir einen Umweg."

Sie traten schnell auf die andere Seite der Straße und gingen dort im Schatten weiter bis zum Tore, vor dem sie stehn blieben.

„Er schläft, Tirzah!"

Der Mann lag ganz still.

„Bleib hier, ich will das Tor probieren." So sprechend, schlich die Mutter geräuschlos hinüber und drückte beherzt an den Türflügel. In diesem Augenblick seufzte der Mann und drehte sich unruhig, wodurch das seinen Kopf bedeckende Tuch sich so verschob, daß sein nach oben gewandtes Gesicht voll vom Mond beschienen wurde. Sie blickte darauf hin und fuhr zusammen. Sich etwas vorbeugend, sah sie nochmals hin, dann richtete sie sich auf, rang die Hände und erhob die Augen in stummem Flehen zum Himmel. Einen Augenblick blieb sie in dieser Stellung, dann eilte sie zu Tirzah zurück.

„So wahr der Herr lebt, der Mann ist mein Sohn – dein Bruder!" sprach sie in furchterweckendem Flüstertone.

„Mein Bruder? – Judah?"

Die Mutter ergriff rasch ihre Hand.

„Komm!" sagte sie in demselben gezwungenen Flüsterton, „laß uns zusammen ihn ansehen – einmal noch – nur einmal, – dann steh du deinen Dienerinnen bei, o Herr!"

Hand in Hand schritten sie über die Straße, geisterhaft schnell, geisterhaft leise. Als ihr Schatten auf ihn fiel, blieben sie stehn. Eine seiner Hände lag, die innere Fläche nach oben, auf der Schwelle. Tirzah fiel auf die Knie und würde sie geküßt haben, aber die Mutter hielt sie zurück.

„Auf keinen Fall, nicht um dein Leben! Unrein, unrein!“ flüsterte sie.

Tirzah bebte vor ihm zurück, als sei er der Aussätzige.

Ein Bild männlicher Schönheit, lag Ben Hur da. Wangen und Stirn waren tiefbraun, eine Wirkung der Wüstensonne und Wüstenluft, aber unter dem leichten Schnurrbart zeigten sich rote Lippen und glänzend weiße Zähne. Der weiche Bart bedeckte nur teilweise das wohlgerundete Kinn und den schöngeformten Hals. Wie schön erschien er dem Mutterauge! Wie mächtig drängte es sie, ihren Arm um ihn zu schlingen, sein Haupt auf ihren Schoß zu nehmen und ihn zu küssen, wie sie es während seiner glücklichen Kindheit zu tun gewohnt war. Was gab ihr die Kraft, diesem Drange zu widerstehn? Ihre Liebe, ihre Mutterliebe, und nicht um die Wiedererlangung von Gesundheit und Vermögen, nicht um irgendein Gut der Welt, nicht um das Leben selbst würde sie ihre aussatzbehafteten Lippen auf seine Wange gedrückt haben! Aber berühren mußte sie ihn. In dem Augenblick, da sie ihn wiederfand, mußte sie auf immer von ihm Abschied nehmen! Sie kniete nieder, kroch zu seinen Füßen hin und berührte mit ihren Lippen die Sohle einer seiner Sandalen, ungeachtet des schmutziggelben Straßenstaubes, der daran haftete – und berührte sie wieder und wieder. Und ihre ganze Seele lag in den Küssen. Er wurde unruhig und bewegte seine Hand hin und her. Sie zogen sich zurück, hörten ihn aber noch im Traume murmeln: „Mutter! Amrah! Wo ist–“

Er fiel wieder in tiefen Schlaf. Die Mutter barg ihr Gesicht im Staube und kämpfte ein Schluchzen nieder, so tief und stark, als müsse ihr Herz davon zerspringen. Er hatte nach ihr gefragt; sie waren nicht vergessen; im Schlafe selbst dachte er an sie. War das nicht genug?

Dann winkte die Mutter Tirzah, sie erhoben sich und noch einen Blick auf ihn werfend, als wollten sie sich sein Bild unauslöschlich einprägen, gingen sie Hand in Hand auf die andere Seite der Straße. Dort zogen sie sich in den Schatten der Mauer zurück, knieten nieder, blickten nach ihm und warteten auf sein Erwachen – warteten auf irgendeine Offenbarung, sie wußten selbst nicht auf was. Niemand hat je die Geduld einer Liebe gleich der ihrigen gemessen.

Nach einiger Zeit – er schlief noch immer – erschien eine andere Frauengestalt an der Ecke des Palastes. Die drüben im Schatten Wartenden sahen sie deutlich im Mondlicht: eine kleine, tiefgebeugte Person von dunkler Gesichtsfarbe und mit grauen Haaren. Sie war reinlich nach Art einer Dienerin gekleidet und trug einen Korb mit Gemüse.

Als die Neuangekommene den Mann auf der Schwelle erblickte, blieb sie stehn. Dann, wie zu einem Entschlusse gekommen, 259 schritt sie weiter, – um so leiser, je näher sie dem Schläfer kam. Um ihn herumgehend, trat sie an das Tor, schob mit Leichtigkeit einen Riegel zur Seite und langte mit der Hand in die entstandene Öffnung. Eines der breiten Bretter im linken Flügel ging geräuschlos auf. Sie schob ihren Korb hinein und wollte eben selbst folgen, als sie, der Neugierde nachgebend, einen Blick auf den Fremden unter ihr warf, dessen Gesicht offen dalag.

Die Zuschauerinnen auf der anderen Seite der Straße hörten einen leisen Ausruf und sahen, wie das Weib sich die Augen rieb, wie um ihre Sehkraft zu stärken, sich tief hinabbeugte, die Hände rang, heftig erregt um sich blickte, den Schläfer ansah, sich bückte, die ausgestreckte Hand aufhob und sie zärtlich küßte. Durch die Berührung aufgeweckt, zog Ben Hur unwillkürlich die Hand zurück; dabei begegneten seine Augen denen des Weibes.

„Amrah! O Amrah, bist du es?" sprach er.

Das gute Wesen antwortete nicht mit Worten, sondern fiel ihm um den Hals und weinte vor Freude.

Sanft schob er ihre Arme zurück, und ihr tränenfeuchtes braunes Gesicht zu sich emporziehend, küßte er es mit einer Freude, die nur wenig geringer war als die ihrige. Dann hörten die Frauen jenseits der Straße ihn sagen:

„Mutter – Tirzah – O Amrah, erzähle mir von ihnen! Sprich, sprich, ich bitte dich!"

Amrah weinte aufs neue.

„Wolltest du hineingehen?" fragte er jetzt, das offenstehende Brett bemerkend. „So komm, ich gehe mit dir." Damit erhob er sich. „Die Römer lügen. Das Haus ist mein. Steh auf, Amrah, und gehn wir hinein!"

Im nächsten Augenblick waren sie verschwunden. Die dort im Schatten Stehenden blieben zurück und blickten nach dem Tore, das bleich und traurig sie anstarrte, – nach dem Tore, durch das sie nie mehr eintreten sollten. Sie ließen sich, eng aneinandergeschmiegt, im Staube nieder. Sie hatten ihre Pflicht getan, ihre Liebe hatte die Probe bestanden.

Am andern Morgen wurden sie gefunden und mit Steinwürfen zur Stadt hinausgetrieben. „Fort von hier! Ihr gehört zu den Toten, geht zu den Toten!"

Gejagt von dem lang in ihren Ohren nachtönenden Urteilsspruch, eilten sie hinaus.

Sechsundzwanzigstes Kapitel

Wer heutzutage das Heilige Land bereist und die berühmte Stätte mit dem schönen Namen Königsgarten aufsuchen will, folgt dem Bette des Kidron oder der Biegung des Gihon- und Hinnomtales abwärts bis zum alten Brunnen En-Rogel, labt sich dort durch einen Trunk des süßen, lebendigen Wassers und hält inne, denn er hat das Ende der sehenswerten Punkte in jener Richtung erreicht. Von hier aus blickt er zur Rechten auf den Berg des Ärgernisses und zur Linken auf den des bösen Rats. An ihren Abhängen befanden sich unzählige Grabmäler und Grabhöhlen, die seit unvordenklicher Zeit den Aussätzigen, nicht einzelnen, sondern ganzen Gemeinschaften, als Wohnstätte dienten. Hier bildeten sie eine Art Gemeinwesen und setzten ihre Regierung ein, hier gründeten sie sich eine Stadt und wohnten zusammen, von allen gemieden als die vom Fluche Gottes Getroffenen.

Am zweiten Morgen nach den im vorhergehenden Kapitel erzählten Ereignissen näherte sich Amrah dem Brunnen En-Rogel und setzte sich auf einen Stein. Sie hatte einen Wasserkrug und einen Korb bei sich, der mit einem schneeweißen Tuche bedeckt war. Beides neben sich auf den Boden stellend, löste sie ihr Kopftuch, so daß es zurückfiel, faltete die Hände auf dem Schoß und blickte sinnend aufwärts nach der Richtung, wo der Berg sich steil gegen Hakeldama, das einstige Töpferfeld, senkte. Die Sonne stieg herauf, aber noch immer saß sie spähend und wartend da. Sie pflegte jeden Tag nach Eintritt der Dunkelheit auf den Markt zu gehn. Sich unbemerkt aus dem Hause schleichend, suchte sie die Läden im Tyropöon auf oder jene beim Fischtor, drüben im Osten, machte ihre Einkäufe an Fleisch und Gemüse, kehrte zurück und schloß sich wieder ein. Bei einer solchen Zurückkunft hatte sie zu ihrer großen Freude Ben Hur entdeckt. Über ihre Herrin oder Tirzah wußte sie ihm nichts mitzuteilen, gar nichts. Er bat sie, eine weniger einsame Wohnung aufzusuchen, sie lehnte es ab. Sie wünschte, daß er wieder in seinem eigenen Zimmer wohne, welches gerade so war, wie er es verlassen hatte, aber die Gefahr der Entdeckung war zu groß, und er wollte vor allem jedes Aufsehen vermeiden. Er versprach ihr, so oft als möglich sie zu besuchen. Bei Nacht wolle er kommen und bei Nacht wieder gehn. Sie mußte sich damit zufrieden geben, aber sie wollte ihm besondere

Speisen bereiten und schlich sich am nächsten Abend früher als gewöhnlich hinaus, um Einkäufe zu machen. Hierbei traf sie zufällig einen der Fackelträger, die den Befehlshaber begleitet hatten, als Mutter und Tochter der Familie Hur unten in der Zelle entdeckt wurden. Der Mann erzählte alle Umstände der Auffindung und Amrah hörte sie, auch die Namen der Gefangenen und die Aussage der Witwe über sich selbst.

Wie im Traum machte sich Amrah auf den Heimweg. Welch eine freudige Nachricht hatte sie für ihren Judah! Sie hatte seine Mutter gefunden! Plötzlich aber erschrak sie. Wenn er erfuhr, daß seine Mutter und Tirzah Aussätzige waren, dann würde er sofort zu ihnen hineilen und sie suchen. Die Krankheit würde auch ihn ergreifen und ihr Los das seinige werden. Sie rang die Hände. Was sollte sie tun?

Schließlich kam ihr der Gedanke, selbst zum Brunnen En-Rogel zu gehen, wohin auch täglich die Aussätzigen mit ihren Krügen kamen und in der Ferne warteten, bis sie gefüllt waren. Sie wollte dann mit Ben Hurs Mutter reden. Darum schwieg sie auch Ben Hur gegenüber, der ihr mitteilte, daß Malluch am nächsten Tage käme, um mit ihm die Nachforschungen zu beginnen.

Amrah saß nun in der Morgenfrühe am Brunnen und wartete, bis die meisten sich ihren Wasservorrat geholt hatten. Dann kamen auch die Bewohner des Berges ans Tageslicht und sammelten sich vor ihren Höhlen. Aber vergebens suchte Amrah unter ihnen ihre Herrin. Endlich sah sie aus der elendesten Höhle, die mehr einem Lager für wilde Hunde glich, zwei Frauen herauskommen, die sich zaghaft dem Brunnen näherten. Sie sahen beide sehr alt aus, aber ein Gefühl sagte Amrah, es seien die Gesuchten, und sie ging ihnen ganz verwirrt entgegen. Etwa fünf bis sechs Schritte von der Stelle, wo jene warteten, blieb sie stehen.

Das sollte ihre geliebte Herrin sein, deren Hände sie so oft in Dankbarkeit geküßt, deren ehrwürdiges und liebliches Bild sie in ihrem Gedächtnisse so treu bewahrt hatte! Und das die lachende, süße, sangesfrohe Tirzah, das Licht des großen Hauses, der erhoffte Segen ihres Alters! Die gute Seele konnte ein Gefühl des Abschcues bei dem Anblick nicht überwinden.

Das sind alte Frauen, sprach sie bei sich selbst, – ich habe sie nie zuvor gesehen. Ich will zurückkehren. Sie wandte sich um. „Amrah!“ rief eine der Aussätzigen.

Die Ägypterin stellte den Krug nieder und blickte sich zitternd um.

„Wer seid ihr?“ fragte sie.

„Wir sind jene, die du suchst."

Amrah fiel auf die Knie.

„O meine Herrin, meine Herrin! Da ich deinen Gott zu dem meinigen gemacht habe, so sei er gepriesen, daß er mich zu dir geführt hat!"

Und das arme Wesen begann, überwältigt von seinen Gefühlen, auf den Knien sich vorwärts zu bewegen.

„Halt, Amrah, komm nicht näher! Unrein, unrein!" Die Worte genügten, Amrah fiel auf ihr Gesicht und schluchzte so laut, daß die Leute am Brunnen sie hörten. Plötzlich richtete sie sich wieder zur knienden Stellung auf.

„O meine Herrin, wo ist Tirzah?"

„Hier bin ich, Amrah, hier! – Willst du mir nicht ein wenig Wasser bringen?"

Es erwachte in ihr wieder die Dienerin. Das wirre Haar, das ihr über das Gesicht herabgefallen war, zurückstreichend, erhob sich Amrah, ging zum Korbe und deckte ihn ab.

„Sieh," sprach sie, „hier ist Brot und Fleisch!"

Sie wollte das Tuch auf dem Boden ausbreiten, aber die Herrin sprach: „Tu es nicht, Amrah! Die dort könnten dich steinigen und uns den Trunk verweigern. Laß den Korb hier, nimm den Krug und fülle ihn und bringe ihn her. Wir werden beides mit in die Grabhöhle nehmen. Für heute hast du uns dann alles getan, was das Gesetz gestattet. Beeile dich, Amrah!" Die Leute, unter deren Augen all das geschehen war, machten der Dienerin Platz und halfen ihr sogar den Krug füllen, so schmerzvoll und mitleiderregend war der Ausdruck ihres Gesichtes.

Den Krug auf die Schulter hebend, eilte sie zurück. In ihrer Vergessenheit hätte sie sich ihnen genaht, wenn nicht der Ruf: „Unrein, unrein! Nimm dich in acht!" sie angehalten hätte. Den Krug neben den Korb stellend, trat sie zurück und blieb in einiger Entfernung stehn.

„Ich danke dir, Amrah!" sprach die Herrin, die Gegenstände an sich nehmend. „Das ist sehr gütig von dir."

„Kann ich sonst nichts für euch tun?" fragte Amrah.

Die Mutter hatte den Krug ergriffen, und sie verschmachtete fast vor Durst. Dennoch hielt sie inne und sprach fest, sich aufrichtend: „Ja, ich weiß, daß Judah heimgekehrt ist. Ich sah ihn die vorletzte Nacht vor dem Tore auf der Schwelle schlafen. Ich sah auch, wie du ihn wecktest."

Amrah schlug die Hände zusammen. "O meine Herrin, du hast alles gesehen und bist nicht gekommen!"

„Das wäre sein Tod gewesen. Ich kann ihn nie mehr küssen. Aber nun beweise auch du, daß du ihn liebst. Höre, Amrah, du sollst uns täglich das Wenige bringen, dessen wir bedürfen, es wird nicht lange mehr – nicht lange dauern. Du sollst so jeden Morgen und Abend hierherkommen und – und" – ihre Stimme zitterte, ihre Willenskraft drohte zu erlahmen – „und du sollst uns von ihm erzählen, Amrah, aber ihm darfst du nichts von uns sagen. Hörst du?"

„Oh, es wird so schwer sein, von euch sprechen zu hören und zu sehen, wie er herumwandert und euch sucht – alle seine Liebe zu sehen, und ihm nicht so viel sagen zu dürfen, daß ihr lebt!" „Wieviel schwerer würde es sein, ihn so zu sehen, wie wir sind," antwortete die Mutter und reichte den Korb Tirzah. „Komm heute abend," wiederholte sie. Dann nahm sie den Krug, und beide machten sich auf den Weg nach der Grabhöhle. Amrah blieb auf den Knien liegen, bis sie verschwunden waren, dann trat sie sorgenschweren Herzens den Heimweg an.

Am Abend kehrte sie zurück, und von nun an kam sie regelmäßig jeden Morgen und Abend, um ihnen ihre Dienste zu leisten, so daß es ihnen an nichts Notwendigem mangelte. Die Grabhöhle war, wenn auch steinig und öde, doch weniger trostlos als die Kerkerzelle in der Burg. Das Tageslicht vergoldete den Eingang und sie lag in der schönen freien Natur. Zudem kann man unter freiem Himmel mit weit größerem Vertrauen dem Tod entgegensehen. –

Siebenundzwanzigstes Kapitel

Malluch begann nach seiner Ankunft in Jerusalem seine Nachforschungen in kühner Weise, indem er sich geradeswegs an den kommandierenden Tribun selbst um Auskunft wandte. Er erzählte die Geschichte der Familie Hur sowie alle Einzelheiten des Unfalles, der Gratus zugestoßen war, und zeigte, daß an demselben niemand ein Verschulden traf. Der Zweck seiner jetzigen Nachforschung, sagte er, sei, falls jemand aus der unglücklichen Familie lebend entdeckt würde, eine Bittschrift dem Kaiser zu Füßen zu legen und um die

Rückerstattung des Vermögens und Wiedereinsetzung in die bürgerlichen Rechte anzusuchen. Eine solche Bittschrift würde, daran zweifle er nicht, den Erfolg haben, daß auf kaiserlichen Befehl eine neuerliche Untersuchung eingeleitet werde, deren Ausgang die Freunde der Familie nicht zu fürchten hätten.

In seiner Erwiderung berichtete der Tribun umständlich die Entdeckung der Frauen in der Burg und ließ Malluch die Aufzeichnung lesen, die er nach der eigenen Aussage der Frauen gemacht hatte. Ja selbst die Bitte, sich davon eine Abschrift machen zu dürfen, wurde ihm gewährt. Malluch eilte nun zu Ben Hur zurück.

Der Eindruck, den die Nachricht auf Ben Hur machte, war entsetzlich. Lange Zeit saß er stumm, mit bleichem Antlitz und pochendem Herzen da. Dann und wann murmelte er, wie um die Gedanken zu offenbaren, die ihn am meisten folterten, vor sich hin:

„Aussätzige, Aussätzige! Sie – meine Mutter und Tirzah, – sie Aussätzige! Wie lange, o Herr, wie lange!"

Einen Augenblick schnitt der rasendste Schmerz des Mitleids ihm in die Seele, dann wieder quälte ihn glühender Rachedurst. Endlich erhob er sich.

„Ich muß sie aufsuchen. Sie sind vielleicht dem Tode nahe."

„Wo willst du sie suchen?" fragte Malluch.

„Es gibt nur einen Ort, wohin sie gehn konnten."

Malluch machte Einwendungen und erreichte endlich so viel, daß die Führung der weiteren Nachforschungen ihm übertragen wurde. Sie gingen mitsammen zum Tore, das dem Berg des bösen Rates gegenüber lag, denn dies war seit unvordenklicher Zeit für die Aussätzigen der Ort zu betteln. Dort blieben sie den ganzen Tag, gaben Almosen, fragten nach den beiden Frauen und boten für ihre Entdeckung reiche Belohnungen. Das wiederholten sie Tag um Tag sechs Wochen lang. Aber alle Bemühungen waren umsonst. Und jetzt, am Morgen des ersten Tages des siebenten Monats, der unserem Oktober entsprechen würde, bestand der ganze Erfolg ihrer Nachforschungen in der jüngst erhaltenen Nachricht, daß vor nicht langer Zeit zwei aussätzige Frauen von Dienern der Obrigkeit mit Steinen vom Fischtor verjagt worden seien. Diesen Anhaltspunkten weiter nachgehend und damit die Zeit vergleichend, gelangten sie zur traurigen Gewißheit, daß jene Unglücklichen die Gesuchten seien. Die Frage war jetzt dunkler als je. Wo waren sie? Was war aus ihnen geworden?

„Es war nicht genug, daß die Meinigen zu Aussätzigen gemacht wurden," sagte der Sohn wieder und wieder – mit welcher Bitterkeit des Herzens mag der Leser sich vorstellen – „das war noch nicht genug, o nein! Sie mußten aus ihrer Vaterstadt hinausgesteinigt werden! Meine Mutter ist tot! Sie hat sich in die Wüste geflüchtet! Sie ist tot! Tirzah ist tot! Ich allein bin übriggeblieben! Und warum? Wie lange, o Herr, du Gott meiner Väter, wie lange soll dieses Rom noch bestehn?"

Zornerfüllt, hoffnungslos und rachebrütend, trat er in den Hof der Herberge und fand ihn dicht mit Menschen angefüllt, die während der Nacht gekommen waren. Während er sein Frühstück aß, horchte er auf die Gespräche, die einige derselben führten. Besonders eine Gesellschaft zog ihn an. Es waren zumeist junge, kräftige, lebhafte und wetterharte Männer, deren Sprache und Benehmen auf ländliche Herkunft wiesen. Bald hatte er erfahren, daß es Galiläer seien, die aus verschiedenen Ursachen in die Stadt gekommen waren, hauptsächlich aber, um am Feste des Posaunenschalles, das an jenem Tage gefeiert wurde, teilzunehmen.

Indes er sie beobachtete und fein in die Zukunft eilender Geist an die Waffentaten dachte, die eine Legion solcher Männer, wenn sie nur einmal an die strenge römische Mannszucht gewöhnt waren, vollbringen konnte, erschien ein Mann mit hochgerötetem Gesicht und vor Erregung funkelnden Augen im Hofe. „Warum seid ihr hier?" fragte er die Galiläer. „Die Rabbiner und Ältesten kommen eben in einem Zuge vom Tempel, um zu Pilatus zu gehn. Kommt, beeilt euch, schließen wir uns ihnen an!"

Sie umringten ihn im Augenblick.

„Zu Pilatus! Warum?"

„Man hat eine Verschwörung entdeckt. Des Pilatus neue Wasserleitung soll mit Geld aus dem Tempel bezahlt werden."

„Wie, mit Geld aus dem heiligen Schatze?"

„Kommt!" rief der Bote. „Der Zug hat bereits die Brücke überschritten. Die ganze Stadt strömt nach. Vielleicht benötigt man uns. Beeilt euch!"

Da redete sie Ben Hur an.

„Männer von Galiläa," sprach er, „ich bin ein Sohn Judas. Wollt ihr mich in eure Gesellschaft nehmen?"

„Es wird vielleicht zum Kampfe kommen," erwiderten sie.

„Oh, in diesem Falle werde ich nicht der erste sein, der davonläuft!"

Sie nahmen die Entgegnung gutmütig auf und der Bote sprach: „Stark genug scheinst du. Komm mit!"

Auf dem Wege zum Prätorium, wie die Römer den Palast des Herodes nannten, stießen die Männer auf viele andere, welche die Nachricht von der beabsichtigten Entweihung des Tempels gleichfalls in Aufregung versetzt hatte. Als sie endlich das Tor des Prätoriums erreichten, war der Zug der Ältesten und Rabbiner bereits eingetreten. Eine große Menge war ihnen gefolgt, eine noch größere lärmte draußen.

Ein Hauptmann bewachte mit einem Trupp Soldaten, die in voller Rüstung unter den schönen marmornen Zinnen aufgestellt waren, den Eingang. Die Sonne schien glühend heiß auf Helm und Schild, aber die Soldaten blieben in der Reihe, ebenso unbekümmert um die brennenden Sonnenstrahlen wie um das Geschrei der Menge. Durch das offene Bronzetor wogte ein Menschenstrom hinein, ein kleinerer heraus.

„Was geht drinnen vor?" fragte einer der Galiläer einen Heraustretenden.

„Nichts!" war die Antwort. „Die Rabbiner stehn vor der Tür des Palastes und verlangen Pilatus zu sehen. Er hat sich geweigert herauszukommen. Sie haben einen hineingeschickt, ihm zu sagen, sie würden nicht fortgehn, bis er sie gehört habe. Nun warten sie."

„Gehn wir hinein," sprach Ben Hur in seiner ruhigen Weise. Er erkannte, wie wohl keiner seiner Gefährten, daß es sich hier nicht um eine bloße Meinungsverschiedenheit zwischen den Bittstellern und dem Landpfleger handle, sondern um einen schroffen Gegensatz und um die ernste Frage, wer von beiden seinen Willen durchsetzen werde.

Innerhalb des Tores schritt die Gesellschaft eine kurze Strecke weiter bis zu einem geräumigen Platze, an dessen Westseite sich die Wohnung des Landpflegers befand. Eine aufgeregte Menge füllte den Platz. Aller Augen waren nach einer Säulenhalle gerichtet, die sich über einem breiten, geschlossenen Tore erhob. Unter der Halle war eine zweite Abteilung Legionäre aufgestellt.

Das Gedränge war groß. Um die Säulenhalle herum erblickte man die hohen Turbane der Rabbiner, deren Ungeduld sich von Zeit zu Zeit der rückwärts wogenden Menge mitteilte. Öfters wurden Rufe laut, wie: „Pilatus, bist du ein Landpfleger, so komm heraus! Komm heraus!"

Eine Stunde verging, und obschon Pilatus die Rabbiner keiner Antwort würdigte, so blieben sie und die Volksmenge dennoch. Der Mittag kam und brachte einen Regenschauer von Westen her, aber keine Änderung in der Lage, nur daß die Menge noch zunahm, der Lärm größer und die Stimmung erregter wurde. Fast ununterbrochen erschollen, bisweilen mit beleidigenden Bemerkungen untermischt, die Rufe: „Komm heraus, komm heraus!" Inzwischen hielt Ben Hur seine galiläischen Freunde zusammen. Er war der Ansicht, daß der Stolz des Römers in der Folge den Sieg über seine Klugheit davontragen werde und daher das Ende nicht mehr fern sein könne. Pilatus wartete nur, daß das Volk ihm einen Anlaß gebe, mit Gewalt einzuschreiten.

Und endlich kam der Schluß. In der Mitte des Gedränges hörte man den dumpfen Hall von Schlägen, gleich darauf folgten einzelne Schmerzens- und Wutschreie und ein unbeschreiblicher Lärm entstand. Es waren verkleidete Römer auf die Menge eingedrungen und schlugen mit Knüppeln auf sie los.

Ben Hur wandte sich jetzt an seine galiläischen Freunde. „Männer aus Galiläa," sprach er, „es ist eine List des Pilatus. Nun, wenn ihr tun wollt, was ich euch sage, so werden wir mit den Knüttelmännern abrechnen."

Der galiläische Geist regte sich. „Ja, ja!" riefen sie.

„Gehn wir zurück zu den Bäumen am Tore und wir werden finden, daß die Pflanzung des Herodes, wenn sie auch gesetzwidrig ist, am Ende doch etwas Gutes hat. Kommt!"

Sie eilten, so schnell sie konnten, zurück, stürzten auf die Bäume zu und rissen mit vereinten Kräften die Äste von den Stämmen. In kurzer Zeit waren auch sie bewaffnet. Unter Ben Hurs Führerschaft bahnten sie sich entschlossen einen Weg durch die Menge, und als die Römer mitten in der wilden Lust, mit der sie ihre Knüppel auf das Volk niederfallen ließen, plötzlich mit den gelenkigen, von Kampfbegierde brennenden, gleichbewaffneten Galiläern zusammenstießen, waren sie ihrerseits überrascht. Ein wildes Kampfgeschrei erscholl, Schlag fiel auf Schlag und mit todbringender Wucht; der Ansturm war so ungestüm, wie ihn nur der Haß machen konnte. Alle übertraf Ben Hur, dem seine Schulung wunderbar zustatten kam. Er verstand es nicht nur, Hiebe auszuteilen und abzuwehren; sein langer Arm, seine große Gewandtheit und unvergleichliche Kraft halfen ihm jeden Gegner überwinden. Sein Kampfesruf erweckte Begeisterung in seinen Anhängern und erfüllte seine Feinde mit Schrecken. So überrascht und von ebenbürtigen Gegnern angegriffen, wichen die Römer anfänglich langsam zurück und ergriffen endlich die Flucht nach der Säulenhalle. Die hitzigen Galiläer wollten sie bis zur Treppe verfolgen, aber Ben Hur hielt sie klugerweise zurück.

„Halt, ihr Männer!" rief er. „Dort kommt der Hauptmann mit der Wache. Sie haben Schwerter und Schilde, gegen sie können wir nicht kämpfen. Wir haben uns tapfer gehalten; kehren wir nun um und suchen wir den Ausgang, so lange es noch möglich ist."

Der Hauptmann rief ihnen Schmähungen nach, als sie abzogen. Ben Hur verlachte ihn und erwiderte in seiner eigenen Sprache: „Sind wir Hunde von Israel, so seid ihr römische Schakale. Bleibt hier und wir kommen wieder zurück!"

Die Galiläer brachen in Beifallsrufe aus und zogen lachend weiter. Außerhalb des Tores hatte sich eine ungeheure Menschenmenge angesammelt, wie Ben Hur sie noch nie, selbst nicht im Zirkus zu Antiochien, gesehen hatte. Auf den Dächern, auf den Straßen, am Bergesabhang drängte sich das Volk Kopf an Kopf, heulend und betend. Die Luft erzitterte von seinem Geschrei und seinen Verwünschungen.

Die Galiläer schritten durch das Tor, ohne von der Wache angehalten zu werden. „Brüder," sprach Ben Hur, als sie außer Gefahr waren. „Ihr habt euch tapfer gehalten, erwartet mich heute nacht in der Herberge zu Bethanien. Ich habe euch einen Vorschlag zu machen, der für Israel von großer Wichtigkeit ist."

„Wer bist du?" fragten sie ihn.

„Ein Sohn Judas," antwortete er einfach. Dann bahnte er sich mit Gewalt einen Weg durch die noch immer wachsende Menge und verschwand eiligst.

Auf Befehl des Pilatus erschienen Abgeordnete des Volkes vor dem Palaste und schafften ihre Toten und Verwundeten hinweg. In Israel erhob sich laute Klage. Den Schmerz des Volkes linderte indes der Sieg des unbekannten Helden, überall suchte man nach ihm und sein Lob war in aller Mund. Der schlummernde Geist der Nation wurde durch die tapfere Tat wieder geweckt. Auf den Straßen und selbst in den Hallen des Tempels, mitten unter den gottesdienstlichen Feierlichkeiten, wurden die alten Heldentaten der Makkabäer wieder erzählt, und Tausende wiegten die Köpfe und flüsterten verständnisvoll:

„Eine kurze Zeit, nur noch eine kurze Zeit, und Israel wird zu seinem Rechte kommen. Haben wir Vertrauen auf den Herrn und Geduld!“

So gewann Ben Hur bei den Galiläern Einfluß und ebnete sich den Weg zu größeren Taten im Dienste des Königs, der da kommen sollte.

Er folgte ihnen in ihre Heimat, und bevor der Winter zu Ende war, hatte er drei Legionen gesammelt und nach römischem Vorbild geordnet. Er hätte noch einmal so viel zusammenbringen können, denn der kriegerische Geist jenes tapferen Volkes war nie ganz eingeschlafen. Die Sache erforderte indes die äußerste Vorsicht gegenüber Rom sowohl wie Herodes Antipas. Er begnügte sich vorläufig mit den drei und trachtete sie abzurichten und zu einem planmäßigen, einheitlichen Handeln heranzubilden. Zu diesem Zwecke begab er sich mit den Anführern in die Lavabette von Trachonitis und lehrte sie dort den Gebrauch der Waffen, besonders des Wurfspeeres und des Schwertes, und alle Bewegungen eines nach Legionen geordneten Truppenkörpers. Dann sandte er sie als Lehrer in die Heimat zurück. Und bald wurden die soldatischen Übungen dem Volk ein Zeitvertreib.

Es versteht sich von selbst, daß diese Aufgabe viel Geduld, Geschicklichkeit, Eifer, Vertrauen und Hingebung von seiten Hurs forderte. Doch trotz alledem wäre seine Anstrengung umsonst gewesen ohne Simonides' und Ilderims Unterstützung, von denen der erstere ihn mit Waffen und Geld versorgte, während der letztere Wache hielt und Proviant herbeischaffte. Und immer noch wären seine Bemühungen fruchtlos geblieben ohne den regsamen, kriegerischen Geist der Galiläer.

Auf ein so lebhaftes, stolzes, tapferes, phantasiereiches und begeisterungsfähiges Volk mußte eine Erzählung wie die von der Ankunft eines neuen Königs den mächtigsten Eindruck machen. Daß er kommen werde, um Rom zu stürzen, hätte hingereicht, sie für den Plan Ben Hurs zu gewinnen. Und als ihnen gar versichert wurde, daß er über die Welt herrschen werde, mächtiger als Augustus, ruhm- und glanzvoller als Salomo, und daß sein Reich für immer bestehn werde, da konnten sie dem Rufe nicht widerstehn und widmeten sich der Sache mit Leib und Seele. Sie fragten Ben Hur um seine Gewährsmänner für die Behauptung, und er verwies sie auf die Propheten und erzählte ihnen von Balthasar, der drüben in Antiochien auf sein Erscheinen wartete. Und sie waren zufrieden, denn es handelte sich um die alte, ihnen liebgewordene Hoffnung des Messias, dessen Name ihnen fast ebenso vertraut war wie der des Herrn, und jetzt war die Zeit gekommen, daß der langgehegte Traum in Erfüllung gehn sollte. Der König sollte nicht erst kommen, er war da.

So vergingen für Ben Hur die Wintermonate, und der Frühling kam mit seinen lebenerweckenden Regenschauern, welche die warmen Winde vom westlichen Meere herüberwehten. Um diese Zeit hatte sein Eifer bereits solche Erfolge erzielt, daß er zu sich und seinen Anhängern sagen konnte: „Der gute König mag kommen. Er braucht uns nur zu sagen, wo er seinen Thron aufrichten will. Wir haben das Schwert bereit, ihm denselben zu behaupten."

Und die vielen Männer, unter denen er so tätig war, kannten ihn nur als einen Sohn Judas und nannten ihn nach diesem Namen.

Achtundzwanzigstes Kapitel

Eines Abends saß Ben Hur drüben in Trachonitis mit einigen seiner Galiläer am Eingang der Höhle, in der er seine Wohnung aufgeschlagen hatte, als ein Eilbote, ein Araber, auf ihn zuritt und ihm einen Brief überbrachte. Den Umschlag erbrechend, las er:

„Jerusalem, am 4. Nisan.

Ein Prophet ist erschienen, von dem die Menschen sagen, er sei Elias. Er hat jahrelang in der Wüste gelebt und in unseren Augen ist er ein Prophet. Alle seine Worte weisen auf einen anderen hin, der größer sei als er, der, wie er sagt, eben jetzt kommen soll und auf den er am Ostufer des Jordanflusses wartet. Ich bin hingegangen, ihn zu sehen und zu hören, und jener, auf den er wartet, ist gewiß der König, den Du erwartest. Komm und urteile selbst! Ganz Jerusalem zieht hinaus zum Propheten, und dazu kommen noch viele andere Menschen, so daß das Ufer, wo er weilt, aussieht wie der Ölberg in den letzten Tagen der Osterzeit. Malluch."

Ben Hurs Antlitz erglühte vor Freude. „Diese Botschaft, meine Freunde," rief er, „diese Botschaft macht unserem Warten ein Ende. Der Herold des Königs ist erschienen und hat ihn angekündigt."

Er las ihnen den Brief vor, und auch sie freuten sich über die Verheißung, die er ihnen bot.

„Macht euch nun bereit“, fügte er hinzu, „und tretet morgen den Heimweg an. Zu Hause angekommen, benachrichtigt sofort die euch Unterstellten, daß sie jeden Augenblick zur Stelle sind, wenn mein Ruf sie versammeln sollte. Ich will hingehn, um mich für meine Person und für euch zu überzeugen, ob der König wirklich so nahe ist, und euch dann Nachricht senden. Inzwischen wollen wir uns der Verheißung freuen, die uns geworden ist.“ In die Höhle tretend, schrieb er einen Brief an Ilderim und einen an Simonides, worin er ihnen von der erhaltenen Nachricht und von seiner Absicht, sogleich nach Jerusalem zu reisen, Mitteilung machte. Die Briefe ließ er durch Eilboten befördern. Als die Nacht hereinbrach und die Sterne, seine Wegweiser, sichtbar wurden, stieg er zu Pferde und schlug mit einem arabischen Führer die Richtung nach dem Jordan ein. Er gedachte dem Karawanenwege zu folgen, der von Damaskus nach Rabbath-Ammon führte.

Um Mitternacht hatten die beiden den harten Lavaboden hinter sich und eilten nach Süden. Bei Sonnenaufgang waren sie noch immer in der Wüste, als sie auf der endlosen öden Fläche sich bewegende Punkte sahen, die sie bald als ein Kamel mit einem Begleiter zu Pferd erkannten.

Etwas später konnte Ben Hur selbst unterscheiden, daß es ein weißes und ungewöhnlich großes Kamel war, und er erinnerte sich an das wunderbare Tier, das Balthasar und Iras zur Quelle im Daphnehain gebracht hatte. Er gedachte der schönen Ägypterin, und unmerklich verlangsamte sein Pferd die Gangart bis zum gemächlichen Schritt. Endlich konnte er das durch Vorhänge geschützte Reitzelt unterscheiden, worin zwei Personen saßen. Wenn sie Balthasar und Iras waren! Sollte er sich ihnen zu erkennen geben? Aber während er noch diese Frage erwog, hatte der weit ausgreifende Schritt des Kamels die Reiter ihm nahegebracht. Er hörte das Geklingel der Schellen und sah die kostbare Satteldecke, die von der Menge bei der kastalischen Quelle so bewundert worden war. Er sah auch den Äthiopier, den treuen Begleiter der Ägypter. Das stattliche Tier blieb nahe bei Ben Hurs Pferde stehn. Er blickte auf und sah Iras, die unter dem emporgehobenen Vorhang mit ihren großen, leuchtenden Augen erstaunt und forschend auf ihn herabsah.

„Der Segen des wahren Gottes sei mit dir!“ sprach Balthasar mit seiner zitternden Stimme.

„Und mit dir und den Deinen sei der Friede des Herrn!“ erwiderte Ben Hur.

„Meine Augen sind durch die Jahre geschwächt," sagte Balthasar, „dennoch sagen sie mir, daß du jener Sohn Hurs bist, den ich jüngst als geehrten Gast im Zelte Ilderims des Edlen kennen lernte."

„Und du bist Balthasar, der weise Ägypter, dessen Reden über bevorstehende heilige Ereignisse so viel mit meiner Anwesenheit hier in dieser wüsten Gegend zu tun haben. Was führt dich hierher?"

„Niemals ist der allein, welcher dort ist, wo Gott ist, – und Gott ist überall," antwortete Balthasar ernst. „In Beantwortung des Sinnes deiner Frage teile ich dir mit, daß eine kurze Strecke hinter uns eine Karawane folgt, die auf dem Wege nach Alexandrien ist, und da sie durch Jerusalem ziehen wird, hielt ich es für das beste, die Gelegenheit zu benützen und mich ihr bis zur heiligen Stadt, dem Ziele meiner Reise, anzuschließen. Heute morgen indes brachen wir, unzufrieden mit ihren langsamen Bewegungen – die Ursache ist eine römische Kohorte, die sie begleitet – zeitiger auf und wagten uns allein so weit voraus."

„Ja," sagte Iras mit gewinnendem Lächeln, „und jetzt sind wir müde der Wüste und sehnen uns nach einer Rast an einer kühlen Quelle."

„Wenn es dir recht ist, werde ich dich nach einer Quelle führen," erwiderte Ben Hur.

Die Gesellschaft brach jetzt wieder auf, Ben Hur ritt mit dem Führer voran. Nach einer Weile kamen sie in ein seichtes Wadi, durch welches der Führer, sich zur Rechten wendend, den übrigen voran hinabritt, und gelangten endlich durch eine enge Schlucht in ein weites, überaus anmutiges Tal, das, nach der gelben, einförmigen, baum- und graslosen Ebene plötzlich auftauchend, ihnen wie ein eben entdecktes Paradies vorkam. Die da und dort sich windenden Wasserkanäle erschienen wie weiße Fäden, die sich zwischen grünen, mit Schilf umsäumten Inseln vielfach ineinander schlangen. Eine Palme stand abseits in königlicher Erhabenheit. Am Fuße der Talwände rankten Weinreben empor, und unter einer überragenden Klippe war ein Maulbeerwäldchen gewachsen, das der Gesellschaft die gesuchte Quelle verkündigte.

Das Wasser sprudelte aus einem Spalt im Felsen, den eine sorgsame Hand zu einer gewölbten Höhlung erweitert hatte. Von der Felsenwölbung rann das Wasser munter über eine mit lichtem Moos bewachsene Steinplatte und floß in einen kleinen, durchsichtig klaren Teich. Von da rieselte es verstohlen zwischen grasigen Flächen hin, die Bäume erquickend, bevor es im durstigen Sande sich verlor. Die Pferde wurden abgezäumt und ihnen freie Bewegung gegönnt, und der Äthiopier half Balthasar und Iras vom knienden Kamele steigen. Alsbald wandte der Greis sein Gesicht nach Osten, kreuzte die Hände ehrerbietig auf der Brust und betete.

„Bringe mir einen Becher!“ sprach Iras mit einiger Ungeduld. Der Diener brachte ihr vom Reitzelt einen Kristallbecher. Dann sprach sie zu Ben Hur: „Ich werde dich an der Quelle bedienen.“

Sie gingen mitsammen zum Wasserbecken. Er wollte für sie schöpfen, sie aber ließ es nicht zu, kniete selbst nieder und hielt den Becher unter den hinabrieselnden Wasserstrahl. Als das Gefäß abgekühlt und bis zum Rande gefüllt war, bot sie ihm den ersten Trunk.

„Ich weihe diesen Becher“, sagte sie dabei, „dem Sieger im Wagenrennen und dem tapferen Kämpfer auf der Burg in Jerusalem.“

Ben Hur errötete geschmeichelt, dann aber kam ein mißtrauischer Gedanke über ihn. Niemand kannte in Jerusalem seinen Namen, woher wußte sie, daß er der Führer in dem Kampfe gewesen war? Sollte Malluch oder Simonides es ihr mitgeteilt haben? War Iras ihm feindlich gesinnt, so konnte ihre Kenntnis ihm gefährlich werden. Aber schnell zwang er seine Gedanken nieder, füllte den Becher von neuem, und sich erhebend, sprach er mit erzwungener Gleichgültigkeit:

„Schöne Ägypterin, wäre ich ein Ägypter oder ein Grieche oder ein Römer, so würde ich sagen“ – er hielt dabei den Becher empor –: „O ihr guten Götter! Ich sage euch Dank, daß der Welt bei all ihren Bitterkeiten und Leiden der Zauber der Schönheit und der Trost der Liebe geblieben sind, und ich trinke auf jene, die beides am besten verkörpert. – auf Iras, die lieblichste unter den Töchtern des Nils!“

Sie legte die Hand sanft auf seine Schulter.

„Fürchtest du nicht,“ fragte sie lächelnd, „daß ich die kleine Jüdin aufsuche, die im Hause des großen Handelsherrn drüben in Antiochien die Rosen pflegt und Sonnenschein in die Finsternis bringt? Ich werde ihr wiederholen, was du mir mit emporgehaltenem Becher, die Götter zu Zeugen anrufend, gesagt hast.“

Er schwieg einen Augenblick, als wollte er der Ägypterin Zeit lassen, noch mehr zu sagen. Mit lebendiger Phantasie sah er Esther an der Seite ihres Vaters, wie sie den ihm gesandten Nachrichten lauschte – bisweilen selbst sie las. Sie war mit Iras bekannt geworden; diese war weltgewandt und klug, jene besaß ein schlichtes, herzliches Wesen und war deshalb leicht zu überreden. Simonides konnte die Treue nicht gebrochen haben, auch Ilderim nicht, denn wenn ihn auch die Ehre nicht gebunden hätte, so mußte er doch wissen, daß ein Ruchbarwerden der geheimen Abmachungen für niemand so ernste und unausbleibliche Folgen hatte wie für ihn. Sollte Esther unbewußt die Ägypterin unterrichtet haben? Ehe aber Ben Hur auf die letzte Anspielung antworten konnte, erschien Balthasar an der Quelle und lud ihn zu einer Mahlzeit ein. Bald saßen sie gemeinsam unter dem Zelt, das vor Jahren den drei Weisen bei ihrem Zusammentreffen in der Wüste ein schützendes Dach gewährt hatte. Und sie aßen herzhaft von den Vorräten, welche die Ägypter auf dem Kamele mitgeführt hatten.

„Als wir dich einholten, Sohn Hurs," sprach Balthasar am Schlusse des Mahles, „schien auch dein Angesicht nach Jerusalem gewandt. Nimm mir daher die Frage nicht übel, ob du dahin reisest."

„Ich bin auf dem Wege nach der heiligen Stadt."

„Da es für mich dringend geboten ist, jede längere Anstrengung zu vermeiden, möchte ich noch eine Frage an dich stellen: Gibt es keinen kürzeren Weg als den über Rabbath-Ammon?"

„Ein kürzerer, aber beschwerlicherer Weg führt über Gerasa und Rabbath-Gilead. Es ist der Weg, den ich zu nehmen gedenke."

„Ich brenne vor Ungeduld," sprach Balthasar. „In der letzten Zeit wurde mein Schlaf von Träumen – oder vielmehr von demselben oft wiederholten Traum – heimgesucht. Eine Stimme – es ist weiter nichts – läßt sich vernehmen, die mir zuruft: Eile, steh auf! Der, den du schon so lange erwartest, ist erschienen!"

„Du meinst denjenigen, der König der Juden sein wird?" fragte Ben Hur, den Ägypter unverwandt anblickend.

„Ja."

„Du hast also nichts von ihm gehört?"

„Nichts als die Worte der Stimme im Traume."

„So habe ich hier Nachrichten, die dir ebenso Freude bereiten werden, wie sie mir angenehm waren."

Ben Hur zog aus den Falten seines Gewandes den von Malluch erhaltenen Brief hervor. Die Hand des Ägypters zitterte heftig, als sie denselben in Empfang nahm. Er las laut, und beim Lesen nahm seine Erregung zu. Die welken Adern seines Halses schwollen an und es begann in ihnen zu pochen. Am Schlusse hob er die tränenbenetzten Augen in dankbarem Gebete zum Himmel. Er stellte keine Fragen, hatte aber keine Zweifel.

„Du warst sehr gütig gegen mich, o Gott!“ rief er. „Laß mich, ich bitte dich, nochmals den Erlöser sehen und anbeten, und dein Diener ist bereit, in Frieden zu scheiden!“

Der Inhalt, der Ton und die ganz eigentümliche Art des schlichten Gebetes machten auf Ben Hur einen tiefen Eindruck und erweckten in ihm neue Gefühle. Nie schien ihm Gott so wesenhaft und nahe. Es war ihm, als neige er sich über sie herab oder als sitze er an ihrer Seite – ein Freund, von dem man durch die einfachste Bitte Hilfe erlangen kann – ein Vater, der alle seine Kinder in gleicher Weise liebt – ein Vater nicht nur der Juden, sondern auch der Heiden – der Vater aller, an den sich jeder ohne Ausnahme mit Vertrauen wenden kann. Der Gedanke, daß ein solcher Gott statt eines Königs der Menschheit einen Erlöser sende, erschien Ben Hur nicht nur in einem neuen Lichte, sondern auch so klar und natürlich, daß er das größere Bedürfnis nach einem solchen Gottesgeschenke und seine größere Übereinstimmung mit der Natur eines solchen Gottes beinahe einsah. Er konnte also nicht umhin zu fragen:

„Nun, da er erschienen ist, Balthasar, glaubst du noch, daß er ein Erlöser und nicht ein König sein wird?“

Balthasar warf einen nachdenklichen, aber zärtlichen Blick auf ihn.

„Laß mich versuchen, Sohn Hurs,“ nahm er dann wieder das Wort, „dir zu einem klaren Verständnis meines Glaubens zu verhelfen. Ich vermag dir nicht zu sagen, wann die Idee, daß in jedem Menschen eine Seele wohne, ihren Ursprung nahm. Sehr wahrscheinlich brachten sie die ersten Eltern aus dem Garten Eden mit. Bei einigen Völkern ging sie verloren, bei allen nicht; zuzeiten verblaßte sie und wurde getrübt, in anderen Jahrhunderten wurde sie von Zweifeln überflutet. Mein Gott sandte in seiner großen Güte von Zeit zu Zeit geistesmächtige Männer, deren scharfer Verstand die Menschen wieder zum Glauben an die Seele und zur Hoffnung zurückführte. Warum sollte in jedem Menschen eine Seele sein? Erwäge, Sohn Hurs, für einen Augenblick die Notwendigkeit der Seele. Sich hinlegen und sterben und nicht mehr sein – nicht mehr für immer –, nie gab es eine Zeit, wo der Mensch sich ein solches Ende wünschte, noch gab es je einen Menschen, der sich in seinem Herzen nicht etwas

Besseres erhofft hätte. Alle Denkmäler der Völker, der Statuen und Inschriften, die Geschichte erheben lauten Protest gegen das Nichtsein nach dem Tode. Auch nur die Möglichkeit dieses Nichtseins bejahen hieße zum Ankläger Gottes werden. Glauben wir also, daß seine Vorsehung uns ein Fortleben nach dem Tode verschaffen wird, ich meine ein wirkliches Leben, etwas mehr als eine bloße Erinnerung im sterblichen Gedächtnisse, ein Leben mit Kommen und Gehen, mit Empfindung und Bewußtsein, mit Tätigkeit und Urteil, ein Leben, ewig der Dauer nach, wenn es auch dem Zustande nach Änderungen unterworfen ist. Vor allem benimmt dieser Gedanke dem Tode seine Schrecken, indem er das Sterben als eine Änderung zum Besseren und das Begraben als das Pflanzen eines Samenkornes erscheinen läßt, aus dem neues Leben entspringen wird. O könnte ich dir das Entzücken schildern, das jenes künftige Leben in sich schließen muß! Sage nicht, daß ich hierüber nichts wisse. So viel weiß ich, und es ist mir genug: eine Seele sein heißt in einem gottähnlichen Zustande leben. An einem solchen Wesen haftet kein Staub noch etwas Unreines; es muß feiner sein als die Luft, durchsichtiger als das Licht, reiner als der Äther: – es ist das Leben in seiner ganzen Reinheit. Und nun, Sohn Hurs, da ich so viel weiß, soll ich mit mir selbst oder mit dir über Unwesentliches streiten – über die Form meiner Seele, oder wo sie ihren Sitz haben soll, oder ob sie esse oder trinke, ob sie beflügelt sei oder dies oder jenes an sich habe? Nein, es ziemt sich besser, in allem auf Gott zu vertrauen. Alles Schöne und Gute auf der Welt hat seinen Ursprung in ihm. Ist mir das nicht eine Bürgschaft, daß ich, vertrauensvoll wie ein Kind, ihm die Sorge für meine Seele und das Leben nach dem Tode überlasse? Ich weiß, daß er mich liebt." Der fromme Greis hielt inne und trank, und seine Hand zitterte, als sie den Becher an die Lippen führte. Iras und Ben Hur teilten beide seine Erregung und verharrten im Schweigen. Dem letzteren ging ein Licht auf. Er begann wie nie zuvor einzusehen, daß es ein geistiges Reich geben könne, welches für die Menschheit wichtiger sei als ein irdisches, und daß im Grunde ein Erlöser wirklich ein gotteswürdigeres Geschenk sei als der größte König.

„Ich könnte dich jetzt fragen," fuhr Balthasar fort, „ob dieses irdische Leben, das so kurz und voller Mühen ist, dem vollkommenen und ewigen Leben, wie es der Seele bestimmt ist, vorzuziehen sei. Aber stelle dir die Frage selbst: Ist eine Stunde einem ganzen Jahre vorzuziehen, das gleiche Glück auf beiden Seiten vorausgesetzt? Dann gehe zur Hauptfrage über: Was sind siebzig Jahre gegen eine ganze Ewigkeit mit Gott? Wenn du in solcher Weise nachdenkst, Sohn Hurs, wirst du nach und nach die Bedeutung der folgenden Tatsache erfassen, die mich mehr in Erstaunen setzt als irgendeine andere und in ihren Wirkungen so tief betrübend ist; es ist die Tatsache, daß die Idee von einem Leben der Seele fast wie ein erloschenes Licht in der Welt ist. Die Menschen leben heute in den Tag hinein, als ob die Gegenwart alles in allem sei, und verkünden überall: Es gibt kein Morgen nach dem Tode, oder wenn es eines gibt, so soll es für sich selbst sorgen, da wir darüber nichts wissen. Wenn der Tod sie dann abberuft, können sie nicht in den Genuß der glorreichen Ewigkeit eingehn, da sie nicht fähig und würdig sind. Findest du nun nicht, daß die Erkenntnis vom Reich Gottes wiederkehren muß, und daß das Bedürfnis nach einem Erlöser unendlich größer ist als das nach einem Könige? Darf derjenige, den wir erwarten, noch länger als Krieger mit dem Schwerte oder als Herrscher mit der Krone in deiner Hoffnung leben? Nun bleibt nur noch die eine Frage zu beantworten: Wie werden wir ihn erkennen? Bleibst du bei deiner Ansicht in bezug auf seinen Charakter – daß er ein König sein wird, wie Herodes einer war –, dann wirst du natürlich so lange suchen, bis du einen in Purpur gekleideten Mann, der ein Zepter trägt, findest. Derjenige aber, den ich suche, wird arm, niedrig, unangesehen sein, ein Mann, der dem Äußeren nach sich von anderen nicht unterscheidet. Und das Zeichen, an dem ich ihn erkennen werde, wird das einfachste sein, das sich denken läßt. Er wird sich erbieten, mir und allen Menschen den Weg zum ewigen Leben, zum herrlichen, reinen Leben der Seele zu zeigen."

Die Gesellschaft saß einen Augenblick in lautloser Stille; Balthasar unterbrach das Schweigen.

„Laßt uns jetzt aufbrechen," mahnte er, „laßt uns aufbrechen und wieder vorwärtseilen. Was ich gesagt habe, hat in mir aufs neue die Ungeduld erregt, ihn zu sehen, der beständig in meinen Gedanken ist. Und scheine ich euch zu große Eile zu haben, Sohn Hurs und du, meine Tochter, so sei dies meine Entschuldigung."

Auf sein Zeichen brachte der Diener Wein in einer Lederflasche. Sie schenkten sich ein und tranken, dann schüttelten sie die Tücher aus, die sie auf den Schoß gebreitet hatten, und erhoben sich. Während der Diener das Zelt und alle gebrauchten Gegenstände wieder in der Kiste unter dem Reitzelte verwahrte und der Araber die Pferde herbeibrachte, wuschen sich die drei in dem Becken.

In kurzer Zeit befanden sie sich auf dem Rückwege durch das Wadi. Sie hatten zunächst die Absicht, die Karawane einzuholen, falls sie ihnen bereits vorausgekommen war.

Neunundzwanzigstes Kapitel

Am dritten Tage der Reise hielt die Gesellschaft Mittagsrast beim Jabbokflusse, wo bereits hundert oder mehr Männer, meistens aus Peräa, mit ihren Tieren ausruhten. Kaum waren sie abgestiegen, als ein Mann mit einem Wasserkrug und einer Trinkschale auf sie zutrat und ihnen zu trinken bot. Da sie die Aufmerksamkeit mit freundlichem Danke entgegennahmen, sprach jener, das Kamel betrachtend: „Ich komme vom Jordan zurück, wo sich eben jetzt eine große Menge Menschen aus verschiedenen Gegenden befindet; sie reifen in derselben Weise wie du, ehrwürdiger Freund, aber keiner von ihnen hat ein Tier wie das deine hier. Ein edles Tier fürwahr! Darf ich fragen, von welcher Rasse es ist?"

Balthasar antwortete kurz und suchte einen Ruheplatz; Ben Hur aber konnte seine Neugierde nicht unterdrücken und nahm die Bemerkung auf.

„An welcher Stelle des Jordanufers sind die Leute?" fragte er.

„Bei Bethabara."

„Das war sonst eine recht einsame Furt," bemerkte er. „Ich kann nicht begreifen, wie sie auf einmal eine solche Bedeutung erlangt hat."

„Ich verstehe," erwiderte der Fremde; „auch du kommst aus weiter Ferne und hast die frohe Botschaft nicht gehört."

„Was für eine Botschaft?"

„Nun, es ist ein Mann aus der Wüste erschienen, ein sehr heiliger Mann. Sein Mund verkündet sonderbare Worte, die alle, welche sie hören, mächtig ergreifen. Er nennt sich den Nasiräer Johannes, den Sohn des Zacharias, und sagt, er sei der Vorläufer des Messias."

Selbst Iras hörte mit gespannter Aufmerksamkeit zu, indes der Mann fortfuhr:

„Die Leute sagen, dieser Johannes habe sein ganzes Leben von Kindheit an in einer Höhle unten bei Engaddi unter Gebet und strengeren Abtötungen, als sie jemals ein Essäer geübt hat, zugebracht. Ganze Scharen ziehen hin, um ihn predigen zu hören. Auch ich habe ihn mit vielen anderen angehört."

„Was predigt er?"

„Eine neue Lehre, – eine bisher in Israel noch nie gehörte Lehre, wie alle sagen. Er nennt sie die Lehre von der Buße und Taufe. Die Rabbiner wissen nicht, was sie von ihm halten sollen, ebensowenig wir. Einige fragten ihn, ob er der Christus, andere, ob er Elias sei; seine Antwort lautet immer: „Ich bin die Stimme eines Rufenden in der Wüste: Bereitet den Weg des Herrn!""

Jetzt wurde der Mann von seinen Freunden gerufen. Als er sich zum Gehen wandte, redete ihn Balthasar an.

„Guter Fremdling," sprach er mit zitternder Stimme, „sag' uns, werden wir den Prediger an dem Orte finden, wo du ihn verlassen hast?"

„Ja, bei Bethabara."

„Wer könnte dieser Nasiräer sonst sein," sprach Ben Hur zu Iras, „wenn nicht der Herold unseres Königs?"

Aber die Augen des alten Ägypters leuchteten in geheimnisvollem Feuer. „Laßt uns eilen!" sagte er. „Ich bin nicht müde."

Sie halfen sofort dem Diener, um den Aufbruch zu beschleunigen.

Auch am Ort der Nachtruhe, westlich von Ramoth-Gilead, wurden zwischen den drei Personen nur wenig Worte gewechselt.

„Morgen wollen wir frühzeitig weiterreisen, Sohn Hurs," sprach der Greis. „Der Erlöser könnte kommen, ehe wir dort sind."

Um die dritte Stunde des folgenden Tages kam die Gesellschaft aus dem Hohlweg heraus, der von Ramoth an sich am Fuße des Berges Gilead hinzog, und gelangte auf die unfruchtbare Steppe östlich vom heiligen Flusse. Sich gegenüber sahen sie die obere Grenze der alten Palmgefilde Jerichos, die sich bis gegen die Hügellandschaft Judäas ausdehnten. In Ben Hurs Adern rann das Blut schneller, denn er wußte, daß die Furt nahe war.

„Freue dich, guter Balthasar," sprach er, „wir sind beinahe am Ziele."

Der Führer spornte das Kamel zu größerer Eile an. Bald sahen sie Buden und Zelte sowie angebundene Lasttiere, dann den Fluß und eine Menge Menschen, die sich ganz nahe am Ufer drängten, während eine andere Menge auf dem westlichen Ufer stand. Sie erkannten hieraus, daß der Prediger zum Volke sprach, und beeilten sich noch mehr. Doch als sie näherkamen, geriet die versammelte Menge plötzlich in Bewegung und begann sich aufzulösen und zu zerstreuen. Sie waren zu spät gekommen!

„Warten wir hier,“ sprach Ben Hur zu Balthasar, der händeringend dastand. „Vielleicht kommt der Nasiräer hier vorüber.“

Die Leute waren ganz mit dem Gehörten beschäftigt und so eifrig im Gespräche darüber, daß sie die neuen Ankömmlinge nicht beachteten. Als einige hundert vorübergegangen waren und die Gelegenheit, den Nasiräer auch nur zu sehen, für diesmal verloren schien, sahen sie unweit von sich vom Flusse her einen Mann heraufkommen, dessen sonderbare Erscheinung sie alles andere vergessen ließ. Das Äußere des Mannes hatte etwas Seltsames, Rauhes, fast Verwildertes. In das schmale, hagere Gesicht, dessen Farbe an ein altes Pergament erinnerte, und über die Schultern bis über die Mitte des Rückens hinab fiel in wirren Locken eine Fülle sonnenverbrannten Haares. Seine Augen hatten einen lebhaften Glanz. Ein Kleid aus den gröbsten Kamelhaaren hüllte seine Gestalt bis zu den Knien ein und wurde durch einen breiten Gürtel aus ungegerbtem Leder festgehalten. Die Füße waren unbeschuht. Eine Tasche, ebenfalls aus ungegerbtem Leder, hing am Gürtel. Seine Hand stützte sich beim Gehen auf einen knorrigen Stab. In seinen Bewegungen war er rasch, sicher und auffallend wachsam. Öfters strich er sich das widerspenstige Haar aus dem Gesicht und blickte forschend umher, als ob er jemand suche.

Die schöne Ägypterin betrachtete den Sohn der Wüste mit Staunen, um nicht zu sagen mit Abscheu. Jetzt hob sie den Vorhang des Reitzeltes und sprach zu Ben Hur, der an der Seite des Kamels auf seinem Pferde saß: “Ist das der Herold des Königs?“

„Er ist der Nasiräer,“ erwiderte er, ohne aufzublicken.

Er war in Wahrheit selbst mehr als enttäuscht. Wohl kannte er das Leben der asketischen Bewohner Engaddis, ihre Abneigung gegen alles Weltliche, ihr treues Festhalten an den Gelübden und körperlichen Abtötungen. Wohl war er auf der Reise aufmerksam gemacht worden, nach einem Nasiräer zu schauen, der sich selbst einfach als eine Stimme aus der Wüste bezeichnete. Doch sein Traum von einem mächtigen, große Taten vollbringenden König hatte seine Vorstellung vom Vorläufer so beeinflußt, daß er keinen Augenblick zweifelte, er werde an ihm gewisse Zeichen der Größe und Herrlichkeit sehen, die er verkündete. Während er die halbverwilderte Gestalt vor sich betrachtete, zog an seinem Geiste die lange Reihe der Höflinge, die er in den römischen Thermen und im kaiserlichen Palaste zu sehen gewohnt war, vorüber und nötigte ihn zum Vergleiche. Beschämt, verwirrt, in seinen Gefühlen verletzt, fand er keine andere Antwort als diese: „Es ist der Nasiräer."

Nicht so Balthasar. Dieser wußte, daß die Wege Gottes oft anders seien, als die Menschen wünschen. Er hatte den Erlöser als Kind in der Krippe gesehen und war durch seinen Glauben auf das Ärmliche und Einfache in Verbindung mit der Gotteserscheinung vorbereitet. So blieb er denn ruhig sitzen, die Hände über der Brust gekreuzt und die Lippen im Gebete bewegend. Er erwartete keinen König.

Während die Neuangekommenen so von verschiedenen Gefühlen beherrscht wurden, saß ein anderer Mann einsam am Flußrande auf einem Steine, anscheinend in tiefes Nachdenken über die eben gehörte Predigt versunken. Jetzt erhob er sich aber und schritt langsam vom Ufer herauf. Nach der eingeschlagenen Richtung mußte er den Weg des Nasiräers kreuzen und nahe am Kamel vorüberkommen.

Und die beiden – der Prediger und der Fremde – setzten ihren Weg fort, bis der erstere noch etwa fünfundzwanzig, der letztere fünf Schritte vom Tiere entfernt war. Da blieb der Prediger stehn, strich sich das Haar aus den Augen, blickte nach dem Fremden und erhob beide Hände, den Umstehenden zum Zeichen. Auch diese blieben stehn, jeder in der Haltung des aufmerksamen Zuhörers. Als vollkommene Stille eingetreten war, senkte sich langsam der Stab in der Rechten des Rasiräers und zeigte auf den Fremden.

Alle Anwesenden wandten ihre Blicke nach der angedeuteten Richtung. Auch Balthasar und Ben Hur folgten dem Beispiele der anderen und betrachteten den Mann, beide empfingen denselben Eindruck, nur in verschiedenem Grade. Er bewegte sich langsam beinahe gerade auf sie zu, eine schlanke, fast zarte Gestalt von etwas über mittlerer Größe. Seine Haltung war ruhig und gemessen, sie paßte vollkommen zu seiner Kleidung, die aus einem bis an die Knöchel reichenden Untergewande mit langen Ärmeln und einem Obergewande, dem sogenannten Talith, bestand. Auf dem linken Arme trug er das gewöhnliche Kopftuch, dessen rotes Stirnband lose an seiner Seite herabhing. Mit Ausnahme des Stirnbandes und eines schmalen blauen Saumes am unteren Rande des Talith war seine Kleidung ganz aus weißem Linnen, das durch den Straßenstaub eine etwas gelbliche Färbung erhalten hatte. Vielleicht waren auch die Quasten zur Ausnahme zu rechnen, sie waren blau und weiß, wie das Gesetz es für Rabbiner vorschrieb. Seine Sandalen waren von der einfachsten Art. Er trug weder Tasche noch Gürtel noch Stab.

Aber das Wunderbare an diesem Manne war sein Haupt. Es wurde von langem, in der Mitte gescheiteltem, goldbraunem Haar umflossen, das in der Sonnenglut golden leuchtete. Unter seiner hohen Stirn strahlten große, dunkelblaue Augen, denen die ungewöhnlich langen Wimpern einen unaussprechlich sanften Ausdruck gaben. Was die übrigen Gesichtszüge betrifft, so wäre es schwer gewesen zu entscheiden, ob sie griechisch oder jüdisch waren, die zarten Linien an der Nase und am Mund waren dem letzteren Typus eher fremd. Ein weicher Bart fiel wellenförmig über die Brust. Seine ganze Erscheinung war mild, anmutig und Vertrauen weckend und machte den Eindruck vollendeter Schönheit.

Langsam kam er heran. Ben Hur, hoch zu Roß und den Wurfspieß in der Hand, war allerdings eine Gestalt, die den Blick eines Königs auf sich ziehen konnte. Doch nicht auf ihm ruhte während der ganzen Zeit das Auge des Nahenden, auch nicht auf Iras, deren liebliche Erscheinung so oft Aufmerksamkeit erregt hatte, sondern auf Balthasar, dem gebrechlichen Greise. Die tiefste Stille herrschte. Jetzt rief der Nasiräer, noch immer mit dem Stabe zeigend, mit lauter Stimme:

„Sehet das Lamm Gottes, welches hinwegnimmt die Sünden der Welt!“

Die Volksscharen, die auf die Handbewegung des Sprechers hin unbeweglich und in gespanntester Erwartung des Kommenden stillstanden, fühlten bei den geheimnisvollen, ihnen unfaßbaren Worten einen Schauer heiliger Ehrfurcht, auf Balthasar wirkten sie mit überwältigender Macht. Wieder sah er mit eigenen Augen den Erlöser der Menschheit! Der Gegenstand seines Glaubens stand vor ihm, ein Bild der Vollkommenheit in Antlitz, Gestalt, Kleidung, Haltung und Alter.

Balthasar sank auf die Knie. Für ihn bedurfte es keiner Erklärung. Der Nasiräer aber wandte sich zu denen, die staunend in seiner Nähe standen, und fuhr fort:

„Dieser ist es, von dem ich gesagt habe: Es kommt ein Mann nach mir, der vor mir gewesen ist, denn er war eher als ich. Und ich kannte ihn nicht. Aber damit er in Israel offenbar würde, darum bin ich gekommen, mit Wasser zu taufen. Ich sah den Geist wie eine Taube vom Himmel herabsteigen, und er blieb auf ihm. Ich kannte ihn nicht, aber der mich gesandt hat, mit Wasser zu taufen, sprach zu mir: Über welchen du sehen wirst den Geist Gottes herabsteigen und auf ihm bleiben, dieser ist es, der mit dem Heiligen Geiste tauft. And ich habe es gesehen und bezeuge, daß dieser“ – er hielt inne, immer noch auf den Fremden im weißen Gewande zeigend, wie um die Wahrheit und Bedeutung seiner Worte noch mehr hervorzuheben – „ich bezeuge, daß dieser der Sohn Gottes ist!“

„Er ist es, er ist es!“ rief Balthasar, die tränenvollen Augen zum Himmel erhebend. Im nächsten Augenblick sank er ohnmächtig nieder.

Währenddessen betrachtete Ben Hur das Antlitz des Fremden mit lebhaftem, wenn auch ganz verschiedenem Interesse. Er war keineswegs unempfänglich für die Reinheit dieser Züge, für den sinnenden Ernst, die Milde, Demut und Heiligkeit, aber gerade jetzt fand in seinem Geiste nur ein Gedanke Raum – der Gedanke: Wer ist dieser Mann? Und was ist er: Messias oder König? Nie dünkte ihn eine Erscheinung unköniglicher. Nein, bei Betrachtung dieses ruhigen, milden Antlitzes erschien ihm der bloße Gedanke an Krieg, Eroberung und Herrschergewalt wie eine Entweihung. Er sagte sich, gleichsam mit seinem eigenen Herzen sprechend: Balthasar hat doch recht und Simonides ist im Irrtum. Dieser Mann ist nicht gekommen, um den Thron Salomos wieder aufzurichten. Er hat weder die Natur noch die Anlage eines Herodes. Ein König mag er sein, aber nicht über ein Reich wie das römische oder über ein größeres.

Aber alles dies war noch kein klarer Gedanke bei Ben Hur, sondern nur ein blasser Eindruck. Dafür aber begann es in seinem Gedächtnis zu gären und zu arbeiten. Jedenfalls, sprach er zu sich, habe ich diesen Mann schon einmal gesehen, aber wo und wann? Daß dieser so ruhige, erbarmungsreiche und liebestrahlende Blick irgendwo in vergangener Zeit auf ihm geruht habe, wie er eben jetzt auf Balthasar ruhte, wurde ihm zur Gewißheit. Anfangs undeutlich, dann klar und hell wie plötzlich durchbrechendes Sonnenlicht kam der Vorfall am Brunnen zu Nazareth, als ihn die römischen Soldaten auf die Galeere schleppten, in seine Erinnerung zurück und sein ganzes Wesen erbebte. Diese Hände hatten ihm Hilfe gebracht, als er nahe am Verschmachten war. Dieses Antlitz war eines jener Bilder, die er seither immer im Geiste mit sich trug. In den Wogen der Gefühle, die auf ihn einstürmten, ging ihm die Erklärung des Nasiräers verloren bis auf die letzten Worte, – Worte, so wunderbar, daß noch jetzt die Welt davon widerhallt: Ich bezeuge, daß dieser der Sohn Gottes ist!

Ben Hur sprang vom Pferde, um seinem Wohltäter seine Ehrfurcht zu bezeigen, aber da rief Iras ihm zu: „Hilf, Sohn Hurs, hilf; mein Vater stirbt!“

Er blieb stehn, blickte zurück und eilte ihr zu Hilfe. Sie reichte ihm einen Becher, und während der Diener das Kamel niederknien ließ, lief er an den Fluß, um Wasser zu holen. Als er zurückkam, war der Fremde verschwunden.

Endlich wurde Balthasar wieder zum Bewußtsein gebracht. Die Hände ausstreckend, fragte er mit schwacher Stimme: „Wo ist er?"

„Wer?" fragte Iras.

Innige Freude strahlte auf dem Gesicht des guten Greises, als sei ihm ein letzter Wunsch in Erfüllung gegangen, und er antwortete: „Er – der Erlöser – der Sohn Gottes, den ich wiedergesehen habe."

„Glaubst du es auch?" wandte sich Iras leise an Ben Hur.

„Die Zeit ist voll Wunder, laß uns warten!" war seine Antwort.

Und als am folgenden Tage die drei der Predigt des Nasiräers zuhörten, brach dieser plötzlich inmitten der Rede ab und rief ehrfurchtsvoll: „Sehet das Lamm Gottes!"

Sie blickten nach der Stelle, wohin er zeigte, und sahen wiederum den Fremden. Als Ben Hur die schlanke Gestalt und das schöne, heilige Antlitz mit dem mitleidsvollen, sanfttraurigen Zuge betrachtete, fuhr ihm plötzlich ein neuer Gedanke durch den Sinn: Balthasar hat recht – Simonides auch. Kann der Erlöser nicht zugleich ein König sein? Und er fragte einen an seiner Seite Stehenden: „Wer ist der Mann, der dort hinschreitet?"

Der andere lachte verächtlich und erwiderte:

„Er ist der Sohn eines Zimmermanns aus Nazareth drüben."

Dreißigstes Kapitel

„Esther, Esther! Sage dem Diener unten, daß er mir einen Becher Wasser bringe."

„Möchtest du nicht lieber Wein, Vater?"

„Er mag beides bringen."

Es war im Sommerhause auf dem Dache des alten Palastes der Familie Hur in Jerusalem. Von der nach dem Hofe schauenden Brustwehr rief Esther einem dort stehenden Diener zu. In demselben Augenblick erschien ein anderer Diener auf dem Dache und grüßte ehrerbietig.

„Ein Paket für den Herrn," sprach er und reichte ihr ein mit Linnen umwickeltes, wohlverschnürtes und versiegeltes Schreiben.

Es war am einundzwanzigsten März, beinahe drei Jahre nach der Ankündigung Christi bei Bethabara. In der Zwischenzeit hatte Malluch im Auftrage Ben Hurs, der den Verfall seines Vaterhauses nicht länger mitansehen konnte, dieses von Pontius Pilatus gekauft und vollständig wiederherstellen lassen. Die Tore, Höfe, Treppen, Terrassen, alle Räumlichkeiten und das Dach waren gereinigt und ausgebessert worden, nichts erinnerte mehr an das traurige Unglück der Familie, ja das ganze Gebäude stand nun in reicherem Schmucke da als zuvor. Auf Schritt und Tritt begegnete der Besucher den Beweisen des feineren Geschmacks, den der junge Eigentümer während seines Aufenthaltes in der Villa bei Misenum und in der römischen Hauptstadt gewonnen hatte.

Trotzdem hatte Ben Hur noch nicht öffentlich von seinem Eigentum Besitz genommen, und er trug auch noch nicht seinen wirklichen Namen. Die Zeit mit Vorbereitungen in Galiläa hinbringend, wartete er in Geduld das Wirken des Nazareners ab, der ihm mit jedem Tage geheimnisvoller erschien und ihn durch Wunder, deren Zeuge er oft war, in banger Ungewißheit über seinen Charakter und seine Sendung ließ. Bisweilen kam er auch in die heilige Stadt, wo er in seinem väterlichen Hause weilte, aber stets nur als Fremdling und Gast.

Diese Besuche Ben Hurs waren weit mehr als eine bloße Erholung von der Anstrengung. Balthasar und Iras hatten im Palaste Wohnung genommen, und der Reiz der Tochter wirkte noch immer mit seiner ursprünglichen Frische auf ihn, während der Vater, obschon ein gebrechlicher Greis, durch seine überraschend wirkungsvollen Reden über die Gottheit des herumziehenden Wundertäters, auf den sie alle ihre Hoffnung setzten, ihre Aufmerksamkeit stets unvermindert rege erhielt.

Simonides und Esther waren erst vor wenigen Tagen nach einer recht mühsamen Reise aus Antiochien angekommen. Simonides schien sich an seinem Heimatlande nicht sattsehen zu können. Der Aufenthalt auf der luftigen Höhe des Daches ergötzte ihn, und die meiste Zeit des Tages verbrachte er dort sitzend in einem Lehnstuhl, dem Seitenstück zu jenem, der in seiner Wohnung über dem Warenhaus am Orontes sich befand. Im Schatten des Sommerhauses konnte er reichlich die erquickende Luft einatmen, die durchsichtig und leicht über den ihm wohlbekannten Hügeln lag. Er konnte den Aufgang der Sonne, ihren Lauf und ihren Untergang beobachten – Erscheinungen gleich denen längst vergangener Zeiten, und Esthers Gegenwart an dieser dem Himmel näher gerückten Stelle erinnerte ihn so leicht an jene andere Esther, die der Gegenstand seiner Liebe in der Jugend, später seine Gattin und im Laufe der Jahre ihm nur noch teurer geworden war. Und doch war er seines Geschäftes nicht uneingedenk. Jeden Tag brachte ihm ein Bote Nachricht von Sanballat, der den ausgedehnten Handel in seiner Abwesenheit leitete, und jeden Tag ging ein Schreiben für Sanballat ab mit so ins einzelne gehenden Weisungen, daß sie jedes andere Urteil außer seinem eigenen ausschlössen und allen möglichen Zufällen vorbeugten mit Ausnahme jener, die der Allmächtige auch einem weitschauenden Menschenauge verborgen hat.

Als Esther nach dem Sommerhause zurückkehrte, fiel das Sonnenlicht mit mildem Scheine auf das staublose Dach, und man konnte sehen, daß sie nun zum Weibe erblüht war. Klein und anmutig von Gestalt, voll Jugendfrische und Gesundheit, mit regelmäßigen Zügen, die hellen Verstand verrieten und durch den Schimmer einer hingebungsvollen Natur verklärt wurden, konnte sie nur Liebe erwecken, wie ihr ganzes Leben der Liebe gewidmet war.

Sie betrachtete im Gehen das Paket, blieb stehn, sah es nochmals an, diesmal aufmerksamer als zuvor, und das Blut schoß ihr in die Wangen: – es war Ben Hurs Siegel. Mit rascheren Schritten eilte sie vorwärts.

Simonides hielt das Paket eine Weile in der Hand und besichtigte ebenfalls das Siegel. Dann erbrach er es und reichte ihr die darin enthaltene Papierrolle.

„Lies!“ sprach er.

Seine Augen ruhten auf ihr, während er sprach, und ein sorgenvoller Ausdruck legte sich auf sein Gesicht.

„Du weißt, wie ich sehe, von wem der Brief ist, Esther.“

„Ja – von – unserem Gebieter.“

Obschon ihr Wesen Verlegenheit verriet, begegnete sie seinem Blicke doch mit bescheidener Offenheit.

„Du liebst ihn, Esther,“ sprach er ruhig.

„Ja," antwortete sie.

„Hast du wohl bedacht, was du tust?"

„Ich habe mich bemüht, Vater, an ihn nur als an den Gebieter zu denken, dem ich pflichtmäßig untergeben bin. Dem Willen fehlte die Kraft."

„Du bist ein gutes Kind, ganz wie deine Mutter war," sprach er, in träumerisches Sinnen verfallend, aus dem ihn das Aufrollen des Papieres weckte. „Der Herr verzeihe mir, aber – aber deine Liebe wäre nicht umsonst gegeben, hätte ich alles, was ich hatte, behalten, wie ich es hätte tun können. Solche Macht liegt im Gelde!"

„Es wäre noch schlimmer für mich gewesen, wenn du so gehandelt hättest, Vater; denn dann wäre ich jedes Blickes von ihm unwürdig und ohne Stolz auf dich. Soll ich jetzt lesen?"

„Noch einen Augenblick!" sagte er. „Laß mich um deinetwillen, mein Kind, dir das Schlimmste zeigen. Seine Liebe, Esther, ist bereits vergeben."

„Ich weiß es," sagte sie ruhig.

„Die Ägypterin hat ihn in ihrem Netze," setzte er fort. „Sie besitzt die List ihres Volkes und den Reiz der Schönheit dazu, – hohe Schönheit, große List, aber, auch hierin ihrem Volke gleichend, kein Herz. Die Tochter, die ihren Vater verachtet, wird ihren Gatten in Kummer stürzen."

Nach kurzem Schweigen legte er seine Hand auf ihre Schulter und begann wieder: „Hat er die Ägypterin erst zum Weibe genommen, Esther, wird er mit Reue und sehnsuchtsvollem Schmerze deiner gedenken, denn schließlich werden sich ihm die Augen öffnen und er wird zur Erkenntnis gelangen, daß er nur das Werkzeug ihres schlechten Ehrgeizes war. Rom ist der Mittelpunkt all ihrer Träume. Für sie ist er nur der Sohn des Arrius, des Duumvirs, nicht der Sohn Hurs, des Fürsten von Jerusalem."

Esther machte keinen Versuch, die Wirkung dieser Worte zu verbergen.

„Rette ihn, Vater! Noch ist es nicht zu spät!" rief sie in flehentlichem Tone.

Er antwortete mit einem zweifelhaften Lächeln: „Ein Ertrinkender mag gerettet werden, ein Verliebter nicht. Aber lies jetzt den Brief!" Sie begann sogleich, um dem peinlichen Gespräche ein Ende zumachen.

„Am 8. Nisan.

Auf der Straße von Galiläa nach Jerusalem.

Der Nazarener ist ebenfalls auf dem Wege. Ich bringe ihm, doch ohne sein Wissen, eine ganze Legion meiner Leute. Eine zweite Legion folgt. Das Osterfest wird die Ansammlung einer solchen Menge entschuldigen. Er sagte vor der Abreise: „Siehe, wir gehn hinauf nach Jerusalem und es wird alles in Erfüllung gehn, was durch die Propheten von mir geschrieben worden ist" Unser Warten naht dem Ende. In Eile. Friede sei mit Dir, Simonides! Ben Hur."

Esther gab den Brief ihrem Vater zurück, und ein banges Gefühl schnürte ihr Brust und Kehle. Nicht ein Wort stand im Briefs für sie – nicht einmal im Gruße war ihrer gedacht – und es wäre doch so leicht gewesen zu schreiben: Friede sei mit Dir und den Deinen! Zum ersten Male in ihrem Leben empfand sie den schmerzlichen Stachel der Eifersucht.

„Der achte Nisan," sagte Simonides, – „der achte, und heute, Esther, heute ist der –"

„Der neunte," erwiderte sie.

„So mögen sie jetzt in Bethanien sein."

„Und möglicherweise werden wir ihn heute abend sehen," fügte sie hinzu, ihres Kummers im Augenblick vergessend.

„Es wäre möglich, immerhin möglich! Morgen ist das Fest der ungesäuerten Brote, und er dürfte wohl wünschen, es mitzufeiern, ebenso der Nazarener. Wir werden ihn vielleicht sehen, Esther, vielleicht beide."

Jetzt erschien der Diener mit Wein und Wasser. Esther bediente ihren Vater, und indessen betrat Iras das Dach. Der Jüdin war die Ägypterin noch nie so wahrhaft schön erschienen wie in diesem Augenblick. Ihr gazeartiges Gewand umgab sie wie eine wogende kleine Nebelwolke, an ihrer Stirn, ihrem Hals und ihren Armen glitzerte massiver Juwelenschmuck, wie ihn die Frauen ihres Volkes so liebten. Ihr Antlitz strahlte vor Heiterkeit. Mit leicht schwebenden Schritten und selbstbewußt, doch ohne Geziertheit, kam sie näher. Bei ihrem Anblick fuhr Esther zusammen und schmiegte sich enger an den Vater.

„Friede sei mit dir, Simonides, und Friede mit der schönen Esther!" sprach Iras, ihr Haupt gegen letztere neigend. – Du erinnerst mich, guter Herr, – wenn ich es ohne Beleidigung sagen darf – du erinnerst mich an die persischen Priester, die um die Neige des Tages die Dächer ihrer Tempel besteigen, um der scheidenden Sonne Gebete nachzusenden. Sollte in dieser Art Gottesverehrung dir etwas unbekannt sein, so laß mich meinen Vater rufen, er hat Magierunterricht genossen."

„Schöne Ägypterin," erwiderte der Handelsherr, sich mit ernster Höflichkeit verneigend, – „dein Vater ist ein guter Mann und würde sich nicht verletzt fühlen, wenn er hörte, daß ich in deiner Gegenwart seine persische Weisheit für den geringsten Teil seines Wissens erklärt habe."

Iras verzog ihre Lippen in kaum merkbarer Weise.

„Um nach Philosophenart zu sprechen, wie du mich einladest," sagte Iras, „so setzt der geringste Teil immer einen größeren voraus. Erlaube mir die Frage, was du für den größeren Teil jener seltenen Eigenschaft hältst, die du ihm zuzuschreiben beliebst?"

Simonides blickte sie ernst an.

„Die wahre Weisheit sucht immer Gott: die vollkommenste Weisheit ist die Kenntnis Gottes; und niemand aus der Zahl meiner Bekannten besitzt sie in höherem Grads oder bekundet sie besser in Wort und Tat als der gute Balthasar."

Um das Gespräch abzubrechen, erhob er den Becher und trank. Die Ägypterin wandte sich etwas ärgerlich zu Esther.

„Ein Mann, der Millionen in Waren besitzt und ganze Flotten Schiffe auf dem Meere hat, kann nicht verstehn, woran einfältige Frauen wie wir Freude finden. Lassen wir ihn allein. An der Mauer dort können wir nach Vergnügen plaudern!" Sie begaben sich zur Brustwehr und blieben an der Stelle, wo vor Jahren sich unter dem Druck von Ben Hurs Armen das Ziegelstück losgelöst und Gratus auf den Kopf getroffen hatte.

„Du warst niemals in Rom?" begann Iras, mit einer aufgeschnallten Armspange spielend.

„Nein," sagte Esther spröde.

„Hattest du nie einen Wunsch, hinzugehn?"

„Nein."

„O, wie wenig hat dein Leben geboten!"

Der Seufzer, der diesem Ausruf folgte, hätte nicht bedauernder und leidvoller sein können, wenn ihn die Ägypterin wegen eines eigenen schweren Verlustes ausgestoßen hätte. Im nächsten Augenblick lachte sie hell, daß man es drunten auf der Straße hören mußte, und sie sprach: „Oh, du meine kleine Einfalt! Die halbflüggen Vögel, die im Ohr des großen Steinbildes draußen in der memphischen Wüste ihr Nest haben, wissen beinahe so viel wie du!“

Esthers Verwirrung bemerkend, änderte sie ihr Wesen und sagte in vertraulichem Tone: „Du darfst nicht beleidigt sein. O nein! Ich redete nur im Scherze. Latz mich die Wunde küssen und dir etwas mitteilen, was ich sonst niemand sagen würde, – auch nicht, wenn Simbel selbst mich danach fragte und mir eine Lotusblüte aus dem Schaum des Nils anböte!“

Wieder folgte ein Lachen, das den scharfen Blick, womit sie Esther ansah, vortrefflich verdeckte, und sie sprach: „Der König kommt.“

Esther blickte sie mit unschuldiger Überraschung an.

„Der Nazarener,“ fuhr Iras fort – „er, von dem unsere Väter so oft sprechen, dem Ben Hur nun schon so lange dient und für den er arbeitet,“ – ihre Stimme fiel um einige Töne – „der Nazarener wird morgen hier sein und Ben Hur heute nacht.“

Esther bemühte sich vergebens, ihre Fassung zu bewahren: ihr Blick suchte den Boden, das verräterische Blut stieg ihr in die Wangen und bis an die Stirn, und so blieb ihrem Auge das triumphierende Lächeln erspart, das wie ein flüchtiger Strahl über das Gesicht der Ägypterin glitt.

„Sieh, hier ist sein Versprechen!“

Und sie zog aus ihrem Gürtel eine Rolle hervor.

„Freue dich mit mir, o meine Freundin, heute abend wird er hier sein! Am Tiber steht ein Haus, ein königlicher Palast, den er mir gewidmet hat; und dort Herrin sein heißt –“

Der Hall schneller Schritte, der von der Straße heraufdrang, unterbrach ihre Rede und sie beugte sich über die Brustwehr, um hinabzublicken. Dann zog sie sich zurück und rief, die Hände über dem Kopfe schließend: „Nun sei Isis gepriesen! Er ist es – Ben Hur selbst! Daß er gerade da erscheinen sollte, wo ich seiner in dieser Weise gedachte! Es gibt keine Götter, wenn das nicht ein gutes Zeichen ist! Umarme mich, Esther, und küsse mich!“

Die Jüdin blickte auf. Ihre Wangen glühten, in ihren Augen leuchtete ein Feuer, das einer Zornesflamme ähnlich war, wie nie zuvor. Ihre Sanftmut war allzu rauh mißhandelt worden. Nicht genug, daß es ihr untersagt war, anders als in flüchtigen Träumen des Mannes zu gedenken, den sie liebte, mußte ihr eine prahlerische Nebenbuhlerin im Vertrauen von ihrem besseren Erfolg erzählen und von den glänzenden Aussichten, die denselben krönten. Für sie, die leibeigene Tochter eines Leibeigenen, hatte er kein Wort des Gedenkens. Jene aber konnte seinen Brief vorzeigen, dessen Inhalt sich auszumalen ihrer Phantasie überlassen blieb. Sie fragte:

„Liebst du also ihn so innig, oder Rom um soviel mehr?“

Die Ägypterin trat einen Schritt zurück. Dann beugte sie ihr stolzes Haupt ganz nahe an Esther herab.

„Was ist er dir, Tochter des Simonides?“

Am ganzen Körper bebend, begann diese: „Er ist mein –“ Ein plötzlicher Gedanke lähmte ihre Zunge. Sie erblaßte, zitterte, faßte sich wieder und antwortete: „Er ist meines Vaters Freund.“ Sie brachte es nicht über sich, ihre Leibeigenschaft einzugestehn. Iras lachte, doch weniger laut als zuvor.

„Nicht mehr als das?“ sprach sie. „Ah, bei den ägyptischen Liebesgöttern! Du magst deine Küsse behalten, – behalte sie! Du belehrst mich eben jetzt, daß meiner hier in Judäa köstlichere warten, und“ – sie wandte sich zum Gehen, über ihre Schulter zurückblickend – „ich gehe, sie mir zu holen. Friede sei mit dir!“

Esther sah sie die Treppe hinabeilen, dann barg sie ihr Gesicht in den Händen und brach in Tränen aus, die heiß durch ihre Finger rannen, – in Tränen der Beschämung und tiefen Seelenschmerzes. Und wie um die ihrem ruhigen Gemüte so fremde leidenschaftliche Erregung zu verstärken, kamen ihr ihres Vaters Worte mit einer neuen Bedeutung von vernichtender Wirkung in den Sinn: – Deine Liebe wäre nicht umsonst gegeben, hätte ich alles behalten, was ich besaß, wie ich es hätte tun können!

Die Sterne standen bereits am Himmel und leuchteten über der Stadt und der sie umgebenden dunklen Hügelkette, als sie sich so weit erholt hatte, daß sie nach dem Sommerhaufe zurück“ kehren konnte. Stumm nahm sie ihren gewohnten Platz an der Seite ihres Vaters ein und harrte in stiller Hingebung seiner Winke. Die Erfüllung dieser Pflicht sollte, schien es, die Aufgabe ihrer Jugend, wenn nicht ihres Lebens sein.

Etwa eine Stunde nach dem Vorfall auf dem Dache kamen Balthasar und Simonides, letzterer von Esther begleitet, im großen Saale des Palastes zusammen. Während sie sich unterredeten, traten Ben Hur und Iras miteinander ein.

Der Jüngling trat, seiner Begleiterin vorangehend, auf Balthasar zu, begrüßte ihn und erhielt den Gegengruß; dann wandte er sich gegen Simonides, blieb aber beim Anblick Esthers wie gebannt stehn. Voller Überraschung sah er, daß sie nun zum Weibe und zur lieblichen Schönheit erblüht war, und indes er sie betrachtete, mahnte ihn eine leise Stimme an gebrochene Vorsähe und nicht erfüllte Pflichten. Es erwachte in ihm beinahe sein früheres Selbst. Einen Augenblick hielt ihn das Staunen fest. Dann sich wieder fassend, ging er auf Esther zu und sprach:

„Friede sei mit dir, süße Esther, – Friede! Und mit dir, Simonides,“ fuhr er fort, den Handelsherrn erblickend, „sei der Segen des Herrn, vor allem schon darum, weil du dem Vaterlosen ein guter Vater warst.“

Esther hörte ihn mit gesenkten Augen an. Simonides antwortete:

„Ich wiederhole den Willkommgruß des guten Balthasar, Sohn Hurs, sei willkommen im Hause deines Vaters! Setze dich und erzähle uns von deinen Wanderungen und von deinem Wirken sowie vom wunderbaren Nazarener – wer und was er ist. Wenn du dich hier nicht heimisch fühlst, wer sollte es sonst? Setze dich, bitte, hier zwischen uns, daß wir alle dich hören können.“

Als er sich niedergesetzt und einige Worte mit den Anwesenden gewechselt hatte, wandte er sich ausschließlich an die Männer.

„Schon viele Tage folge ich dem Nazarener mit so wachsamem Auge, wie nur jemand einen Menschen beobachten kann, den er mit größter Sehnsucht erwartet hat. Ich sah ihn in allen jenen Umständen, die als Probe und Prüfstein eines Menschen gelten, und so gewiß ich bin, daß er ein Mensch ist, wie ich einer bin, ebenso überzeugt bin ich davon, daß er mehr als ein Mensch ist!“

„Inwiefern mehr?“ fragte Simonides.

„Laßt mich erzählen–“

Das Eintreten eines neuen Ankömmlings unterbrach ihn; er wandte sich um und erhob sich mit ausgestreckten Händen.

„Amrah, gute alte Amrah!“ rief er.

Sie trat näher; die Freude ihres Gesichtes bemerkend, beachteten die Anwesenden gar nicht, wie runzelig und gelbbraun dasselbe war. Sie kniete zu seinen Füßen nieder, umarmte seine Knie und küßte immer wieder seine Hände; er strich ihr, sobald es ihm möglich war, das dünne graue Haar aus dem Gesichte und küßte sie auf die Wange, indem er sprach: „Gute Amrah, weißt du mir nichts, gar nichts von ihnen zu berichten, kein Wort, auch nicht ein kleines Zeichen?“

Sie brach in Schluchzen aus, das für ihn deutlicher sprach als selbst das mündliche Wort.

„Gottes Wille geschehe!“ sprach er dann in feierlichem Tone, aus dem jeder Zuhörer erkannte, daß er keine Hoffnung mehr habe, die Seinigen wiederzusehen.

Als er sich einigermaßen gesammelt hatte, wandte er sich wieder an die Männer und begann:

„Ich getraue mir nicht, auf die Frage inbetreff des Nazareners zu antworten, ohne euch zuvor einiges von den Dingen zu erzählen, die ich ihn tun sah, und dazu fühle ich mich um so mehr bestimmt, da er morgen in die Stadt kommen und in den Tempel gehn wird, den er seines Vaters Haus nennt und wo er, wie es weiter heißt, sich öffentlich erklären wird. Demnach werden wir und ganz Israel morgen erfahren, ob du recht hast, Balthasar, oder du, Simonides.“

Balthasar rieb zitternd die Hände und fragte: „Wohin soll ich gehn, um ihn zu sehen?“

„Das Gedränge wird sehr groß sein. Ich halte es für das beste, wenn ihr alle euch auf das Dach einer der Hallen, etwa der Halle Salomos, begebt.“

„Ihr seid denkende und erfahrene Männer,“ nahm Ben Hur nach einer Pause wieder das Wort. „Ihr wisset, wie sehr wir an der Erde hangen und daß es fast zu einem Gesetze unserer Natur geworden ist, das ganze Leben der Jagd nach gewissen Erdengütern zu widmen. Haltet ihr euch nun dieses Gesetz vor Augen als etwas, was uns kennzeichnet, – was würdet ihr von einem Manne sagen, der die Steine zu seinen Füßen in Gold verwandeln und unermeßlich reich sein könnte, aber aus freier Wahl arm ist?“

„Wie weißt du, daß dieser Mann sie hat?“ fragte Iras. Ben Hur antwortete schnell: „Ich sah ihn Wasser in Wein verwandeln.“

„Wunderbar, wirklich wunderbar!“ rief Simonides; „aber noch wunderbarer scheint es mir, daß er es vorziehen sollte, arm zu leben, da er doch so reich sein könnte. Ist er wirklich so arm?“

„Er besitzt nichts und beneidet niemand um sein Eigentum. Er bemitleidet die Reichen. Doch lassen wir das. Was würdet ihr sagen, wenn ihr einen Menschen sieben Brote und zwei Fische, seinen ganzen Vorrat, so vermehren sähet, daß fünftausend Menschen sich davon sättigen könnten und noch ganze Körbe voll übrig blieben? Das sah ich den Nazarener tun!"

„Du sahst es?" rief Simonides.

„Ja, und ich aß von dem Brote und den Fischen."

„Höret noch etwas Wunderbareres," fuhr Ben Hur fort. „Was würdet ihr von einem Menschen sagen, der solche Heilkraft besitzt, daß die Kranken bloß den Saum seines Kleides zu berühren oder von fern ihn anzurufen brauchen, um geheilt zu werden? Auch davon war ich Zeuge, nicht einmal, sondern oft. Als wir von Jericho weiterreisten, riefen zwei Blinde am Wege den Nazarener an. Er berührte ihre Augen und sie sahen. Auch einen Gichtbrüchigen brachte man einst zu ihm und er sagte bloß: „Geh in dein Haus!" und der Mann ging gesund von dannen. Was sagt ihr dazu?"

Der Handelsherr fand keine Antwort.

„Haltet ihr vielleicht, was ich euch erzählt habe, für Blendwerk, wie ich andere es aussprechen hörte? Laßt mich als Antwort noch größere Werke anführen, die ich ihn tun sah. Erinnert euch zunächst an jene Unglücklichen, wie vom Fluche Getroffenen, deren einzige Hoffnung, wie ihr wißt, der Tod ist, – ich meine die Aussätzigen."

Bei diesen Worten ließ Amrah die Hände sinken und richtete sich halb auf, damit kein Wort ihr entgehe.

„Was würdet ihr sagen," sprach Ben Hur mit noch größerem Ernste, – „was würdet ihr sagen, wenn ihr folgendes mit angesehen hättet wie ich? Als ich unten in Galiläa beim Nazarener weilte, kam ein Aussätziger zu ihm und sprach: „Herr, wenn du willst, kannst du mich reinigen!" Er hörte den Ruf, berührte den Unglücklichen mit der Hand und sprach: „Sei gereinigt!" Und sogleich hatte der Mann sein früheres Aussehen wieder und war gesund wie irgendeiner aus uns, die Zeugen der Heilung wären, und wir waren eine große Menge."

Jetzt erhob sich Amrah und strich sich mit ihren mageren Fingern die steifen Locken aus den Augen. Dem armen Geschöpf war das Herz so voll und schwer, daß sie der Erzählung kaum zu folgen vermochte.

„Ein anderes Mal wieder“, sprach Ben Hur, ohne innezuhalten, „kamen zehn Aussätzige auf einmal zu ihm, fielen ihm zu Füßen und riefen – ich sah und hörte alles –, riefen flehentlich: „Meister, Meister, erbarme dich unser!“ Er sprach zu ihnen: „Gehet hin und zeiget euch den Priestern, wie das Gesetz es vorschreibt, und ehe ihr hinkommt, werdet ihr geheilt sein.“„

„Und es war wirklich so?“

„Ja. Als sie auf dem Wege waren, verließ sie die Krankheit und nichts erinnerte sie mehr daran außer ihrer unreinen Kleidung.“

„Solche Dinge sind noch nie gehört worden, – niemals in ganz Israel!“ sprach Simonides mit gedämpfter Stimme.

Während er redete, ging Amrah geräuschlos zur Tür und entfernte sich, ohne daß es jemand bemerkt hätte.

„Welche Gedanken solche Begebenheiten, die unter meinen Augen sich zutrugen, in mir erweckten, brauche ich euch nicht auseinanderzusetzen.“ fuhr Ben Hur fort. „Doch mein Staunen, meine Zweifel, meine Bedenken hatten den Höhepunkt noch nicht erreicht. Die Galiläer sind, wie euch bekannt ist, ungestüm und rasch entschlossen. Nach jahrelangem Warten brannten ihnen die Schwerter in den Händen, sie sehnten sich nach Taten. „Er zögert, sich zu erklären; laßt uns ihn dazu drängen,“ baten sie mich. Auch ich wurde ungeduldig. Wenn er König sein soll, warum nicht jetzt? Die Legionen sind bereit. Als er nun einst am Ufer des Sees lehrte, wollten wir ihn mit Gewalt zum König krönen, er aber verschwand plötzlich und wurde später auf einem Schiffe gesehen, das über den See fuhr. Guter Simonides, wonach andere sich sehnen, was ihnen den Sinn betört, – Reichtum, Macht, selbst die königliche Würde, von einem großen Volke in liebender Anhänglichkeit angeboten – das berührt diesen nicht im mindesten. Was sagst du?“

Des Handelsherrn Kopf war tief auf die Brust gesunken; jetzt erhob er ihn und antwortete entschlossen: „Der Herr lebt noch und die Worte des Propheten stehn fest. Die Zeit muß erst zur Reife kommen, der morgige Tag wird uns die Antwort bringen.“

„Es sei so!“ sprach Balthasar lächelnd.

Und Ben Kur wiederholte: „Es sei so!“ Dann fuhr er fort:

„Ich bin noch nicht zu Ende. Die bisher angeführten Werke mögen, so groß sie sind, dennoch solchen, die nicht Zeugen derselben waren wie ich, nicht über

jeden Zweifel erhaben scheinen. Laßt uns nun zu anderen, unendlich größeren übergehn, die seit Anbeginn der Welt als jede menschliche Macht weit übersteigend anerkannt sind. Sagt mir, habt ihr je von einem Menschen gehört, daß er dem Tod entrissen habe, was dieser bereits als Beute besaß? Wer hat je einem Toten das entschwundene Leben wieder eingehaucht? Wer außer –"
„Gott!" ergänzte Balthasar ehrfurchtsvoll.

Ben Hur beugte sein Haupt.

„O weiser Ägypter, ich darf den Namen, den du mir auf die Zunge legst, nicht zurückweisen. Was würdest du, – oder du, Simonides –, was würdet ihr beide gesagt haben, hättet ihr gesehen, wie ich es sah, daß ein Mensch mit wenig Worten und ohne besonders Förmlichkeiten, so mühelos und schnell, wie etwa eine Mutter ihr schlafendes Kind weckt, das Werk des Todes zerstörte? Es war unten bei Naim. Wir wollten eben durch das Stadttor schreiten, als man einen Toten hinaustrug. Der Nazarener blieb stehn, um den Leichenzug vorüberzulassen. Im Zuge befand sich eine Frau, die bitterlich weinte. Ich sah, wie sich auf dem Angesichte des Nazareners das Mitleid ausprägte. Er redete mit ihr, trat dann hinzu, rührte die Bahre an und sprach zu dem Toten, der im Leichengewande auf derselben lag: „Jüngling, ich sage dir, steh auf!" Und sofort richtete sich der Tote auf und fing an zu reden."

„Gott allein besitzt solche Macht," sprach Balthasar zu Simonides.

„Merket wohl," fuhr Ben Hur fort, – „ich erzähle euch nur Dinge, deren Zeuge ich selbst mit einer ungezählten Menge anderer war. Auf dem Wege hierher sah ich eine noch erstaunlichere Wundertat. In Bethanien lebte ein Mann namens Lazarus, er starb und wurde begraben. Und nachdem er bereits vier Tage in einem mit einem großen Steine verschlossenen Grabe gelegen hatte, wurde der Nazarener hingeführt. Als der Stein vom Grabe weggewälzt wurde, sahen wir im Innern den Toten in Tücher gehüllt liegen und merkten, daß er schon in Verwesung übergehe. Viele Menschen standen herum und wir alle hörten, wie der Nazarener rief – denn er redete mit lauter Stimme: „Lazarus, komm heraus!" Ich kann euch die Gefühle nicht beschreiben, die sich meiner bemächtigten, als sozusagen zur Antwort der Tote sich aufrichtete und in seinen Leichentüchern zu uns herauskam. „Machet ihn los," sprach dann der Nazarener, „machet ihn los und lasset ihn fortgehn." Und als das Tuch, in das man sein Angesicht gehüllt hatte, hinweggenommen worden war, siehe, da rann von neuem das Blut belebend durch die Adern seines Körpers, und er war gerade so, wie er vor der

Krankheit gewesen war, die ihn hinweggerafft hatte. Er lebt noch und man kann zu jeder Stunde ihn sehen und mit ihm sprechen. Ihr könnt morgen hingehn, ihn zu sehen. Und nun, meine Freunde, da ich alles zum Gegenstände Nötige mitgeteilt habe, richte ich an euch die Frage, die mich hierhergeführt hat, dieselbe Frage, die vorhin du, Simonides, an mich gestellt hast: Was ist dieser Nazarener, der mehr ist als ein bloßer Mensch?"

Die Frage war in feierlichem Tone gestellt worden und noch lange nach Mitternacht saß die Gesellschaft beisammen und erörterte dieselbe. Simonides wollte von seiner Auslegung der prophetischen Aussprüche noch immer nicht abgehn, und Ben Hur behauptete, daß beide im Rechte seien: daß der Nazarener der Erlöser sei, wie Balthasar ihn erwartete, und auch der verheißene König, den Simonides ersehnte.

„Morgen wird es sich zeigen. Friede sei mit euch allen!"

Mit diesen Worten verabschiedete sich Ben Hur, um nach Bethanien zurückzukehren.

Einunddreißigstes Kapitel

Die erste Person, die am nächsten Morgen nach Öffnung des Schaftores die Stadt verließ, war Amrah mit ihrem Korb am Arme. Die Torwächter stellten keine Fragen an sie, denn sie wußten, daß sie jemandes treue Dienerin sei, und das genügte ihnen.

Eiligeren Schrittes als sonst eilte sie diesmal nach dem Berge der Aussätzigen, nach der Grabhöhle ihrer Herrin, die oberhalb des Brunnens En-Rogel lag.

So früh es war, hatte die unglückliche Frau doch ihr Lager schon verlassen und saß vor dem Eingange, während Tirzah im Innern schlief. Die Krankheit hatte in den letzten drei Jahren einen erschreckend schnellen Fortgang genommen. Sich ihres Aussehens bewußt, hielt sie sich mit dem ihr eigenen feinen Gefühl gewöhnlich ganz verschleiert. Selbst ihrer Tochter gestattete sie so selten wie möglich, ihr Antlitz zu sehen.

Diesen Morgen saß sie mit unverhülltem Kopfe in der frischen Luft, denn sie wußte, daß niemand in der Nähe sei, den der Anblick des entblößten Gesichtes erschrecken könnte. Es war noch nicht Tag, aber doch hell genug, um die Verheerungen zu sehen, welche die Krankheit an ihr bewirkt hatte. Ihr schneeweißes Haar war grob und steif geworden und fiel ihr wie Silberdraht über die Schultern und den Rücken. Die Augenlider, die Lippen, die Nasenflügel, die Wangen waren entweder verschwunden oder hatten sich in eine eiterige Wunde verwandelt. Der Hals war eine Masse aschgrauer Schuppen. Sie wußte, daß mit dem ersten Aufleuchten der Sonne Amrah kam, um die im Korbe mitgebrachten Lebensmittel niederzustellen und den Krug mit frischem Wasser für den Tag zu füllen. Dieser kurze Besuch war das einzige, was der Unglücklichen von des früheren Glückes Fülle geblieben war. Da konnte sie sich nach ihrem Sohn erkundigen und sich von seinem Wohlbefinden erzählen lassen. Gewöhnlich waren die Nachrichten spärlich genug, doch tröstlich.

Während sie heute wieder in der dämmerigen Einsamkeit dasaß und sich ihren trüben Gedanken hingab, kam ein Weib schwankend vor Müdigkeit den Hügel herauf.

Die Witwe erhob sich rasch, bedeckte ihren Kopf und rief mit unnatürlich rauher Stimme: „Unrein, unrein!"

In einem Augenblick lag Amrah, die Warnung nicht beachtend, zu ihren Füßen. Die ganze lang im Herzen verschlossene Liebe des einfältigen Wesens brach mit einemmal hervor: unter Tränen und leidenschaftlichen Ausrufungen küßte sie die Kleider ihrer Herrin. Diese gab sich eine Weile Mühe, sich von ihr loszumachen, mußte aber bald einsehen, daß dies unmöglich sei, und wartete, bis die Heftigkeit ihres Gefühlsausbruches nach-gelassen hatte.

„Was hast du getan, Amrah?" rief sie. „Willst du durch solchen Angehorsam deine Liebe zu uns beweisen? Unseliges Weib, du bist verloren! Und er – dein Gebieter – du kannst nie, niemals wieder zu ihm zurückkehren."

Amrah lag schluchzend im Staube.

„Der Bann des Gesetzes lastet auch auf dir, du kannst nicht nach Jerusalem zurückkehren. Was wird aus uns werden?

Wer wird uns Nahrung bringen? O böse, unselige Amrah! Wir sind alle, alle verloren!"

„Barmherzigkeit! Barmherzigkeit!" flehte Amrah am Boden. „Du hättest gegen dich barmherzig sein sollen, dadurch hättest du dich auch gegen uns barmherzig gezeigt. Wohin können wir jetzt fliehen? Niemand kann uns nun helfen. O treulose Dienerin! Der Zorn des Herrn liegt bereits schwer genug auf uns."

Jetzt erschien Tirzah, durch den Lärm aufgeweckt, im Eingang der Grabhöhle. „Ist es Amrah, Mutter?“ rief sie.

Amrah erhob sich auf die Knie und sagte, die Hände faltend, in gebrochenen Worten: „O gute Gebieterin! Ich bin nicht treulos, – ich bin nicht böse. Ich bringe euch gute Nachrichten.“

„Von Judah?“ fragte die Witwe, ihren Kopfschleier halb zurückziehend.

„Es ist ein wunderbarer Mann erschienen,“ fuhr Amrah fort, „der die Macht hat, euch zu heilen. Er spricht ein Wort und die Kranken sind gesund, ja selbst die Toten kehren zum Leben zurück. Ich bin gekommen, euch zu ihm zu führen.“

„Arme Amrah!“ sprach Tirzah mitleidig.

„Nein,“ rief Amrah, den in Tirzahs Worten liegenden Zweifel fühlend, – „nein, so wahr der Herr lebt, der Gott Israels, mein Gott wie euer Gott, ich rede die Wahrheit! Diesen Morgen wird er auf seinem Wege nach der Stadt vorüberkommen. Nehmet hier und esset, dann laßt uns gehn!“

Die Mutter horchte begierig. „Wer erzählte dir von ihm?“

„Judah.“

„Judah erzählte dir? Ist er zu Hause?“

„Er kam gestern abend.“

„Es war einst ein Prophet, der einen Aussätzigen heilte,“ sprach die Mutter gedankenvoll zu Tirzah; – „aber er hatte seine Macht von Gott.“ Dann sich zu Amrah wendend, fragte sie: „Woher weiß mein Sohn, daß dieser Mann im Besitze solcher Macht ist?“

„Er begleitete ihn auf seinen Wegen, hörte die Aussätzigen zu ihm rufen und sah sie gesund fortgehn. Zuerst kam einer allein, dann waren es ihrer zehn, und sie alle wurden gesund.“

Die Mutter verfiel wieder in Schweigen. Ihre abgezehrte Hand zitterte. Endlich sprach sie zu Tirzah: „Dieser Mann muß der Messias sein!“

„Ich erinnere mich noch der Zeit,“ fügte sie nach einer Pause des Nachdenkens hinzu, „wo in ganz Judäa die Kunde verbreitet war, der Messias sei geboren. Er muß es sein, – er ist es! Ja,“ sagte sie zu Amrah, „wir gehn mit dir. Bringe das

Wasser, das du in einem Kruge in der Höhle finden wirst, und öffne deinen Korb. Wir wollen essen und dann gehn."

Das Mahl hatten die drei Frauen, erregt wie sie waren, bald beendet und sie traten ihren ungewöhnlichen Weg an. Als Tirzah die zuversichtliche Stimmung der anderen gewonnen hatte, gab es nur mehr eine Sorge, die sie beunruhigte. Bethanien, sagte Amrah, sei der Ort, von wo der Mann kommen werde. Nun führten aber von dort drei Wege nach Jerusalem, einer über den ersten Gipfel des Ölberges, ein zweiter an seinem Fuße, ein dritter zwischen dem zweiten Gipfel und dem Berg des Ärgernisses. Die drei lagen zwar nicht weit voneinander, aber immerhin weit genug, um den Nazarener zu verfehlen, wenn die Unglücklichen nicht den von ihm eingeschlagenen Weg trafen.

„Wir wollen zuerst nach Bethphage gehen," sprach die Mutter zu ihren Gefährtinnen. „Dort werden wir, wenn der Herr uns gnädig ist, erfahren, was weiter zu tun ist."

Unterwegs verließen sie die betretene Straße aus Furcht vor der Volksmenge und erkletteten mit vieler Mühe einen Abhang. Plötzlich sahen sie vom Osten einen Mann eilig die Straße heraufkommen. Als er nahe genug war, um den vorgeschriebenen Warnungsruf zu hören, entblößte die Mutter das Haupt, wie es ebenfalls das Gesetz gebot, und rief mit schriller Stimme:

„Unrein, unrein!"

Zu ihrer Überraschung schritt der Mann trotzdem weiter.

„Was wollt ihr?" fragte er, kaum fünf Schritte vor ihnen stehn bleibend.

„Du siehst uns, habe acht!" sprach die Mutter mit Würde.

„Weib, ich bin der Bote dessen, der zu solchen, wie ihr seid, ein Wort spricht und sie sind geheilt. Ich fürchte mich nicht!"

„Des Nazareners?"

„Des Messias," sagte er.

„Ist es wahr, daß er heute in die Stadt kommt?"

„Er ist jetzt in Bethphage."

„Auf welchem Wege kommt er, Herr?"

„Auf diesem."

Sie faltete die Hände und blickte dankbar zum Himmel.

„Für wen hältst du ihn?“ fragte der Mann mitleidig.

„Für den Sohn Gottes,“ entgegnete sie.

„So bleibe hier, oder, da eine große Menge ihm folgt, stelle dich an jenen Felsen, den weißen dort unter dem Baume, und wenn er vorüberkommt, unterlasse nicht, ihn anzurufen; rufe nur und fürchte nichts. Kommt dein Glaube deinem Wissen gleich, so wird er dich hören, und mögen alle Donner rollen. Ich gehe, es Israel in und außer der Stadt zu verkünden, daß er naht, damit alle sich bereiten, ihn zu empfangen. Friede sei mit dir und den Deinen, Weib!“

Er schritt weiter und sie gingen langsam zu dem angezeigten Felsen, der etwa Mannshöhe hatte und kaum vierzig Schritte rechts vom Wege lag. Vor demselben stehend, überzeugte sich die Mutter, daß sie von Vorübergehenden, deren Aufmerksamkeit sie erregen wollten, leicht gesehen und gehört werden konnten. Sie ließen sich dort im Schatten des Baumes nieder, erfrischten sich mit einem Trunk Wasser und ruhten. Tirzah war bald in Schlaf gesunken, und um sie nicht zu stören, verhielten sich die anderen schweigend.

Während der dritten Stunde wurde die Straße gegenüber dem Ruheplätze der Aussätzigen allmählich belebter, und immer mehr Menschen kamen in der Richtung nach Bethphage und Bethanien vorüber. Jetzt aber, zu Ansang der vierten Stunde, erschien eine große Menge Menschen auf dem Kamm des Ölberges, und als sie, Tausende an der Zahl, sich der Straße näherten, bemerkten die zwei wachenden Frauen mit Staunen, daß ein jeder einen frisch abgeschnittenen Palmzweig in den Händen hielt. Indes der seltsame Aufzug ihre ganze Aufmerksamkeit in Anspruch nahm, lenkte der Lärm einer anderen Menge, die von Osten kam, ihre Augen dorthin. Nun weckte die Mutter Tirzah.

„Was soll das alles bedeuten?“ fragte letztere.

„Er kommt,“ antwortete die Mutter. „Diese hier, die wir sehen, sind aus der Stadt und gehn ihm entgegen. Die anderen, die wir im Osten hören, sind seine ihn begleitenden Freunde, und es ist nicht unwahrscheinlich, daß beide Züge sich hier vor uns begegnen.“

Inzwischen kam der Zug von Osten langsam herauf. Als endlich die Vordersten in demselben sichtbar wurden, heftete sich der Blick der Aussätzigen auf einen Mann, der in der Mitte einer, wie es schien, auserlesenen Gesellschaft ritt. Die ihn Umgebenden sangen und jubelten im Übermaß der Freude. Der Reitende war unbedeckten Hauptes und ganz in Weiß gekleidet. In banger Erwartung blickten die Frauen hin, und als er näher kam, sahen sie ein blasses Gesicht, umschattet von langem, kastanienbraunem, ein wenig sonnenverbranntem Haar, das in der Mitte gescheitelt war. Er blickte weder nach rechts noch nach links. Die Sonne schien rückwärts auf sein Haupt, und in ihrem Lichte glänzend, ließ das flatternde Haar dasselbe wie von einem goldenen Strahlenkranze umgeben erscheinen.

„Er ist da, Tirzah," rief die Mutter, „er ist da! Komm, mein Kind!"

Sie trat vor den weißen Fels und sank auf die Knie. Die Tochter und die Magd eilten an ihre Seite. Den nahenden Zug jetzt erblickend, hielten die Tausende im Westen inne, schwangen ihre grünen Zweige und riefen oder sangen vielmehr – denn es war beides zugleich –:

„Hochgelobt sei, der da kommt im Namen des Herrn!"

Und all die Tausende im Gefolge der Reitenden, in seiner Nähe wie in der Ferne, erwiderten den Ruf, daß die Luft erzitterte und der Schall dem Brausen eines am Bergabhang tobenden Sturmes glich. Unter dem Lärm verhallten die Rufe der armen Aussätzigen wie etwa das Gezwitscher von Sperlingen.

Der Augenblick, da beide Scharen einander begegnen mußten, war gekommen und damit auch die Gelegenheit, welche die Unglücklichen suchten. Die Mutter erhob sich und wankte vorwärts. Ihre geisterhaften Hände erhebend, rief sie mit furchtbar gellender Stimme. Die Leute sahen sie, sahen ihr abschreckend häßliches Gesicht und blieben vor Scheu und Furcht stehn – eine Wirkung, die äußerstes menschliches Elend, wie es hier sichtbar war, ebenso hervorbringt wie die in Purpur und Gold erscheinende Majestät. Tirzah, die etwas zurückgeblieben war, sank zu Boden: sie war zu schwach und erschrocken, um weitergehn zu können.

„Die Aussätzigen, die Aussätzigen! Steinigt sie!"

„Die Gottverfluchten! Tötet sie!"

Solche und ähnliche Stimmen mischten sich in die Hosiannarufe jenes Teiles der Menge, die zu weit entfernt war, um die Ursache der Störung zu sehen und zu verstehn. Es waren aber einige in der Nähe, die das Wesen jenes Mannes, bei dem die Unglücklichen Hilfe suchten, genauer kannten. Diese blickten ihm schweigend nach, indes er, weithin sichtbar, seitwärts hinaufritt und vor den Frauen anhielt. Und auch diese schauten sein Antlitz, – das ruhige, mitleidsvolle, himmlisch schöne Antlitz mit den großen Augen, die Milde und Wohlwollen strahlten. Und die Mutter begann: „Meister, Meister, du siehst unsere Not, du kannst uns rein machen! Erbarme dich unser – erbarme dich!"

„Glaubst du, daß ich es tun kann?" fragte er.

„Du bist der, von dem die Propheten gesprochen haben – du bist der Messias!" erwiderte sie.

Seine Augen erweiterten sich und strahlten, sein Wesen war würdevoll.

„Weib," sprach er, „dein Glaube ist groß. Dir geschehe, wie du willst!"

Er verweilte noch einen Augenblick, der Anwesenheit der Menge sich anscheinend nicht bewußt, – nur einen kurzen Augenblick, – dann ritt er hinweg.

Alsbald schlossen sich beide Scharen, jene von der Stadt und jene von Bethphage, um ihn unter fortwährendem Jubel, unter Hosiannarufen und Palmenschwingen zu begleiten, und so schied er von den Aussätzigen für immer. Ihren Kopf bedeckend, eilte die Mutter zu Tirzah, schloß sie in ihre Arme und rief:

„Tochter, ich habe sein Versprechen. Er ist in Wahrheit der Messias. Wir sind gerettet – gerettet!" Und die beiden blieben auf den Knien, indes der Zug sich langsam weiter-bewegte und endlich hinter dem Bergrücken verschwand.

Als der Lärm der singenden Menge aus der Ferne kaum mehr hörbar an ihr Ohr drang, begann das Wunder wirksam zu werden.

Zuerst fand eine Neubelebung des Blutes in den Herzen der Aussätzigen statt. Es strömte schneller und stärker und durchschauerte ihre welken Körper mit einem unendlich süßen Gefühle schmerzloser Heilung. Jede fühlte es, wie die Krankheit von ihr wich. Ihre Kräfte kehrten zurück, sie wurden wieder sie selbst. Wie um die Reinigung vollkommen zu machen, teilte sich die Neubelebung auch ihrem Geiste mit und versetzte sie in einen Zustand seligsten Entzückens.

Diese Umwandlung – denn eine solche war es ebensowohl wie eine Heilung – hatte noch einen anderen Zeugen außer Amrah. Es war Ben Zur, der auch heute wieder in die Nähe des Nazareners geeilt war. Er hatte die Frauen gesehen und war jetzt zurückgeblieben, um staunend das schon früher erlebte Wunder zu betrachten. Nach einer Weile kam ein schwarzbrauner Araber, der zwei Pferde an der Hand führte.

„Bleib hier," sprach Ben Hur zu ihm. „Ich will heute beizeiten in der Stadt sein und Aldebaran muß mir seine Dienste leisten."

Er streichelte die breite Stirn des Pferdes, das jetzt in seiner besten Kraft und Schönheit stand, dann schritt er über den Weg und näherte sich den beiden Frauen.

Sie waren für ihn noch Fremde, die nur insoweit seine Aufmerksamkeit erregten, als sie Gegenstand einer übermenschlichen Tat waren, deren Erfolg vielleicht zur Lösung des ihn schon so lange beschäftigenden Geheimnisses beitrug. Im Weitergehen fiel sein Blick zufällig auf die kleine Frauengestalt, die beim weißen Felsen stand und ihr Gesicht in den Händen barg.

„So wahr der Herr lebt, es ist Amrah!" sprach er zu sich selbst. Er eilte vorwärts, an der Mutter und Tochter vorüber, ohne sie zu erkennen, und blieb vor der Magd stehn.

„Amrah," sagte er zu ihr, „Amrah, was tust du hier?"

Sie stürzte auf ihn zu und sank, Tränen in den Augen und beinahe sprachlos vor Freude und Furcht zugleich, vor ihm auf die Knie.

„Gebieter, Gebieter, dein Gott und mein Gott – wie gütig ist er!"

Ben Hur blickte sie an, und dann überkam ihn plötzlich ein ahnendes Gefühl. Er sah auf die Frauen. Noch nie hatte er eine Fremde getroffen, die seiner Mutter so ähnlich war. Und wer befand sich an ihrer Seite, wenn nicht Tirzah? – lieblich, schön, vollkommen, nur gereifter, in allem anderen aber gerade so wie an jenem Unglücksmorgen, da sie mit ihm über die Brustwehr hinabblickte.

Kaum seinen Augen trauend, legte er der Magd die Hand auf den Kopf und fragte zitternd: „Amrah, Amrah, – meine Mutter! Tirzah! Sag' mir, ob ich recht sehe."

„Sprich mit ihnen, o Gebieter, sprich mit ihnen!" sagte sie.

Er wartete nicht länger, sondern eilte mit ausgestreckten Armen auf sie zu und rief: „Mutter, Mutter! Tirzah! Hier bin ich!"

Sie hörten seinen Ruf und mit einem freudigen Aufschrei ebenso inniger Liebe stürzten sie sich ihm entgegen, und im nächsten Augenblick lagen sich die drei so lange Getrennten in den Armen und ließen die Tränen zusammenfließen.

Als das erste Entzücken vorüber war, sprach die Mutter: „In diesem Glücke, meine Kinder, laßt uns nicht undankbar sein. Laßt uns das neue Leben mit der Lobpreisung dessen beginnen, dem wir so sehr zum Danke verpflichtet sind."

Sie fielen auf die Knie, Amrah mit den anderen, und das Gebet, das die Mutter sprach, erklang wie ein Psalm.

Die Mutter war begreiflicherweise die erste, die an die Sorgen des Lebens dachte.

„Was sollen wir nun tun, mein Sohn? Wohin sollen wir gehn?"

Diese Worte erinnerten Ben Hur an die Pflicht, den gesetzlichen Vorschriften zu genügen. Er führte seine Mutter und Schwester an den oberen Kidron, etwas östlich von den Königsgräbern, wo er für sie zwei bequeme Zelte aufschlug. Dort sollten sie bleiben, bis der prüfende Priester ihre vollständige Heilung bescheinigt hätte.

In Ausübung dieser Pflicht war der junge Mann selbst vor dem Gesetze unrein geworden, weshalb er an den Zeremonien des eben nahenden großen Festes nicht teilnehmen durfte. Selbst den äußersten, am wenigsten heiligen Vorhof des Tempels zu betreten war ihm versagt. So zwang ihn die Not dazu, wozu sein Herz ihn drängte, bei seinen Teuren im Zelte zu bleiben. Er hatte so vieles von ihnen zu hören und so vieles von sich selbst ihnen zu erzählen.

Aufmerksam hörte er ihre qualvollen Erlebnisse an, und ein ungeheurer Haß gegen Rom stieg dabei in ihm auf. Der Gedanke an einen Aufstand wurde in ihm immer stärker, und immer wieder dachte er dabei auch wieder an den Nazarener, als der Seele dieses Aufstandes. Wenn er aufstände und spräche: „Höre, Israel, ich bin der von Gott verheißene König der Juden. Erhebe dich und unterwirf dir die Welt!" – Wenn er so spräche, würden nicht alle ihm folgen?

Wiederholt kamen auch in der Zwischenzeit sonnengebräunte, barhäuptige, schwarzbärtige Männer von gedrungenem Körperbau zum Zelte und fragten nach Ben Hur; seine Unterredungen mit ihnen fanden stets im geheimen statt. Auf die Frage der Mutter, wer sie seien, gab er zur Antwort:

„Gute Freunde aus Galiläa."

Durch sie erhielt er fortwährend Nachricht über das Wirken des Nazareners und über die Pläne seiner Feinde, der Rabbiner sowohl, die in ihm einen gefährlichen Neuerer und Gotteslästerer sahen, wie der Römer. Daß das Leben des guten Meisters in Gefahr schwebe, wußte er, aber daß jetzt, um die Zeit des

Osterfestes, jemand einen Anschlag auf dasselbe wagen werde, konnte er nicht glauben. Es schien zu gut geschützt durch seinen Ruf und die tiefwurzelnde Liebe des Volkes zu ihm. Auch die Anwesenheit einer so großen Zahl Festpilger war eine hinreichende Gewähr für seine persönliche Sicherheit. Und doch gründete sich Ben Hurs Vertrauen vor allem auf die Wunderkraft Christi. Daß der Besitzer einer solchen Macht über Leben und Tod, die er so oft zum Heile anderer angewendet, zu seinem eigenen Schutze von derselben keinen Gebrauch machen werde, schien ihm ebenso unglaublich wie unfaßbar.

Alle diese Begebenheiten fanden zwischen dem 21. und 25. März statt. Am Abend des letzteren Tages gab Ben Hur seiner Ungeduld nach und ritt in die Stadt mit dem Versprechen, noch in der Nacht zurückzukehren.

Das Pferd war frisch und eilte, ohne angespornt zu werden, schnell vorwärts. Die Häuser, an denen er vorüberkam, waren leer, die Feuer vor den Zelteingängen erloschen, die Straße verödet, denn es war der erste Tag der Osterwoche und jene Abendstunde, da die Millionen Pilger sich in der Stadt drängten, die Vorhöfe des Tempels vom Schlachten der Osterlämmer rauchten und die in Reihen stehenden Priester das Opferblut auffingen, um es schnell zu den triefenden Altären zu bringen, – die Stunde, da alles Hast und Eile war, denn das Erscheinen der Sterne gab das Zeichen zum Braten und Essen des Lammes und zu den Lobgesängen, und die Vorbereitungen mußten zu Ende sein.

Ben Hur ritt durch das große Nordtor. Vor ihm lag Jerusalem in seiner Herrlichkeit, das Jerusalem vor dem Falle, auf dem Höhepunkte seines Glanzes und Ruhmes, festlich beleuchtet zum Preise des Herrn.

Zweiunddreißigstes Kapitel

Vor der Herberge, von welcher aus vor mehr als dreißig Jahren die drei Weisen den Weg nach Bethlehem angetreten hatten, stieg Ben Hur ab. Dort ließ er das Pferd in der Obhut seiner arabischen Begleiter und stand bald vor dem Tore seines Vaterhauses und einen Augenblick später im großen Zimmer desselben. Er fragte zunächst nach Malluch; da dieser abwesend war, sandte er seinen Freunden, dem Handelsherrn und dem Ägypter, seinen Gruß. Sie hatten sich in die Stadt bringen lassen, um die Festfeier zu sehen. Der letztere, wurde ihm gesagt, sei sehr schwach und befinde sich in einem Zustande tiefer Niedergeschlagenheit.

Während der Diener ihm Antwort gab, wurde der Türvorhang zur Seite geschoben und die junge Ägypterin trat ein. Der Diener verließ das Zimmer. In der durch die Ereignisse der letzten Tage verursachten Erregung hatte Ben Hur kaum an die schöne Ägypterin gedacht. Kam sie ihm überhaupt in den Sinn, so war es nur eine augenblickliche angenehme Erinnerung, eine flüchtige Vorahnung des Glückes, das seiner wartete oder warten konnte. Schnell eilte er ihr jetzt entgegen, blieb aber plötzlich erstaunt stehn. Eine solche Veränderung hatte er nie an ihr beobachtet!

Bisher hatte sie sich ihm immer als Liebende offenbart, ihn mit Schmeicheleien überschüttet, jetzt aber strahlte sie eine schneidende Kälte, ja eine gewisse Verachtung aus.

Sie nahm zuerst das Wort.

„Du kommst zur rechten Zeit, Sohn Hurs," sprach sie mit fühlbarer Schärfe in der Stimme. „Ich möchte dir für die Gastfreundschaft danken. Von übermorgen an dürfte ich nicht mehr Gelegenheit dazu haben."

Ben Hur verneigte sich leicht, ohne seine Augen von ihr zu wenden, und sagte: „Ein Mann darf dem Weibe nicht hinderlich sein, seinem eigenen Willen zu folgen."

„Sag' mir," fuhr sie fort, ihren Kopf neigend und den Hohn deutlich durchblicken lassend, „sag' mir, du Fürst von Jerusalem, wo ist er, jener Zimmermannssohn aus Nazareth und Gottes Sohn zugleich, von dem man in letzter Zeit so große Dinge erwartet hat?"

Er winkte ungeduldig mit der Hand und erwiderte: „Ich bin nicht sein Hüter."

„Wo hat er seine Residenz aufgeschlagen?" sprach sie weiter. „Kann ich nicht hingehn, seinen Thron zu sehen und die Bronzelöwen davor? Und seinen Palast? Er erweckte die Toten, – was kann es für einen solchen bedeuten, sich ein goldenes Haus zu errichten? Er braucht nur mit dem Fuß zu stampfen und ein Wort zu sagen, so steht es vollendet da, stolz auf Säulen wie der Palast zu Karnak."

Es ließ sich kaum mehr annehmen, daß sie scherze. Die Fragen waren verletzend, ihr ganzes Wesen höchst unfreundlich. Dies bemerkend, wurde er noch vorsichtiger und sprach launig: „O Ägypten, warten wir noch einen Tag, ja noch eine Woche auf ihn, auf die Löwen und den Palast."

Ohne die Bemerkung zu beachten, fuhr sie fort:

„Und wie kommt es, daß ich dich in dieser Kleidung sehe? Das ist nicht die Tracht der Statthalter in Indien oder der Vizekönige anderswo. Ich fürchte, du hast dein Königtum noch nicht angetreten, – das Königtum, das ich mit dir teilen sollte."

„Die Tochter meines weisen Gastes ist gütiger, als sie selbst denkt; sie lehrt mich, daß Isis ein Herz küssen kann, ohne es edler zu machen." Ben Hur sprach mit kalter Höflichkeit, und Iras versetzte, mit dem herabhängenden Edelstein ihrer Halskette spielend:

„Für einen Juden ist der Sohn Hurs klug. Ich sah den Herrscher deiner Träume seinen Einzug in Jerusalem halten. Du erzähltest uns, er werde sich an jenem Tage von den Stufen des Tempels aus als König der Juden erklären. Ich sah den ihn begleitenden Zug den Berg herabkommen. Ich hörte die Volksscharen singen. Sie gewährten mit ihren Palmzweigen einen schönen Anblick. Ich suchte überall unter ihnen nach einer Gestalt, die etwas Königliches an sich hätte – nach einem Reiter in Purpur, nach einem Prunkwagen mit einem Lenker in glänzender Tracht, nach einem stattlichen Krieger, hoch und schlank wie sein Speer und von einem runden Schilde gedeckt. Statt dessen sah ich einen Mann mit einem Frauengesicht und Frauenhaar, der auf dem Füllen einer Eselin ritt und Tränen in den Augen hatte. Hahaha, – der König! Der Sohn Gottes! Der Erlöser der Welt!"

Unwillkürlich zuckte Ben Hur zusammen.

„Ich verließ meinen Platz nicht, o Fürst von Jerusalem," sprach sie, ehe er sich fassen konnte. – „Ich lachte nicht. Ich sprach zu mir selbst: Warte nur. Im Tempel wird er seine Herrlichkeit offenbaren, wie es einem Helden geziemt, der im Begriffe steht, die Welt in Besitz zu nehmen. Ich sah ihn durch das Susantor in den Vorhof der Frauen schreiten. Ich sah ihn vor der Schönen Pforte stillestehn. Viele Menschen standen neben mir auf dem Dach der Halle und viele andere drängten sich in den Vorhöfen und Gängen und auf den Stufen der drei Seiten des Tempels, im ganzen vielleicht eine Million, und alle warteten atemlos auf seine Erklärung. Die Säulen konnten nicht unbeweglicher sein als wir. Hahaha! Schon glaubte ich, die Räder der mächtigen römischen Maschine zusammenbrechen zu hören. Hahaha! Bei der Seele Salomos, o Fürst, dein König der Welt zog sein Oberkleid enger um sich und schritt hinweg durch das entlegenste Tor hinaus und öffnete seinen Mund nicht. Und – die römische Maschine ist noch im Gang!"

Ben Kurs Hoffnung war in dem Augenblick zerstört – eine Hoffnung, welcher er, als sie zu sinken begann, unbewußt wie mit einem letzten Scheideblick folgte, bis sie verschwand – und er schlug die Augen nieder.

Nie zuvor, weder als Balthasar ihm mit Beweisgründen zusetzte, noch als die größten Wunder vor seinen Augen geschahen, war ihm die wahre Natur des Nazareners so deutlich vor die Seele getreten wie jetzt. So hätte niemals ein Mann gehandelt, der sich nur von rein menschlichen Eingebungen leiten ließ. Nur einen Augenblick, nicht länger als ein Atemzug währt, hatte Ben Hur Zeit, sich solchen Gedanken hinzugeben. Doch die Erleuchtung kam mit Macht über ihn, und während ihm die Hoffnung auf Rache langsam aus dem Gesicht entschwand, kam ihm der Mann mit dem Frauengesicht und langem Haar und mit Tränen in den Augen immer näher, – nahe genug, um ihm etwas von seinem Geiste mitzuteilen.

„Tochter Balthasars," sagte er mit Würde, „wenn dies das Spiel ist, von dem du sprachst, so nimm den Siegeskranz, – ich überlasse ihn dir gerne. Nur laß uns mit den Worten zu einem Ende kommen. Daß du ein Ziel verfolgst, davon bin ich überzeugt. Nenne es, bitte, und ich werde dir antworten. Dann laß uns unsere getrennten Wege gehn und vergessen, daß wir uns je begegnet sind."

Sie blickte ihn einen Augenblick fest an, als überlege sie, was zu tun sei, dann sagte sie kalt: „Wir sind fertig; – geh!" „Friede sei mit dir!" antwortete er und ging. Als er eben durch die Tür schreiten wollte, rief sie ihm nach. „Ein Wort noch!" Er blieb stehn und blickte zurück.

„Bedenke, was ich alles über dich weiß."

„Schöne Ägypterin," sagte er zurückkehrend, „was weißt du über mich?"

„Ein gewisser Jude, ein entwichener Galeerensträfling, hat drei wohlgeschulte Legionen aus Galiläa bereit, um heute nacht den römischen Statthalter gefangen zu nehmen. Derselbe Jude hat Bündnisse geschlossen zu einem Kriege gegen Rom, und Scheik Ilderim ist einer seiner Verbündeten."

Sie trat noch näher an ihn heran und sprach fast flüsternd:

„Du hast in Rom gelebt. Setze den Fall, diese Dinge würden vor gewissen Ohren, die wir kennen, wiederholt. – Ah, du wechselst die Farbe!"

Er wich vor ihr zurück mit einem Blicke, wie ihn ein Mensch zeigen dürfte, der mit einem Zicklein zu spielen vermeinte und auf einen Tiger geraten ist, und sie fuhr fort:

„Du bist im Vorzimmer des königlichen Palastes nicht fremd und kennst den mächtigen Sejanus. Setze den Fall, es würde ihm erzählt – mit Beweisen oder auch ohne Beweise, – daß derselbe Jude der reichste Mann im Osten, ja im ganzen Reichs ist. Die Fische des Tiber würden ein ganz anderes Mastfutter erhalten, als sie in ihrem Schlamme finden, nicht wahr? Und während sie es sich wohlschmecken ließen – ha, Sohn Hurs! –, welch ein Glanz würde bei der Darstellung im Zirkus entfaltet werden! Das römische Volk zu belustigen, ist eine feine Kunst. Das nötige Geld zu seiner Belustigung aufzubringen, ist eine noch feinere Kunst. Und kann sich in dieser Kunst wohl jemand mit Sejanus messen?"

Die offen zur Schau getragene Schlechtigkeit des Weibes entsetzte Ben Hur, ohne indes seine Erinnerung zu beeinträchtigen. Es fiel ihm ein, daß er schon einmal Verdacht gegen sie gehegt und sich gefragt hatte, wer ihr wohl seine Geheimnisse verraten habe. Darum sagte er so ruhig als möglich: "Um dir eine Freude zu bereiten, Tochter Ägyptens, erkläre ich, daß ich deine List anerkenne und gestehe, in deinen Händen zu sein. Es mag dir auch ein Vergnügen sein, aus meinem Munde das Bekenntnis zu hören, daß ich von dir keine Nachsicht erwarte. Ich könnte dich töten, aber du bist ein Weib. Die Wüste steht offen, mich aufzunehmen, und obschon Rom ein guter Menschenjäger ist, dorthin könnte es mir lange und weit folgen, ehe es mich in seine Gewalt bekäme. Denn im Innern der Wüste gibt es schützende Speere ebenso wie sandige Öden, und der unbesiegte Parther weiß sie zu schätzen. In der Not, in welche mich meine Leichtgläubigkeit geführt hat, kann ich jedoch eines mit Recht von dir verlangen: Wer erzählte dir, was du über mich weißt? Auf der Flucht oder in der Gefangenschaft, selbst im Sterben wird es mir ein Trost sein, meinem Verräter den Fluch eines Mannes zu hinterlassen, der in seinem Leben nur Elend kennengelernt hat. Wer erzählte dir, was du über mich weißt?"

Vielleicht war es Verstellung, vielleicht Wahrheit: – das Gesicht der Ägypterin nahm den Ausdruck der Teilnahme an. „In meiner Heimat, Sohn Hurs," sprach sie dann, „gibt es Künstler, die verschiedenfarbige Muscheln, wie sie nach einem Seesturm hier und da an der Küste zu finden sind, sammeln, sie in kleine Stücke zerschneiden und diese auf Marmorplatten zu Bildern zusammenfügen. Siehst du nicht den Wink, der in dieser Arbeit für solche liegt, die nach Geheimnissen forschen? Genug, daß ich eine Anzahl kleiner Umstände von diesem sammelte, eine andere von jenem. Und nach einer Weile fügte ich sie zusammen und war glücklich, wie nur ein Weib es sein kann, wenn es das Glück und Leben eines Mannes in seiner Hand hat."

Er atmete erleichtert auf und sprach: „Ich danke. Es wäre nicht gut, den mächtigen Sejanus auf dich warten zu lassen. Die Wüste ist nicht so empfindsam. Nochmals, o Ägypten, Friede!" Bisher war er unbedeckt gewesen. Jetzt nahm er das Tuch, das an seinem Arme hing, richtete es sich auf dem Kopfe zurecht und wandte sich zum Gehen. Sie hielt ihn aber zurück. In ihrem Eifer streckte sie ihm sogar eine Hand entgegen.

„Bleib", sprach sie, „und sei ohne Mißtrauen gegen mich, Sohn Hurs, wenn ich jetzt erkläre: Ich weiß, warum der edle Arrius dich zu seinem Erben machte. Ich zittere bei dem Gedanken, daß du, so tapfer und hochherzig, dem gefühllosen Staatsminister in die Hände fallen sollst. Oh, ich habe Mitleid mit dir, und tust du nur, was ich sage, so will ich dich schonen. Das schwöre ich dir bei unserer heiligen Isis!"

Diese bittenden, flehenden Worte waren im Tone eindringlichen Ernstes von ihren Lippen geflossen und wurden durch den mächtigen Zauber ihrer Schönheit unterstützt.

„Beinahe – beinahe glaube ich dir," sagte Ben Hur, doch zögernd und mit leiser, unsicherer Stimme.

„Du hattest einen Freund," fuhr sie fort. „Es war in deiner Kindheit. Ihr hattet einen Zank und wurdet Feinde. Er tat dir unrecht. Nach vielen Jahren trafst du ihn wieder im Zirkus von Antiochien."

„Messala!"

„Ja, Messala. Du bist sein Gläubiger. Vergib das Vergangene, nimm ihn wieder zum Freund an. Gib ihm das Vermögen zurück, das er in der großen Wette verloren hat, rette ihn! Die sechs Talente sind für dich wie nichts, nicht mehr als eine vernichtete Knospe auf einem Baume, der bereits in voller Blüte steht. Aber für ihn – Ach, er muß einen gebrochenen Körper herumschleppen; wo immer du ihm begegnest, muß er vom Boden zu dir aufblicken. O Ben Hur, edler Fürst! Für einen Römer seiner Abkunft ist Armut nur der andere, ganz unerträgliche Name für den Tod. Rette ihn aus der Armut!"

Sie hatte schnell gesprochen, als ob sie ihm das Nachdenken unmöglich machen wollte. Aber es war ihm trotzdem dabei, als sehe er jetzt Messala selbst, wie er über ihre Schulter nach ihm blicke. And der Gesichtsausdruck des Römers war nicht der eines Hilfesuchenden oder Freundes, das höhnische Lächeln war patrizierhaft wie vormals und der hochmütige Zug an ihm noch ebenso scharf und herausfordernd.

„Meine Antwort ist entschieden – ein für allemal –, ein Messala erhält nichts. Wenn du mir noch mehr zu sagen hast, Tochter Balthasars, so sprich schnell: denn wenn die steigende Hitze meines Blutes ihren Höhepunkt erreicht hat, möchte ich vergessen, daß du ein Weib und schön bist! Ich möchte in dir nur die Spionin eines Mannes sehen, der mir um so verhaßter ist, weil er ein Römer ist. Sprich schnell!“

Sie schüttelte sich und trat in das volle Licht zurück. Die ganze Bösartigkeit ihrer Natur lag in ihren Augen und in ihrer Stimme.

„Du Hefentrinker und Schotenfresser! Zu denken, daß ich dich lieben könne, nachdem ich Messala gesehen! Solche wie du sind geboren, ihm zu dienen. Er hätte sich zufrieden gegeben, wenn du auf die sechs Talente verzichtet hättest. Ich jedoch sage, zu den sechs sollst du noch zwanzig hinzufügen, – zwanzig, hörst du? Für jeden Kuß auf meinen kleinen Finger, um den du ihn, wenn auch mit meiner Einwilligung, verkürzt hast, sollst du zahlen, und daß ich dir mit einem Scheine von Zuneigung gefolgt bin und dich so lange ertragen habe, stelle auch in die Rechnung, obwohl ich dadurch ihm diente. Der Handelsherr hier ist der Verwalter deines Geldes. Falls er bis morgen mittag deine Anweisung, lautend auf sechsundzwanzig Talente zu Gunsten meines Messala – merke dir die Summe! – nicht ausgeführt hat, sollst du es mit Sejanus zu tun haben. Sei weise und – lebe wohl!“

Als sie zur Tür gehn wollte, trat er ihr in den Weg.

„Das alte Ägypten lebt in dir,“ sprach er. „Ob du Messala morgen oder übermorgen, hier oder in Rom siehst, richte ihm diese Botschaft aus: Sag' ihm, daß ich das Geld – eben die sechs Talente – zurückhabe, dessen er mich beraubte, indem er das Vermögen meines Vaters an sich riß. Sag' ihm, daß ich die Galeeren überlebt habe, zu denen er mich sandte, und daß ich in meiner Vollkraft seine Armut und Schande nicht bedauere. Sag' ihm, daß ich in dem körperlichen Elend, welches ihm meine Hand gebracht hat, den Fluch unseres Herrn, des Gottes Israels, sehe und eine Strafe, für ihn empfindlicher als der Tod, für seine Verbrechen gegen Hilflose. Sag' ihm, daß meine Mutter und Schwester, die er in einer Zelle der Burg Antonia einmauern ließ, damit sie an Aussatz stürben, am Leben und gesund sind, dank der Macht des Nazareners, den du so verachtest. Sag' ihm, daß sie, um mein Glück vollkommen zu machen, mir wiedergegeben sind und daß ich von hier zu ihrer Liebe zurückkehren und in derselben mehr als hinreichenden Ersatz für die unreinen Leidenschaften finden werde, welche du zu ihm mitnimmst. Sag' ihm – dies zu deinem Trost, du eingefleischte Falschheit, wie zu seinem, – sag' ihm, daß, wenn Sejanus kommt, um mich zu berauben, er nichts finden wird, denn das Erbe des Duumvirs, die Villa bei Misenum inbegriffen, ist verkauft, der Erlös daraus außerhalb seines Bereiches und in Wechselbriefen auf den Handelsmärkten der Welt in Umlauf. Und daß dieses Haus und die Güter und Waren, die Schiffe und Karawanen, womit Simonides seinen Handel mit solch fürstlichem Gewinn betreibt, durch kaiserliche Schutzbriefe gedeckt sind. Denn ein weiser Kopf hat den Preis für diese Gunst gefunden und Sejanus zieht einen mäßigen Gewinn in Form eines Geschenkes einem großen Gewinn aus Ungerechtigkeiten und Strömen Blutes vor. Sag' ihm, daß ich ihm zugleich mit meiner Absage nicht einen Fluch in Worten sende, nein, als besseren Ausdruck meines unversöhnlichen Hasses sende ich ihm jemand, der sich ihm als die Summe aller Flüche erweisen wird. Und wenn er dich ansieht, Tochter Balthasars, während du ihm diese meine Botschaft wiederholst, wird seine römische Schlauheit ihm sagen, was ich meine. Geh jetzt – auch ich will gehn."

Er geleitete sie zur Tür und hielt, während sie hinausschritt, mit der förmlichsten Höflichkeit den Vorhang zurück.

„Der Friede sei mit dir!" sprach er, als sie verschwand.

Als Ben Hur das Gastzimmer verließ, zeigte er in seinen Bewegungen nicht mehr dieselbe Lebhaftigkeit, mit der er gekommen war. Sein Schritt wurde langsamer und sein Kopf senkte sich tief auf die Brust. Er hatte die Entdeckung gemacht, daß ein Mensch mit gebrochenem Rückgrat noch ein gesundes Hirn haben könne, und dachte über die Entdeckung nach.

„Gepriesen sei Gott," dachte er, „daß das Weib mich nicht enger an sich gefesselt hat! Ich sehe jetzt, daß ich sie nie geliebt habe." Als habe er bereits einen nicht geringen Teil der ihn drückenden Last abgeschüttelt, ging er jetzt leichteren Schrittes weiter. Und zu jener Stelle der Terrasse gelangend, wo eine Treppe auf das Dach führte, begann er die Stufen hinanzusteigen. Auf der obersten blieb er wieder stehn.

„Ist es möglich, daß Balthasar ihr Genosse in dem langen falschen Spiele war, das sie gespielt? Nein, nein! Heuchelei geht selten neben einem so hohen Alter einher. Balthasar ist ein guter Mann."

Mit diesem entschiedenen Urteil betrat er das Dach. Der Mond schien voll über ihm, doch den Himmel hatte der Widerschein der Feuer, die in den Straßen und auf den offenen Plätzen der Stadt brannten, in diesem Augenblicke mit trübem Rot überzogen. Ben Hur warf nur einen flüchtigen Blick über die Brustwehr hinab, dann wandte er sich um und schritt wie traumverloren auf das Sommerhäuschen zu.

„Mögen sie ihr Schlimmstes tun," sprach er, langsam dahinwandelnd. „Ich verzeihe dem Römer nicht. Ich teile mein Vermögen nicht mit ihm, noch werde ich aus der Stadt meiner Väter fliehen. Ich werde mich zuerst an die Galiläer wenden und es hier zum Kampfe kommen lassen. Durch tapfere Taten bringe ich die Stämme auf unsere Seite. Er, der einen Moses erweckte, wird uns einen Führer finden, wenn ich keinen Erfolg habe. Ist es nicht der Nazarener, so irgendein anderer aus den vielen, die bereit sind, für die Freiheit zu sterben."

Das Innere des Sommerhauses war, als sich Ben Hur demselben in schlenderndem Gange näherte, nur schwach erleuchtet. Hineinblickend sah er den gewöhnlich von Simonides benützten Stuhl an eine Stelle gerückt, von wo aus man den besten Ausblick über die Stadt in der Richtung nach dem Marktplatze hatte.

„Der gute Mann ist zurückgekehrt. Ich will mit ihm sprechen, wenn er nicht etwa schläft."

Er trat ein und näherte sich leise dem Stuhle, über die hohe Rücklehne blickend, sah er Esther darin schlafen. Sie war, eine kleine Gestalt, in des Vaters Decke gehüllt. Das aufgelöste Haar fiel ihr über das Gesicht. Sie atmete in kurzen, unregelmäßigen Zügen. Einmal ließ sie einen langen Seufzer hören, der mit einem Schluchzen endigte. Etwas, vielleicht der Seufzer oder die Einsamkeit, in der er sie traf, erweckte in ihm den Gedanken, daß der Schlaf nicht so sehr ein Ruhen von Müdigkeit als von einem Kummer sei. Kindern sendet die gütige Natur gerne eine solche Erleichterung, und er war gewohnt, in ihr kaum mehr als ein Kind zu sehen. Er legte seine Arme auf die Rücklehne des Stuhles und überlegte.

„Ich will sie nicht wecken. Ich habe ihr nichts zu sagen – nichts außer – außer, daß ich sie liebe... Sie ist eine Tochter Judas und schön und der Ägypterin so unähnlich. Denn dort ist alles Eitelkeit, hier Wahrheit, dort Ehrgeiz, hier Pflichtgefühl, dort Selbstsucht, hier Selbstaufopferung ... Nein, die Frage ist nicht die, ob ich sie liebe, sondern ob sie mich liebt. Sie war von Anfang an meine Freundin. Sie wissen in der Stadt noch nicht, daß ich die Meinen wiedergefunden habe. Die Kleine hier wird sich über ihr Wiederkommen freuen, sie liebevoll willkommen heißen und mit Herz und Hand ihnen dienen. Sie wird meiner Mutter eine zweite Tochter sein, in Tirzah wird sie ihr anderes Selbst finden. Ich möchte sie wecken und ihr dies alles sagen, doch ich will noch warten, schöne Esther, liebevolles Kind, Tochter Judas!"

Leise, wie er gekommen war, zog er sich zurück.

Dreiunddreißigstes Kapitel

Die Straßen waren mit Menschen gefüllt, die kamen und gingen oder in Gruppen die Feuer umgaben, wo sie in froher Festesstimmung und unter Gesängen Fleisch brieten und aßen. Ben Hur hielt sich nirgends auf. Er eilte vorwärts, um bei der Herberge das Pferd zu besteigen und zu den Zelten am Kidron zurückzukehren. Unterwegs sah er einen Aufzug mit sich bewegenden Fackeln und glaubte inmitten des Rauches und der Funken glänzende Speerspitzen zu bemerken, ein Zeichen der Anwesenheit römischer Soldaten. Was hatten sie, die alles beb-spöttelnden Legionäre, in einem religiösen Aufzuge der Juden zu tun? Es war etwas Unerhörtes und er stand still, um zu sehen, was es bedeute.

In der Hoffnung, den besonderen Zweck einer solchen Ausrüstung entdecken zu können, trat Ben Hur so tief in die Straße, daß der Zug hart an ihm vorüberkommen mußte, und er jeden Teilnehmer genau betrachten konnte. Die Fackeln und Laternen wurden von Dienern getragen, von denen jeder mit einem Knüttel oder zugespitzten Stabe bewaffnet war. Ihre Aufgabe schien darin zu bestehen, zwischen den Steinen der Straße den besten Weg für gewisse Würdenträger zu suchen, die sich im Zuge befanden – Älteste und Priester, Rabbiner mit langen Bärten, buschigen Augenbrauen und scharf gebogenen Rasen, sowie Männer aus jener Klasse, die im Rate des Kaiphas und Annas Einfluß besaßen. Wohin mochten sie gehn? Zum Tempel gewiß nicht, denn dahin führte ein anderer Weg. Und war ihr Geschäft ein friedliches, wozu die Soldaten? Als der Zug sich an Ben Hur vorbeizubewegen begann, wurde seine

Aufmerksamkeit besonders auf drei nebeneinander gehende Personen gelenkt. In dem Mann zur Linken dieser Gruppe erkannte er einen Hauptmann der Tempelwache, der zur Rechten war ein Priester. Der mittlere war anfangs nicht erkennbar, denn er stützte sich im Gehen auf die Arme des anderen und hielt den Kopf so tief auf die Brust gesenkt, daß sein Gesicht unsichtbar war. Er hatte das Ansehen eines Gefangenen, der sich vom Schrecken der Verhaftung noch nicht erholt hat oder einem traurigen Ziele – der Folter oder dem Tod – entgegengeht. Mit großer Kühnheit trat Ben Hur rechts an die Seite des Priesters und schritt neben ihm weiter. Wenn nur jetzt der Mann seinen Kopf erheben wollte! Und wirklich tat er es, so daß das Licht der Laternen voll in sein Gesicht fiel. Es war blaß, verstört, angstvoll, der Bart wirr, die Augen trübe, eingesunken und verzweiflungsvoll. Während der langen Zeit, die Ben Hur in der Nähe des Nazareners zugebracht, hatte er die Jünger ebensowohl wie den Meister kennengelernt, und als er jetzt das schreckensbleiche Gesicht sah, rief er aus: „Ischariot!"

Langsam wandte der Mann seinen Kopf zur Seite, bis seine Augen Ben Hur trafen, und seine Lippen bewegten sich, als wolle er sprechen. Aber der Priester verhinderte es.

„Wer bist du? Pack' dich!" sprach er zu Ben Hur, ihn wegschiebend.

Der junge Mann nahm die unsanfte Behandlung gutmütig hin und schloß sich später, eine sich bietende Gelegenheit rasch benützend, wieder dem Zuge an. Dieser bewegte sich die Straße abwärts, dann durch die mit Menschen gefüllten Niederungen zwischen dem Hügel Bezetha und der Burg Antonia und weiter am Teich Bethesda vorbei zum Schaftor. Da es Osternacht war, standen die Torflügel offen. Die Wachen waren fort und nahmen irgendwo an einem Mahle teil. Als der Zug unangehalten hindurchkam, lag vor ihm die tiefe Schlucht des Kidron, gegenüber der Ölberg mit seinem Schmuck von Zedern und Ölbäumen, die unter dem vom Silberlicht des Mondes übergossenen Himmel noch dunkler erschienen. Nun ging es durch die Schlucht und über die Brücke, welche den Talgrund überspannte. Nach einer kurzen Strecke wandten sie sich nach links einem Ölgarten zu, den eine von der Straße aus sichtbare Steinmauer umgab. Ben Hur wußte, daß dort nichts sei als einige alte, knorrige Bäume, Gras und ein aus einem Felsen gehauener Trog, in welchem nach der Sitte des Landes Öl gepreßt wurde. Indes er, noch mehr verwundert, dachte, was wohl eine solche Gesellschaft zu einer solchen Stunde an einen so einsamen Ort führen könne, hielt der Zug mit einemmal an. Vorn wurden erregte Stimmen laut. Ein kalter

Schauer durchlief sie Mann für Mann, alle taumelten rückwärts und fielen wie blind übereinander. Die Soldaten allein blieben in der Reihe.

In einem Augenblick hatte sich Ben Hur von der Menge getrennt und war nach vorn geeilt. Dort fand er einen Torweg ohne Tor, der in den Garten führte, und er blieb stehn, um die Szene zu überschauen.

Vor dem Eingang stand ein Mann in weißer Kleidung und unbedeckten Hauptes, die Arme auf der Brust gekreuzt – eine schlanke, etwas vorgebeugte Gestalt mit langem Haar und schmalem Gesichte, in der Haltung der Ergebung und Erwartung. Es war der Nazarener!

Hinter ihm, dem Eingange zunächst, standen in einer Gruppe seine Jünger. Sie waren aufgeregt, während er das Bild vollkommener Ruhe bot. Das Fackellicht, das rötlich auf ihn fiel, gab seinem Haare einen rötlicheren Schimmer, als es von Natur hatte, doch sein Antlitz verkündete, wie immer, Milde und Erbarmen.

Dieser so ganz unkriegerischen Gestalt gegenüber stand der Volkshaufe – gaffend, schweigend, zitternd vor Furcht – bereit, beim ersten Zeichen seines Zornes die Flucht zu ergreifen. Ben Hur warf einen schnellen Blick von ihm auf die Rotte, dann auf Judas, der in ihrer Mitte sichtbar war, und der Zweck ihres Erscheinens lag klar vor seinen Augen. Hier stand der Verräter, dort der Verratene, und die mit Knütteln und Stöcken Bewaffneten waren hierhergeführt, um ihn gefangen zu nehmen.

Dies war jenes Ereignis, auf das sich Ben Hur jahrelang vor-bereitet hatte. Der Mann, dessen Verteidigung er sich gewidmet hatte, befand sich in Lebensgefahr, er aber rührte sich seltsamerweise nicht. Vielleicht hielt ihn auch die erhabene Ruhe zurück, in welcher der geheimnisvolle Mann der Rotte gegenüberstand, denn sie erinnerte ihn an die dem Nazarener innewohnende Macht, die mehr als hinreichend war, ihn aus der Gefahr zu erretten. Friede und Wohlwollen, Liebe und Sanftmut waren der Inhalt seiner Lehre gewesen; wird er seine Predigt in die Tat umsetzen? Wird er sich verteidigen? Und wie? Ein Wort, ein Hauch, ein Gedanke genügte. Daß jetzt eine sichtbare Offenbarung einer außerordentlichen, übernatürlichen Macht erfolgen werde, hielt Ben Hur für sicher, und in diesem Glauben wartete er. Noch immer legte er an den Nazarener seinen eigenen – den rein menschlichen Maßstab.

Jetzt ertönte die klare Stimme Christi: „Wen suchet ihr?“

„Jesum von Nazareth,“ antwortete der Priester.

„Ich bin es.“

Auf diese so einfachen Worte hin, die ohne Leidenschaftlichkeit oder Erregung gesprochen wurden, wichen die Angreifer einige Schritte zurück, die Furchtsamen unter ihnen sanken zu Boden. Und sie hätten vielleicht von ihm abgelassen und sich entfernt, wäre nicht Judas auf ihn zugeschritten.

„Sei gegrüßt, Meister!“

Mit diesem Freundesgruß küßte er ihn.

„Judas,“ sprach der Nazarener mild, „mit einem Küsse verrätst du den Menschensohn? Wozu bist du gekommen?“

Da er keine Antwort erhielt, sprach der Meister wieder zu der Menge: „Wen fürchtet ihr?“

„Jesum von Nazareth.“

„Ich habe es euch gesagt, daß ich es bin. Wenn ihr also mich suchet, so lasset diese gehn.“

Auf diese Worte traten die Rabbiner an ihn heran, und ihre Absicht merkend, kamen einige der Jünger, für die er sich verwendet hatte, näher. Einer derselben hieb einem Manne ein Ohr ab, ohne indes den Meister von der Gefangennahme zu retten. Und Ben Hur rührte sich noch immer nicht! Während die Soldaten ihre Stricke zurechtrichteten, vollbrachte der Nazarener sein größtes Liebeswerk – nicht das größte dem Werke nach, sondern das größte als Offenbarung seiner dem Menschen unbegreiflichen Feindesliebe.

„Lasset ab, nicht weiter!“ sprach er, und heilte den Verwundeten, indem er sein Ohr anrührte.

Freunde und Feinde waren gleich erstaunt – die einen, daß er solches tun könne, die anderen, daß er es unter diesen Umständen tat.

Gewiß wird er nicht zulassen, daß sie ihn binden, dachte Ben Hur.

„Stecke dein Schwert in die Scheide! Soll ich den Kelch, den mir der Vater gegeben hat, nicht trinken?“ Von dem ihn verteidigenden Jünger wandte sich der Nazarener an seine Häscher:

„Wie gegen einen Räuber seid ihr ausgezogen mit Schwertern und Prügeln, um mich zu fangen. Täglich war ich bei euch im Tempel und ihr habt mich nicht ergriffen. Aber das ist eure Stunde und die Macht der Finsternis.“

Die Rotte faßte Mut und umringte ihn. Und als Ben Hur sich nach den Getreuen des Nazareners umblickte, waren sie verschwunden – nicht einer blieb zurück.

Die Menge schien es um den Verlassenen mit der Zunge, mit Händen und Füßen sehr geschäftig zu haben. Dann und wann wurde der Gefangene zwischen den Fackelstöcken, inmitten des Rauches, zwischen den sich rastlos hin und her bewegenden Männern oder über ihren Köpfen auf Augenblicke für Ben Hur sichtbar. Nie war ihm jemand so erbarmungswert, so freundlos und verlassen erschienen! Doch, dachte er, der Mann hätte sich verteidigen können – mit einem Hauch hätte er seine Feinde zu Boden schmettern können, aber er wollte nicht. Was war das für ein Kelch, den der Vater ihm zu trinken gegeben hatte? Und wer war der Vater, dem er so gehorchen mußte? Geheimnis über Geheimnis – nicht eines, sondern viele!

Alsbald setzte sich die Rotte, die Soldaten an der Spitze, in Bewegung, um nach der Stadt zurückzukehren. Ben Hur wurde besorgt, er war mit sich selbst unzufrieden. Dort, wo in der Mitte des Haufens die Fackeln brannten, war, das wußte er, der Nazarener zu finden. Plötzlich kam ihm ein Entschluß: er wollte versuchen, in seine Nähe zu gelangen. Nur eine Frage wollte er an ihn stellen.

Er legte sein langes Obergewand und das Kopftuch ab, warf beides auf die Gartenmauer, eilte der Rotte nach und schloß sich ihr an. Sich durch die letzten Nachzügler drängend, erreichte er mit vieler Mühe endlich den Mann, der die Enden des Strickes trug, womit der Gefangene gebunden war.

Der Nazarener schritt langsam, mit gesenktem Haupte und auf den Rücken gebundenen Händen. Seine Haltung war gebeugter als gewöhnlich, er schien alles vergessen zu haben, was um ihn vorging. Einige Schritte vor ihm gingen Priester und Älteste, miteinander redend und gelegentlich zurückblickend. Als sie sich endlich der Brücke in der Schlucht näherten, nahm Ben Hur dem Knechte, der den Strick hielt, denselben aus den Händen und trat hinter ihn.

„Meister, Meister!“ sagte er eilig dem Nazarener ins Ohr. „Hörst du, Meister? Ein Wort, nur ein Wort! Sag' mir, gehst du freiwillig mit diesen?“

Die Leute drängten sich an ihn heran und er hörte zornige Fragen: „Wer bist du. Mann?“

„O Meister," sprach Ben Hur im Tone größter Angst, „ich bin dein Freund und Anhänger. Sag' mir, ich bitte dich, wenn ich Rettung bringe, wirst du sie annehmen?"

Der Nazarener blickte nicht auf und gab auch nicht das geringste Zeichen, daß er ihn erkenne, doch jenes Etwas, das stets, wenn wir einen Leidenden teilnahmsvoll ansehen, von seinem Kummer erzählt, zeigte sich auch jetzt wirksam. Laß ihn allein, schien es zu sagen. Von seinen Freunden ist er verlassen, die Welt hat ihn verleugnet. Und dazu sah sich Ben Hur jetzt gezwungen. Ein Dutzend Hände drangen auf ihn ein und von allen Seiten erschollen Rufe: „Er ist einer von ihnen. Ergreift ihn, schlagt ihn nieder – tötet ihn!"

In plötzlicher Aufwallung seiner Leidenschaft, wie sie ihm öfters seine Kräfte wiedergegeben hatte, richtete sich Ben Hur empor, drehte sich einmal mit ausgestreckten Armen herum, schüttelte die Hände ab und durchbrach den sich rasch um ihn schließenden Kreis. Die Hände, die nach ihm griffen, rissen ihm die Kleider vom Leibe, und er lief nackt davon. Die Schlucht und die dort mehr als anderswo herrschende Dunkelheit boten ihm freundlichen Schutz.

Er holte sein Kopftuch und Obergewand von der Gartenmauer und folgte dem Zuge bis zum Stadttor. Von da begab er sich zur Herberge und ritt auf seinem schnellen Pferde zu den Zelten der Seinigen bei den Königsgräbern.

Auf dem Wege gab er sich das Versprechen, am nächsten Morgen den Nazarener auszusuchen. Er wußte nicht, daß der Freundlose geradeswegs zum Hause des Annas geführt worden war, um noch in der Nacht verhört zu werden.

Das Herz des jungen Mannes pochte heftig, als er sein Lager aufsuchte, und er konnte keinen Schlaf finden. Denn jetzt löste sich sein erhofftes jüdisches Königreich deutlich in das auf, was es war – in einen Traum. Sein ganzes Leben schien ihm plötzlich inhaltlos zu werden, und die Zukunft lag in schwarzem Dunkel vor ihm. Alles, was er wußte, war, daß er sich jetzt einem Wendepunkte seines Lebens näherte, auf den der kommende Tag und der Nazarener entscheidenden Einfluß nehmen sollten.

Vierunddreißigstes Kapitel

Am nächsten Morgen um die zweite Stunde ritten zwei Männer mit voller Schnelligkeit zu den Zelten Ben Hurs, stiegen ab und verlangten ihn zu sprechen.

„Friede sei mit euch, Brüder!“ sagte er, denn sie waren aus der Zahl seiner Galiläer, zwei Offiziere, die sein Vertrauen genossen. „Wollt ihr euch nicht setzen?“

„Nein,“ erwiderte der ältere kurz, „sitzen und ruhen heißt den Nazarener sterben lassen. Steh auf, Sohn Judas, und geh mit uns. Das Urteil ist gesprochen. Das Kreuz ist bereit.“ Ben Hur starrte sie an. „Das Kreuz!“ war alles, was er im Augenblick hervorbringen konnte.

„Sie nahmen ihn letzte Nacht gefangen und verhörten ihn,“ fuhr der Mann fort. „Bei Tagesanbruch führten sie ihn vor Pilatus. Zweimal hat der Römer seine Unschuld ausgesprochen, zweimal hat er sich geweigert, ihn dem Tode zu überliefern. Endlich wusch er seine Hände und sprach: „Ich bin unschuldig am Blute dieses Gerechten, sehet ihr zu!“ Und sie antworteten: „Sein Blut komme über uns und unsere Kinder!““ „Heiliger Vater Abraham!“ rief Ben Hur; „ein Römer milder gegen einen Israeliten als seine eigenen Stammesgenossen! Und wenn – ah, wenn er in Wahrheit der Sohn Gottes sein sollte, was kann jemals sein Blut von ihren Kindern abwaschen? Es darf nicht sein – es ist Zeit zu kämpfen!“

Entschlossenheit leuchtete aus seinen Augen und er klatschte in die Hände. „Die Pferde, schnell!“ sagte er zu dem Araber, der auf das Zeichen erschienen war. „Wir wollen die Legionen sammeln.“

„Ach!“ antwortete der Mann, seine Hände emporwerfend, „ich und mein Freund hier sind die einzigen, die treu geblieben sind. Die anderen haben sich den Priestern angeschlossen.“ „Zu welchem Zwecke?“ fragte Ben Hur, die Zügel anziehend. „Um ihn zu töten.“ Ben Hur blickte langsam von einem zum andern. Wieder klang in seinem Ohre die Frage der letzten Nacht: Soll ich den Kelch nicht trinken, den mir der Vater gegeben hat? Er war also freiwillig seinem Tode entgegengegangen, und was konnte da ein anderer tun?

Die drei Freunde kamen jetzt durch aufgeregte Volksmassen, die ebenso wie sie nach Süden zogen. Die ganze Gegend im Norden der Stadt schien in Bewegung. Da sie hörten, daß sie dem Zuge mit dem Verurteilten irgendwo in der Nähe der drei weißen Türme des Herodes begegnen könnten, ritten sie, um Akra im Südosten herumbiegend, dorthin. In dem Tale unter dem Teiche des Ezechias war es unmöglich, sich durch die Menge einen Weg zu bahnen, sie waren daher gezwungen, abzusteigen und hinter der Ecke eines Hauses Zuflucht zu suchen und zu warten.

Eine halbe Stunde, eine Stunde lang wogte der Menschenstrom ununterbrochen und mit unverminderter Stärke an Ben Hur und seinen Begleitern vorüber. Juden und Nichtjuden, sie alle schienen begierig zu sein, das Schauspiel der Kreuzigung zu genießen.

Endlich hörte Ben Hur in der Richtung der großen Türme, anfangs schwach und in der Ferne, das Geschrei vieler Menschen.

„Horch, sie kommen!“ sagte einer seiner Freunde. Das Geschrei kam jeden Augenblick näher. Die Luft war bereits davon erfüllt und erzitterte, als Ben Hur die Diener des Simonides erblickte, die ihren Herrn in seinem Sessel trugen. Esther schritt an seiner Seite und eine gedeckte Sänfte kam hinter ihnen.

„Friede sei mit dir, Simonides, und mit dir, Esther!“ sprach Ben Hur, zu ihnen tretend. „Wenn ihr auf dem Wege nach Golgatha seid, so wartet, bis der Zug vorüber ist. Ich gehe dann mit euch. Hier beim Hause findet ihr genug Raum, um auszuweichen.“

Des Handelsherrn großer Kopf ruhte schwer auf seiner Brust. Wie aus tiefem Sinnen erwachend, antwortete er: „Sprich mit Balthasar, ich richte mich nach seinem Wunsche. Er ist in der Sänfte.“

Ben Hur eilte hin und zog den Vorhang zurück. Der Ägypter lag regungslos, sein blasses Gesicht war eingefallen wie das eines Toten. Ben Hur bat ihn um seine Entscheidung.

„Können wir ihn sehen?“fragte er schwach.

„Den Nazarener? Ja; er muß wenige Schritte von uns vorbeikommen.“

„Gütiger Gott!“ rief der Greis mit Inbrunst. „Noch einmal, noch einmal! Oh, es ist ein schrecklicher Tag für die Welt!“

Nun wartete die ganze Gesellschaft im Schutze des Hauses. Sie sprachen nur wenig, da sie vielleicht sich fürchteten, einander ihre Gedanken zu offenbaren. Balthasar stieg mühsam von der Sänfte und stand, von einem Diener gestützt, da, Esther und Ben Hur blieben bei Simonides.

Inzwischen strömte die Menschenmenge, womöglich noch stärker als zuvor, unaufhörlich die Straße entlang. Das Geschrei kam näher, herzzerreißend, durchdringend scharf in der Höhe, wie heiser am Boden. Endlich war der Zug mit dem Verurteilten da. „Sieh,“ sprach Ben Hur bitter, „was jetzt kommt, ist Jerusalem!“

Die Spitze des Zuges nahm ein Haufe Knaben ein, die lärmten und schrien: „Der König der Juden! Platz für den König der Juden!"

Simonides betrachtete sie, wie sie, einem Mückenschwarm vergleichbar, vorbeiwirbelten und tanzten, und sagte ernst.

„Wenn diese einmal ihr Erbe antreten, Sohn Hurs, dann wehe der Stadt Salomos!"

Ein Trupp vollständig bewaffneter Legionssoldaten folgte, in starrer Gleichgültigkeit marschierend und vom Widerschein der glänzenden Rüstung bestrahlt.

Dann kam der Nazarener!

Er schien dem Tode nahe. Fast nach jedem zweiten Schritte"„ wankte er, als werde er niedersinken. Ein schmutzbeflecktes, arg zerrissenes Kleid hing über einem saumlosen Untergewand von seinen Schultern herab. Seine nackten Füße ließen auf den Steinen blutige Spuren zurück. Eine hölzerne Tafel mit einer Inschrift war ihm um den Hals gehängt. Eine Dornenkrone hatte man tief in sein Haupt gepreßt, so daß aus den dadurch verursachten grausamen Wunden Ströme jetzt getrockneten und schwärzlichen Blutes ihm über das Antlitz und den Hals geflossen waren. Das lange, in den Dornen verwickelte Haar war dicht vom geronnenen Blute bedeckt. Die Haut war, soweit man sie sehen konnte, geisterhaft weiß. Die Hände waren ihm vor der Brust gebunden. Irgendwo in der Stadt war er unter der Last des Kreuzes, das er als Verurteilter nach alter Sitte selbst auf die Richtstätte tragen mußte, erschöpft zusammengesunken. Jetzt trug es an seiner Stelle ein Landmann. Vier Soldaten gingen an seiner Seite, um ihn vor Mißhandlungen des Pöbels zu schützen, der sich trotzdem bisweilen durchdrängte, ihn mit Stöcken schlug und ihn anspie. Doch kein Laut kam von seinen Lippen, weder ein Vorwurf noch eine Klage. Er blickte auch nicht auf, bis er dem Hause nahe war, das Ben Hur und seinen Freunden Zuflucht bot. Diese waren vom tiefsten Mitleid bewegt. Esther schmiegte sich an ihren Vater, und dieser, willensstark wie er war, zitterte heftig. Balthasar sank sprachlos zu Boden. Selbst Ben Hur rief aus: „Mein Gott, mein Gott!" Da wandte der Nazarener, als ob er ihre Gefühle kenne oder den Ausruf gehört habe, sein bleiches Antlitz gegen die Gruppe und blickte jeden einzelnen aus derselben an, so daß sie diesen Blick durch ihr ganzes Leben in der Erinnerung mit sich trugen. Sie konnten sehen, daß er an sie, nicht an sich selbst denke, und daß seine brechenden Augen ihnen den Segen gaben, den er mit Worten nicht sprechen durfte.

Dem Nazarener folgten zwei andere Männer, die auch Kreuze trugen.

„Wer sind diese?“ fragte Ben Hur die Galiläer.

„Verbrecher, die mit dem Nazarener sterben sollen,“ antworteten sie.

Als Nächster im Zuge schritt würdevoll eine tiarageschmückte Gestalt, die ganz in die goldenen Gewänder des Hohenpriesters gekleidet war. Eine Abteilung der Tempelwache umgab ihn. Hinter ihm kamen nacheinander der Hohe Rat und eine lange Reihe Priester, letztere in ihren einfachen weißen Gewändern mit den faltigen, farbenprächtigen Gürteln.

„Der Schwiegersohn des Annas,“ sagte Ben Hur leise.

„Kaiphas! Ich habe ihn gesehen,“ erwiderte Simonides, und nach einer Pause, während welcher er den stolzen Hohenpriester nachdenklich betrachtete, fügte er hinzu: „Und jetzt bin ich überzeugt. Mit jener Gewißheit, die von einer plötzlichen hellen Erleuchtung kommt – mit unfehlbarer Gewißheit – weiß ich jetzt, daß der Mann mit der Inschrift um den Hals, der dort vorn geht, wirklich das ist, was die Inschrift besagt – König der Juden! Ein gewöhnlicher Mensch, ein Betrüger, ein Verbrecher hatte nie ein solches Gefolge.“

Da sprach Esther: „Ich sehe dort einige Frauen, die weinen. Wer sind sie?“

Nach der Richtung blickend, wohin sie mit der Hand zeigte, sahen sie vier Frauen in Tränen. Eine derselben stützte sich auf den Arm eines Mannes, der dem Nazarener nicht unähnlich sah. Ben Hur antwortete:

„Der Mann ist der Jünger, welchen der Nazarener am meisten liebt. Die Frau, die sich auf seine Arme stützt, ist Maria, des Meisters Mutter, die anderen sind befreundete Frauen aus Galiläa.“

Esther sah den Trauernden mit feuchten Augen nach, bis sie in der Menge ihren Blicken entschwanden.

„Kommt,“ sprach dann Simonides, als Balthasar bereit war, „kommt, machen wir uns auf den Weg!“

Ben Hur hörte die Aufforderung nicht. Der Anblick der eben vorüberziehenden Horde, ihre Wildheit und Mordlust erinnerte ihn an die Sanftmut des Nazareners und an die vielen Liebeswerke, die er ihn für die leidende Menschheit hatte tun sehen. Dann kam ihm plötzlich in den Sinn, zu wie großem Danke er verpflichtet sei. Er gedachte des kühlenden Trunkes am Brunnen zu Nazareth und des himmlisch-milden Antlitzes dessen, der ihn gereicht hatte. Er gedachte der letzten großen Wohltat, des Wunders vom Palmsonntage, und dabei erfüllte ihn der Gedanke, daß er nicht imstande sei, Hilfe mit Hilfe zu erwidern oder Wohltat mit Wohltat zu vergelten, mit bitterer Wehmut und er machte sich selbst Vorwürfe. Ein wohlgeführter Angriff würde nicht nur den Pöbel zerstreuen und den Nazarener in Freiheit setzen, sondern auch wie ein Trompetenstoß für Israel wirken und den langgeträuumten Freiheitskrieg beschleunigen. O Gott Abrahams! Ließ sich wirklich nichts, gar nichts tun? In diesem Augenblicke fiel sein Auge auf eine Gruppe von Galiläern. Er drängte sich durch die Menge und holte sie ein. „Folgt mir!" sagte er. „Ich habe mit euch zu sprechen."

Die Männer gehorchten, und als sie wieder unter dem Schutze des Hauses waren, sprach er:

„Ihr seid aus der Zahl jener, die mein Schwert nahmen und sich mit mir vereinigten, um für die Freiheit und den kommenden König zu kämpfen. Ihr habt eure Schwerter bei euch und jetzt ist es Zeit, sie zu gebrauchen. Geht, sucht überall nach unseren Brüdern und sagt ihnen, daß sie auf der Kreuzigungsstätte sich um mich sammeln, bereit, den Nazarener zu verteidigen. Der Nazarener ist der König und die Freiheit stirbt mit ihm."

Sie blickten ihn ehrerbietig an, rührten sich aber nicht. Endlich antwortete einer:

„Sohn Judas" – unter diesem Namen kannten sie ihn – „Sohn Judas, der Nazarener ist nicht der König, er hat auch nicht den Geist eines Königs. Wir waren mit ihm, als er in Jerusalem einzog, wir sahen ihn im Tempel. Er wurde sich selbst untreu und enttäuschte uns und Israel. Er ist nicht der König und Galiläa ist nicht mit ihm. Er soll des Todes sterben. Doch höre, Sohn Judas! Wir haben deine Schwerter, und wir sind jetzt bereit, sie zu ziehen und für die Freiheit zu kämpfen. Wir werden uns beim Kreuze um dich sammeln."

Der entscheidende Augenblick im Leben Ben Hurs war gekommen. Hätte er es vermocht, das Anerbieten anzunehmen, und das Wort ausgesprochen, so möchte die Weltgeschichte sich anders gestaltet haben, als sie jetzt ist. Eine plötzliche Verwirrung kam über ihn, er wußte nicht, wie. Aber später schrieb er sie dem Nazarener zu, denn als dieser von den Toten auferstanden war, sah er ein, daß sein Tot notwendig war zur Begründung des Glaubens an die Auferstehung, ohne welche das Christentum ein Gebäude ohne festen Grund wäre. In der Verwirrung konnte er zu keinem Entschlüsse kommen, er stand ratlos, ja wortlos da. Das Gesicht in die Hände bergend, zitterte er unter dem Kampfe zwischen seinem Willen, dem er gerne gefolgt wäre, und einer höheren Macht, die auf ihn wirkte.

„Komm, wir warten auf dich!“ mahnte Simonides zum vierten Male.

Willenlos schritt er jetzt hinter dem Sessel und der Sänfte her. Esther ging an seiner Seite. Wie Balthasar und seine Freunde, die Weisen, an dem Tage, da sie in der Wüste zusammenkamen, wurde auch er von einer höheren Macht geführt.

Fünfunddreißigstes Kapitel

Als die Gesellschaft – Balthasar, Simonides, Ben Hur, Esther und die zwei treugebliebenen Galiläer – die Kreuzigungsstätte erreichten, befand sich Ben Hur als Führer voran. Wie im Traum war er dahingewandelt, ohne sich über sein Handeln oder seine Gedanken noch Rechenschaft geben zu können. Der Gipfel des niedrigen Hügels, auf dem die Kreuzigung stattfinden sollte, war wie ein Schädel gerundet, trocken, staubig und mit Ausnahme einiger kümmerlicher Ysopbüsche ohne Pflanzenwuchs. Eine Stelle auf demselben war von einer lebendigen Mauer von Menschen umgeben, hinter der andere Menschen sich drängten und bemühten, darüber oder zwischendurch zu blicken. Innerhalb dieser Mauer hielt ein Ring römischer Soldaten die andrängende Menge mit rücksichtsloser Strenge zurück. Ein Hauptmann befehligte die Soldaten. Ben Hur war ganz bis an die Grenze dieses so sorgsam bewachten Platzes gekommen. Wohin sich seine Augen jetzt wandten, sahen sie kein Fleckchen brauner Erde, keinen Felsen, nichts Grünes, nur Tausende und Abertausende von Gesichtern, die voll Haß, Furcht oder Neugierde auf das Schauspiel starrten. Auf dem Hügel, so hoch, daß er die lebendige Mauer überragte, und sichtbar über den Köpfen einer Anzahl ihn begleitender Würdenträger, stand, durch seine Tiara und Kleidung wie durch seine hochmütige Miene in die Augen fallend, der Hohepriester. Noch höher, so nahe der runden Kuppe des Hügels, daß er von fern und nah gesehen wurde, stand gebeugt und leidend aber stillschweigend der Nazarener. Ein Spötter unter den Soldaten hatte ihm ein Rohr in die Hand gegeben, damit der Krone das Zepter nicht fehle. Wilder Lärm, Gelächter und Verwünschungen umtobten ihn wie ein Sturmwind.

Aller Augen waren auf den Nazarener gerichtet. Ben Hur wurde sich einer Wandlung seiner Gefühle bewußt. Der Gedanke, daß es etwas Besseres gebe als dieses Leben – etwas um so viel Besseres, daß es einem schwachen Menschen Kraft verleiht, Qualen des Geistes wie des Körpers zu ertragen, etwas, das den Tod erwünscht erscheinen läßt – vielleicht ein reineres, höheres Leben als das irdische – vielleicht das Leben der Seele, an dem Balthasar so treu festhielt, begann immer klarer in seinem Geiste aufzudämmern und ließ ihn einigermaßen ahnen, daß es am Ende doch des Nazareners Sendung war, diejenigen, die ihn lieben, über die Grenze des Irdischen hinauszuführen, dorthin zu führen, wo sein Reich aufgerichtet war und seiner als des Königs wartete. Und als habe die Luft den Schall wie aus der Vergessenheit an sein Ohr getragen, hörte er wieder das Wort des Nazareners oder glaubte es zu hören: „Ich bin die Auferstehung und das Leben!"

Wieder und wieder erklangen die Worte in seinem Ohr und nahmen Gestalt an, und die dämmernde Erleuchtung gab ihnen eine ganz neue Bedeutung. Und alsbald empfand er einen tiefen Frieden, wie er ihn nie gekannt hatte – einen Frieden, welcher das Ende des Zweifels und Geheimnisses ist und der Anfang des Glaubens, der Liebe und des klaren Verständnisses. Aus diesem Sinnen wurde Ben Hur durch den dumpfen Hall von Hammerschlägen geweckt. Erst jetzt sah er, wie auf dem Gipfel des Hügels Soldaten und Werkleute die Kreuze herrichteten. Die Löcher, in welche sie versenkt werden sollten, waren bereits gegraben und jetzt wurden die Querbalken an die Stämme befestigt.

„Treibe die Leute zur Eile an," sprach der Hohepriester zum Hauptmann. „Diese" – und er deutete auf den Nazarener – „müssen bis Sonnenuntergang tot und begraben sein, damit das Land nicht unrein werde. So lautet das Gesetz."

Mehr Gefühl verriet ein Soldat, der jetzt zum Nazarener trat und ihm einen Trank anbot, dieser lehnte ihn aber ab. Dann ging ein anderer zu ihm, nahm die Tafel mit der Inschrift von seinem Halse und nagelte sie oben an den Stamm des Kreuzes – und die Vorbereitungen waren beendet.

„Die Kreuze sind bereit," sprach der Hauptmann zum Hohenpriester. Dieser nahm die Meldung mit einer Handbewegung entgegen und erwiderte:

„Der Gotteslästerer komme zuerst an die Reihe. Der Sohn Gottes sollte imstande sein, sich selbst zu retten. Wir werden sehen."

Jene aus der Menge, welche die Vorbereitungen mit ihren Blicken verfolgen konnten und welche bisher mit unaufhörlichem Geschrei der Ungeduld den Hügel umlagert hatten, wurden ruhiger, und bald trat eine allgemeine Stille ein. Der schrecklichste Teil der Kreuzigung, oder was als das Schrecklichste erschien, stand bevor – die Männer sollten an das Kreuz genagelt werden. Als zu diesem Zwecke die Soldaten zuerst Hand an den Nazarener legten, ging ein Schaudern durch die ganze große Ansammlung, selbst die Grausamsten erbebten. Später sagten manche, die Luft sei plötzlich frostig kalt geworden und habe sie zittern machen.

Balthasar sank auf die Knie nieder.

„Sohn Hurs," sprach Simonides mit steigender Erregung, „Sohn Hurs, wenn Jehovah nicht seine Hand ausstreckt, und zwar sofort, ist Israel verloren – und wir sind verloren."

Ben Hur antwortete ruhig: „Ich war wie in einem Traum, Simonides, und in diesem hörte ich, warum dies alles sein müsse und warum es bis zu Ende geschehen müsse. Es ist der Wille des Nazareners – es ist Gottes Wille. Laßt uns dem Beispiel des Ägypters hier folgen – laßt uns stille sein und beten!"

Auf dem Gipfel nahm indessen das Werk seinen Fortgang. Die Soldaten rissen dem Nazarener die Kleider vom Leibe, erbarmungslos wurde er niedergeworfen und auf dem Kreuze ausgestreckt. Die dumpfen Hammerschläge hörte man niederfallen, doch kein Stöhnen, keine Klage, keine Bitte kam von den Lippen des Dulders: nichts, worüber ein Feind hätte lachen, nichts, was ein liebender Freund hätte bedauern können. „Nach welcher Richtung willst du, daß er schaue?" fragte roh ein Soldat.

„Gegen den Tempel hin," erwiderte der Hohepriester. „Sterbend soll er sehen, daß das heilige Haus durch ihn nicht gelitten hat."

Die Werkleute nahmen nun das Kreuz und trugen es samt seiner Bürde nach der Stelle, wo es aufgerichtet werden sollte. Auf einen Befehl senkten sie den Stamm in das bereitete Loch und auch der Körper des Nazareners senkte sich herab und hing schwer an den blutenden Händen. Noch immer ließ er keinen Schmerzenslaut hören, – nur eine Bitte, die göttlichste aller Bitten, von denen die Geschichte erzählt:

„Vater, verzeih ihnen, denn sie wissen nicht, was sie tun!"

Die Sonne nahte sich rasch der Mittagshöhe. Der Tempel, die Paläste, die Türme und Zinnen und alle durch Schönheit und Größe hervorragenden Gebäude der Stadt schienen sich selbst in den unaussprechlich herrlichen Glanz zu tauchen, als wüßten sie, mit welchem Stolze sie die vielen erfüllten, die von Zeit zu Zeit sich nach ihnen umblickten. Plötzlich begann etwas wie ein Schatten den Himmel zu überziehen und die Erde zu bedecken – anfangs nur wie das kaum merkliche Schwinden des Tages, wie ein vorzeitiges Zwielicht, wie eine Abenddämmerung, die sich langsam auf den strahlenden Tag senkt. Doch es nahm zu und erregte bald Aufmerksamkeit. Nun ließ das lärmende Geschrei und Gelächter nach, und verwundert und zweifelnd, ob nicht die Sinne sie täuschten, sahen die Menschen einander an. Dann blickten sie wieder nach der Sonne, dann nach den Bergen, die in weitere Fernen zu rücken schienen, dann zum Himmel und auf die nähere Landschaft, die sich in Schatten hüllte, auf den Hügel, wo das schreckliche Schauspiel sich vollzog, und wieder sahen sie einander an und erbleichten und verstummten.

„Es ist nur ein Nebel oder eine vorüberziehende Wolke," tröstete Simonides die erschreckte Esther. „Es wird bald wieder hell werden."

Ben Hur dachte nicht so. „Es ist kein Nebel und keine Wolke," sprach er. „Es ist das Werk der Geister in der Luft – der Propheten und Heiligen – und sie tun es aus Erbarmen mit sich und der Natur. Ich sage dir, Simonides, so wahr Gott lebt, jener, der dort hängt, ist der Sohn Gottes!"

Die Dämmerung ging in Finsternis über, ohne daß indes die Kühneren auf dem Hügel eingeschüchtert worden wären. Einer nach dem andern wurden die Schächer ans Kreuz geheftet und die Kreuze aufgerichtet. Die Soldaten wurden zurückgezogen und nun, da der Zutritt frei war, strömte die Menge wie eine verheerende Woge auf der Höhe des Hügels zusammen. War es dem einen gelungen, in die Nähe der Kreuze zu gelangen, stieß ihn schon ein anderer weiter und nahm seinen Platz ein, um selbst alsbald wieder fortgeschoben zu werden, und fortwährend hörte man Hohngelächter, Lästerungen und Schmähungen – alles nur gegen den Nazarener!

„Haha! Bist du der König der Juden, so hilf dir selbst!" rief ein Soldat.

„Ja," sprach ein Priester, „ist er König von Israel, so steige er nun herab vom Kreuze und wir wollen an ihn glauben!"

Andere schüttelten klug ihre Köpfe und sprachen: „Ei, der du den Tempel Gottes zerstörst und in drei Tagen wieder aufbaust, hilf dir selbst!"

Andere wieder: „Er hat sich Gottes Sohn genannt, wir wollen sehen, ob Gott ein Wohlgefallen an ihm hat!"

Die erste und die zweite Stunde nach der Kreuzigung vergingen für den Nazarener unter der gleichen Verhöhnung und Schmähung. Nur einmal während dieser Zeit öffnete er seinen Mund. Einige Frauen erschienen und knieten am Fuße seines Kreuzes nieder. Unter ihnen erblickte er seine Mutter und den Lieblingsjünger.

„Weib," sprach er, seine Stimme erhebend, – „sieh deinen Sohn!" Und zum Jünger: „Sieh deine Mutter!"

Die dritte Stunde kam und noch immer wogte die Menge um den Hügel, von einer geheimen Kraft auf demselben festgehalten. Nicht wenig mochte dazu die ungewöhnliche Nacht zur Mittagszeit beigetragen haben. Die Leute waren ruhiger als in der vorigen Stunde. Man konnte auch bemerken, daß sie jetzt, wenn sie zum Nazarener kamen, schweigend seinem Kreuze sich nahten, schweigend hinaufblickten und ebenso lautlos sich entfernten. Diese Änderung erstreckte sich selbst auf die Soldaten, die erst kurz zuvor über die Kleider des Gekreuzigten das Los geworfen hatten. Sie standen mit ihren Anführern etwas abseits, mehr auf den einen Gekreuzigten achtend als aus das Gedränge der Kommenden und Gehenden. Sobald er nur schwer atmete oder im Übermaß des Schmerzes das Haupt bewegte, wurde schon ihre Aufmerksamkeit rege. Am auffallendsten jedoch war das geänderte Benehmen des Hohenpriesters und seiner Begleiter. Sie erschraken über die zunehmende Verfinsterung und besprachen sich darüber. „Es ist Vollmond," sagten sie, und der Wahrheit gemäß, „eine Sonnenfinsternis kann dies also nicht sein." Da niemand die sie alle aufregende Frage beantworten, niemand die gerade zu dieser Zeit eingetretene Finsternis erklären konnte, brachten sie dieselbe in ihren innersten Gedanken mit dem Nazarener in Verbindung und konnten sich einer gewissen Angst nicht erwehren, welche durch die lange Dauer der Erscheinung nur noch gesteigert wurde. Der Mann mochte wirklich der Messias gewesen sein und dann – – Doch sie wollten warten und sehen!

Als die dritte Stunde etwa halb verflossen war, kamen einige aus der rohesten Klasse, – verworfene Menschen aus den Grabhöhlen der Umgebung Jerusalems – und blieben vor dem mittleren Kreuze stehn.

„Hier ist er, der neue König der Juden," riefen sie unter Hohnlachen.

Da sie keine Antwort erhielten, traten sie näher heran.

„Bist du der König der Juden oder Gottes Sohn, so steige herab," sagten sie laut.

Jetzt unterbrach einer der Schächer sein Stöhnen und rief dem Nazarener zu: „Ja, wenn du Christus bist, so hilf dir selbst und uns!"

Das Volk lachte und erhob ein Beifallsgeschrei. Als es dann wieder schwieg, um auf eine Antwort zu warten, hörte man den anderen Schacher zum ersten sagen: „Fürchtest auch du Gott nicht, da du doch dieselbe Strafe erleidest? Wir zwar mit Recht, denn wir empfangen, was unsere Taten verdient haben. Dieser aber hat nichts Böses getan."

Die Umstehenden waren erstaunt. In der Stille, die eintrat, sprach der zweite Schächer wieder, doch diesmal zum Nazarener: „Herr," sagte er, „gedenke meiner, wenn du in dein Reich kommst!"

Da antwortete der Nazarener, und zwar mit lauter Stimme und im Tone der Zuversicht: „Wahrlich, sag' ich dir, heute wirst du mit mir im Paradiese sein!"

Simonides, dessen Inneres bisher von den widerstreitendsten Gedanken erfüllt gewesen, war es bei diesen Worten, als dringe ein helles Licht in seine Seele. Dann faltete er die Hände und sprach: „Genug, Herr, genug! Die Finsternis ist gewichen; ich sehe mit anderem Auge – gerade wie Balthasar, ich sehe mit den Augen vollkommenen Glaubens." Der treue Diener hatte endlich den gebührenden Lohn gefunden. Sein gebrochener Körper mochte nie wieder hergestellt werden, die Erinnerung an seine Leiden oder der Gedanke an die durch sie verbitterten Jahre mochte ihn nicht mehr verlassen. Doch ein neues Leben ward ihm plötzlich geoffenbart und er hatte die Gewißheit, daß es seiner warte – ein neues Leben sogleich nach dem irdischen – und sein Name war Paradies. Tiefer Friede senkte sich in sein Herz.

Weiter oben aber, dort vor dem Kreuze, herrschte Überraschung und Bestürzung. Dafür, daß sich der Nazarener im ganzen Lande für den Messias ausgegeben, hatten sie ihn ans Kreuz gebracht, und siehe, am Kreuze hatte er nicht nur bestimmter als je seine Würde wieder behauptet, sondern sogar einem Missetäter die Freuden seines Paradieses verheißen! Sie zitterten ob ihrer Tat. Selbst der Hohepriester geriet bei all seinem Stolze in Furcht. Woher hatte der Mann seine Zuversicht, wenn nicht von der Wahrheit? Und was konnte wohl die Wahrheit anders sein als Gott? Ein unbedeutender Umstand hätte jetzt genügt, sie alle in die Flucht zu jagen. Der Atem des Nazareners wurde schwerer, sein Seufzen ein mühsames Ächzen. Nur drei Stunden am Kreuze und schon in den letzten Zügen!

Da erscholl durch die Dunkelheit weithin über den Köpfen derer, die um den Sterbenden auf dem Hügel standen, der klagende Ruf äußerster Trostlosigkeit: „Mein Gott, mein Gott, warum hast du mich verlassen?"

Der Ruf erschreckte alle, die ihn hörten. Einen erschütterte er bis ins Innerste.

Die Soldaten hatten ein Gefäß mit Wein und Wasser mitgebracht und in der Nähe Ben Hurs niedergestellt. Mit einem Schwamme, den man in die Flüssigkeit tauchte und am Ende eines Stabes befestigte, konnte man jedem Gekreuzigten die Zunge befeuchten, so oft man wollte. Ben Hur gedachte des Trunkes, der ihm am Brunnen zu Nazareth gereicht worden war. Einer plötzlichen Eingebung folgend, nahm er den Schwamm, tauchte ihn in das Gefäß und ging damit zum Kreuze.

„Laß das!" schrien zornig die Leute, an denen er vorüberkam, „laß das!"

Ohne auf sie zu achten, eilte er vorwärts und hielt den Schwamm an die Lippen des Nazareners.

Zu spät, zu spät!

Jetzt sah Ben Hur sein Antlitz deutlich. Obwohl zerschlagen und mit Blut und Staub bedeckt, leuchtete es doch in plötzlicher Verklärung auf. Die Augen öffneten sich weit und richteten sich auf einen, der, ihnen allein sichtbar, in dem fernen Himmel wohnt. Befriedigung und Erleichterung, ja Triumph lag in dem Ausrufe, den der Gekreuzigte hören ließ:

„Es ist vollbracht!"

Das Licht seiner Augen erlosch, langsam sank das gekrönte Haupt auf die sich mühsam hebende Brust. Ben Hur glaubte den Kampf vorüber, doch das schwindende Leben sammelte nochmals seine Kräfte, und deutlich vernahmen er und die ihn Umgebenden die letzten Worte, die wie zu einem in der Nähe Stehenden gesprochen wurden: „Vater, in deine Hände empfehle ich meinen Geist."

Ein Beben ging durch den gepeinigten Körper; ein letzter schwerer Seufzer, – und die Sendung und das irdische Leben des Nazareners waren in einem zu Ende.

Ben Hur kehrte zu seinen Freunden zurück und sagte einfach: „Es ist vorüber, er ist tot!"

In unglaublich kurzer Zeit hatte sich die Nachricht unter der Menge verbreitet. Niemand wiederholte sie laut; nur ein Murmeln ging vom Hügel nach allen Richtungen, ein Murmeln, das kaum mehr war als ein Flüstern: „Er ist tot, er ist tot!" Das Volk hatte seinen Willen, doch schreckensbleich blickten alle einander an. Sein Blut war über sie gekommen! Und während sie stumm und starr einander anblickten, begann die Erde zu erbeben. Jeder hielt sich an seinen Nachbar, um sich zu stützen. Mit einem Male verschwand die Finsternis und die Sonne kam zum Vorschein, wie mit einem Blicke sahen alle nach den Kreuzen auf dem Hügel, die unter der Erschütterung wankten. Sie sahen alle drei, doch das mittlere zog alle Blicke auf sich. Es wollte allein gesehen werden; denn es schien sich nach aufwärts zu verlängern und seine Bürde höher und höher bis in den blauen Himmel zu erheben. Und jeder einzelne unter ihnen, der den Nazarener verspottet, jeder, der ihn geschlagen, jeder, der in den Ruf: „Kreuzige ihn!“ eingestimmt, jeder fühlte, daß jene Drohung des Himmels ihm allein aus der Menge besonders gelte und daß er, um derselben zu entgehen, so rasch als möglich forteilen müsse. Sie begannen zu laufen, sie flohen zu Pferde und auf Kamelen, in Wagen wie zu Fuß. Aber da verfolgte sie das Erdbeben, als sei es wegen ihres Verbrechens ergrimmt und habe es auf sich genommen, den unschuldigen und von allen verlassenen Toten zu rächen. Es schleuderte sie hin und her, warf sie zu Boden und erschreckte sie mehr noch durch das furchtbare Getöse der unter ihnen berstenden und krachenden Felsen. Sie schlugen an die Brust und schrien vor Furcht. Sein Blut war über sie gekommen! Die Einheimischen und die Fremden, Priester und Laien, Bettler, Sadduzäer und Pharisäer, alle wurden im Fliehen erfaßt und stürzten unterschiedslos über- und untereinander. Riefen sie den Herrn an, so antwortete ihnen an seiner Statt die erzürnte Erde und verfuhr mit ihnen allen in gleicher Weise. Sie erkannte den Hohenpriester nicht für besser als seine schuldbeladenen Mitbrüder. Sie erfaßte auch ihn, warf ihn zu Boden und beschmutzte den Saum seines Gewandes, füllte die goldenen Glöckchen mit Sand und seinen Mund mit Staub. Er und sein Volk waren wenigstens in dem einen gleich – das Blut des Nazareners war über sie alle gekommen!

Als die Sonne wieder auf die Kreuzigungsstätte herableuchtete, waren die Mutter des Nazareners, der Jünger, die frommen Frauen aus Galiläa, der Hauptmann und seine Soldaten und Ben Hur und seine Gesellschaft die einzigen, die auf dem Hügel geblieben waren. Diese hatten nicht Zeit, die Flucht der Menge zu beachten. Sie fühlten sich zu laut und eindringlich gemahnt, an sich selbst zu denken.

„Setze dich hierher,“ sprach Ben Hur zu Esther, ihr zu den Füßen ihres Vaters einen Platz bereitend. „Jetzt bedecke deine Augen und blicke nicht auf, sondern vertraue auf Gott und den Geist jenes Gerechten, der so schmählich getötet wurde."

„Nennen wir ihn hinfort vielmehr Christus, den Erlöser," sprach Simonides ehrfurchtsvoll.

„Sei es so!" sagte Ben Hur.

Eine Welle des Erdbebens erschütterte jetzt den Hügel. Das Geschrei der Schächer auf den wankenden Kreuzen war schrecklich anzuhören. Obschon infolge der Erschütterung des Bodens taumelnd, hatte Ben Hur noch Zeit, einen Blick auf Balthasar zu werfen, er sah ihn regungslos auf der Erde liegen. Er eilte hin und rief ihn – keine Antwort. Der gute Mann war tot! Da erinnerte sich Ben Hur, einen Schrei gehört zu haben, gleichsam als Antwort auf die letzten Worte des Nazareners, und jetzt war und blieb er überzeugt, daß der Geist des Ägypters den seines Meisters hinüber in das Reich des Paradieses begleitet habe.

Die Diener Balthasars hatten ihren Herrn treulos verlassen; als aber alles vorüber war, trugen die beiden Galiläer den Greis in seiner Sänfte in die Stadt zurück.

Ben Hur wollte nicht einen Diener damit betrauen, Iras vom Tode ihres Vaters zu benachrichtigen. Er ging selbst, sie aufzusuchen und an die Leiche zu führen. Er stellte sich ihren Schmerz vor, sie würde jetzt allein in der Welt stehn, unter solchen Umständen mußte er ihr verzeihen und sie bemitleiden. Aber vergebens schüttelte er die Vorhänge an ihrer Tür. Wohl klingelten die kleinen Glöckchen an ihrer Tür, aber sie gab keine Antwort. Endlich trat er ins Zimmer, aber sie war nicht da, und auch die Diener konnten nur sagen, daß sie sie den ganzen Tag über noch nicht gesehen hatten.

Als das Begräbnis vorüber war und die Trauer um den Toten sich gemildert hatte, führte Ben Hur – es war der neunte Tag nach der wunderbaren Heilung, und die Vorschrift des Gesetzes war erfüllt – seine Mutter und Tirzah nach Hause. Von jenem Tage an wurden in diesem Hause die heiligsten Namen, die eine menschliche Junge aussprechen kann, stets in tiefster Ehrfurcht miteinander genannt – Gott der Vater und Christus der Sohn.

Schluß

Ungefähr fünf Jahre nach der Kreuzigung saß Esther, die Gattin Ben Hurs, in ihrem Zimmer in der schönen Villa bei Misenum. Es war Mittag und die heiße Sonne Italiens schien mit sommerlicher Glut auf die Rosen und Reben im Garten. Alles im Gemach war römisch, nur Esther trug die Kleidung einer vornehmen jüdischen Frau. Tirzah und zwei Kinder, die auf einer Löwenhaut am Boden spielten, waren ihre Gesellschaft, und man brauchte nur zu beobachten, wie zärtlich Esther die Kleinen ansah, um zu wissen, daß es ihre Kinder seien.

Die Zeit hatte sich ihr wohlwollend erwiesen. Sie war schöner als je und dadurch, daß sie Herrin der Villa wurde, hatte sich einer ihrer Lieblingsträume erfüllt. Inmitten dieser einfachen, traulichen Szene erschien ein Diener in der Tür und sprach zu ihr: „Ein Weib im Atrium wünscht mit der Herrin zu sprechen."

„Laß sie eintreten! Ich will sie hier empfangen."

Die Fremde erschien. Bei ihrem Eintritt erhob sich die Jüdin und wollte sprechen. Dann zögerte sie, wechselte die Farbe, wich endlich zurück und sprach: „Ich habe dich einst gekannt, gutes Weib. Du bist –"

„Ich war Iras, die Tochter Balthasars."

Esther unterdrückte ihre Überraschung und befahl dem Diener, für die Ägypterin einen Stuhl zu bringen.

„Nein," sagte Iras kalt. „Ich will mich sofort wieder entfernen."

Beide blickten einander an. Man sah, daß an Esthers früherer Nebenbuhlerin die Zeit nicht so günstig vorübergegangen war. Ein zügelloses Leben hatte ihrer ganzen Erscheinung sein Mal aufgedrückt, sie war vorzeitig gealtert und zeigte eine verwahrloste Kleidung.

Iras brach das peinliche Schweigen. „Diese sind deine Kinder?"

Esther blickte sie an und lächelte: „Ja. Willst du nicht mit ihnen sprechen?"

„Ich würde sie erschrecken," erwiderte Iras. Dann trat sie näher an Esther, und als sie diese zurückweichen sah, sprach sie: „Fürchte dich nicht. Überbringe deinem Gatten von mir eine Botschaft. Sag' ihm, daß sein Feind tot ist und daß für das viele Elend, das er über mich gebracht hat, ich selbst ihn tötete."

„Sein Feind?" "Messala. Sage deinem Gatten ferner, ich sei für das Böse, das ich ihm zufügen wollte, so gestraft, daß selbst er mich bemitleiden würde."

Tränen traten in Esthers Augen und sie wollte sprechen.

„Nein," sagte Iras, „ich will kein Mitleid und keine Tränen. Sag' ihm endlich, ich sei zur Einsicht gekommen, daß ein Römer sein nichts anderes heißt als ein Tier sein. Lebe wohl!"

Sie wandte sich zum Gehen. Esther folgte ihr.

„Bleib und warte auf meinen Gatten! Er hat nichts gegen dich. Er suchte dich überall. Er wird dein Freund sein. Deine Freundin will auch ich sein. Wir sind Christen."

Die andere blieb bei ihrem Entschlüsse. „Nein! Ich bin, was ich aus freier Wahl bin. Es wird bald vorüber sein."

„Aber" – Esther zögerte – „können wir dir keinen Wunsch erfüllen? Gibt es nichts, was – was–"

Die Züge der Ägypterin wurden weicher, etwas wie ein Lächeln spielte um ihre Lippen. Sie blickte nach den Kindern auf dem Boden.

„Es gibt etwas," sagte sie.

Esther folgte ihren Augen und mit schnellem Verständnis antwortete sie: „Es ist dir gewährt."

Iras trat zu den Kindern und küßte sie beide, auf der Löwenhaut niederkniend. Langsam erhob sie sich, noch immer die Kinder betrachtend. Dann schritt sie zur Tür und verließ ohne ein Wort des Abschieds das Zimmer. Sie ging rasch und war verschwunden, ehe Esther sich fassen und zu einem Entschluß kommen konnte.

Als Ben Hur von dem Besuch erfuhr, wurde es ihm zur Gewißheit, was er schon lange vermutet hatte, daß Iras am Tage der Kreuzigung ihren Vater verlassen habe, um sich zu Messala zu begeben. Nichtsdestoweniger machte er sich sofort auf den Weg und suchte sie, doch vergebens. Sie sahen sie nie wieder, noch hörten sie von ihr. Die blaue Bucht, die unter den Strahlen der Sonne so heiter lächelt, hat trotzdem ihre dunklen Geheimnisse. Hätte sie eine Zunge, sie könnte von der Ägypterin erzählen.

Simonides erreichte ein sehr hohes Alter. Im zehnten Jahre der Regierung Neros gab er sein umfangreiches Geschäft auf, das so lange im Warenhaus zu Antiochien seinen Mittelpunkt gehabt hatte. Bis ans Ende bewahrte er sich einen klaren Kopf und ein gutes Herz und blieb vom Glück begünstigt.

Im genannten Jahre saß er eines Abends in seinem Armstuhl auf der Terrasse des Warenhauses. Ben Hur, Esther und ihre drei Kinder waren bei ihm. Das letzte seiner Schiffe schaukelte in der Strömung des Flusses, wo es festgelegt war, die anderen waren alle verkauft worden. In der langen Zeit zwischen diesem und dem Tage der Kreuzigung war ihnen nur ein Leid widerfahren: es war damals, als Ben Hurs Mutter starb. Und damals wie jetzt milderte ihren Schmerz ihr christlicher Glaube. Das erwähnte Schiff war erst tags zuvor angekommen und hatte Kunde gebracht von der Christenverfolgung, die Nero in Rom begonnen hatte. Die Gesellschaft auf der Terrasse besprach eben die erhaltene Nachricht, als Malluch, der noch immer in ihren Diensten stand, sich nahte und Ben Hur ein Paket überreichte.

„Wer brachte dies?" fragte letzterer, nachdem er gelesen hatte.

„Ein Araber, der sofort wieder ging."

„Höre", sprach Ben Hur zu Simonides, und er las dann folgenden Brief vor:

„Ich, Ilderim, der Sohn Ilderims des Edlen und Scheik des Stammes Ilderim, an Judah, den Sohn Hurs.

Erfahre, o Freund meines Vaters, wie mein Vater Dich liebte. Lies beifolgendes Schreiben und Du wirst es wissen. Sein Wille ist mein Wille, was er gab, ist deshalb Dein. Ich habe meinen Vater gerächt und alles, was die Parther ihm in der großen Schlacht, in welcher sie ihn erschlugen, raubten, habe ich zurückerobert – unter anderem diese Schrift und die ganze Nachkommenschaft jener Mira, die in seiner Zeit die Mutter so vieler Sterne war. Der Friede sei mit Dir und allen Deinen! Diese Stimme aus der Wüste ist die Stimme des Scheiks Ilderim."

Ben Hur entrollte dann einen Papyrusstreifen. Dieser war gelb wie ein verwelktes Maulbeerblatt und erforderte die behutsamste Behandlung. Dann las er weiter:

„Ilderim, genannt der Edle, Scheik des Stammes Ilderim, an den Sohn, der mein Nachfolger ist. Alles, mein Sohn, was ich besitze, soll am Tage Deiner Nachfolge Dein sein, ausgenommen jenes Besitztum bei Antiochien, das als der Palmenhain bekannt ist. Dieses soll dem Sohn Hurs gehören, der uns im Zirkus solchen Ruhm brachte – ihm und den Seinen auf immer. Mache Deinem Vater keine Schande! Ilderim der Edle, Scheik."

„Was sagst du, Simonides?“ fragte Ben Hur. Esther nahm erfreut die Papiere und las sie für sich. Simonides schwieg. Seine Augen ruhten auf dem Schiffe, sein Geist aber sann. Endlich sprach er.

„Sohn Hurs,“ sagte er ernst, „der Herr war in diesen letzten Jahren gegen dich überaus gütig. Für vieles bist du ihm Dank schuldig. Ist es nicht an der Zeit, endlich über die Bestimmung des großen, vom Herrn dir gegebenen Vermögens zu entscheiden, das jetzt ganz in deiner Hand ist und noch immer wächst?“

„Ich habe meine Entscheidung schon längst getroffen. Das Vermögen ist zum Dienst des Gebers bestimmt, nicht bloß ein Teil desselben, Simonides, sondern das ganze. Die Frage war und ist für mich nur die: Wie kann ich es am besten in seiner Sache verwenden? Und darüber, bitte ich, gib mir einen guten Rat!“

Simonides antwortete: „Wie große Summen du der Kirche hier in Antiochien gewidmet hast, kann ich bezeugen. Jetzt kommt, fast gleichzeitig mit diesem Geschenk des edlen Scheik, die Nachricht von der Verfolgung unserer Brüder in Rom. Ein neues Wirkungsfeld öffnet sich dir. Das Licht des Glaubens darf in der Hauptstadt nicht erlöschen.“

„Sag' mir, wie ich es brennend erhalten kann.“

„Ich werde es dir sagen. Die Römer, selbst dieser Nero, halten zwei Dinge heilig, nämlich die Asche der Verstorbenen und alle Begräbnisstätten. Kannst du über der Erde keine Tempel zum Dienste des Herrn bauen, so baue sie unter der Erde. Und um sie vor Entweihung zu schützen, laß die Leichname aller, die im Glauben sterben, dort beisetzen.“

Ben Hur erhob sich erregt.

„Es ist ein großer Gedanke“, sagte er. „Ich darf nicht zögern, ihn auszuführen. Die Zeit duldet keinen Aufschub. Das Schiff, das die Nachricht von den Leiden unserer Brüder brachte, soll mich nach Rom bringen. Morgen reise ich ab.“

Er wandte sich an Malluch.

„Mach' das Schiff segelfertig, Malluch, und bereite auch du dich, mich zu begleiten.“

„So ist's recht!“ sagte Simonides.

„Und du, Esther, was sagst du?“ fragte Ben Hur.

Esther kam an seine Seite, legte ihre Hand auf seinen Arm und antwortete: „So wirst du Christus am besten dienen. O mein Gatte, laß mich kein Hindernis sein, sondern dich begleiten und dir helfen!"

Wenn man heute Rom besucht und die Katakomben des heiligen Calixtus besucht, dann kann man sehen, was aus Ben Hurs Vermögen wurde, und ihm Dank wissen. Aus jener ausgedehnten Gräberstätte trat das Christentum hervor, um das Heidentum und seine Cäsaren zu stürzen.